지구 끝의 온실

지구 끝의 온실

김초엽 장편소설

GIANT BOOKS

차례

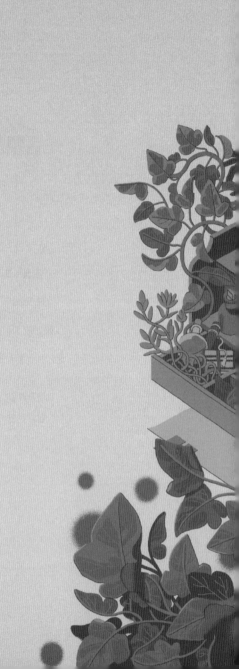

프롤로그

낡은 차가 덜컹거리며 오르막 흙길 앞에 멈춰 섰다. 끊겨 있는 나무 계단, 낡은 이정표와 부서진 난간들. 한때 국립공원이었던 이곳은 이제 인적이 완전히 사라지고 흩어진 자갈과 바위만 가득했다. 길 양옆의 고무나무들은 줄기 표면이 까맣게 변했고 발톱에 긁힌 듯한 겉면에 말라붙은 수액만 섬뜩한 흰색이었다. 아래로 축 늘어진 야자 잎들은 어두운 잿빛으로 죽어 있었다.

"돌핀을 가지고 있었으면 저 안쪽까지는 올라갈 텐데."

무심코 중얼거리다 나오미는 아마라의 눈치를 보았다. 좌표를 얻기 위해 자매가 가진 것 중 가장 값비싼 호버카를 넘기고 와야 했다. 좌표 하나에 호버카를 요구할 줄은 몰랐기에, 나오미는 화들짝 놀라 아마라를 설득하려고 했었다. 이번에는 그냥 가자고, 좌표 같은 건 다른 데서 구할 수도 있다고. 그 순간 아마라의 지친 표정을 보지 않았다면 아마 그랬을 것이다. 그 표정을 보자 다음번이라는 건 없을지도 모른다는 생각이 들었다. 아마라에게 더는 시간이 남아 있지 않을 거라고. 고작 좌표가 입력된 작은 카드 한 장을 위해 호버카를 넘겨준 건 그래서였다.

아마라가 잘 보이지 않는 숲 안쪽 길을 가늠하면서 말했다.

"길이 좁아서 어차피 호버카로도 못 갔을걸. 이 커다란 나무들을 다 박살 내고 갈 게 아니라면, 도중에 버려야 했겠지."

"글쎄. 돌핀을 저 위로 띄우면 됐을지도……"

나오미가 그렇게 말하며 위를 보았다. 키 큰 나무들이 시야에 가득찼다. 일곱 살 때까지 살았던 이르가체페에서도 이렇게 높은 나무들은 본 적이 없었다. 그래도 공중 운행이 가능한 호버카였던 만큼 나무 위로 날 수는 있었을 것이다.

옆에서 아마라가 고개를 저었다.

"공중 운행은 기술이 필요해. 우린 돌핀을 높이 띄워본 적이 없잖아. 그리고 띄웠어도 고생했을걸. 여기까지 오는 동안 전투 드론을 얼마나 많이 마주쳤는지 생각해봐. 자꾸 그런 걸 날려보내는 멍청한 돔 시티 녀석들 덕분에 푼돈 벌이는 됐지만, 돌핀에 탄 상태로 저렇게 높은 곳에서는 승산이 없었을 거야. 추락하지 않게 붙들고나 있으면 다행이었겠지."

나오미는 입을 삐죽 내밀었지만, 아마라가 이렇게까지 말하는데 이제는 손을 떠나버린 호버카 이야기를 그만둬야겠다고 마음먹었다. '돌핀'이라는 이름까지 붙여주고 애지중지했지만 다시 만날 일은 없을 것이다.

나오미는 나무 계단 앞에 쪼그려앉았다.

"흙이 말라 있어. 비가 오랫동안 안 왔나봐."

수년간 더스트가 증식하며 기후도 엉망이 되었다. 바람도, 구름도 예측 불가능했다. 몇 달 사이 더스트 농도가 짙어지면서 말레이반도 남부에 가뭄이 이어졌다. 바싹 마른 흙으로 보아 원래 열대우림이었던 이 숲도 지금은 건조해진 것 같았다.

"사람들이 살기에는 더 좋을지도 몰라. 밀림에서는 끊임없이 퍼붓는 폭우가 땅의 양분을 다 가져간다고, 그래서 이미 치열하게 싸워서 자리잡은 것들 외에는 자라기 힘들다고 들었거든. 그런데 폭우도 없고 자리잡은 것들도 다 죽은 숲이라니, 여기 사는 사람들에게는 잘된 일 아니겠어? 방해하는 게 하나도 없는 셈이니까."

아마라는 말이 많았고, 평소보다 불안정한 것 같았다. 스스로를 애써 설득하려는 것처럼 보였다.

쪼그려앉은 상태로 나오미가 아마라에게 물었다.

"언니는 정말 그곳이 있다는 걸 믿어?"

"너도 봤잖아. 그건 꾸며낼 수 있는 게 아냐."

나오미는 아마라가 무슨 이야기를 하는지 알았다. 좌표 카드를 넘겨준 내성종들이 증거라고 내민 사진이 있었다. 숲속 한가운데에 환히 밝혀진 불빛, 그리고 살아 있는 듯한 식물과 사람들. 아주 먼 공중에서 촬영한 것을 확대한 듯 흐릿했지만, 아마라의 마음을 사로잡기에는 충분했다. 나오미는 그런 사진 같은 건 얼마든지 조작할 수 있다고, 더스트 폴 이전에 찍은 사진을 마치 멸망 이후처럼 어둡게 칠하면 그만 아니냐고 말하려고 했지만, 아마라의 표정이 너무 불안해 보여서 그냥 입을 다물었다.

쫓겨난 내성종들 사이에서 돌고 있는 기이한 소문이 있었다. 쿠알라룸푸르의 케퐁 지역에서 북서쪽 방향으로 두 시간쯤 차를 타고 달리면, 도피처가 위치한 숲이 나온다고. 그 도피처는 지하에 감춰져 있거나 돔으로 덮여 있지 않고, 바람이 불고 비가 내리는 것을 그대로 맞으며 더스트 이전의 마을처럼 그저 놓여 있는데, 내성이 없는 사람들도 그곳에서는 멀쩡히 살아간다고.

소문을 들은 이후 아마라는 우연히 내성종들을 만날 때마다 도피처의 위치를 캐물었다. 나오미는 도피처의 존재에 회의적이었다. 아무리 생각해도 말이 되지 않는 이야기였다. 어떻게 더스트로 가득한 이 대륙 위에 그런 날것의 도피처가 존재한다는 걸까. 물론 나오미는 언니가 돔 바깥의 도피처를 찾는 이유를 짐작할 수 있었다. 왜냐하면 아마라는, 나오미와는 다르니까. 나오미와 달리 아마라는 이 공기에 취약하니까.

나오미는 자리에서 일어나 바짓단에 묻은 흙을 털었다.

"그래. 안쪽으로 가보자."

더스트가 휩쓸고 간 숲은 죽음 같은 적막으로 덮여 있었다. 야생동물은 물론이고, 바닥을 기어다니는 벌레 한 마리 보이지 않았다. 수북히 쌓인 낙엽 더미에 발이 푹푹 빠져 들었다. 땅 위로 드러난 거대한 나무뿌리에 걸려 넘어지지 않도록 나오미는 아래만 보고 걸었다. 한 시간쯤 걸었는데도 숲은 끝이 보이지 않았다. 깊은 곳으로 들어갈수록 빼곡한 나무들이 하늘을 가려 점점 어두워졌다.

"잠깐."

아마라가 나오미를 팔로 막아 멈춰 세웠다. 몇 걸음 앞에 커다란 그림자가 보였다. 그것이 죽은 사람인 줄 알고 나오미는 놀라 숨을 들이켰다. 아마라가 말했다.

"저건…… 오랑우탄이야."

거의 성인 덩치만한 오랑우탄이 죽어 있었다. 더스트로 인해 부패가 멈췄는지 형체가 그대로였다. 나오미는 랑카위 연구소에서 연구원들이 동물들의 사체를 몇 달간 상자에 방치하는 것을 본 적이 있었다. 어떤 것은 아주 빨리 썩어버렸고 또다른 것은 박제한 것처럼 썩지 않았다. 나오미가 오랑우탄 사체를 향해 팔을 뻗자 아마라가 얼른 그 손을 쳐냈다.

"만지지 마. 뭐가 옮을 줄 알고?"

하지만 나오미는 다시 손을 내밀어 오랑우탄을 만져보았다. 손끝에 살짝 닿은 털은 차가웠고, 또 피부는 뻣뻣하게 굳어 있었다. 위쪽에는 부패의 흔적이 거의 없었지만 땅과 맞닿은 아래는 썩어 있었다. 혹시 흙에는 더스트로 죽지 않은 미생물이나 벌레들이 살고 있는 걸까.

"조심 좀 해. 내성이 널 모든 더러운 것들로부터 지켜주진 않아."

나오미는 어깨를 으쓱하고 손을 탁탁 털었다. 그러고는 다시 한 걸음 물러나 사체와 바닥을 살폈다. 기묘한 점이 한 가지 더 눈에 띄었다. 오랑우탄의 넓적다리 일부분이 손바닥만한 잎을 가진 덩굴식물로 뒤덮여 있었는데, 마치 오랑우탄이 죽은 이후에 자라난 것 같았다. 나오미가 중얼거렸다.

"살아 있는 걸까?"

"오랑우탄이? 넌 이게 어딜 봐서……"

"아니, 이 식물 말하는 거야."

아마라는 나오미의 말에 미심쩍은 표정을 지었다. 나오미는 좀더 가까이서 식물을 들여다보았다. 더스트로 죽은 식물들 중에도 썩어 분해되지 않는 것이 많아서, 눈으로는 죽은 것인지 산 것인지 분간하기 어려웠다. 덩굴 잎 하나를 떼어내려는데 닿은 살갗이 따끔거렸다.

문득 나오미는 이상한 것을 느꼈다.

"여긴 흙이 축축해. 입구와는 달라."

공기중에서 갑자기 습기가 느껴졌다. 조금 전에는 그렇지 않았다. 나오미는 퍼뜩 놀라 아마라를 보았다.

"괜찮아?"

안개가 숲을 잠식하기 시작한 것이다. 아마라 역시 안개의 존재를 깨달았는지 불안한 표정으로 주위를 둘러보았다.

"더스트 안개일까? 하지만 나무들이 이렇게 많은데, 왜 갑자기……"

아마라의 중얼거림에 나오미도 불안해졌다.

"그건 상관없어. 바람은 위에서도 불고, 더스트는 어디로든 갈 수 있잖아. 이상한 게 느껴지면 바로 말해줘, 언니."

좀처럼 더스트의 존재를 감지하지 못하는 나오미와 달리 아마라는 더스트 증식의 신호에 민감했다. 갑작스럽게 생겨나는 붉은 안개는 대표적인 증식 신호였다. 랑카위의 연구원들도 그것이 일종의 '지표'라고 말했다. 왜 갑자기 더스트 안개가 나타난 걸까? 정말로 이 숲에는 뭔가 있는 것일까?

다시 걷기 시작했지만 목적지를 향해 제대로 가고 있는 것인지는 알 수 없었다. 멜바의 내성종들이 알려준 건 숲의 입구뿐이었다. 그들은 숲 안쪽으로, 깊은 곳으로 계속 가라고 말했다. 하지만 애초에 '그곳'이 정말로 있는지조차 확신할 수 없었다. 그들이 우리를 속인 거라면 어떡해야 할까?

점점 짙어지는 안개 때문에 앞이 제대로 보이지 않았다. 대형 동물의 사체를 몇 번이나 마주쳤다. 길 여기저기를 막고 있어 사체를 넘어가야 했다. 나무뿌리에 발이 자꾸 걸렸고, 진흙탕에 발이 빠졌다. 커다란 라플레시아 옆에 벌레들이 죽어 있었다.

낯선 흔적들이 계속 발견되었다. 허공중에 흩날리는 흰 씨앗과 포자, 죽은 나무를 뒤덮은 징그럽게 생긴 덩굴식물들. 노을이 지면서 밀림에 이상한 색채를 더하고 있었다. 착각인지는 몰라도, 나오미는 나무를 뒤덮은 식물들에서 형형한 빛을 본 것만 같았다.

좌표 카드는 도움이 되지 않았다. 차를 몰고 간다면 모를까, 걸어서 가는 지금은 방향조차 잡기가 어려웠다. 도피처를 찾기는커녕 숲을 빠져나가는 게 문제가 될지도 모른다. 어떻게든 숲을 찾아내려고만 했지, 숲 안쪽에 들어온 뒤에는 뭘 해야 할지 미처 생각하지 못했다. 아마라가 죽을지도 모른다는 불안감으로 몰려 있었지만…… 뭐가 되었든, 나오미는 자신이 이렇게까지 대비 없이 숲에 들어섰다는 것이 한심하게 느껴졌다. 지금이라도 돌아가야 했다.

"언니, 돌아가자."

나오미는 아마라의 소매를 잡아끌었다.

"도피처 같은 건 없어. 그 사람들이 그냥 아무 좌표나 던져준 거야. 숲에서 길을 잃어서 죽어버리라고, 일부러 그런 거라고!"

"나오미, 틀림없이 있어!"

"언니 눈에는 이 죽은 숲에 뭐가 있는 것처럼 보여? 설령 있어도 여긴 아냐. 제발 다시 돌아가자."

이제 해가 넘어가고 있었다. 해가 완전히 지면 깜깜한 숲에서 밤을 새워야 할 텐데, 야영 준비는커녕 물병과 작은 음식 몇 조각밖에 없었다. 짐승들은 없다고 해도 이런 곳에서 추위를 버틸 수 있을지 의문이었다. 왜 이렇게 무모하게 숲으로 들어온 걸까? 내성종들이 서로를 속이는 일이 얼마나 많은데, 그 좌표를 멍청하게 믿고…… 나오미는 지금까지의 모든 결정들이 후회스러웠다. 한숨을 쉬며 고개를 들었을 때, 붉게 변하는 안개를 보았다.

"당장 도망쳐야 해, 언니!"

나오미가 아는 사실은 단 하나뿐이었다. 사람들은 이 먼지, 붉은 안개 속에서 살아남을 수 없다. 곧장 쓰러져 호흡을 멈추는 사람도 있고, 한 시간쯤 혹은 하루 정도 버티는 사람도 있다. 그러나 더스트가 죽음을 의미한다는 사실 자체는 변하지 않는다.

"나오미."

"당장 숲 바깥으로 나가지 않으면……"

"나오미, 좀 진정해. 난 괜찮아. 여기 앉아봐."

아마라가 나오미를 바위 위에 앉히고 허리를 숙여 마주보았다. 아마라의 얼굴에는 지친 기색이 가득했다. 눈이 붉게 충혈되어 있었다. 나오미는 아마라가 당장 쓰러질까봐, 피를 토하고 죽어버릴까봐 두려웠다.

"난 이제 돌아갈 수 없어. 너도 알고 있잖아. 그렇지? 숲 밖으로 나가도 안개는 언제든 찾아올 거야. 평생 도망치며 살 수는 없어. 나오미 너는 그럴 수 있지만, 난 그럴 수 없어. 내가 마지막으로 진실을 확인하게 해줘."

여기에 도피처가 있을지도 모른다는 믿음, 그 미약한 가능성이 아마라를 이곳으로 이끌었다. 나오미도 이미 알고 있었다. 완벽한 내성종이 아닌 언니가 지금까지 살아 있는 건 두 가지, 나오미 자신의 도움과 도피처에 대한 집착에 가까운 희망 때문이었다. 아마라가 나오미의 눈을 보며 미안해, 하고 중얼거렸고 나오미는 울고 싶은 기분으로 그 시선을 피했다. 아마라가 기침을 하더니 입을 가리고 말했다.

"잠시만 여기에 있자. 바람이 불고 안개가 흩어지면 그때 다시 가자."

죽은 나무들로 빽빽한 밀림에 바람이 불어올 빈 공간은 없었다. 그러나 나오미는 이제 아마라를 설득할 수 없다는 사실을 알았다. 나오미는 고무로 된 차단막을 펼쳐서 아마라에게 씌워주었다. 그러고는 이 붉은 안개가 그저 빨리 사라지기만을 기다렸다.

어둠 속에서 나오미는 눈을 떴다. 무언가 달라져 있었다. 맑고 서늘한 밤공기, 나무 사이로 달빛이 비쳤다. 안개가 모두 흩어진 것이다.

아마라는 아직 바위 옆 나무에 비스듬히 기대어 눈을 감고 있었다. 나오미는 달빛 아래 드러난 아마라의 안색을 확인하며 그를 흔들어 깨웠다.

"저길 봐, 언니. 뭔가 있어."

짙게 내려앉은 어둠 사이, 숲 위쪽 먼 곳에 구체 모양의 따뜻한 빛이 보였다. 그게 정확히 무엇인지 알 수는 없었지만 아주 신비로워서 나오미는 환각을 보고 있는 것인지도 모른다고 생각했다. 다른 내성종들이 말했던 대로 정말로 도피처가 있는 걸까? 이런 숲 한가운데에?

"나오미! 저기야. 분명 저곳이 도피처야."

"언니, 잠깐만."

나오미는 여전히 의심을 놓지 않은 채였다.

"기다려봐. 만약 저곳이 맞는다면, 이렇게 서두를 건 없잖아. 날이 밝을 때까지 여기서 눈을 붙이고 가자."

아마라는 완강한 태도였다.

"아니, 지금 가야 해. 낮이 되면 저 빛이 안 보일 테고, 그럼 다시 길을 잃고 말 거야."

나오미는 주저했지만 결국 아마라의 뒤를 따랐다. 아마라의 말이 맞았다. 어둠 속에서만 보이는 저 빛은 이 숲에서 삼을 수 있는 유일한 길잡이였다. 나오미와 아마라는 다시 걷기 시작했다. 해가 지기 직전까지만 해도 조금 쌀쌀하다 싶었던 것이, 밤이 되자 몸이 떨릴 정도로 추워지고 있었다. 나오미는 다 해진 겉옷을 괜히 여며보았지만 소용이 없었다.

"잠깐, 나오미."

아마라가 말했다.

"멈춰봐."

나오미는 그 말을 듣고도 몇 걸음 더 가다가 멈춰 섰다. 어디선가 바스락거리는 소리가 들려왔다.

다음 순간 나오미는 헉, 하며 비명을 삼켰다. 우거진 나무 사이로 그림자가 나타났다. 아니, 그건 사람들이었다. 검은 후드로 몸을 감쌌지만 보호복도 헬멧도 쓰지 않은, 내성종이 분명한 사람들.

"도피처가 있었어. 정말로……"

아마라가 탄식하듯 중얼거리는 것을 나오미는 들었다.

나무 사이에서 나타난 사람들이 나오미와 아마라를 둘러싸고 무기를 겨누었다. 둘은 등을 맞대고 양손을 머리 위로 들어올렸다. 아마라가 간절한 목소리로 말했다.

"우린 내성종이에요! 여러분과 같은 내성종이요. 좌표를 들고 찾아왔어요. 멜바에서 만난 사람들이, 여기로 가면 될 거라고 했어요. 뭐든 할 수 있어요. 우리 둘 다 자동차나 기계를 다룰 줄 알고, 몸을 쓰는 일도 괜찮아요, 험한 일도 괜찮아요. 그러니까 우리를 받아주시면……"

덩치가 큰 여자 한 명이 아마라의 말을 저지하듯 손을 허공에 휙 저었다. 그러고는 쉿, 하는 손동작을 했다. 아마라는 입을 다물었다. 나오미는 불안해졌다.

저들은 누구지? 정말 내성종이 맞나?

그들은 아직까지 목소리 한 번 내지 않았다. 무기도 내리지 않았다. 나오미는 손을 귀 옆으로 바짝 올려붙인 채 마른침을 삼켰다. 우리를 침입자로 생각하나? 하지만 우린 무장조차 하지 않았는데.

다음 순간 엄청난 고통이 나오미의 목덜미를 타격했다. 무언가 축축한 것이 목뒤에서 느껴졌다. 눈앞이 붉어졌다. 다리에 힘이 빠지면서 무릎이 먼저 땅에 닿았고 다음에는 상체가 기울었다. 뒤늦은 깨달음이 찾아왔다.

함정으로 걸어 들어온 거야. 그들이 우리를 속인 거야.

도피처 같은 건 애초에 없었어.

"아마라, 안 돼, 아마라!"

나오미가 애타게 외쳤다. 누군가 나오미를 바닥으로 짓누르며 팔을 뒤로 꺾었다. 질긴 천이 나오미의 몸을 감고 있었다.

"빨리 도망쳐!"

비명을 지르며 몸을 뒤틀었지만 나오미는 짓누르는 완력에 전혀 맞설 수 없었다. 아마라가 옆에서 울부짖었다.

"나오미!"

곧 시야가 깜깜해졌다. 죽음의 감각이 가까워지고 있었다.

1장

모스바나

오늘 아침 더스트생태연구센터는 산딸기 때문에 한바탕 소란을 겪었다. 부산한 출근 시간 직후 수빈이 거대한 상자를 실은 카트를 끌고 나타나더니, 마치 전쟁에서 귀환한 영웅처럼 상자를 열어젖히며 "여러분, 도착했습니다. 백 년 전의 신선한 산딸기!" 하고 외쳤다. 토종 과일 복원 프로젝트로 복원한 재건 이전의 산딸기였다. 연구실에서 소량으로만 기르다가 대량 재배로 옮겨 성공한 것을 수확해서, 드디어 오늘 첫 시식을 위해 가져왔다는 게 수빈의 설명이었다.

아영도 산딸기 앞으로 우르르 몰려드는 연구원들의 대열에 합류했다. 커다란 상자 한가득 처음 보는 산딸기가 담겨 있었다. 아영은 자료 사진으로는 많이 보았지만 가끔 해외에서 복원해

만들었다는 라즈베리잼을 먹으며 그 맛을 추측해볼 뿐 생과로
는 한 번도 먹어본 적 없었는데, 다들 비슷한지 기대에 찬 눈빛
으로 산딸기를 보고 있었다. 열매의 모양은 다소 낯설긴 했지만,
은은한 향이 식욕을 돋우었다.

수빈이 바구니에 산딸기를 가득 담아 테이블 옆 개수대에서
씻어 왔다. 이동식 서랍장 위에 바구니가 놓였다. 우쭐해 보이는
수빈의 시식 허가가 떨어졌다.

"자, 한번 먹어볼까요?"

모두 손을 전투적으로 뻗어 산딸기를 한 주먹씩 가져갔다. 아
영도 산딸기를 입에 넣었다. 부드럽게 뭉그러지는 식감은 나쁘
지 않았다. 하지만 달콤한 향과 달리 밍밍하고 약간 떫은맛과 까
끌거리는 씨가 느껴졌다. 입을 우물거리기 시작한 다른 연구원
들의 표정도 순식간에 오묘해졌다. 고개를 갸웃하며 몇 알 더 가
져가 먹는 사람들도 있었다. 오물오물 씹는 소리만 들릴 뿐 정적
이 길어지자, 아직 산딸기에 손대지 않은 수빈이 긴장된 표정으
로 물었다.

"저…… 맛없어요?"

직설적이기로 유명한 박소영 팀장이 조금 난감한 듯 말했
다.

"음, 산딸기가 원래 떫은맛이 나나?"

아무도 대꾸해주지 않았다. 다들 수빈의 눈치를 보는 것 같았

다. 하지만 잠시 뒤, 참았던 말들이 하나씩 튀어나오기 시작했다.

"혹시 옛날 과일들은 다 맛없는 거 아냐? 저번에 복원한 토마토도 좀 별로였잖아."

"21세기 사람들은 우리랑 입맛이 달랐나보죠. 그땐 이런 걸 좋은 과일로 쳤나봐요."

"그럴 리가 없는데. 지금 21세기 사람들 무시하는 거예요? 이건 무조건 농림청에서 잘못 키웠어요. 백 퍼센트."

"맞아. 제대로 키운 거 맞나 확인 좀 해보라고 해."

"수빈 씨가 샘플로 먼저 키워보고 보낸 거잖아요."

"왜 이렇게 씨가 많아요? 이거 다 씹어 먹는 거예요? 아니면 뱉어요?"

"이건 제가 바라던 산딸기와 달라요. 뭔가 잘못됐어요……"

"상상 속에 남겨둘 때가 좋았지. 그냥 받아들여. 이게 원래 산딸기의 맛이야. 산딸기의 본질인 거야."

산딸기 맛의 진실을 두고 결론 없는 논쟁이 시작되자, 수빈은 결국 산딸기를 몇 알 먹어보더니, 실망한 표정으로 상자를 재차 확인했다. 다들 상심한 수빈을 위로하며 자리로 돌아갔다. 산딸기가 담긴 상자를 자리로 가져가는 사람들도 있었다.

아영은 수빈을 토닥이며 말했다.

"수빈 씨, 저는 괜찮았어요. 뭔가 좀 슴슴한 게 제 취향에 맞네요. 요즘 과일들은 지나치게 달고 자극적이잖아요."

"아니에요. 이거 슬슬하면 안 되고요, 달아야 하는데……"

수빈은 거의 울상이 되어 있었다. 괜히 말을 덧붙였다가는 더 실망하게 만들 것 같아서 아영은 어깨를 으쓱하고 돌아섰다. 옆에서 지켜보던 윤재가 재미있다는 듯 킥킥거리며 웃었다. 한차례 소란을 겪은 연구센터 식물생태팀은 잠시 뒤, 보고서 마감을 앞둔 분주한 분위기로 다시 돌아왔다.

몇 년 전부터 강이현 소장은 농림청과 협업해 야심찬 복원 사업을 진행하고 있었다. 더스트 시대에 사라져버린 훌륭한 작물 품종들을 되살려서 한국의 미래 먹거리 산업에 이바지하겠다는 거창한 목표를 내건 사업이었다. 사실 괜찮은 작물 품종들은 이미 해외에서 보관한 종자로 대부분 복원되어 있어서 다들 처음에는 무의미한 짓이라고 의심스러운 눈빛을 보냈다.

그런데 첫해 복원한 오렌지와 밀감의 교배 품종인 제주금향이 시장에서 크게 인기를 끌면서, 연구센터의 재정과 명성에 엄청난 기여를 했다. 그 이후 한동안 수많은 연구원들이 동원되었는데, 많은 프로젝트들이 그렇듯이 품종 복원 사업 역시 단발성 성공으로 그쳤고, 지금은 막내 연구원인 수빈에게로 떠넘겨져 수빈만 실컷 고생을 하고 있었다. 첫 성공은 어디까지나 운이었을 뿐, 소장도 연구원들도 돈을 버는 일에는 소질이 없다는 것만 증명한 셈이었다.

"이번 주부터는 보고서 수합 시즌이에요. 파트 완성되는 대로 윤재 씨에게 빨리 넘겨주시고, 파일은 팀 전체로 공유해주세요. 힘들겠지만 시간 내로 끝내봅시다. 참, 다들 에티오피아 출장 신청 까먹지 마시고요."

박 팀장의 브리핑을 들으며 아영은 홀로그램 스크린 앞에 앉았다. 아영은 한반도 남부의 자생식물 생태 변화 파트를 통째로 채워넣어야 했다. 데이터 처리 프로그램이 초안을 자동 작성해주기는 하지만, 보기 좋게 다듬으려면 지금부터 밤을 새워야 할 판이었다. 프로그램의 알고리즘은 연구 실적을 평가하는 윗선들과는 견해가 달라서, 식물 연구자들에게나 흥미를 끌 만한 하찮은 식물들에 '중요' 표지를 마구 붙이는 경향이 있었다. 그래서 생물자원 평가는 전부 아영이 수작업으로 다시 해야 했다. 신입 연구원 때는 그걸 잘 몰라서 프로그램의 제안을 따랐다가 첫 연구 발표회에서 크게 혼이 났었다.

일찌감치 자기 파트 작성을 다 끝내놓은 윤재가 느긋하게 커피를 마시며 아영의 옆을 지나갔다. 아영이 윤재를 불렀다.

"윤재 언니, 잠시 이거 좀 봐줘요."

"왜?"

"이 꽃 말인데요, 화훼 작물로 유용하다고 쓰면 어떨까요?"

윤재는 홀로그램 스크린을 들여다보면서 눈썹을 찡그렸다.

"평가위원들도 보는 눈이 있지. 너무 막 쓰면 안 돼."

"제가 보기엔 충분히 괜찮은데요. 이런 소박한 꽃도 한번씩 유행하잖아요."

"이건 별로야. 안 예뻐."

"아……"

아영은 가차없는 윤재의 평가에 상심하며 화면을 넘겼다. 아영에게는 모두 소중한 연구 대상인데, 왜 하필 연구비를 들여 그 식물들을 복원하고 보존해야 하냐는 질문 앞에서는 늘 할말이 없어지곤 했다. 가장 그럴싸한 건 생물자원으로서의 가능성, 즉 식용이나 화훼 작물로의 쓸모나 약리적 성분을 강조하는 거였지만 아무 식물에나 그런 코멘트를 붙일 수는 없었다. 대부분의 사람들은 맛있거나 예쁘거나, 하다못해 약으로 쓸 수 있는 식물 외에는 더이상 지구상에 존재하지 않아도 상관없다고 생각하는 것 같았다.

"이건 진짜 특이하게 생겨서 복원해보고 싶은데. 뿌리의 구조가 엄청 독창적이거든요. 그런데 갖다 쓸 말이 없어요. 뿌리의 구조가 독창적이다, 이렇게 쓸 수도 없고."

"그럴 땐 역시 '생물 다양성'이지. 생물 다양성이 우릴 구원할 거야. 더스트 종식 이후 가장 먼저 재건된 지역도 생물 다양성이 잘 보존된 지역이었다, 뭐 이런 얘기라도 써놔야지. 더스트 폴이 또 터질 수도 있다고 겁도 좀 주고."

"그렇게 써도 아무도 겁 안 먹을걸요. 매년 심해 더스트 잔류 보고가 나오는데, 이제 신경쓰는 사람 아무도 없잖아요. 그냥 거

기다 디스어셈블러 갖다 뿌리면 된다고요."

"예전에도 다들 그렇게 생각했겠지. 정말 안타까운 일이야."

윤재는 마치 옆 동네 불구경하듯이 어깨를 으쓱하고는 지나가버렸다.

샌드위치로 대충 점심을 때우고, 싱거운 산딸기를 주워먹으며 오후 내내 작업을 했더니 겨우 보고서 초고가 완성되었다. 좋아서 시작한 일도 수십 번씩 보다보면 지치는 건 어쩔 수 없었다. 충혈된 눈을 깜빡이며 아영은 보고서를 마지막으로 확인하고, 식물팀 전체에 공유했다.

그런데 윤재와 박 팀장에게 맡은 보고서 파트가 완성되었다고 말하러 갔더니 두 사람 모두 자리에 보이지 않았다. 옆에 있던 수빈이 말했다.

"두 분 다 회의실에 계실 거예요. 산림청에서 찾아오셨더라고요."

잡무를 처리하며 느긋하게 기다리려고 다시 자리로 돌아오다가, 아영은 윤재와 박 팀장의 홀로그램 스크린에 같은 기사가 떠 있는 것을 보았다.

강원도 해월, 폐허에서 유해 잡초 이상 증식…… 인근 마을 민원 쇄도해

산림청과 회의한다는 일이 저건가? 아영은 고개를 갸웃했다.

여긴 더스트생태연구센터이고, 잡초를 다루는 곳은 아닌데. 더스트 시대나 재건 직후에 번성했던 잡초라면 모를까. 그래도 윤재와 박 팀장 정도면 식물 관련 문제에서 여러 해결책을 알 테니 조언을 구하러 온 것일 수도 있었다. 해충이 출몰한다든지 나무에 전염병이 돈다든지 하는 재해에도 조언을 구하는 사람들이 간혹 있었다.

다음날 아침, 아영은 자신의 테이블 위에 놓인 바이오플라스틱 상자 두 개를 보았다. 상자 하나는 크기가 꽤 컸는데, 흙이 묻은 뿌리가 입구로 삐죽 튀어나온 갈색 종이봉투가 담겨 있었다. 다른 하나에는 한줌 정도의 흙덩어리가 들어 있었다. 라벨 스티커에는 학명으로 추정되는 글자와 채집 날짜, 위치가 적혀 있었다. 아영은 상자에 붙은 메모지를 확인했다.

2129-03-02, 해월 폐기 구역 B02 인근, 산림청.
Hedera trifidus
VOCs, 토양, 잎·줄기 추출액 성분 분석 부탁드려요.

"혹시 제 자리에 있는 이거, 윤재 언니 샘플이에요?"
"그거 아영 씨한테 좀 부탁할게요. 미안, 다들 바빠가지고."
박 팀장으로부터 대답이 돌아왔다. 옆에서 스크린을 들여다보던 윤재가 지금 자리를 비운 강 소장 목소리를 흉내 내며 "어머,

성실하게 초고를 다 작성한 연구원이 아영 씨밖에 없지 뭐예요"
하고 아영을 약올렸다. 손 빠른 사람이 더 많이 일하게 되는 조
직의 불합리함이란.

아영은 한숨을 쉬었지만 별다른 방도도 없었다.

"어제 산림청에서 분석 부탁한 거죠?"

"맞아. 뉴스에서 봤겠지만, 이게 요 며칠간 떠들썩한 바로 그 식
물이야. 세발잔털갈고리덩굴, 보통 모스바나라고 부르는 그거.
무려 강이현 소장님이 메이저 방송국 데뷔하게 된 계기라니까."

"아…… 그런 일이 있었어요? 요즘 제가 뉴스를 못 봐요. 제 현
실만 해도 감당하기 힘들어서요."

윤재가 아영을 향해 이상한 사람이라도 보는 듯한 시선을 보
냈다. 아영은 어깨를 으쓱하며 말했다.

"뉴스 제목은 지나가면서 봤는데, 찾아볼게요."

윤재가 히죽 웃으며 덧붙였다.

"산림청에서 분석해 왔는데 이상한 점이 많아서, 혹시 자기들
이 원인을 못 찾고 있는 건 아닌지 크로스체크를 좀 해보고 싶다
는 거야. 거기서 우리한테 뭘 시키겠다, 이런 건 아니고 말 그대
로 도움 요청이지. 되도록 이번 주까지 분석 끝내서 보내주면 좋
대."

"이번 주까지요? 이번 주가 이틀 남았는데요?"

"민원이 빗발친다잖아. 잡초가 사람 잡는다고, 난리도 아냐."

아영은 눈을 가늘게 뜨고 투명한 상자 속 흙덩어리를 노려보았다. 그냥 평범한 식물일 텐데. 평범한 식물이 순식간에 노지를 뒤덮어버리는 일은 흔하다. 멸망 속에서 가장 끈질기게 살아남아 세상을 다시 지배한 것도 식물이었다. 폐허에서 이상한 잡초들이 자라나는 것쯤이야 별 뉴스거리도 못 되는 것이다.

아영이 스티커를 뜯어내고 상자를 열어젖히려고 하는 순간 윤재의 목소리가 끼어들었다.

"조심해, 조심. 그거 맨손으로 만지면 안 돼."

움찔한 아영의 손이 상자 위에서 멈췄다.

"피부에 닿으면 엄청 간지럽고 따끔해. 나도 어제 미팅 갔다가 처음 알았어. 장갑 꼭 끼고. 팔 걷지 말고."

윤재가 소매를 약간 걷어 아영에게 보여주었다. 손목 부분이 새빨갛게 부어 있었다.

"만진 것도 아니고 스치듯이 닿았는데 이렇게 됐다니까."

당황스럽긴 했지만 아영은 윤재의 말대로 순순히 장갑을 착용했다.

장갑 낀 손 끝으로 조심스럽게 들어올린 식물 표본은 가늘고 긴 갈색 줄기를 가진, 그러나 특별한 점은 없는 평범한 덩굴식물이었다. 더스트 폴 이전에 관상용으로 많이 키웠던 아이비를 닮았는데, 아이비보다는 갈퀴처럼 끝이 좀더 휘어진 잎을 가졌고 줄기에 잔가시들이 보였다. 손바닥만한 것에서 그 두 배쯤 되는 것까지 잎의 크기가 다양했다. 이름과 달리 세 갈래 넘게 갈라진 잎도, 아예 갈라지지 않은 잎도 있었다. 한국에서 흔히 보이던 자생식물 같진 않았지만 그렇다고 무시무시한 식물처럼 생기지도 않았다. 원래 식물의 무시무시함이라는 게 외관으로는 판별 불가능한 것이기는 했지만.

"외래종이죠? 한국에서는 못 본 것 같은데요."

"다들 그렇게 추정하는데, 일단은 조사를 해봐야 알 것 같아. 찾아보면 재건 이후에 한국에서도 몇 번 증식했다는 기록이 있더라고. 언제부터 자리를 잡은 건지는 모르겠어."

아영은 분석 장비 스케줄을 잡기 위해 연구소 내부 시스템에 접속했다가, 서버를 점검중이니 삼십 분 뒤에나 접속할 수 있다는 메시지를 맞닥뜨렸다. 그렇다면 이제 모스바나에 대해 알아볼 시간이었다. 머그컵에 얼음 여섯 개, 에스프레소 투 샷, 찬물 약간을 넣고 영혼을 회복시켜줄 약물을 제조해 온 다음, 윤재가 말한 어제 뉴스를 살펴보기 시작했다.

리포터가 자료 화면을 띄워놓고 흰 가운을 입은 연구원을 인터뷰하고 있었는데, 그가 바로 강이현 소장이었다. 소장이 걸친 가운은 과할 정도로 하얗게 반짝거려서, 대외용 인터뷰가 아니면 전혀 입지 않는 옷 같았다.

인터뷰는 농가와 일반 마을까지 퍼져 해월 복원 사업에 막대한 피해를 주고 있다는 덩굴식물을 주제로 진행되고 있었다. 무신경하게 듣다가 아영은 영상을 멈췄다. '종식기 번성종'이라는 말을 들은 것 같았다. 다시 소장이 모스바나에 대해 설명하는 부분으로 되돌아갔다. 소장은 해월의 현장 자료 화면을 띄워놓고 설명하고 있었다.

— 이 모스바나는 종식기 번성종에 해당합니다. 더스트 시대부터 종식 직후까지 독점종의 지위를 차지하다가, 재건 이후 서식지가 급격히 감소해 최근에는 국내에서 찾아볼 수 없었어요. 그러다 이번 해월시 이상 증식으로 보고가 된 것인데요. 지역 주민들의 제보에 따르면 약 삼 년 전부터, 이 지역에서 매년 한두 건씩 국지적인 증식 현상이 발견되었다고 합니다.

— 소장님은 이 현상의 원인을 무엇으로 보고 계신가요?

— 자연적인 변이일 가능성이 가장 높습니다. 모스바나는 환경변이가 크고 변화하는 환경에 매우 잘 적응하는 종이거든요. 다만 생물 테러 행위나 불법 식재일 가능성도 염두에 두고 조사하는 중입니다.

"어때, 좀 이상하지?"

아영은 영상을 멈추고 윤재를 보았다.

"생물 테러까지는 아닌 것 같은데요. 잡초로 테러를 해요? 그건 음모론 같은데."

"그거야 두고 봐야지. 음모론 제일 좋아하는 건 아영 너잖아?"

윤재가 놀리듯 하는 말에 아영은 뜨끔한 기분이 들었다.

"일단 이따가 장비 스케줄 잡히는 대로 확인해볼게요. 예약 못하면 이번 주에 분석 못할 수도 있어요. 다들 보고서에 넣을 추가 실험 한다고 급하니까."

다시 영상을 재생하자 의문의 덩굴식물과 관련된 보도가 이어지다가 화면이 전환되었다. 덩굴식물 때문에 도저히 발굴 작업을 지속할 수 없다는 해월 발굴 현장이었다. 홀로그램 스크린 속 카메라가 한 바퀴 회전하며 보여준 풍경은 꽤 놀라웠다. 모스바나가 야산을 가득 채우다시피 하고 있었다. 원래 자생하던 나무는 물론 바위까지 전부 이 덩굴로 뒤덮여 있었다.

"정말 과하게 증식했네요. 이상해요."

"그렇지. 네가 좋아하는 이상하고 위험한 식물이야."

아영은 고개를 돌려 상자 속의 덩굴식물을 힐끗 보았다. 일단 겉으로는 너무 평범해 보이는 식물일 뿐인데.

"그러니까 잘 부탁드립니다, 연구원님."

윤재는 아영의 어깨를 툭 치고 자리로 돌아갔다.

그날 오후 내내 아영은 모스바나의 줄기와 잎, 뿌리를 각각 나누어 화학 처리를 하고, 분석 단위별로 담고, 분석 장비에 넣을 수 있게끔 정제해서 샘플을 준비했다. 장비 스케줄을 보니 정규 근무 시간에 하려다간 예약을 못 잡을 것 같아서, 밤까지 기다리기로 했다. 야간 실험실 사용 허가서를 써주며 박소영 팀장은 약간 미안한 표정을 지었다.

연구원들이 하나둘 퇴근할 무렵 아영은 샘플을 챙겨 실험실로 갔다. 원칙상 근무 시간 외에는 안전 로봇 한 대를 옆에 세워놔야 했다. 아영은 설령 사고가 나도 이 녀석이 과연 어떻게 안전을 지켜줄까, 미심쩍은 표정으로 원통형 안전 로봇을 건드려보았다. 다른 사람들이 오후에 돌려둔 분석이 다 끝날 때까지 분석 장비 스크린 앞에서 기다리다가, 밤 열시가 되어서야 실험을 시작할 수 있었다.

"자, 얼마나 대단한 게 나오는지 볼까."

세기의 발견을 앞둔 과학자처럼 중얼거려보았지만 사실 스무 개나 되는 샘플을 분석하려면 밤새 장비를 켜놔야 하고, 결과는 내일 오전이 되어서야 알 수 있을 터였다. 세팅을 마쳤더니 거의 새벽 한시가 되어 있었다. 아영은 하품을 하며 스크린의 숫자들을 노려보다가, 이럴 시간에 집에 가서 한숨이라도 더 자자는 생각에 얼른 가방을 챙겨 들었다.

침대에 누워 잠들기 전 '스트레인저 테일즈'에 접속한 건 습관에 가까웠다. 아영의 비밀스러운 취미였지만 윤재에게 들킨 이후로는 늘 놀림거리가 되고 있었다. 괴담과 음모론의 세계. 아영은 언제나 명쾌하게 설명할 수 없는 이상한 것에 끌렸다. 스트레인저 테일즈에 올라오는 기묘한 이야기들을 읽다보면 시간 가는 줄 몰랐다. 언젠가는 아영 자신이 어린 시절에 겪은 기이한 일을 직접 제보했던 적도 있었다.

물론 어디까지나 취미에 불과하다고, 아영은 스스로 선을 그었다. 과학자로서 아영은 괴담이 대부분 진지하게 검토할 가치가 없는 이야기라는 걸 알았다. 괴담이라는 것들은 대개 합리적인 설명이 가능한 현상을 공포와 미스터리로 얼버무리는 이야기다. 딱히 창의적인 발상의 씨앗이 되지도 않는다. 읽고 나면 어딘가 으스스하고 찝찝한 기분이 드는데, 그 중독적인 상태가 또다른 괴담들을 읽도록 이끌 뿐이다. 아영은 여기서 온갖 이상한 더스트 크리처들에 대한 제보를 많이 읽었지만, 실제로 학계에서 그런 존재를 확인한 적은 없었다.

'그래도 확인해서 나쁠 건 없지.'

아영은 검색창에 '해월'을 입력했다. 뜻밖에도 몇 건의 제보가 올라와 있었다. 하지만 이번 사건의 핵심인 잡초와 관련된 것은 아니었다. 한때 해월 복원 현장의 고철 더미에서 마치 살아 있는 것처럼 움직이는 로봇이 발견되었다든가, 인간과 거의 흡사한 인간형 로봇이 나타났다가 홀연히 자취를 감추었다든가 하는 이야기였다.

역시 이런 곳에서 중요한 걸 건질 수는 없겠지. 아영은 태블릿을 협탁에 올려놓으려다가, 마지막으로 검색창에 '모스바나'를 입력해보았다. 뭐가 나온다고 해도 진지하게 검토할 생각은 없었지만 역시 호기심이 앞섰다. 그러고는 제보 목록을 보며 미간을 찌푸렸다.

[악마의 식물이 내 정원에 자라고 있는데, 이거 혹시 멸망의 징조 아니
야?]

자극적인 제목이었지만 내용을 살펴보니 그리 대단한 건 아
니었다. 모스바나가 갑자기 정원에 등장했는데 이게 나타날 이
유가 없는데 아무래도 불길하고, 혹시 나쁜 징조인 건 아닌가
싶다는 이야기였다. 아영이 보기에는, 이건 스트레인저 테일즈
에 올라오는 수많은 제보 중에서도 가장 시시한 수준인 것 같
았다.

아영은 침대 옆 스크린에 오늘 받은 모스바나에 대한 공식 자
료를 띄워 읽었다. 헤데라 트리피두스*Hedera trifidus*. 보편적으
로 알려진 영어 명칭은 모스바나. 송악속의 상록성 덩굴식물로
흔히 키우는 관상용 담쟁이의 근연종이다. 더스트 이전 식물들
에 대한 자료가 많이 사라진 탓에, 기원이 어디인지는 정보가 없
었다. 다른 식물들에 피해를 입힐 정도로 강한 침투성 식물이고,
땅에서도 넓게 퍼져 잘 자라지만 주로 벽이나 나무를 타고 오른
다. 독성이 있어 피부염이나 알레르기를 유발하고, 식물의 거의
모든 부위가 사람에게 위험하며 특히 잎과 열매는 더 강한 독성
을 가진다.

"생각보다는 평범한데?"

'악마의 식물'이라고 이름 붙은 것치고는, 그저 성가신 식물에 가까웠다. 좀더 살펴보니 해외에서 모스바나가 악마의 식물로 불리는 건 식물 자체의 유해성보다는 모스바나에 입혀진 이미지 때문인 것 같았다. 모스바나는 더스트 시대 후기, 그리고 재건 직후의 빈곤한 시대에 가장 번성했던 우점종dominant species이었다. 당시에는 세계 어디에나 모스바나의 덩굴이 가득했을 것이다. 사람들은 과거의 불행한 기억, 혹은 겪어본 적도 없는 시대의 절망과 이 식물을 연관 짓는 것인지도 몰랐다.

이 제보들은 대부분 스트레인저 테일즈가 생긴 지 얼마 안 된 초창기에 올라온 것이거나, 수십 년도 더 지난 신문 기사들을 스크랩한 것이었다. 모스바나는 재건 직후에는 지구상의 전 대륙에 퍼져 있을 정도로 엄청난 확장성을 자랑했지만, 생태계 다양성이 회복되면서 다른 식물들과의 경쟁에서 급격히 밀려났고, 현재는 일부 지역에 정착한 사례 외에는 흔히 발견되지 않았다. 그만큼 한번 보이면 '왜 이게 갑자기 나타났지?' 하는 의문을 생기게 하기에는 충분했다. 그렇지만 그 생존력이 어마어마한 만큼, 일단 한번 모스바나가 자랐던 장소라면 오랫동안 땅속에서 동면 상태로 있던 씨앗들이 싹을 틔우거나 하는 일은 얼마든지 가능했다.

예상은 했지만, 모스바나가 멸망의 근원이라든가 또다른 멸망의 암시라는 괴담들은 읽기에 흥미로울 뿐 진지하게 검토할 만한 이야기는 아니었다. 다만 작은 소득이라면 해외에서도 모스바나가 성가신 식물로 여겨진다는 점을 확인할 수 있었던 것 정도. 어쩌면 해월의 모스바나 이상 증식은 그 자체로 특별히 놀랍거나 충격적인 사건이 아니라, 이미 세계 각지에서 흔하게 반복되어온 일일 수도 있었다.

이상한 이야기를 너무 많이 읽어서인지 그날 밤 아영은 묘한 꿈을 꾸었다.

붉은 잎의 모스바나로 온통 뒤덮인 언덕 위에, 누군가 의자에 앉아 있었다. 아영은 그쪽으로 가고 싶었지만, 발목에 닿는 모스바나 때문에 피부가 너무 따끔거렸고 그렇다고 모스바나를 피해 가기에는 발 디딜 틈 하나 보이지 않았다. 아영은 언덕 위를 향해 외쳤다. 도대체 거기까지 어떻게 가신 거예요? 그때 의자에 앉아 있던 사람이 아영을 향해 고개를 천천히 돌렸다. 아영은 아주 익숙한 얼굴이라는 생각을 했다. 하지만 누구인지는 끝까지 떠오르지 않았다. 저 혹시, 우리 만난 적 있나요? 거듭 묻자 그가 입을 열었는데……

아영은 대답을 듣지 못하고 깨어났다. 이게 무슨 꿈이지? 혹시 무의식이 모스바나에 대한 중요한 단서를 말해주는 것일까 싶었지만, 오 분쯤 잠이 덜 깨어 멍한 상태로 생각해보니 그냥 엉뚱한 꿈이었다. 일단 모스바나의 잎은 붉은색이 아니다. 어제 한참 본 단풍 아이비 사진과 헷갈린 게 분명했다. 그리고 그 알 수 없는 사람의 얼굴도. 그가 뭐라고 말했더라? 꿈에서는 너무 익숙했는데, 도대체 누구였지?

시계를 본 아영은 퍼뜩 정신이 들어 침대에서 일어났다. 일단 출근을 해야 했다.

"대단한 건 없었어요. 데이터베이스에 있는 것과 똑같아요."

평소보다 한 시간이나 일찍 출근해 추가 분석까지 했지만, 모스바나로부터 추출된 성분들은 공식 데이터베이스에 공개된 것과 크게 다르지 않았다. 알레르기 반응을 일으키는 독성 물질과 다른 식물들의 생장을 방해하는 타감작용 물질이 검출되었다. 매우 귀찮은 잡초라는 걸 재확인했을 뿐, 놀라운 발견은 아니었다.

"나도 약식 유전자 비교를 해봤는데, 몇 가지 신경쓰이는 부분은 있지만 아직 뭐라고 결론 내리기가 좀 어렵고. 재확인을 해볼 생각이야."

윤재는 산림청에 보내줄 데이터를 만들기 위해 전체 유전자 시퀀싱whole genome sequencing을 시작했다고 말했지만 특별한 기대는 없어 보였다. 시퀀싱 결과가 나오기까지는 시간이 좀 걸려서, 그전에 아영이 간단히 방제 약물 테스트를 해보고 분석 결과를 첨부해서 산림청에 보내주기로 했다.

아영의 분석 결과를 전달받은 담당자는 고맙다는 말을 전해

왔다.

"도와주셔서 감사해요. 혹시 여기서 잘못 분석했나 싶어 확인을 부탁드렸는데, 다행이라 해야 할지 결과가 크게 다르지는 않네요. 이제 저희 쪽에서 잘 해결해보겠습니다."

고생하고 있을 방제 담당 직원들에게는 조금 미안하지만 이 일은 이렇게 마무리되나 싶었다.

이틀 뒤, 퇴근 후에 침대에 늘어져 스트레인저 테일즈를 구경하고 있던 아영은 윤재의 전화를 받았다.

"아무래도 뭐가 좀 아쉬운지, 직접 보러 한 번만 와달라고 하네. 우리가 당장 도움 드릴 건 없는 것 같다고 했는데, 아무리 생각해도 이상하다는 거야."

해월은 꽤 멀어서 가볍게 다녀올 수 있는 곳은 아니지만, 전화를 걸어온 담당자가 너무 괴로워 보여서 차마 거절할 수가 없었다고 윤재는 덧붙였다.

"같이 가서 직접 샘플도 채집해 오자. 보는 거랑 안 보는 건 차이가 있으니까."

아영은 배낭에 채집용 도구와 종이봉투, 벌레 기피제, 노트와 필기구, 얇은 외투 따위를 집어넣고는 침대 헤드에 기대서 생각했다. 대체 무슨 일이 일어난 걸까, 그저 잡초가 좀 많이 증식한 정도가 아닌 건가. 혹시 무언가 심각한 일을 암시하는 것일까…… 아무래도 쓸데없는 글을 많이 읽었더니 머리가 오염된 것 같았다. 아영은 온갖 생각에 빠져 있다 늦은 새벽이 되어서야 눈을 감았다.

　다음날 아침 아영은 연구단지 앞 차량 대여소에서 윤재를 만났다.

　"공중 주행용으로 빌릴까요?"

　"해월은 진입 제한구역이어서 아무거나 하늘로 못 띄워. 드론도 허가를 미리 받아야 돼. 귀찮으니까 이번엔 그냥 지상 도로로 가자. 혹시 저녁 약속 있어?"

　아영은 고개를 저었다. 지상 도로를 달리면 공중 주행보다 시간이 많이 걸리고, 돌아오면 늦은 밤이 되어 있을 터였다. 하지만 어차피 아영에게는 고소공포증이 있으니, 땅에 붙어 여행하는 것도 나쁘지 않았다. 호버카가 공중으로 뜰 때마다 수명이 몇 년쯤 단축되는 기분이 들었으니까.

　해월까지는 정비되지 않은 도로가 워낙 많아 직접 운전해야 하는 구간이 있었다. 가는 길은 아영이, 오는 길은 윤재가 운전을 맡기로 했다. 아영은 운전자 인식 장치에 손을 가져다 댔다. 아영을 운전자로 인식하는 프로그램이 켜졌다. 연구단지를 빠져나가면서 윤재가 음악을 틀었고, 아영은 자동 운행 도로에 진입하자마자 운행 모드를 반자동으로 바꿨다. 윤재가 물었다.

　"그런데 너, 에티오피아 심포지엄 안 갈 거야? 출장 신청 안 들어왔던데."

아영은 화들짝 놀랐다.

"가야죠. 제가 그거 가려고 연구소 들어왔는데요. 신청하려다가 갑자기 모스바나에 정신이 팔려서 깜빡했어요."

큰일날 소리라도 들은 듯 반응하는 아영을 보며 윤재가 피식 웃었다. 한 달 뒤 에티오피아의 아디스아바바에서 열리는 재건 육십 주년 기념 심포지엄은 아영이 연구센터에 들어온 이후로 가장 기대해왔던 학술 행사였다.

차가 도로를 달리는 동안 아영은 에티오피아 출장 준비와 얼마 남지 않은 정규 보고서 마감에 대해 윤재와 수다를 떨었다. 하지만 해월에 가까워질 무렵에는 당면한 문제, 모스바나에 대한 생각으로 다시 머리가 복잡해지기 시작했다.

"전화로 들은 건데, 담당자가 이상한 말을 했어."

"뭔데요?"

"해월에 귀신이 나온대."

"그게 무슨 뜬금없는 말이에요?"

"이번 증식 사태 때문에 밤에도 일하러 오는 사람들이 있는데, 복원 중심지 쪽에서 도깨비불 같은 걸 봤다는 거야. 그 뭐냐, 시골에는 원래 귀신 잘 나오잖아. 그런 거 아닐까."

"웬일이에요. 언니는 그런 거 안 믿으면서."

"장소가 장소다보니."

"하긴, 하필이면 해월시네요. 유령도시 해월."

"그러니까. 으, 무서워. 이상한 식물에, 귀신에…… 난리가 났네."

윤재는 일부러 호들갑을 떨고는, 음악을 끄고 라디오를 켰다. 철 지난 음악이 흘러나오는 채널들을 지나 라디오는 뉴스 채널에 고정되었다. 아영은 뉴스를 듣는 둥 마는 둥 하며 방금 윤재가 한 말을 계속 생각했다. 도깨비불이라니, 뜬금없이. 혹시 모스바나에서 환각 물질이라도 뿜어져 나오는 건가. 자료에 그런 말은 없었는데. 막상 그 말을 꺼낸 윤재는 대수롭지 않게 여기는 것 같았지만, 아영은 그게 신경쓰였다.

해월은 대표적인 폐허 도시 중 하나였다. 한때 한국의 최대 로봇 생산지였고, 분지 특성상 돔을 건설하기 수월해서 더스트 폴 직후 가장 먼저 대피용 돔 시티로 지정된 곳이기도 했다. 그러나 기계들의 집단 오류로 도시 전체가 폐허로 변한 이후에는 로봇들의 공동묘지가 되었다가, 재건 이후 몰려온 불법 발굴업자들에게 파헤쳐져 이제는 거대한 고철 쓰레기장이 되었다. 몇 년 전부터는 복원 사업을 진행하는 건설업자들을 상대로 운영하는 식당과 숙박업소들이 해월 중심에서 조금 떨어진 곳에 띄엄띄엄 세워졌다.

아영도 대학생 때 교양 실습 수업으로 해월을 방문한 적이 있었다. 교수는 해월을 둘러보며 더스트 시대의 잔혹함을 상상해

보라고 말했다. 기억에 남은 건 썩은 달걀 같은 지독한 냄새와 산더미처럼 쌓인 고철들뿐이었다. 수십 년 전 멸망한 도시인데 어디서 이렇게 시체 썩는 냄새가 나는 것인지 궁금했다. 알고 보니 야생동물들이 들어왔다가 고철 사이에 발이 빠져 나가지 못하고 죽는다고 했다. 오염된 고철들과 사체들이 쌓인, 살아 있는 것들을 죽음으로 끌어들이는 황폐한 유령도시. 아영이 기억하는 해월의 풍경은 그랬다.

해월 인근에서 산림청 직원을 만났다. 직원은 아영과 윤재를 만나자마자 푸념을 늘어놓기 시작했다.

"일단은 인력을 투입해서 작업하고 있는데, 모르겠어요. 왜 이렇게 퍼지기 시작한 건지. 해충 때문에 고생한 적은 많은데 잡초로 이렇게 날밤 새운 적은 처음입니다. 당장은 급하니까 사람을 투입했지만, 계속 이럴 수도 없고…… 지푸라기라도 잡는 심정으로 여러 의견을 좀 들어보고 있어요."

해월이 가까워질수록 심상치 않은 광경이 보였다. 들판과 언덕을 가릴 것 없이 보이는 곳 모두 덩굴들이 덮고 있었다. 잠시 뒤 출입 금지를 의미하는 경고 벨트가 넓게 쳐진 지역에 도착했다. 해월의 복원 사업이 진행중인 곳이었다.

차가 멈추었을 때 아영은 말문이 막혔다. 옆에 앉은 직원이 말했다.

"근원지는 여기예요. 보시다시피 상태가 심각합니다."

경고 벨트 안쪽으로 맹렬히 자라난 덩굴들이 고철 쓰레기의 산을 뒤덮어버렸다. 틈이 거의 보이지 않아 그 아래 있는 것들이 잘 드러나지 않았다. 덩굴들이 언뜻 해월을 자연의 일부로 되돌린 것처럼 착각하게 만들 정도였다. 아영이 기억하던 해월의 모습이 아니었다.

"여기서 증식이 시작되어서, 한참 떨어진 농가까지 침범하고 있는 겁니다. 조금 더 가면 정말 어마어마해요."

고철 폐기물의 산을 돌아 반대쪽으로 향하자, 아영 앞에 거대한 모스바나 군락지가 펼쳐졌다. 조금 전까지 모스바나를 파내고 있었을 굴삭기가 몇 대 서 있었다. 사람 키보다도 훨씬 큰 굴삭기였지만, 덩굴들이 점령한 터무니없이 넓은 면적에 비하면 오히려 초라해 보였다. 뉴스에서 비추던 모습은 일부에 불과했다. 화면으로 보았을 때는 농경지까지 침범하지 않을 정도로만 관리하면 될 거라고 생각했는데, 그렇게 넘어갈 일이 아닌 것 같았다. 윤재가 혀를 차며 문 잠금을 풀었다.

"내려서 살펴보죠."

대부분 발목에서 무릎 높이로 자라 있었지만, 나무를 칭칭 감고 올라가서 덩굴을 길게 늘어뜨린 것도 있었다. 어떤 길목은 낫으로 덩굴을 베어내야만 겨우 이동할 수 있을 정도였다. 아영과 윤재는 장갑을 끼고, 끈으로 바지 끝을 동여매고, 모스바나 덤불을 헤치며 걸었다. 윤재가 도중에 쪼그려앉아 덩굴 아래 죽은 식물들을 살폈다.

"표본 봉투 하나 꺼내줘."

아영이 종이봉투를 윤재에게 건넸다. 진녹색의 모스바나 잎들이 땅이 보이지 않을 정도로 빽곡하게 언덕을 덮고 있었다. 윤재가 죽은 식물을 캐내자, 그 뿌리에 좀더 짙은 색의 뿌리가 뒤엉켜 있는 것이 보였다. 모스바나의 뿌리가 원래 이곳에 있던 식물들의 뿌리를 감고 자라는 것 같았다. 다른 식물들을 모조리 말려 죽이며 퍼져 나간다더니 사실인 듯했다. 그러고 보니 덩굴에 감긴 나무들도 부스러질 것처럼 메말라 고사 직전이었다.

"이거, 되게 징그럽네. 좀 기분 나쁘다."

윤재가 미간을 찌푸렸다. 아영도 고개를 끄덕였다. 인간 외의 생물을 인격화하거나 감정이입할 필요는 없다는 걸 알았지만, 자연을 관찰하다보면 어쩔 수 없이 불쾌해질 때가 있었다. 도대체 이런 생물이 어쩌다 생겨나게 된 걸까.

모스바나가 더스트 시대에 특화되어 진화한 식물이라면 이상한 일은 아니었다. 그 시기에는 어떤 생물이든, 아득바득 살려고 애쓰는 것들만이 살아남았다. 스스로 만들어낸 양분은 물론이고 주위의 양분까지 모두 빼앗아야 겨우 생명을 유지할 수 있었다. 불쾌하다는 감상도 어디까지나 아영이 재건 이후의 세대이기에 가능한 것이었다.

"동남아시아에서도 이 모스바나 때문에 워낙 고생했던 적이 있다고 해서, 몇 군데 연락해서 자료를 받았거든요. 그런데 지금 해월에서 일어나는 일은 생각했던 것 이상이에요. 그쪽에서 효과를 봤다는 방제법도 잘 통하지 않아요. 그 사이에 모스바나가 진화한 걸까 싶을 정도로요."

그렇게 말하는 직원의 표정이 심각했다. 이곳의 모스바나는 원래보다 더 강력한 번식력을 지닌 것일까? 그렇다면 왜 그런 상태가 된 것인지 궁금했다.

"어떻게 막고는 있는데, 역시 근본적인 해결책을 찾아야 할 것 같아서요. 안 그래도 해월시 인근은 긴 가뭄으로 농가들의 피해가 아주 큰 상황이거든요. 물을 끌어오느라 어려움을 겪고 있는데, 이 잡초 때문에 고통이 이만저만이 아니에요. 민원은 계속 들어오는데 위에서 잡초 문제는 알아서 해결하라고 방치하고, 그렇다고 우리가 손놓을 수는 없어서요. 하필 사람들이 접근하기 어려운 해월 중심지에서 퍼지는 것도 의심스럽고요. 최악의 경우 생물 테러일 가능성을 염두에 두고 있습니다."

아영도 이제 생물 테러라는 말에 의심부터 표하지는 않았다. 정말로 이상한 상황이라는 건 눈으로 보아서 이해했다. 하지만 정말로 테러 행위라면, 그 목적이 도저히 짐작 가지 않았다. 끔찍한 바이러스나 세균 테러도 아니고, 유전자 변형 괴물을 풀어 놓는 것도 아니며, 단지 성가신 식물을 증식시켜 방제 담당 직원들을 괴롭히는 테러라니. 식물을 도구로 이용하거나 혹은 식물

자체를 대상으로 하는 테러가 분명히 있지만, 그런 것들도 대개는 병원체를 이용한다. 굳이 추측해본다면 해월 인근 지역 주민들에게 원한을 품거나, 농사를 방해할 목적이거나, 그도 아니면 자연 생태계를 교란하려는 걸 텐데, 대체 누가 왜 그런 의도로 테러를 한단 말인가.

윤재가 말했다.

"만약 누가 마음먹고 벌이는 일이면, 범인을 특정하는 데에 저희가 도움을 드리기는 어렵습니다. 이런저런 정황을 파악할 수는 있겠지만 저희가 수사기관은 아니니까요. 생태학적인 추적도 장기간 지켜봐야 의미가 있는 거고요. 어쨌든 인위적인 사건인지, 자연적인 상황에 의해 일어난 일인지 같이 조사해볼 테니 자료를 공유해주세요. 방제 대책도 좀더 효과적인 방법이 있는지 내부 의견을 구해볼게요."

단순히 잡초 트러블이라고 생각하고 넘기기에는 심각한 상황이니, 생태연구센터에서도 상황 파악에 협조해야 할 것 같았다. 산림청 직원은 고맙다며 윤재와 아영의 손을 붙잡았다. 한줄기 희망을 발견한 듯한 눈빛이 약간 안쓰러웠다.

"그런데 혹시, 그 귀신은 뭐였나요?"

아영이 물었더니 직원의 표정이 어리둥절해졌다. 의아한 표정을 짓던 윤재가 잠시 뒤 무슨 이야기인 줄 알겠다는 듯 웃었다.

"맨 처음 전화 주신 김 연구원님이 해주신 이야기인데요. 해월에서 모스바나가 증식한 후로 가끔 귀신을 본다는 제보가 들어온다는 거예요."

직원은 윤재의 이야기를 듣고 약간 맥이 빠진 것 같았다.

"김 연구원님이 쓸데없는 이야기를 했네요. 아마 그건 해월의 불법 회수 처리업자들에게서 들려오는 소문일 텐데, 조사할 가치는 없는 것 같아 일단 기록만 해두었습니다."

하지만 아영은 궁금해서 참을 수가 없었다.

"소문이라면, 정확히 어떤……?"

직원은 또다시 어리둥절한 표정으로 아영을 보았지만, 지금은 두 사람의 협조가 필요하다는 사실을 깨달았는지 침착하게 설명했다.

"정확히는, 인간 형상이라든가 그런 것은 아닙니다. 불빛을 보았다고 하더군요. 일반적인 손전등 조명도 아닌 것 같은 푸른빛이 둥둥 떠 있는데, 가까이 가보면 사람은 없다고 해요. 그런데 수사기관에서 그 구역에는 이따금 드나드는 회수 처리업자들 외에는 사람이 없다고 확인해줬거든요. 출입 금지 구역 바깥에서도 가끔 푸른빛의 무언가를 봤다, 발광현상을 목격했다 하는 말이 들려오는데 촬영 증거는 없고, 그냥 기분 탓이겠지요."

그날의 일과는 모스바나 개체와 토양 샘플을 추가로 채집하고, 모스바나 방제에 대한 직원의 고충을 두 시간쯤 더 들어주는 것으로 마무리되었다. 해월에서 돌아오는 길에 아영은 계속해서 창밖을 보았다. 해가 져서 깜깜한 어둠 외에는 보이는 게 없었지만, 혹시 저 끝없이 펼쳐진 들판에서 그 푸른빛을 발견할 수 있을까 싶어서. 물론 그런 것은 보이지 않았다.

윤재가 물끄러미 아영을 지켜보더니 물었다.

"무슨 생각 해? 아주 심각해 보이네."

"식물에서 푸른빛이 나는 게 분명 흔한 일은 아니죠?"

윤재는 깊이 생각할 것도 없다는 듯 대답했다.

"그렇지. 발광현상도 드문데, 게다가 파란색이면 더 그렇고. 내 생각에는, 제보자들 말이 맞다 쳐도 모스바나 때문은 아닌 것 같아. 반딧불이라든가, 발광 미생물이라든가 그쪽이 좀더 가능성이 있지 않으려나. 모스바나가 증식했다고 해서 그게 원인이라고 할 수는 없잖아."

윤재의 말이 합리적이었다. 설령 귀신, 아니 푸른빛에 대한 목격담이 사실이라고 해도 그걸 모스바나와 연관 짓기에는 무리가 있었다. 윤재의 말대로 식물보다는 발광현상의 원인에 근접한, 곤충과 같은 다른 원인 혹은 인적 요인을 찾아보는 게 우선일 것이다.

그런데 아영은 좀처럼 모스바나와 그 푸른빛을 떨쳐낼 수 없었다. 단지 직원의 설명을 짧게 들었을 뿐인데도 마치 그 장면을 어디선가 목격한 것처럼 느껴졌다.

문득 며칠 전 꾸었던 꿈이 떠올랐다. 스트레인저 테일즈에서 이상한 이야기를 잔뜩 읽은 탓이라고 생각했는데, 갑자기 왜 그런 꿈을 꿨는지 알 것 같았다.

무성한 덩굴식물과 푸른빛. 아영은 분명 그런 것을 보았다.

어린 시절, 이희수의 정원에서였다.

*

신입 연구원으로 입사한 이후 몇 달쯤 지났을 때인가, 다 같이 커피를 마시던 오후, 박소영 팀장이 물었다.

"아영 씨는 어쩌다가 여기 들어왔어요?"

"네?"

"사실 우리 연구소, 인기 있는 곳은 아니잖아요. 다른 곳에 갈 수도 있었을 텐데 굳이 여기 온 이유가 있는지 궁금해서요."

옆에서 윤재가 실실 웃고 있는 게 마치 '대답 잘해야 한다' 하고 표정으로 말하는 것 같았다. 사실은 면접 때도 비슷한 질문을 받았지만, 그때와 달리 박 팀장이 그렇게 묻는 맥락을 아영도 알았다. 일 년간의 인턴, 그리고 몇 개월의 수습 기간을 거치며 실감하게 된 무언가가 있었다. '인기 있는 곳이 아니다'라는 말 정도로는 요약되지 않을 만큼 더스트생태학은 홀대받는 학문이라는 거였다.

연구소 밖에서 사람들을 만나 더스트생태학 연구를 한다고 말하면 다들 생전 처음 듣는다는 반응을 보였다. 사회의 집단 기억 속에서 더스트 시대의 고통이 흐릿해질수록, 현재부터 그 시대로 거슬러 오르는 학문 역시 힘을 잃을 수밖에 없었다. 이제 사람들에게 과학이란 더스트라는 재난 속에서 인류를 구한 위대한 기적이었고, 재건 이후의 삶을 더욱 풍요롭게 해줄 도구였다. 그 외의 연구란 보통 사람들에게는 별 가치가 없었다.

그럼에도 더스트생태학을 선택한 연구원들은 자신이 하는 일에 자부심을 가지고 있었고, 이 분야에 대한 애정도 높았다. 하지만 왜 하필 이미 사라지고 없는 '더스트'와 관련된 생태학을 선택했느냐고 물으면 딱히 이렇다 할 이유가 없는 사람이 더 많을 터였다.

아영이 머뭇거리자, 옆에서 윤재가 거들어주었다.

"뭐, 이유가 없을 수도 있잖아요. 어쩌다보니 할 줄 아는 게 이거였고, 그냥 먹고살려고 하다보면 재미있어지는 거고. 다들 그렇지 않나요? 저만 해도 전공 지원 자격 되는 연구소 여러 군데에 원서를 냈는걸요."

그렇게 말해주는 윤재가 아영은 고마웠다. 대부분의 사람들에게 해당되는 이야기일 터였다. 하지만 아영은 어쩌다보니 더스트생태학을 하게 된 건 아니었다. 이제껏 말해본 적 없는 이야기였지만, 지금이라면 해도 될 것 같았다.

"사실은, 꼭 이 연구여야 하는 이유가 있었어요."

모두의 호기심 어린 시선이 아영을 향했고, 아영은 대단치도 않은 이야기를 너무 선언하듯 시작한 것 같아 민망했지만 말을 이어나갔다.

"어렸을 때 식물을 좋아하게 됐거든요. 세상이 변화해가는 풍경이라고 할까…… 그 변화하는 풍경의 구성물들에 관심이 생겼어요."

"신기하네요. 어릴 땐 다들 식물 별로 관심 없지 않아요?"

"그러게. 보통 그때는 식물보단 곤충이나 공룡 좋아하니까. 아무래도 식물은 좀 심심하지."

"저도 처음부터 그랬던 건 아니에요. 제가 좋아하고 동경했던 이웃 할머니 덕분이었어요."

연구원들이 질문을 보냈다.

"아, 친한 할머니가 원예에 관심이 많으셨나봐요?"

"아뇨…… 그분은 원예에 딱히 관심이 없었어요. 식물에 대해서는 아주 해박하시긴 했는데, 직업은 원래 정비사였어요."

"정비사? 그런데 식물을 잘 알아요?"

점점 연구원들의 표정이 의아하다는 기색을 띠었다.

"온유라고, 작은 도시에 살았거든요. 인천 근처에 있는데 대규모 실버타운으로 조성된 곳이요. 아시죠?"

다들 고개를 끄덕였다.

"알지, 가봤어요. 우리 이모할머니도 거기 살아요."

"온유에 막 실버타운이 생긴 지 얼마 안 됐을 때, 거기로 이사를 갔어요. 엄마가 노인건강센터 매니저를 하셨거든요. 그 도시에서, 할머니를 만났어요. 이희수 씨요."

연구원들은 진지하게 듣고 있었다. 아영은 차를 한 모금 마시며 목을 축인 다음 입을 열었다.

"좀 이상한 분이셨어요. 마치 다른 세계에서 온 사람 같다고 할까요. 어디서 온 건지 알 수 없었고, 아무도 그분의 과거를 몰랐어요. 마지막에도 어디로 가는지 모르게 갑자기 사라지셨죠. 더스트 시대를 지나온 사람이었는데, 언제나 돔 바깥의 이야기를 들려주셨어요. 돔 안쪽이 아니라, 돔 바깥에서 일어난 일들이요."

아영이 이희수를 처음 만난 건 온유로 이사한 지 한 달이 지났을 때였다. 겨우 가까워졌지만 아직 어색한 네 명의 친구들 옆에서 주춤거리며 집으로 돌아가는 길에, "저기 좀 봐" 하고 속닥거리는 목소리가 들려왔다.

노인들이 모여 사는 타운 앞 도로에 낡은 호버카 한 대가 멈춰 서 있었다. 무슨 일이 있었는지, 바닥에 내던져진 피켓들이 잔뜩 보였다. 그걸 사이에 두고 노인 두 명이 삿대질을 해가며 싸우고 있었다. 한 명은 아는 얼굴이었다. 성격이 꼬장꼬장하기로 소문난 할아버지로, 며칠 전 아영이 다니는 학교에 특강을 하러 온 적이 있었다. 선생님의 소개에 의하면 옛날에 아주 존경받는 의사였다고 했다. 그 사람과 싸우고 있는 할머니는 처음 보는 얼굴이었다. 간편한 작업복에 스니커즈, 동그란 안경을 쓰고 머리를 질끈 묶은 모습이 여러모로 온유의 보통 노인들과는 다른 분위기였다.

아이들은 시선을 교환하더니 노인들 옆을 조용히 지나쳤고, 아영도 그 뒤를 머뭇거리며 따랐다. 귀를 기울여보니 "당신 집에 가져다 걸어놔라, 무슨 권리로 이걸 버리냐" "무례한 놈들 쫓아낸 게 뭐가 나쁘다는 거냐" 하면서, 도대체 말만 들어서는 뭘 두고 다투는 것인지 알 수 없는 싸움이 벌어지고 있었다.

그런데 아영이 흘끔거리며 두 노인을 보는 순간, 인상을 찌푸리고 있던 할머니가 눈을 맞추고는 싱긋 웃으며 말했다.

"아, 그래. 네가 새로 온 꼬맹이구나?"

아영은 얼떨결에 고개를 숙여 인사했는데, 그 인사를 보긴 했는지 확신할 틈도 없이 할머니는 곧바로 눈을 돌려 적수를 향해 날 선 비난을 이어가기 시작했다. 아영을 향해 지어주었던 온화한 미소는 온데간데없는 차가운 표정이었다.

골목을 다 지나오고 생각해보니, 무언가 상황에 맞지 않는 이상한 일이 벌어진 것 같았다.

"아까 그 할머니…… 뭐였지? 나한테 인사해주신 거 맞아?"

"그럴걸. 이희수 씨잖아."

아이들이 그렇게 말하며 키득거렸다. 이희수 씨가 누구냐고 묻고 싶었지만 어쩐지 다른 아이들은 그 사람을 다 아는 것 같고, 또 아직은 편하게 물어볼 만한 사이가 아니라는 생각이 들어 소심하게 입을 다물었다.

집으로 돌아와 엄마에게 그 일을 이야기했더니, 수연은 말했다.

"오늘 그 앞에서 대학생들 시위가 있었거든. 거기 어르신들이 심기 거슬린다고 경찰 부르고 난리가 났었나봐. 이희수 씨가 지나가면서 학생들 편들어준 거지, 뭐."

시위는 무슨 시위이고, 편은 왜 들어준 건지 아영은 하나도 이해할 수 없었지만, 수연은 별다른 설명 없이 웃으며 말했다.

"우리 센터에도 자주 오셔. 좋은 사람이야. 아니, 좋다기보다는 재미있는 사람."

온유는 더스트 시대의 잔해가 남아, 재건 이후로는 사람이 거의 살지 않던 곳을 대규모 실버타운으로 집중 개발한 지역이었다. 아영이 최근에 여기로 이사하게 된 것도 실버타운과 관련이 있었다. 수연은 노인건강센터의 전국 지부를 관리하는 일을 했는데, 온유에 신규 센터가 문을 열면서 일 년간 개관 준비와 초창기 운영을 담당하게 된 것이었다. 타운은 아직 조성된 지 몇 년도 채 되지 않은 시기로, 공헌자 노인들은 대부분 새로 지은 주택단지에 살았고 온유 마을에서 일하는 상대적으로 젊은 사람들은 작은 개울을 사이에 둔 맞은편 동네에 살았다.

주택단지에서 개울의 나무다리를 건너 온유 마을로 가는 길목, 사람이 거주하기에는 다소 뜬금없게 느껴지는 장소에 커다란 창고와 정원이 딸린 낡은 집이 하나 있었다. 그 집이 바로 이희수의 집이었다.

알고 보니 이희수는 실버타운의 노인들 사이에서 악명이 높았다. 노인들과 마주치기만 하면 오만 일로 시비가 붙어서, 제발 좀 여기서 쫓아내라는 민원이 쏟아지게 만드는 주역이었다. 하지만 노인들은 그를 쫓아낼 수 없었다. 그는 실버타운에서 사는 것도 아니고 본인 집은 따로 있는데다가, 그저 말을 좀 험하게 할 뿐 위법한 일을 저지르는 사람은 아니었으니까. 이희수가 타운 근처에서 산책이라도 하고 있으면 노인들은 다들 폭탄이라도 보듯이 저 성질 더러운 인간 또 왔네, 하고 투덜거렸다.

이희수가 왜 하필 이 온유에 살고 있는지, 창고와 정원이 있는 커다란 집을 혼자 차지하고 살게 된 건 언제부터인지, 공헌자 노인들에게 툭하면 시비를 걸어대는 이유가 무엇인지 다들 궁금해했다. 누군가는 그가 실버타운이 조성되기 전인 아주 옛날부터 여기 살아서 괜히 텃세를 부리는 것이라고 했고, 또 누군가는 그가 그 집을 사서 살기 시작한 건 고작해야 삼 년 전이라고 말했다. 공헌자 노인들과 사이가 좋지 않은 건 더스트 시대에 돔시티 사람들로부터 험한 일을 겪어서라는 말도 있었고, 재건 이후의 복잡한 정치 이슈에 휘말려서라는 이야기도 있었다.

어쨌든 그 소문들이 이희수의 입으로 확정되는 경우는 거의 없었다. 사람들이 그에 대해 확실히 아는 사실은 그가 공헌자 노인들을 제외한 다른 사람들에게는 대체로 친절하다는 것, 기계와 장비를 다루는 데에 일가견이 있다는 것, 언제나 창고에 틀어박혀 작업을 한다는 것, 그리고 방치한 지 십 년은 되어 보이는, 징그러울 정도로 잡초가 무성한 정원을 가지고 있다는 것 정도였다.

어린 나이의 아영에게도 온유의 분위기는 조금 기이하게 느껴졌다. 학교에서는 '더스트 시대를 기억하기', 줄여서 '기억 수업'이라고 부르는 특강이 매주 열렸는데, 다른 도시에 살 때는 들어본 적이 없는 수업이었다. 특강 시간이 되면 실버타운에 사는 공헌자 노인들이 강당에 찾아와 더스트 시대의 이야기들을 들려주었다. 어떤 이는 돔 시티에서 군인으로, 또 어떤 이는 의사로 일했던 경험을 이야기해주었다. 아이들은 더스트 시대에 인간이 살 수 있는 유일한 공간이었던 돔에서의 삶이 얼마나 비참했는지, 예컨대 이틀에 한 병씩 배급되던 물을 두고 다투던 일이 얼마나 괴로웠는지를 들었다. 그건 역사 시간에도 배웠지만, 슬픔에 잠긴 표정으로 주저하며 과거를 회고하는 노인들로부터 직접 듣는 것은 느낌이 달랐다. 노인들은 대부분 더스트 폴로 가족과 친구를 잃었고, 떨리는 목소리로 사랑하는 이들을 떠나보내던 아픔을 이야기했다. 기억 수업이 끝나면 아이들의 눈은 항상 빨갛게 부었다.

그런데 때로는 한 무리의 사람들이 나타나 실버타운 앞에서 '공헌자 명단 전면 재조사하라' '기록 미화 반대한다' 같은 문구를 내걸고 시위를 벌였다. 그런 날에 노인들은 언짢은 표정으로 창밖을 내다볼 뿐 밖으로 나오지 않았는데, 이희수만이 유유자적 시위 현장을 구경하거나 사람들에게 음료수를 건네고는 주택단지를 지나쳐 집으로 돌아가곤 했다.

"엄마, 저 사람들은 뭐야?"

수연의 반응은 조심스러웠다. 노인들을 주로 상대하는 수연은 다른 지역에 비해 온유에 사는 공헌자 노인들이 좀더 품위 있고, 친절하고, 대하기가 까다롭지 않은 고객들이라고 했다. 그런데 그것이 그들이 정말로 존경받을 만한 사람들인지를 말해주는 것은 아니라고, 하지만 그렇다고 해서 그 사람들이 전부 나쁜 사람이라고 말하기도 어렵다고 수연은 덧붙였다.

"더스트 시대에는 이타적인 사람들일수록 살아남기 어려웠어. 우리는 살아남은 사람들의 후손이니까, 우리 부모나 조부모 세대 중 선량하게만 살아온 사람들은 찾기 힘들겠지. 다들 조금씩은 다른 사람의 죽음을 딛고 살아남았어. 그런데 그중에서도 나서서 남들을 짓밟았던 이들이 공헌자로 존경을 받고 있다고, 그게 잘못되었다고 말하는 사람들이 있거든. 아영이 네가 아직 이해하기는 어렵지?"

곰곰이 생각해보면 이해가 될 것 같다가도 혼란스러워지곤 했다. 당장 목숨이 걸려 있다면, 죽음 앞에서 누구나 이기적인 선택을 할 텐데. 이런 생각이 드는 것도 수연의 말대로 아영 자신이 '이타적이지 않은 사람들의 후손'이어서 그런 것일까. 생각이 꼬리를 물다보면 얼굴 한 번 본 적 없는 할머니와 할아버지에게까지 거슬러 올라갔고, 결국은 더스트 이후에 태어난 모든 사람에게는 원죄가 있는 것인가 하는, 심오한 생각에 빠져들었다.

존경과 의심 사이에서, 온유의 노인들을 대하는 사람들의 태도에는 마치 두 개의 가면을 번갈아 쓰는 듯한, 위태로운 느낌이 있었다. 어른들은 아이들에게 공헌자들을 존경하고, 더스트 시대를 기억하고, 또 그 시대의 기억을 보존하기 위해 애쓰는 온유에 자부심을 가져야 한다고 말했지만, 돌아서서는 어두운 소문을 실어나르곤 했다.

그런 소문은 어른들 사이에서 조용히 시작되어 아이들에게까지 전해졌다. 아이들은 공헌자들 중에는 사실 자기 가족을 팔아먹은 사람도 있다고, 재건에 기여한 게 하나도 없는데 거짓말을 하는 사람도 있다고, 연도를 대조해보면 하나도 맞지 않는다고 말했다. 아이들이 그렇게 소곤거릴 때면, 아영은 강당에서 이야기를 늘어놓던 그 노인들의 진짜 과거를 상상해보곤 했다. 정말 그럴까? 하나같이 못된 사람이거나, 아니면 말하는 것 그대로 좋은 사람이거나, 그중 하나일까? 거짓말일 수도 있지만, 사실은 너무 오래된 기억이어서 헷갈린 것일 수도 있지 않을까?

하지만 다들 이희수에게는 그저 과거를 궁금해할 뿐 험담을 하지는 않았다. 이희수는 분명히 더스트 시대를 겪은 세대인데도 어쩐지 더스트와 무관해 보였고, 어딘가 다른 세계에서 뚝 떨어진 느낌이 났다. 그는 마을 사람들 대부분과 호의적인 관계를 유지했다. 사람들이 가끔 그에게 고장난 가전제품을 봐주길 부탁하면 며칠 뒤에 말끔하게 수리가 되어 돌아왔다. 사람들은 가전제품을 받아 가면서 직접 구운 빵이나 파이, 반찬을 전해주었다.

아이들은 이희수의 창고에 환상을 갖고 있었는데, 그곳에 들어가본 아이들은 옛날식 호버카를 개조해서 만든 괴상한 탈것들과 인간형 로봇들을 잔뜩 보고 왔다며 흥분해서 떠벌려댔다. 재건 이후의 엄격한 기술 제한 정책 때문에 일부 연구 도시를 제외하고는 인간형 로봇을 더는 만들지 않았는데도, 이희수는 어디선가 구해 온 부품들로 로봇을 조립한 것 같았다.

창고가 아이들의 열렬한 사랑을 받는 흥미진진한 공간인 것과 달리, 정원은 이상할 정도로 날것의 상태로 방치되어 있었다. 정원은 잡초들이 아무렇게나 자라도록 내버려둔 것처럼 보였다. 하나도 관리되지 않은 키 작은 나무들은 이미 시들시들했다. 반면 무성한 잡초들은 울타리를 타고 바깥으로 뻗어 나갈 것처럼 보였다. 어린 아영에게 어떤 집 정원이 특별히 아름답고 말고를 구분할 미감은 없었지만, 그 정원이 그림이나 영화 속에서 본 그 럴싸한 정원과 다르다는 것은 확실히 알 수 있었다. 그렇다고 이 희수가 정원에 아예 드나들지 않는 것도 아니어서, 그는 종종 정 원 한가운데 놓인 안락의자에 앉아 꾸벅꾸벅 낮잠을 잤고, 허리 를 굽혀 한참이나 식물들을 들여다볼 때도 있었다. 아영은 그 방 치된 정원의 정체가 무척 궁금했다.

이희수와 살갑게 인사를 나누는 또래 아이들을 보면서도, 아 영은 자신이 그와 결코 친해질 수 없을 거라고 생각했다. 이번에 도 길어야 일 년쯤 있다 이사를 갈 텐데, 아이들이든 어른들이든 먼저 다가가는 것이 망설여졌다. 게다가 붙임성이 없어 귀여움 을 받지도 못하는 성격인지라 노인들이 불편하고 무서웠다. 그 럼에도 이희수라는 사람과 그의 집, 특히 정원에 대한 호기심은 감출 수 없었다. 아영은 개울을 건너 학교로 갈 때마다 이희수의 집을 흘끔거렸다.

어느 날 오후, 아영은 하굣길에 가보지 않은 길에 들어섰다가 길을 잃고 말았다. 처음에는 씩씩하게 걸어가다가 한참 뒤에야 낯선 장소로 왔다는 걸 깨달았다. 근처에 잡아탈 수 있는 공용 호버카도, 정류장도 보이지 않았다. 실버타운의 불빛을 보고 다 시 제대로 방향을 잡았을 때는 이미 해가 다 진 뒤였다. 어둠에 잠긴 동네는 낮과는 완전히 달라 보였고, 집까지는 한참 걸어야 했다. 간혹 들려오는 개 짖는 소리에 잔뜩 긴장하며 걷고 있는데 무언가가 아영의 시선을 붙들었다.

어떤 집의 정원이었다. 아영은 정원을 향해 홀린 듯이 걸어갔다. 정원의 흙이 푸른빛을 가득 품고 있는 것처럼 보였다. 허공에도 푸른색을 띤 먼지가 흩날렸다. 마치 푸른빛이 정원에 한 겹 덧씌워진 듯한 모습으로, 자연적으로는 존재할 수 없는 것 같은, 으스스하면서도 그대로 지나칠 수 없는 풍경이었다. 가까이 가서야 아영은 그곳이 이희수의 정원이라는 걸 깨달았다. 원래 알던 모습과는 완전히 달랐다. 시들던 나무도 무성한 잡초들도 지금은 그림자로만 존재했다. 푸른빛의 먼지들만이 느린 바람을 타고 흩날리고 있었다.

울타리 가까이 선 아영은 코끝에 먼지가 닿았다가 아래로 떨어져내리는 것을 느꼈다. 어둠이 눈에 익자 쓸쓸한 얼굴을 한 노인이 정원 한가운데 앉아 있는 것이 보였다. 안락의자에 기대 앉은 그는 허공을 보고 있었다. 그 시선은 이 현실이 아닌, 다른 어딘가를 향해 있는 것 같았다. 무언가 보아서는 안 될 것을 목격한 기분이었지만, 아영은 발걸음을 떼지 못했다.

순간 컹컹 개 짖는 소리가 요란하게 들려왔다. 아영은 깜짝 놀라 물러나려다가 그만 발을 헛디뎠다. 소리를 들었는지 고개를 돌린 이희수와 눈이 마주쳤다. 덜컥 겁이 났다. 몰래 훔쳐보고 있었다고 화를 내면 어쩌지. 이희수가 실은 정원을 끔찍히 아낀다던, 그래서 풀 하나에도 손을 못 대게 하느라 방치된 것처럼 보이는 거라던 소문들이 떠올랐다. 아영은 눈을 꽉 감았다가 다시 떴다.

이희수가 아영의 앞에 와 서 있었다. 그가 손을 내밀었다. 아영은 그 손을 물끄러미 보다가 잡고 일어났다.

"죄송해요. 저…… 마음대로 오지 않을게요."

"괜찮니?"

"네, 괜찮아요. 죄송합니다."

아영은 겁먹은 얼굴로 말했다. 이희수는 이상하다는 듯이 아영의 눈을 잠시 보더니, 곧 이유를 알겠다는 표정으로 웃음을 터뜨렸다.

"그럴 필요 없어. 언제든지 놀러와도 괜찮단다."

이희수가 아영의 무릎에 묻은 흙을 털어주며 말했다.

"그래도 다음에는 정원 쪽이 아니라 창고로 오는 게 좋겠구나. 여긴 아이들에게 위험하거든. 내가 정원 관리에는 소질이 없어서 말이다. 이 식물들은 성질이 아주 고약해."

그 말을 듣고서야 아영은 무릎이 따끔한 것을 느꼈다. 풀에 닿았던 살갗이 부어오른 것 같았다.

"이거 봐라. 식물들은 보이는 것과는 달리 꽤 공격적이야. 나는 그 공격성을 좋아하지만, 잘못 건드렸다간 큰일이 나곤 하지.

잠시 여기 앉아 있거라."

이희수는 아영을 안락의자에 데려다 앉혀놓고 집으로 들어가 연고를 가져왔다. 아영은 몸 둘 바를 몰라 하며 이희수가 연고를 발라주는 것을 보았다. 연고가 닿자 시원한 느낌이 들더니 부어올랐던 피부가 금세 가라앉았다.

아영을 의자에 앉혀두고 이희수는 정원을 천천히 걸으며 누군가와 통화를 했는데, 수연에게 연락을 한 것 같았다. 아영은 안락의자에서 내려가지도 못하고 초조한 기분으로 입술을 깨물었다. 다친 무릎보다도 엄마에게 혼이 날까봐 겁이 났다.

얼마 지나지 않아 차를 탄 수연이 정원 앞에 도착했다.

"아휴, 고맙습니다. 애가 늦게까지 안 들어와서 얼마나 걱정했는지. 아영아, 대체 어딜 갔던 거야."

수연은 아영의 볼을 살짝 꼬집으며 차에 태웠다. 혼자서 너무 멀리 간 것도, 남의 집 정원에 기웃댄 것도 모두 큰 잘못인 것 같아서 아영은 시무룩해졌다. 하지만 호버카의 열린 창문으로 이희수와 눈이 마주쳤을 때, 그가 싱긋 웃어주었고 그러자 이유 모를 안도감이 느껴졌다. 이희수가 쉿, 하고 손가락을 입술 위에 올리더니, 입 모양으로 말했다. 정확히 알아들을 수는 없었지만 이런 말 같았다.

'오늘 본 건 비밀로 해주렴.'

놀라운 것은, 그날 이희수의 정원을 떠돌던 푸른빛의 먼지들이 수연이 도착할 무렵에는 모두 사라져버렸다는 것이다. 혹시 어떤 마법의 순간을 목격한 걸까? 그렇다면 이희수가 그걸 비밀로 해달라고 한 것도 이해할 수 있었다. 누군가에게 함부로 이야기하면, 마법이 깨지고 말 테니까.

그날 이후 아영은 철저히 비밀을 지켰다. 그래도 정원이 어떻게 된 건지 궁금해서 해가 진 후 이희수의 집 근처를 지날 때면 정원으로 눈이 가곤 했지만, 그날의 기묘한 푸른빛은 더이상 보이지 않았다.

수연이 일하는 센터에서 아영은 이따금 이희수를 마주쳤다. 처음에는 어색한 기분으로 인사만 꾸벅하고 도망치듯 달아났지만, 이희수가 언제나 살갑게 말을 붙여주었으므로 나중에는 아영도 용기를 내어 먼저 안부를 물었다.

"저…… 엄마가 드린 호박파이 어떠셨어요? 사실 제가 반죽을 같이했는데, 맛이 그저 그랬거든요."

그러면 이희수는 재미있다는 듯 깔깔 웃으며 대답했다.

"아주 맛있게 먹었지. 난 파이를 굽지도 못하거든. 그나저나, 널 괴롭힌다던 못된 녀석들은 마음을 좀 착하게 바꿔먹었는지 궁금하구나."

아영은 이희수와 나누는 사소한 대화들이 다 좋았다. 물론 아영이 정말 묻고 싶은 건 그 비밀스러운 정원에 대한 것이었지만, 정원에 걸린 마법을 깨고 싶지는 않았다. 그건 둘만이 공유하는 특별한 비밀 같다는, 그런 마음도 있었다.

그래도 어떤 날은 용기를 내서 이희수의 정원 가까이 다시 가 보기도 했다. 근처 화단의 풀꽃들과 정원에 자란 식물들을 비교해보며 흘끔대다가, 창고 밖으로 나오는 이희수와 마주쳤다. 그는 이제 막 작업을 마쳤는지 말끔해진 기계장치를 하나 들고 있었는데, 아영을 발견하고는 싱긋 웃었다. 아영이 식물에 관심이 있다고 생각한 것 같았다.

"가만히 들여다보면 재밌지. 정적이면서 아주 역동적이야. 나는 이 정원에 손을 안 대는데도, 자신들만의 균형을 절묘하게 이루고 있지. 참 흥미로운 존재들이야."

아영은 조용히 고개를 끄덕였다. 솔직히 말하면 얼마 전까지만 해도 식물에는 관심이 없었지만, 그날 이후로 이상한 푸른빛이 자꾸 머릿속 한편을 맴돌았다. 혹시 다른 식물들 중에도 그렇게 기이한 빛을 내는 것이 있을까 싶어 유심히 관찰했지만, 그런 것은 오직 이 정원의 식물들뿐이었다.

"언젠가 길게 시간이 나면, 재미있는 식물들 이야기를 네게 들려줘야겠구나."

그 말은 아영의 마음을 두근거리게 했다. 이희수는 정원을 거의 방치하면서도, 그곳에 자라난 식물들에는 관심이 많은 것 같았다. 그 이유가 뭘까? 무슨 사연이 있을까? 묻고 싶은 게 많았지만 이희수와 단둘이 시간을 보낼 날이 올 것 같지는 않았다. 아영은 이희수가 들려줄 이야기를 혼자 상상해보다가도, 괜히 기대했다가 실망하게 되긴 싫어서 얼른 고개를 저어 잊어버렸다.

그날은 생각보다 빨리 찾아왔다. 아침부터 천둥이 쾅쾅 치며 온 세상을 뒤흔드는 소리를 내던 날이었다. 수연은 오후에 전화를 받더니 황급히 짐을 챙겼다.

"아영아, 옆 지역 센터가 정전돼서 도움이 필요하대. 엄마가 이따 새벽까지는 거기 가 있어야 하는데……"

냉장고가 텅 비어 있다는 사실을 뒤늦게 깨달은 수연은 이마를 찌푸렸다. 간편 식품조차 없는 집에, 이렇게 궂은 날 어린 딸을 혼자 둘 수는 없다고 생각했는지 수연은 전화를 붙들고 아영을 하루만 맡아줄 사람을 수소문했다. 다들 일 때문에 곤란하다는 와중에, 이희수가 흔쾌히 수연의 부탁을 받아들였다.

아영은 머뭇대며 이희수의 집 앞에 내렸다. 수연은 이희수에게 연신 감사하다는 인사를 하고 나서 호버카를 몰고 비가 퍼붓는 도로를 향해 떠났다.

아영이 오들오들 떨며 집안으로 들어서자, 이희수가 "따뜻한 것부터 좀 마시자" 하고 찻잔과 주전자를 내왔다. 아영은 차를 홀짝이며 주위를 둘러보았다. 밖에서는 빗소리가 따갑게 쏟아지는데 집안은 가라앉은 공기로 아늑했다. 어두운 빛깔의 목재로 지어진 내부는 박물관에 전시된 집을 그대로 옮겨온 것 같았다.

고풍스러운 집안 곳곳에 쌓인 기계들이 이질적인 분위기를 만들고 있었다. 선반과 유리장에는 기계 부품과 공구들이 올려져 있었다.

가장 눈에 띈 것은 문 옆에 마네킹처럼 세워진 인간형 로봇이었다. 만들다 만 것인지 피부가 벗겨졌고 안구가 있어야 할 자리가 텅 비어 있었다. 아영은 화들짝 놀라 텅 빈 안구에서 얼른 시선을 뗐지만, 잠시 뒤 호기심을 못 이겨 다시 로봇을 살폈다. 가만히 지켜보니 인간형 로봇이라고 하기에는 얼굴이 인간과는 무척 달라서, 옛날 영화 속에 등장하는 고철 로봇을 보는 듯한 친근한 느낌도 들었다. 로봇 옆의 화이트보드에는 메모지가 잔뜩 붙어 있었다.

이희수가 테이블 맞은편에 앉으며 물었다.

"마음에 드니?"

"네. 맛있어요."

아영은 고개를 끄덕이며, 정말로 차가 마음에 든다는 걸 보여주기 위해 일부러 한 모금 홀짝였다.

"아니. 저 로봇을 마음에 들어하는 것 같길래. 난 네 나이에 차를 좋아하는 녀석은 한 명도 못 봤어. 그 옛날식 찻잔을 보면 다들 써보고 싶어서 손님이 올 때마다 내주고는 있다만."

"음, 맞아요. 사실은 아무 맛도 안 나요."

달콤한 냄새가 나서 단맛을 기대했지만 기대와는 달리 차에 선 쓴맛이 났다. 아영이 찻잔을 내려놓자 이희수는 픽 웃었다. 아영이 또다시 로봇을 흘끔거리는 것을 보고는 이희수가 입을 열었다.

"저건 내가 옛날에 자주 정비했던 인간형 로봇 기종이다. 지금은 생산이 중단되었는데, 폐허에서 발견해서 발굴해 왔지. 고쳐서 재가동해보려고 했지만 잘 안 되더구나."

아영이 신기한 눈으로 로봇을 바라보자 이희수가 말했다.

"과거에는 사람들이 인간형 로봇을 자주 썼거든. 가정용 청소 로봇 하나에도 인간처럼 이름을 붙여주었어. 하지만 지금은 인간을 닮지 않도록 만드는 게 규율이지. 더스트 시대에 무기로 개조된 인간형 로봇에게 가족을 잃은 사람이 많으니까. 이름까지 불러주며 애지중지하던 녀석들이 내 목덜미에 칼을 박아왔으니, 배신감이라도 느낀 건지 뭔지. 아무튼 집단적인 트라우마가 되긴 했지."

온유를 돌아다니는 로봇들이 전부 원통이나 반원형 모양인 이유가 있는 모양이었다.

"그럼 할머니도 그런 로봇들을 만드셨나요? 무기로 개조된 인간형 로봇이요. 총이나 칼이 달린……"

이희수가 고개를 갸웃해 보여서, 아영은 소심하게 덧붙였다.

"어떤 애들한테 들었어요. 군인이셨다고요."

"아, 그랬던 적이 있지. 난 만드는 게 아니라 고치는 쪽이었어."

이희수는 가볍게 웃으며 문간의 로봇을 가리켰다.

"사실 저 녀석도 생활 보조용으로 출시된 아주 친근한 로봇이었는데, 나중에는 다들 개조해서 무기를 들고 다니게 만들었지. 그때는 안전한 것과 위험한 것의 구분이 없었어. 안전하다고 믿었던 것들도 시간이 지나면서 점점 위험해졌고, 돔 시티를 지키기 위해서 기계란 기계는 전부 동원되었으니까."

"돔 시티에 계셨던 거예요?"

"오래 있지는 않았어. 한 일 년쯤. 그런데 난 그곳을 아주 싫어했어."

이희수가 갑자기 인상을 찌푸려서, 아영은 눈을 깜빡였다.

"돔 시티는 정말 최악의 인간들을 모아둔 곳이었지. 이렇게 살아남을 바에는 세계가 전부 망해버렸으면 좋겠다고 생각한 적이 많았어. 난 그래서 저 타운에 사는 놈들을 싫어해. 다들 자신이 한 짓은 까맣게 잊고 사는 위선자들이지."

그러더니 이희수는 싱긋 웃었다.

"이건 아이들 앞에서 할 이야기는 아닌 것 같구나. 어쨌든 그들이 있어서 인류의 명맥이 이어지긴 했으니까. 세계가 망했으면 좋겠다니, 지금 생각해보면 속 편한 소리지. 정말로 세계가 망한 와중에 살아남은 사람으로서는 할 자격이 없는 말이야."

"괜찮아요. 저도 가끔 그런 생각을 했거든요. 자고 일어난 사이에 세상이 끝나버렸으면 좋겠다고요."

"그래? 어쩌다 그런 생각을 하게 됐지? 우리가 같은 생각을 했다는 게 재미있구나."

이희수는 그렇게 말하며 아영의 눈을 들여다보았는데, 아영은 그가 자신의 말을 재미있다고 말해준 것이 좋았다.

"할머니는 타운의 어른들이 위선자라고 말했지만, 어른들만 그런 건 아니에요. 아이들도 다 조금씩 비겁하거든요. 여기 아이들은 제가 내년이면 여길 떠난다는 걸 알아서 저를 더 쉽게 괴롭혀요. 도와주는 애들도 없고요. 정작 그러면서 타운 어른들에 대한 비난은 잘 거들죠. 그래서 전 사람은 누구나, 모두 엉망진창이라고 생각했어요. 자기 위치에 따라 좋은 사람인 척할 뿐이라고요."

아영은 어른들에게 이런 문제가 너무 사소하고 별거 아닌 일로 여겨진다는 걸 알았다. 그런데 이희수는 아영의 이야기를 아주 진지하게 듣고 있었다.

"그 못난 녀석들, 아직도 정신을 못 차리니 네가 그리 느끼는 것도 이상하지 않다. 지금도 그렇게 생각하니?"

아영은 그 눈빛에 조금 용기를 얻어 이야기를 이어갔다.

"아뇨. 지금은 아니에요. 생각해보면 저는 그냥 그애들이 미운 거지, 모든 사람들이 다 미운 건 아니었어요. 그래서 세상이 다 끝나버렸으면 좋겠다는 생각은 이제 안 해요. 그애들이 지금도 싫지만요."

이희수는 잠시 침묵하더니 나지막이 말했다.

"놀랍게도, 나도 완전히 같은 생각이다."

"정말요?"

"나도 어느 순간 깨달았지. 싫은 놈들이 망해버려야지, 세계가 다 망할 필요는 없다고. 그때부터 나는 오래 살아서, 절대 망하지 않겠다고 결심했단다. 그 대신 싫은 놈들이 망하는 꼴을 꼭 봐야겠다는 생각을 했지."

"성공하셨나요?"

"글쎄. 그런 것 같지는 않아. 그놈들도 아직 잘 살고 있는 걸 보면 말이야. 하지만 그렇게 생각한 덕분에 살아가며 다른 좋은 것들을 많이 볼 수 있었지. 전부 망해버렸다면 아마도 못 봤을 것들이지."

아영은 그 말을 듣고 고개를 끄덕였다.

"저도 그렇게 생각할래요. 다 끝나는 건 좋지 않다고요."

이희수가 씩 웃었다.

"그렇지. 우리는 마음이 잘 맞는 것 같아. 사람은 열두 살이든 여든 살이든 똑같은 생각을 할 수 있구나."

그날 이희수는 더스트 시대에 자신이 보았던 흥미로운 존재들에 대한 이야기를 들려주었다. 돔 시티 바깥에서 보았던 괴이한 돔 마을들, 송이버섯을 등에 매달고 다니던 야생동물들, 길에서 마주친 더스트 시대의 괴팍한 여행자들…… 그건 아영이 막연히 상상하던 더스트 시대의 끔찍한 풍경과도, 기억 수업을 하러 온 노인들이 들려주었던 돔 안쪽의 숨막히는 이야기와도 달랐다.

"돔 바깥에서도 사람이 살 수 있었어요?"

아영이 알기로, 더스트는 인간의 몸에 아주 치명적인 독으로 작용해서 돔으로 덮이지 않은 지역에서는 어떤 생명체든 결코 살 수 없었다고 했다. 하지만 이희수의 대답은 모호했다.

"살 수 없었지. 도저히 살 수 없었는데, 그런데…… 돔 밖에도 사람은 있었어. 사람이 아닌 것들도 있었고, 어떻게든 악착같이 살아가는 존재들이 있었단다."

밖에서는 번개가 치고 천둥소리가 들려오는데, 순간 조명까지 깜빡여서 분위기는 점점 으스스해졌다. 이야기도 점차 스산해져서 아영의 얼굴이 하얗게 질려갈 무렵, 이희수가 웃으며 이야기를 멈췄다.

"계속 들려주었다간 네가 악몽을 꿀 텐데."

"그래도 더 듣고 싶어요."

이희수는 눈을 반짝이는 아영에게, 이제는 다른 이야기를 들려주겠다고 했다. 그는 다시 현실로 돌아와 정원에 있는 식물들에 대해, 계절마다 찾아오는 곤충들에 대해 이야기해주었다. 더스트 시대를 버텨낸 식물들이 곳곳의 흙과 물 속에 씨앗을 감추고 오랜 시간 기다리다, 재건이 시작되자 변한 세계에 빠르게 적응해 싹을 틔우고 어떤 생물보다도 먼저 지구를 점령한 과정에 대해서도. 이희수가 정원을 방치하는 것 같은데도 사실은 그곳에서 자라나는 식물들의 이름을 하나하나 안다는 것, 기계를 사랑하는 사람이 그와는 거리가 아주 먼 풀들에 대해서도 그렇게 해박한 지식을 가지고 있다는 것이 아영은 신기했다.

"식물들은 아주 잘 짜인 기계 같단다. 나도 예전에는 그걸 몰랐지. 나에게 오랜 시간에 걸쳐서 그걸 알려준 녀석이 있었거든."

창밖은 비바람으로 밤새도록 요란했지만 아영은 악몽을 꾸지 않았다. 대신 무성히 자란 풀들에 뒤덮인 돔 마을이 등장하는 꿈을 꾸었다. 꿈속에서 아영은 더스트 시대의 여행자였고, 돔 밖에서 정원을 가꾸는 사람이었다. 잠시 눈을 떴을 때 아영은 침대 앞 안락의자에 앉은 이희수가 꾸벅꾸벅 졸고 있는 모습을 보았다. 어쩐지 이희수가 이 집이 아니라 아주 먼 곳에 있는 것처럼 느껴졌다. 아영은 다시 눈을 감았고, 이번에는 꿈도 꾸지 않고 깊은 잠에 빠져들었다. 시간이 흐르며 아영은 그날 나누었던 대화의 세세한 내용은 대부분 잊어버렸지만, 그런 밤이 있었다는 것만은 오랫동안 기억했다.

"제게 들려주셨던 식물 이야기가 마음에 깊이 남았나봐요. 그 반짝이던 한밤의 정원, 그 풍경에 이끌려서 여기까지 오게 된 거죠. 늘 생각했어요. 식물들은 고유의 신비로운 이야기를 품고 있다고, 기계만큼이나 정밀하고 그러면서도 정밀함을 넘어서는 유연함이 있다고요."

이야기는 오후의 커피 타임이 끝날 때까지 이어졌다. 다들 고개를 끄덕이며, 약간은 감동한 표정으로 아영의 이야기를 들었다. 누군가 물었다.

"지금도 그분과 연락이 닿나요? 여기서 일하는 걸 아시면 정말 기뻐하실 것 같아요."

"어, 그게. 이희수 씨는……"

아영은 순간 말문이 막혔다. 자라면서 잊었다고 생각했는데 사실은 마음에 깊이 박혀 있구나 하는 깨달음이 뒤늦게 찾아왔다.

"이희수 씨는 갑자기 사라지셨어요. 어디론가 훌쩍, 그냥 가버리셨어요. 지금은 어디 계신지도 몰라요. 살아 계신지, 이미 돌아가셨는지도요. 연락을 해볼 수가 없었어요."

이희수는 종종 기계 부품을 구하러 간다며 며칠씩 집을 비우곤 했다. 그러다 아주 오래 돌아오지 않기도 했다. 일주일이 지나고 한 달이 되었을 때, 아영은 이희수가 보이지 않아 불안했지만 동네 사람들은 "그 어르신, 예전에도 몇 달씩 소식이 없다가 나타나곤 하셨어" 하고 대수롭지 않게 여겼다.

수연이 다른 지부의 매니저로 발령받아 이사를 가게 되었을 무렵, 아영은 매일 이희수의 집을 기웃거리며 그가 돌아오지 않았는지 궁금해했다. 이삿짐을 다 싸놓고도 아영은 한참을 그의 집 앞에서 서성거렸다. 정원의 식물들은 더욱 무성해져서 울타리를 거의 칭칭 감고 도로로 빠져나오려고 하고 있었다. 그 식물들에서 푸른빛을 다시 본 적은 한 번도 없었다. 단 한 번 자신의 진짜 모습을 아영에게 보여주고, 영영 감추어버린 것 같았다.

이희수는 아영에게 한마디도 남기지 않고 떠났다. 아영에게는 이희수가 동경의 대상이었지만, 이희수에게 아영은 자주 놀러 오는 동네 아이 정도밖에 되지 않았던 것이다. 그걸 알면서도 아영은 이희수가 아무 말 없이 가버린 것이 무척 서운했다. 그래도 한 번 정도는, 언젠가 다시 만나자고 해줄 수도 있었을 텐데. 이대로 온유를 떠나면 그와는 다시 만날 수 없게 되는 것이다.

"가자, 아영아. 이희수 씨는 괜찮을 거야. 돌아오시면 아영이가 많이 보고 싶어하니까 한번 연락해달라고 동네 사람들한테도 말해놨어."

호버카를 세워둔 수연이 독촉했다. 아영은 마지막으로 뒤돌아보았다. 잊지 않도록 이희수의 집과 정원을 눈에 담고 싶었다. 하지만 어쩐지 이 장면이 기억 속에서 점차 희미해질지도 모른다는 생각도 들었다.

아영은 온유를 떠났다. 그후 이희수의 소식은 한 번도 들은 적이 없었다.

아영이 대학에 입학한 다음해 세부 전공을 결정하라는 통지

서를 받았을 때, 생태학은 학생들에게 가장 인기가 없는 분야였다. 하지만 아영은 생태학을 선택했다. 동기들의 말에 의하면 아영은 지루한 것만 찾아다니는 타입이었다. 눈에는 보이지도 않는 미생물이나, 땅을 헤집고 다니는 벌레들, 바다와 호수의 조류, 축축한 곳마다 균사를 뻗치는 균류. 아영은 그렇게 느리고 꾸물거리는 것들이 멀리 퍼져 나가는 과정을 지켜보는 것이 좋았다. 천천히 잠식하지만 강력한 것들, 제대로 살피지 않으면 정원을 다 뒤덮어버리는 식물처럼. 그런 생물들에는 무시무시한 힘과 놀라운 생명력이, 기묘한 이야기들이 깃들어 있다는 사실을, 아영은 어린 시절부터 이미 알고 있었다.

아영이 대학 연구소에서 인턴을 마칠 무렵, 국립생물자원관 소속이었던 더스트생태 부서가 부설 연구소로 독립한다는 소식을 누군가 공유해준 칼럼을 읽고 알았다. 더스트생태학에 대한 투자를 무용한 과거사에 매달리는 인력 낭비와 전시 행정이라고 비판하는 칼럼이었다. 지나간 것에 집착하는, 당장 중요한 현실의 문제는 돌아보지 않는 한심한 행태. 그 문장을 읽는 순간, 아영은 이것이야말로 자신이 오랫동안 원해왔던 일이라고 생각했다.

멸망과 재건은 지구의 풍경을 바꾸었다. 더스트생태학은 그 변화의 풍경을 포착하는 학문이다. 어떤 것들이 사라졌고, 어떤 것들이 새롭게 나타났으며, 어떤 것들이 적응해서 변화한 지구의 구성원이 되었는지가 더스트생태학의 연구 대상이었다.

세계 곳곳에 더스트를 피하기 위한 거대 돔이 세워졌을 때 사람들은 숲이나 들판의 생물들을 위한 돔은 만들지 않았다. 많은 종이 멸종을 향해 갔지만, 빠르게 더스트에 적응해 변이한 식물들도 있었다. 학자들은 더스트 자체가 유전자의 돌연변이를 유도해 빠른 변이를 촉진했을 것이라고 추정했다. 어떤 식물들은 펄럭이는 넓은 잎 대신 더스트를 걸러내는 길고 자글자글한 잎으로 변이했고, 높게 자라던 어떤 나무들은 키를 낮추었다. 더스트로 죽은 숲 위에 새로운 생물종이 숲을 꾸리는 덧생태계도 나타났다. 그렇게 생겨난 변형종들은 더스트가 사라진 이후에도 한동안 자연을 지배하면서 이전에는 존재하지 않았던 풍경을 만들어냈다. 그러다 21세기 후반부터는 더스트 적응종들이 더스트가 없는 환경에 맞추어 다시 변하며 생태계의 풍경을 바꾸고 있었다.

행성은 너무나 빠르게 변화했고, 생물들은 부지런히 그것을 따라잡았다. 아영은 그 과감함을 들여다보는 것이 좋았다.

밤새 식물 표본들을 관찰하는 날이면 아영은 이 식물들이 얼마나 긴 역사를, 얼마나 많은 이야기들을 품고 있을지 상상했다. 그러면서 가끔씩 어린 시절의 그 풍경을 떠올렸다. 이름 모를 식물로 가득 뒤덮인 어지러운 정원, 그 위로 내려앉은 어둠과 푸른빛의 먼지들, 그리고 그 정원 한가운데서 한참이나 허공을 향하던, 이미 사라지고 없는 무언가를 좇는 듯하던 노인의 시선을.

*

[스트레인저 테일즈에 오신 것을 환영합니다!]

[세계의 숨겨진 진실, 신비로운 괴담, 은폐된 미스터리에 접속하세요.]

[제보하기]

[제목 입력: 악마의 식물에 대해 궁금한 게 있어]

나는 악마의 식물을 연구중인 학자야. 요즘 한국은 이상 증식하기 시작한 모스바나로 골머리를 앓고 있어. 폐허 도시 하나가 모스바나로 완전히 뒤덮였고, 아무리 제거해도 계속해서 자라나고 있거든. 왜 갑자기 모스바나가 나타난 건지, 어째서 이렇게 제거하기 힘든 건지 다들 조사하느라 밤을 새우고 있지.

여기서 내가 지금 묻고 싶은 건 조금 다른 거야.

혹시 모스바나에서 푸른 광채가 난다는 이야기를 들어본 사람 있어?

폐허 도시의 모스바나 군락지에서 푸른빛을 보았다는 제보가 있는데, 문제는 그런 현상에 대한 공식적인 기록이 없다는 거야. 모스바나의 씨앗은 바람에 흩날릴 만큼 작지만, 빛을 내지는 않지. 모스바나가 심긴 토양 역시 마찬가지이고.

하지만 나는 분명히 그런 걸 본 기억이 있어.

이웃 할머니의 정원에서였지.

솔직히 말하면 오래된 기억이니 그 정원의 식물이 모스바나였다고 확신할 수는 없어. 그렇지만 정원을 잠식한 다음 울타리를 넘어 도로로 뻗어 나가던 덩굴의 무시무시한 성장 속도만큼은 기억해.

정원은 사실상 방치되어 있었어. 잡초만 무성하게 자랐는데, 할머니는 종종 정원에 나가 계셨지. 어느 날 밤에 우연히 그걸 보았어. 안락의자에 앉은 할머니의 얼굴 옆으로 떠다니는 푸른 먼지들.

마치 동화 속의 장면 같았지.

그건 다 뭐였을까? 그 잡초들도 모스바나였을까?

그렇다면 할머니는 왜 하필 모스바나를 길렀을까? 정원을 엉망으로 뒤덮는 악마의 식물을 말이야.

여기서 과거의 제보를 다 뒤져봤는데도, 푸른빛에 대한 이야기는 못 찾았어.

내가 궁금한 건, 혹시 이런 걸 본 사람이 또 있냐는 거야.

*

[스트레인저로부터 메시지가 도착했습니다.]

[확인]

　여기, 읽어봐. 한참 전에 올라온 글이지만 네가 좋아할 만한 이야기라고 확신해.

[링크로 연결할까요?]

[접속]

*

　윤재가 홀로그램 스크린 앞에서 인상을 잔뜩 찌푸리고 있었다. 스크린에는 해월에서 수집한 샘플 모스바나의 전 유전체 시퀀싱 결과가 떠 있었고, 분석 프로그램은 기존에 알려진 모스바나 유전체와의 비교 분석을 수행하는 중이었다.

　"어때요. 특이한 점 있어요?"

　"이거, 시퀀싱이 잘못된 것 같아."

　"왜요?"

　"결과가 많이 이상한데?"

아영은 윤재처럼 시퀀싱 데이터만 보고 뭐가 이상한지 알아낼 정도로 식물유전학에 대해 잘 알지 못했으므로 조용히 윤재의 설명을 들었다.

"일단 여길 보면 지금 해외에서 발견되는 모스바나 야생형, 그러니까 와일드 타입 유전체와 어긋나는 부분들이 많이 보이지. 식물은 퍼져 나가는 과정에서 자연적인 변이가 일어나니까, 사실 야생형들끼리도 어긋나는 부분이 있는 건 당연해. 그런데 이건 변이가 너무 많이 일어났고. 무엇보다 이 해월에 퍼진 모스바나들, 개체들 간의 유전자가 너무 비슷해. 보통 자연적인 군락지를 이루면 이 정도로 같게 나오지는 않거든."

"그러니까 굉장히 인위적인 상황이라는 거죠?"

"그렇지. 그리고 내 감으로는…… 해월시 모스바나의 유전체 말이야. 너무 깔끔해. 단정하다고 해야 하나."

"유전체가 단정하다고요?"

"자연적으로 존재하기에는 너무 군더더기가 없어. 전부 필요한 부분만 가져와서, 정밀하게 설계한 것처럼 부분 부분이 맞아떨어진단 말이지. 야생형 모스바나는 그렇지 않거든. 자연적인 식물이라면 그럴 수도 없고."

아영은 식물 유전체에 대해서는 전문가가 아니었지만, 윤재가 지금 무슨 이야기를 하려는지는 알 것 같았다. 그러니까 이 식물이 의도적으로 만들어진 식물 같다는 이야기였다. 윤재는 팔짱을 끼고 스크린을 노려보고 있었다.

"그럼 언니 말은, 누군가 생물 테러를 하기 위해 일부러 식물을 조작했다는 거예요? 직접 만든 식물을 뿌린 건가요?"

가장 먼저 떠오른 건 역시 생물 테러의 가능성이었다. 누군가 일부러 엄청난 증식력을 가진 모스바나를 만들었다면, 그리고 같은 유전자를 지닌 단일 모종들을 해월에 집중적으로 심었다면…… 지금 윤재가 브리핑한 내용과도 일치하는 상황이다.

"하나의 가설이 될 수는 있겠지. 그런데 솔직히 잘 모르겠어. 테러를 하려면 모스바나 말고도 훨씬 좋은 선택지가 많지. 굳이 이런 식물을 골라서, 굳이 유전자를 개조하는 어려운 수고까지 해서, 고작해야 산림청 직원들이랑 근처 지역 주민들만 괴롭히는 소심한 테러를 한다고? 동기가 짐작이 안 돼. 어떤 미친 사람이…… 그냥 장난을 치는 거라면 모를까."

아영도 고개를 끄덕였다. 누군가 작정하고 벌인 일이라고 가정할 수도 있었지만, 그럴 만한 동기가 전혀 떠오르지 않았다.

"다른 업체에 샘플을 보내서 한번 더 확인해봐야겠어. 여러 샘플을 더 수집해서 크로스체크도 하고. 정말 이상하네. 이게 정말 만들어진 거라면, 도대체……"

윤재가 가장 궁금해하는 게 무엇인지는 아영도 알 수 있었다. 대체 누가 왜 이런 짓을 벌이고 있는 걸까.

순간 아영의 머릿속에 무언가가 떠올랐다. 지금 윤재의 이야기와는 무관한 것들이었다. 어린 시절 이희수의 정원에서 보았던 덩굴식물과 푸른빛, 찾을 것이 있다며 어디론가 떠나버린 이희수의 마지막 모습, 해월의 모스바나 군락지에서 보고된 푸른 광채에 대한 이야기, 그리고 어제 스트레인저 테일즈에서 받은 수상한 익명의 메시지…… 추상적이고 막연한 단서, 전체 그림을 파악할 수 없는 퍼즐 조각들이 마구 흩뿌려져 있었다.

혹시 이 모든 일이 연결되어 있을까? 그렇다고 해도 그걸 어떻게 알아낼 것인가? 도대체 이 식물의 정체는 무엇일까?

자꾸 생각이 여기저기로 튀고 있었다. 멍하게 서 있는 아영의 앞에서 윤재가 손을 살짝 흔들었다.

"괜찮아? 너무 어렵나? 갑자기 멍해졌네."

"윤재 언니. 우리 이번에 에티오피아에 가면, 개인 일정은 당연히 없죠?"

아영의 뜬금없는 질문에 윤재는 고개를 갸웃했다.

"개인 일정은 물론 없지. 공식적으로 학회 참석이고, 노는 시간이야 뭐 문화 탐방 같은 이름으로 하루 정도 들어가 있을 거고, 따로 움직여봐야 뭐해. 관광으로 유명한 도시도 아니고, 팀으로도 다 볼 텐데."

"아디스아바바 시내에서만 움직이겠죠, 아무래도?"

"그렇겠지. 학회가 열리는 호텔도 시내에 있고. 왜, 관심 있는 곳이라도 있어? 그냥 팀 따라다니는 게 좋을 거야. 괜히 사적인 일로 움직였다가 감사라도 받으면 큰일나."

"만약 학술적인 목적의 개인 일정이라면 어때요?"

"어, 그런 거라면 사전 허가를 받으면 되겠지. 팀장님한테 잘 이야기해봐. 자유 일정에 맞추면 될 수도 있으니까. 그런데 왜 그 걸 개인적으로 처리하려고 해? 공식 일정으로 넣으면 되잖아."

아영은 스트레인저 테일즈에서 받은 그 제보에 대해서 어떻 게 말해야 할까 고민하다가, 짧은 머뭇거림 끝에 말했다.

"사실 정말로 학술적인 목적인지 좀 애매해서요."

*

아디스아바바는 더스트 시대가 끝난 이후 가장 먼저 재건된 도시였다. 동시에 멸망 이전의 자연이 가장 잘 보존된 곳이었고, 더스트생태학에 대한 연구도 가장 활발한 지역이었다. 재건 육 십 주년 기념 생태학 국제 심포지엄이 이곳에서 열리는 이유이 기도 했다.

공항에 내린 생태연구센터 식물팀은 곧장 학회가 열리는 호 텔 칼디스로 향해 짐을 풀고, 오후에 열릴 개회식을 기다리며 근 처에서 점심을 먹기로 했다.

도시 중심에서는 약간 떨어진 곳이었는데도 거리는 시끌벅적 했다. 재건 이후의 도시로는 드물게 인구가 상당히 많은 도시라고 했다. 멸망 이전의 북적이는 분위기를 그대로 유지하고 있는 고원의 도시. 독특한 기후 때문에 햇볕이 따갑게 내리쬐지만 공기는 서늘했다. 거리에서는 암하라어와 영어가 둘 다 들려왔는데, 귀에 꽂은 통역기로는 가끔 통역이 잘되지 않는 언어들도 있었다. 활기찬 거리 곳곳에서 커피 세리머니가 열렸고, 노천 카페의 주인들이 손짓하며 팀원들을 가게로 불러들였다. 종류가 다른 진한 생과일 주스를 층층이 담아 파는 노점이 블록마다 자리잡고 있었다.

"저걸 스프리스 쯔마끼라고 불러. 아보카도에 망고, 파파야를 올리면 엄청 맛있거든. 꼭 먹어봐."

옆에서 윤재가 알은척을 했다. 이전에 아디스아바바 학회에 와본 윤재와 달리 아영은 이번이 첫 참가였다. 이국적인 음식과 화려한 색상의 공예품에 시선이 이끌리다가도, 아영은 또다시 다른 생각에 빠져들었다. 여기서 정말로 '랑가노의 마녀들'을 만날 수 있을까? 거짓 제보에 속은 것이라면 어쩌지? 계속 머릿속에서 이어지던 잡생각은 시원한 커피를 박스에 담아 와 돌리는 수빈 덕분에 잠시 흩어졌다가, 덜컹거리는 차를 타고 호텔로 돌아가는 동안 다시 뭉게구름처럼 피어올랐다.

아영은 에티오피아에 처음 왔지만, 이곳이 더스트생태학의 발생지와 다름없다는 건 예전부터 알고 있었다. 더스트 폴 이전에는 식물학으로 특별히 알려진 곳은 아니었으나, 더스트 시대를 거치며 에티오피아의 약초학자들이 민간 의료와 재건에 크게 기여하면서 사람들로부터 많은 존경을 받았고, 그 전통이 지금까지 이어져 정부에서도 식물학에 투자를 많이 한다고 들었다. 재건 이전의 작물 품종과 자생식물 복원 활동도 가장 활발한 나라였다. 아영이 원래 이곳에 대해 알고 있던 사실은 그 정도였다.

지난 에티오피아의 심포지엄 자료집에도 '종식 직후의 민간 약초학자들' 같은 발표문이 실려 있었는데, 자료집을 받아 들춰보긴 했지만 그 주제는 평소 아영의 관심사가 아니어서 꼼꼼히 살펴보지 않았다. 어떤 유명한 치료사들을 초대해 과거 재건 직후의 식물 재배에 대한 이야기를 나누었다는 글을 스쳐가듯 읽은 적도 있지만, 정확한 내용은 기억나지 않았다. 그냥 에티오피아에는 그런 전통이 있었나보다, 홀대받는 생태학자로서는 부러운 전통이네, 하는 생각을 했을 뿐.

그런데 그 이름을 하필 스트레인저 테일즈에서 볼 줄이야.

익명의 누군가가 보낸 메시지에는 링크가 하나 첨부돼 있었다. 거의 십여 년 전 올라온 글이었다. 게재 날짜를 보니 스트레인저 테일즈가 처음 생겼을 무렵에 작성된 것 같았다.

그 제보는, 모스바나에 대해서 도저히 믿기 어려운 이야기를 하고 있었다.

"아영 씨, 주말에 정말 개인 일정 갈 거예요? 괜찮을까? 여기 너무 복잡해서 까딱하면 길 잃어버릴 것 같고, 우리는 외국인이라는 게 확연히 눈에 띌 텐데."

박소영 팀장이 말을 걸어왔다. 아영도 솔직히 말하면 낯선 이국에서, 팀을 떠나 돌아다닌다는 게 부담스럽기도 했지만 한편으로는 혼자 여행하는 것이나 다름없다고 스스로를 설득했다.

"괜찮아요! 저 혼자서 몽골 사막도 건넜는걸요."

"오늘 인터뷰하는 사람, 모스바나에 대해 잘 아는 전문가라고 했죠? 재미있네요. 그런 분이면 이번 생태학 심포지엄에도 올 줄 알았는데…… 인접 분야 학자들도 많이 올 정도로 굉장히 크게 열리잖아요."

"은퇴한 지 꽤 되신 것 같았어요. 나이가 많으셔서."

"그래요. 선물 챙겨 왔던데 깜빡하지 말고 잘 들고 가요. 한 시간마다 문제없는지 알려주고요. 통신비 비싸다고 아끼지 말고."

아직도 아영이 막내 신입 연구원으로 보이는지, 박 팀장의 표정에 걱정과 근심이 가득했다.

"은퇴한 모스바나 전문가라고?"

식물팀에서는 유일하게 진실을 알고 있는 윤재가 피식 웃었다.

"대체 무슨 자료를 보여드린 거야?"

아영이 그 제보에 대해 넌지시 이야기했을 때, 윤재는 인터뷰가 성사되면 자신이 같이 가주겠다고 선뜻 말했다. 하지만 윤재에게 모처럼 흔치 않은 고원 투어의 기회를 뺏기 싫어서 아영은 굳이 혼자 가겠다고 우겼다.

제보자는 자신이 모스바나의 진실을 안다고 했다. 그러면서 모스바나를 '푸른빛이 나는 덩굴'이라고 지칭했다. 그게 아영이 그를 만나러 가는 이유였다.

학회 개막식은 성대하게 열렸다. 아영은 포스터가 잔뜩 놓인 전시장을 돌아다니는 것을 시작으로, 세계 각국에서 온 연구자들과 소셜미디어 아이디를 교환했고 오후에는 '고립 지역의 자연적 돔 형성과 종의 변이: 섬과 폐기장의 생태 분석'이라는 제목의 발표를 들었다. 더스트 시대에 남태평양 지역의 고립된 섬에서 자연적인 조건으로 일종의 돔 역할을 하는 기류가 형성되어, 더스트 폴 이전의 종이 상당수 보존되었다는 내용의 흥미진진한 발표였다. 하지만 아영의 정신은 자꾸 이곳을 벗어나 주말에 잡힌 인터뷰 약속 현장으로 향했다. 만약 그 사람을 만난다면, 만날 수 있다면…… 도대체 무슨 질문부터 해야 할까?

이틀째에는 아영도 한반도 자생식물 식생 변화에 대해 발표했다. 반응은 나쁘지 않았지만 크게 주목받지도 못했는데, 그날 화제의 중심은 북유럽에서 나타난 새로운 종류의 덧생태계가 되어서였다. 아쉽긴 했지만, 지금 아영의 머릿속을 점령한 문제에 비하면 사소한 일로 느껴졌다.

다음날 호텔 별관에서 열린 재건 육십 주년 기념 전시는 생태학뿐만 아니라 다양한 주제의 전시관으로 구성되었는데, 유독 디스어셈블러 개발 과정에 대한 전시물들이 많았다. 아영은 시큰둥하게 그 전시물들을 둘러보았다. 사람들은 디스어셈블러를 인류의 승리로 보고 있지만, 아영은 그런 찬사에 동의하기 힘들었다. 멸망의 원인을 제공한 당사자들이 지구 멸망 직전에 뒤늦게 수습한 게 뭐가 칭찬할 일이라고…… 그나마 메인 전시실의 더스트생태학 전시는 아영의 흥미를 끌 만한 것들로 꾸며져 있었던 것이 다행이었다. 아영의 첫 해외 심포지엄은 갑작스러운 모스바나 제보에 완전히 정신을 빼앗긴 채로, 사흘이 그렇게 지나갔다.

학회 행사가 열리지 않는 일요일 아침, 부서 사람들은 차를 타고 엔토토산으로 탐사를 떠났다. 다운타운에서 멀지 않은 산으로, 해발고도 3천 미터에 달하는 열대 고산의 식생을 살필 수 있는 곳이었다. 한국에서는 접하기 힘든 생태를 보지 못하는 것이 너무 아쉬웠지만, 아영에게는 더 중요한 일이 있었다.

제보자 루단과의 약속 장소는 아디스아바바 시내의 카페 나탈리였다. 미리 가서 이십 분쯤 기다렸을까, 약속 시간이 조금 지나 루단이 나타났다. 메시지로만 이야기를 나눈 사이였지만 두리번거리며 누군가를 찾는 모습에 단번에 알아볼 수 있었다.

루단은 건강해 보이는 남자였는데, 나이를 짐작하기 힘들었지만 많아도 마흔을 넘기지 않았을 것 같은 외모였다.

"와, 정말로 나오실 줄 몰랐어요. 혹시 누가 장난을 친 게 아닐까, 오 분 전까지 의심했다니까요."

그는 처음 인사를 나눌 때부터 살짝 들떠 있었다. 암하라어로 이야기를 해도 괜찮다고 했더니 자신은 원래 오로모어를 쓰는데, 아직 통역기의 오류가 잦은 언어여서 그냥 영어로 말하겠다고 했다.

루단은 오래전 스트레인저 테일즈에 제보를 올린 당사자였다. 정작 자신은 식물학이나 생태학과는 아무 관계도 없는, 공부와는 손놓고 지내온 사람이지만, 이십 대에 황무지 재건 사업을 돕다가 '랑가노의 마녀들'이라 불리는 아마라와 나오미 자매와 친해졌다고 했다.

"솔직히 말하면, 당신이 여기까지 나올 줄 몰랐답니다. 저도 시간 낭비나 하는 게 아닌가 했죠. 그렇지만 메일을 읽어보니 당신에게도 이건 꽤 중요해 보였고, 또 신분도 확실했으니까요. 무엇보다 제 이야기를 믿고 싶어한다는 느낌을 받았어요. 예전에는 자매들의 이야기를 기사로 싣겠다고 찾아오는 기자들도 있었어요. 하지만 다들 직접 들어보니 말도 안 된다고 생각했는지 지역의 시시한 잡지에나 몇 번 실리고 말았거든요. 특히 과학자들은 다 저를 무시했어요. 정확히는 아마라의 이야기를 무시한 것이겠지만요. 이렇게 직접 찾아온 과학자는 당신이 처음이에요. 생태학자라고 하길래, 어쩌다 그런 사이트에서 찾아 연락을 주셨을까 고민도 했지만…… 온라인에 게시된 생태학 심포지엄 발표문에서 정말로 당신 이름을 찾을 수 있었죠. 그래서 이번에는 정말이구나 생각했어요. 이제야 나오미와 아마라의 이야기를 증명할 때구나, 라고요."

아영이 이야기를 들으며 루단의 들뜬 감정에 동화되려는 순간, 그의 표정이 바뀌었다.

"그런데 사실은 조금 난감한 것이 있답니다. 우리가 지금 만날 나오미는, 사람을 만나는 걸 싫어해요."

루단의 말로는, 두 자매 중에 과거 이야기를 적극적으로 해온 사람은 언니인 아마라 쪽이었는데, 그간 반복된 무시와 조롱에 상심해서 입을 굳게 닫은 지 이미 오래라는 것이었다. 이번에도 혹시나 하고 연락해보았지만 냉정하게 거절당했다고 했다.

"그래서 아마라 대신 나오미에게 이 이야기를 전달했지요. 모처럼의 기회를 놓칠 수 없으니까요."

"나오미가 허락했나요?"

"물론 나오미는 메일을 읽었어요. 답장은 없고, 전화를 걸었더니 받지 않더군요. 그래도 걱정하지 마세요. 나오미는 저를 신뢰하니까요. 오늘 방문하겠다고 메시지를 남겼어요."

아영은 몹시 불안해졌다.

"죄송하지만…… 정말로 오늘 약속이 잡힌 거 맞아요? 나오미도 우릴 그다지 반기지 않는다는 것처럼 들리는데요."

"아영, 원래 위대한 이야기는 다 실패를 무릅쓰고 시작되는 거예요. 고작 그 정도로 망설여서야 되겠어요?"

루단이 어깨를 으쓱했다. 당당하다고 해야 할지, 뻔뻔하다고 해야 할지 난감했다. 일이 이런 식으로 전개될 줄은 몰랐는데…… 아영은 주저하며 말했다.

"대뜸 찾아가는 건 너무 무례해요. 당신이 지금 저에게 얘기를 들려주는 편이 낫겠어요. 루단 당신도 모스바나의 진실을 안다고 했잖아요?"

"안 됩니다. 저는 당사자가 아니잖아요. 그 이야기는 반드시 자매들에게서 직접 들어야 해요."

약속도 잡지 않았으면서 나오미를 찾아가야 한다고 우겨대는 루단을 도저히 설득할 수가 없어서, 아영은 결국 그를 따라 나섰다.

나오미의 집은 아디스아바바의 외곽 지역에 있었다. 집들은 다닥다닥 붙어 있고 폭이 좁았다. 몸을 옆으로 돌려야 간신히 지나갈 수 있는 골목을 통과해 철제 계단을 올랐다. 집 외벽은 환한 민트색으로 칠해져 있었는데 중간중간 벗겨진 곳이 보였다. 문은 툭 밀면 넘어갈 만큼 허술해 보이는, 짙은 갈색의 나무문이었다. 주위를 둘러보아도 초인종이 없었다. 루단이 익숙한 듯 손을 들어 나무문을 노크했다. 둔탁한 소리가 났다.

"나오미, 나 루단이에요. 그 생태학자를 데려왔어요."

대답은 없었다. 루단은 문에 귀를 대고는 소리를 들었는데, 아영에게도 집 안쪽에서 누군가 드르륵하며 물건을 끄는 소리가 들렸다. 하지만 시간이 지나도 대답이 없는 걸로 보아, 루단을 일부러 무시하고 있는 것 같았다.

"메일 읽었죠? 문 좀 열어봐요. 드디어 당신의 이야기를 증명할 기회라고요!"

아영과 루단은 또 한참을 기다렸다. 안에 있는 사람은 문을 열어줄 생각이 없어 보였다.

"나오미, 나오미! 당신 그 고집불통 좀 버려야 해요."

루단이 잔뜩 투덜대는 것을 보며 이러다간 일이 안 풀리겠다는 생각이 들 무렵, 갑자기 문이 벌컥 열렸다. 회색 워커에 기대어 선, 몸집은 조금 작지만 눈빛이 또렷한 노인이 눈앞에 나타났다. 아영이 인사하려는데 나오미의 목소리가 이를 가로막았다.

"루단, 이렇게 마음대로 찾아오면 어떡하나? 난 당장 약초를 다듬어야 해. 지금 안 하면 전부 썩어버린다고. 약초값은 자네가 대줄 거야? 쓸데없는 소리 말고 돌아가게."

나오미의 태도가 몹시 냉정했다. 루단이 나오미와 친하다고 말한 것도 거짓말이 아닐까 싶었다. 하지만 루단은 이런 일이 익숙한지 한껏 불쌍한 표정을 지어 보였다.

"나오미…… 나한테 이러기예요?"

나오미는 눈을 가늘게 뜨고 루단을 응시하더니, 아무 대꾸 없이 문을 닫았다.

이래서는 도저히 가망이 없을 것 같았다.

"루단, 잠시만요. 제가 따로 말씀드려볼게요."

아영은 루단을 계단 아래로 내려보냈다. 그러곤 다시 문을 두드렸다. 드르륵하는 소리가 문 앞에서 또 한번 들려왔다. 나오미가 무엇 때문에 이러는 건지는 모르겠지만, 어쨌든 이야기를 들려줄 생각이 전혀 없는 건 아닐 것이다. 아영은 심호흡을 하고 말했다.

"나오미, 저는 한국에서 온 생태학자 아영이라고 해요. 모스바나에 대한 이야기를 꼭 듣고 싶어서 찾아왔어요. 다른 방도가 없어서 루단을 통해서 연락드리게 된 것, 정말 죄송해요. 잠깐만 시간을 내줄 수 있을까요? 오래 끌지 않을게요. 당신에게 듣고 싶은 이야기가 있어요. 꼭 당신에게 들어야 하는 이야기예요……"

이번에도 무시하거나, 뭐라고 불평하는 소리가 들려올 것이라고 예상했지만, 뜻밖에도 다시 문이 열렸다. 아영은 긴장하며 나오미를 보았다. 나오미는 아까보다 훨씬 누그러진 표정을 하고 있었다.

"루단 녀석, 요즘 점점 꼴 보기가 싫어서 말입니다. 귀찮다는

데도 하루가 멀다 하고 자꾸 찾아오는 것이, 나를 다 죽어가는 가엾은 노인 취급하는 것이 분명해요. 달갑지 않은 일이지요."

나오미는 어깨를 으쓱했다.

"혼자 왔으면 진작 들여보내줬을 겁니다. 집에 사람 좀 들이는 게 무슨 대수라고요."

그러면서 나오미는 안쪽으로 가볍게 손짓했다.

"들어와요."

허름한 외관과 달리 집안은 아늑했다. 약초 치료사로 유명한 자매의 집이니 짙은 약초 냄새가 나지 않을까 상상했지만, 약초 냄새는커녕 약초 치료사가 다룰 법한 물건 하나 보이지 않았다. 아무래도 아까 약초를 다듬고 있다는 말은 루단을 쫓아내기 위해 둘러댄 말인 것 같았다.

나오미가 커피를 내오는 동안, 아영은 가져온 선물을 테이블 위에 올려놓고 주위를 둘러보았다. 한쪽 벽면을 가득 채운 액자들이 유독 눈에 띄었다. 액자에는 젊은 시절의 자매와 조금 더 나이든 모습, 그리고 그들을 둘러싼 여러 사람들이 등장했다. 아마도 나오미와 아마라 자매가 랑가노의 마녀들로 칭송되던 시절의 모습인 것 같았다. 암하라어여서 읽기 어려웠지만 유리 수납장에는 랑가노의 마녀들에게 주어진 공헌패로 보이는 것들도 여럿 진열되어 있었다. 커피잔을 쟁반에 담아 가져오는 나오미를 향해 아영은 말을 건넸다.

"두 분의 명성에 대해 많이 들었어요. 학회에서도 다들 알고 있죠. 지금 에티오피아의 식물학이 발전한 것도, 재건을 이끌었던 약초학자 분들의 공이라고……"

"그런 말을 하던가요?"

나오미가 액자를 흘끔 보고는 말했다.

"마음 같아서는 다 치워버리고 싶은데, 아마라의 얼굴을 봐서 참고 있답니다. 우리 이야기는 제대로 들어주지 않으면서 저런 공헌패만 주고 입막음이라니."

아영은 당황했다. 나오미는 아영의 앞에 커피잔을 놓았다.

"액자까지는 그러려니 하지요. 수납장에 공헌패들을 세워놓자고 한 건 아마라였어요. 아마라도 십 년 전까지는 그러지 않았는데…… 이제 아마라는 우리가 정말로 누구였는지, 무엇을 했는지 다 잊어가고 있어요. 대신 그 기억의 위치에 저 허구의 이름들을 채워넣었죠. 치료사이니, 마녀이니, 재건의 영웅이니 하는 말들이요. 뭐, 우리가 처할 수 있었던 훨씬 더 나쁜 위치에 비하면 지금은 그럭저럭 괜찮다고 해야 할지도 모르겠네요."

이야기는 아영이 이해하기 힘든 방식으로 두서없이 튀어나왔다. 아영은 잠시 고민하다가 물었다.

"실례지만, 아마라는 지금 어디에 있나요?"

"언니는 지금 병원에 있어요. 그 나이치고는 다행히 건강한 편이지만, 이제 기억이 온전치 않아요. 저 액자들을 내건 시기도 언니의 기억과 제 기억이 어긋나기 시작할 무렵이었죠. 언니도 저도 시기나 계절에 따라 컨디션이 좀 왔다갔다하지요. 상태가 좋으면 이 집에서 함께 산답니다. 하지만 안개가 자주 끼는 계절이 되면, 아마라는 늘 병원에 가 있어요."

"안개라고요?"

"우린 안개에 트라우마가 있거든요. 저도 그렇지만, 아마라가 훨씬 심하죠."

나오미가 커피를 한 모금 마시고 말했다.

"아영 씨, 식물생태학자라고 했지요? 제가 아영 씨에게 줄 수 있는 정보는 거의 없을 겁니다. 저는 식물은 잘 몰라요. 약초학 자라고 부르기에는 형편없지요. 저보다는 차라리 아마라가 더 잘 안답니다. 안타깝게도 시기가 안 좋았네요. 아마라가 있을 때 왔다면 당신도 유용한 정보를 좀 얻어 갔을 텐데 말이에요."

아영은 나오미가 자신을 한국식으로 '아영 씨' 하고 부르는 것이 신기했다. 그것에 대해서도 물어보고 싶었지만, 이야기를 어디서부터 어떻게 시작해야 할지 막막했다.

"저…… 나오미, 루단이 어떻게 말을 전했는지는 모르겠지만, 당신에게 모스바나 방제법을 물으러 온 건 아니에요. 모스바나 라는 식물 자체에 대해서는, 물론 들을 수 있다면 좋겠지만, 그 게 주된 목적은 아니었고요."

아영은 머뭇거리며 이야기를 꺼냈다. 자신은 멸망과 재건 이후의 생태를 연구하는 학자이며, 더스트에 의해 영향을 받은 변형 식물들을 연구 대상으로 삼고 있다는 것, 그리고 최근 한국의 해월이라는 곳에서 이상 증식하기 시작한 모스바나를 조사하다가 이 식물의 기원을 찾아보게 되었다는 것까지.

"제가 알고 싶은 건, 굉장히 기이해 보이는 이 식물의 역사예요. 저는 이 식물의 숨은 이야기들을 듣고 싶어요. 그리고 당신은 이 식물의 역사와 함께한 사람이죠. 재건 초기의 구술사에서 당신의 이름을 많이 보았어요. 그때까지 아직 이 식물은 '모스바나'라는 이름으로는 잘 불리지 않았지만, 대신 각 지역의 '영광'을 의미하는 이름이 붙었더군요. 당신과 아마라는 약용식물을 이용한 치료, 특히 모스바나를 이용한 민간 치료로 유명해졌죠. 구술사의 증언자들에 따르면 당신이 모스바나를 에티오피아 곳곳에 도입한 장본인이라고도 했고요. 정말 많은 사람들을 구하셨다고 들었어요."

"학자라는 말이 거짓은 아니군요."

나오미가 미소 지었다.

"그러니 아영 씨는 모스바나에 치료 효과가 전혀 없다는 것도 이미 찾아봤겠네요. 그것도 식물학계에서는 이미 널리 알려진 이야기이니 말이죠."

나오미의 입에서 나올 거라고는 예상하지 못한 말에 아영은 말문이 막혔다. 모스바나를 이용한 민간 치료로 이름을 알린 약초학자가, 모스바나에 치료 효과가 없다는 걸 알고 있지 않느냐고 묻고 있다. 어떻게 된 일일까?

아영은 주저하다 입을 열었다.

"분명…… 네, 그런 논문을 읽었어요. 모스바나는 약리적 효과가 없고, 오히려 독성만을 지닌다고요. 하지만 모르겠어요. 단언할 수 없을 것 같아요. 모든 논문이 진실에 가까운 결론을 내는 건 아니니까…… 당신은 모스바나를 정말로 치료에 쓰지 않았나요? 그래서 기사에도, 저 액자 속 사진에도 모스바나가 있고요."

"이곳 사람들은 아직도 그렇게 믿고 있지요. 아무리 과학적 증거를 보여주더라도 자신들이 본 것만이 진실이라고 생각하니까요. 실제로 수십 년 전에는 치료를 경험한 사람들이 많았고요."

"그렇다면, 모스바나에는 정말로 약효가 있다는 건가요?"

"그럴 리가요. 그걸 약으로 쓰는 건 독을 들이켜는 것이나 마찬가지였죠. 모스바나는 인간에게 매우 해로운 식물이랍니다."

"그럼, 나오미, 당신은……"

대화가 점점 미궁으로 빠져들고 있었다. 아영은 최대한 나오미를 비난하는 것처럼 보이지 않게 애쓰다가, 결국 직설적으로 물었다.

"그 사실을 알면서도 모스바나를 약초로 써온 건가요?"

나오미가 웃었다.

"어느 정도 그렇게 보이도록 의도한 바가 있지요. 그래야 할 이유가 있었거든요."

아영은 더 말문이 막혔지만, 나오미는 당황하는 아영을 보며 재미있어하는 것 같았다.

아영도 모스바나에 치료 효과가 없다는 건 여러 논문을 읽어 확신하고 있었지만, 정작 나오미가 그것을 이미 알고 있다고 말할 줄은 몰랐다. 나오미는 아영이 예상했던 것과 전혀 다른 사람이었다. 기사 속에서 보았던, 마녀이자 성인으로 추앙받는 나오미. 에티오피아의 사람들을 구원한 위인 나오미. 그리고 지금 여기에서, 자신은 모스바나에 치료 효과가 없는 줄 진작 알았다고 말하는 나오미. 그는 지금까지 사람들을 속여왔다고 실토하는 것일까? 하지만 왜 하필 지금, 처음 보는 사람 앞에서 그런 말을 한단 말인가?

"그러면 대체 왜……"

"모스바나를 자세히 살펴보았나요?"

나오미가 입을 열었다.

"그건 생존과 번식, 기생에 특화된 식물이지요. 더스트 시대의 정신을 집약해놓은 것 같다고 할까요. 악착같이 살아남고, 죽은 것들을 양분 삼아 자라나고, 한번 머물렀던 땅은 엉망으로 만들어버리고, 한자리에서 오래 사는 것이 아니라 최대한 멀리 뻗어 나가는 것이 삶의 목적인······ 그 자체로 더스트를 닮은 식물이 지요."

나오미의 말대로 정말로 모스바나에는 그런 특성이 있었다. 땅 위의 모든 것을 집어삼키며 퍼져 나가는 더스트와 흡사한 특성이.

"맞아요. 나오미, 그래도 저는 모스바나가 그런 지독한 식물만은 아니라는 걸 알아요. 그게 당신을 만나려고 한, 진짜 이유예요."

아영의 말에 나오미의 표정이 조금 바뀌었다.

"모스바나가 이상 증식중인 해월에서 기이한 푸른빛을 목격했다는 제보가 들어왔어요. 그리고 저는 그 푸른빛에 대해 조사하기 시작했죠. 왜냐하면 저도 어린 시절, 우연히 한 노인의 정원에서 그런 것을 본 적이 있었거든요. 그 마법 같은 현상의 원인을 찾아야 했어요. 그러다 루단을 알게 됐죠. 루단은 나오미 당신이 그 덩굴식물의 푸른빛에 대한 진실을 안다고 했고요."

아영은 그렇게 말하고 조금 긴장하며 나오미의 반응을 기다렸다. 루단이 조언해준 대로였다. 나오미는 아영의 말에 호기심을 보이고 있었다.

"그 모스바나 정원의 주인은 누구였지요?"

루단은 그 이야기를 꺼내면, 나오미가 분명 푸른빛을 내는 모스바나를 키운 사람을 궁금해할 것이라고 말했다. 아영은 이희수에 대해 이야기하고 싶은 것을 참고, 이렇게 말했다.

"나오미, 당신이 모스바나의 기원에 대해 말해주면, 저도 아는 대로 모두 말해드릴게요. 모든 것을요."

짧은 침묵이 흘렀다. 나오미가 지금 무슨 생각을 하는지 아영은 짐작할 수 없었다. 나오미가 아영을 마주보며 말했다.

"당신의 이야기가 거짓이 아니라면…… 그건 정말로 기이한 일이군요. 푸른빛의 모스바나는 지금은 존재하지 않아요. 수십 년 동안 모스바나는 세계로 퍼져 나갔고, 모스바나의 특성은 처음 그 식물이 가졌던 것과 너무 달라져버렸어요."

자리에서 일어선 나오미가 액자들이 잔뜩 걸린 벽면 앞으로 다가갔다. 나오미는 벽면 앞의 서랍장을 열더니, 한참이나 무언가를 찾았다. 아영은 나오미를 조용히 기다렸다. 그 짧은 시간이 거의 멈춘 것처럼 느껴졌다. 서랍을 하나씩 다 열어본 다음에야 나오미는 한 장의 사진을 꺼내 들었다.

"아마라는 진실을 알리고 싶어했고, 루단은 우리의 이야기를 믿어주는 유일한 친구였지요. 정작 아마라는 지난 몇 년간 입장을 바꾸어서, 자신이 잘못 기억하는 것 같다고, 프림 빌리지 같은 건 없었다고 말하고 있죠. 저도 이제는 아마라가 왜 그러는지 알아요. 누구도 믿어주지 않는 과거를 반복해서 말해봐야 비참해질 뿐이니까요."

나오미가 테이블 위에 올려둔 사진은, 언뜻 보았을 때는 그저 까맣게만 보였다. 그러나 자세히 보니 사진 한구석에 희미한 구형의 빛이 찍혀 있음을 알 수 있었다.

"좋아요. 딱 한 번만 더 이야기를 해볼게요. 어쩌면 당신이 말한 정원의 주인은 제가 아는 사람일지도 몰라요. 당신은 답을 아직 알지는 못하지만, 답을 찾기 위해 어디로 가야 하는지를 알지요. 그곳으로 가겠다는 생각도 있고요."

지금 아영의 직감이 말하고 있었다. 모스바나에는 아주 긴 이야기가 담겨 있다고. 아영은 테이블 위에 노트와 펜, 녹음기를 올렸다. 나오미가 원한다면 토씨 하나까지도 빠뜨리지 않고 옮겨 적을 생각이었다. 그의 말이 신뢰할 만하든, 그렇지 않든.

나오미가 사진을 다시 뒤집었다. 그곳에는 날짜가 적혀 있었다.

10월, 2059년.

"아영 씨의 추측이 맞아요. 모스바나는 결코 만병통치약이 아니었어요. 제대로 된 약조차 아니었고요. 그렇지만 우리는 그것을 약이라고 사람들이 믿게 만들어야 했어요. 당신이 추정한 것처럼 모스바나는 멸망의 시대와 긴밀한 관련이 있지요. 하지만 그건, 아영 씨가 예상한 방식대로는 아니랍니다."

나오미는 그렇게 말하고는 싱긋 웃었다.

2장

프림 빌리지

조호르바루의 돔 시티는 이미 몇 달 전에 파국을 맞이한 것처럼 보였다. 돔 벽은 무너졌고, 철교는 끊겼고, 야자나무들은 모두 까맣게 말라붙었다. 아부 바카르 사원의 외벽에 빛 바랜 핏자국이 묻어 있었다. 한때 수많은 사람들이 찾아왔을 관광지의 흔적은 이제 사라졌다. 거리의 시체들은 썩지 않아서 얼굴을 알아볼 수 있을 정도였는데, 돔이 파괴된 이후 더스트 농도가 계속 높은 수준으로 유지된 것 같았다. 무너지는 돔으로부터 탈출하려고 했는지, 죽은 이들은 대부분 커다란 배낭을 메고 있었다. 나도 몇 개를 뒤적거려보았지만 실망스럽게도 떠돌이들이 이미 털고 지나가서 전부 텅 빈 채였다.

　지난 며칠 동안 아마라와 시내를 돌아다니며 먹을 것을 찾았다. 시체들을 밟지 않게 애쓰며 시장 좌판과 가게를 뒤졌다. 소득은 별로 없었다. 나와 아마라에게는 불행이기도, 다행이기도 했다. 굶주림은 해결할 수 없었지만, 도시가 텅 비어 있는 덕분에 얼쩡거리는 사냥꾼들도 덜했다. 아마라가 며칠이라도 쉴 수 있도록 여기 잠시 머물기로 했다.

안쪽 골목에서 발견한 이 집을 차지한 지 일주일째였다. 이층으로 된 집은 허름했지만 몸을 숨기기엔 적당했다. 찬장에서 오래된 과자와 초콜릿, 차를 발견했는데 하나같이 맛이 끔찍해서 그냥 가지고 있던 영양 캡슐을 먹기로 했다. 가공식품은 화폐로도 쓸 수 있을 만큼 귀하지만, 함부로 먹었다가 탈이 나면 그게 더 큰 일이니까. 진통제와 소화제도 몇 통 챙겼다. 소화제를 쓸 만큼 배불리 먹을 날이 다시 오긴 할까. 그래도 값비싼 약품이니 어디선가 교환할 기회가 있을 것이다.

무작정 여기 머물 수는 없다. 어떤 곳이든 열흘 이상 머무르지 않는 것이 플라카에서 얻은 교훈이었다. 사람이 지내다보면 반드시 그 티가 나고, 그러면 사냥꾼들의 표적이 된다. 하지만 지금은 아마라의 상태가 너무 좋지 않았다. 새벽마다 폐를 토해낼 것처럼 기침하는 아마라를 볼 때마다 나는 랑카위의 연구원들에게 분노가 치밀었다. 기회가 있을 때 제대로 되갚아주고 나왔어야 했는데.

침대에 누운 아마라는 지친 얼굴을 하고 있었다. 나는 바닥에 앉아 등을 침대에 기댔다. 작은 다락방을 채우는 건 아마라의 가쁜 숨소리뿐이다. 나는 정적을 깨려고 아마라에게 말을 걸기 시작한다.

"내일 우리가 집을 떠난 지 딱 이 년이 되는 거 알아? 벌써 시간이 그렇게 지난 거야."

"날짜를 세고 있었어? 달력도 없잖아."

"아까 캡슐 꺼내러 갔을 때 돌핀이 알려줬어. 그 스피커에 이상한 기능이 많나봐. 물어본 적도 없는데 갑자기 날짜랑 지역 날씨를 말해주더라고."

"그래서 오늘이 며칠이래?"

"오늘, 11월 7일."

아마라는 곰곰이 생각하더니, 우리가 11월 8일에 집을 떠난 건 또 어떻게 기억하냐고 물었다. 언니는 요즘 기억에 민감하다. 자신의 기억이 예전보다 불완전하다는 걸 약간 눈치챈 것 같다. 정확히 어떤 기억을 잃었다고 집어 말할 수는 없지만, 아마라는 자꾸 무언가를 잊는다. 우리가 지나온 장소, 만난 사람들, 그런 것들의 세부 사항을 조금씩. 단지 부주의해서 잊는 것이라면 다행일 텐데, 랑카위에서 당한 실험의 후유증일까봐 걱정이 된다.

"일단 이걸 먹자. 포장지가 삭은 저 초콜릿은 도전해볼 엄두가 안 나."

상자에서 영양 캡슐을 꺼내서 언니에게 건넸다. 아마라는 침대에 비스듬히 누워 내가 준 영양 캡슐 세 개를 입에 털어넣었다. 상자 날짜로 확인하건대 캡슐은 섭취 기한이 지났다. 그래도 아무것도 먹지 않는 것보다는 나을 것이다. 나는 언니가 캡슐을 삼키는 동안 이어 말했다.

"11월 7일, 그러니까 오늘이 페나의 생일이었거든. 우린 생일 파티를 두 번 했어. 생일 당일은 페나의 집에서, 그다음 날은 우리집에서. 그래서 페나가 내 생일 때도 파티를 두 번 해주겠다고 약속했었지."

"아, 그랬지. 새벽에 널 데리러 갔는데, 바닥에 트럼프 카드랑 칩이 흩어져 있었지. 그땐 열한 살 꼬마들이 벌써 불건전한 게임을 하나 싶었는데. 그걸 지적하기에는 부적절한 상황이었지. 그 새벽에는……"

"그렇지, 세상의 종말이 오고 있었으니까."

우리는 서로를 마주보며 웃었다. 상자에 남아 있던 캡슐 두 개를 이번에는 내 입에 넣었다. 이상한 맛이 났다. 썩은 고무 맛 같기도 하고 오래된 종이 맛 같기도 했다. 랑카위에서 도망친 이후로 우리의 주식은 늘 영양 캡슐이었는데, 한 번도 먹을 만하다고 느낀 적이 없었다.

"전에도 영양 캡슐 먹어본 적 있어? 더스트 폴 이전에."

"먹어보려고 한 적은 있는데, 엄마가 말렸어. 애들은 못 먹는 거라고."

"원래 이렇게 이상한 맛이 나는 건지, 상한 건지 모르겠어. 상한 거겠지? 원래 이런 맛이 나는 거였다면, 영양 캡슐이 팔렸을 리가 없잖아."

"그런데 나오미, 세상에는 맛없는 걸 찾아 먹는 사람들이 생각보다 참 많다? 모르지. 그런 사람들은 이런 세상에서도 좀 덜 우울할지도."

"아, 그건 그래. 이르가체페에서 여름방학 보낼 때, 고모할아버지가 건강에 좋다며 바늘나무와 파란 풍뎅이를 달여 먹는 걸 봤는데……"

철컹.

우리는 동시에 입을 다물었다. 창밖에서 들려온 금속성 소음이었다. 숨막히는 정적. 그리고 또다시 금속 장치들이 맞부딪치는 소리.

아마라가 침대에서 내려오려고 했지만 나는 고개를 저었다. 나는 바닥을 기어서 다락방 벽면 창문 옆에 몸을 밀착했다. 어두워서 잘 보이지 않았지만, 여러 사람들이 골목 앞에 모여 있었다. 귀를 창문에 바짝 붙이자 여자들의 웅성거림이 들려왔다.

다 알아듣기 힘들 정도로 빠른 말레이어였다. 통역기를 꽂아도 이 정도 거리에서는 불분명하게 들릴 것 같아서, 나는 최대한 내가 아는 단어에 집중하려고 했다. 그들은 어느 집을 먼저 조사할지를 놓고 이야기하고 있는 것 같았다. 제발 여기는 피해 가야 하는데. 일층 입구에는 가구를 쌓아두었고 이층으로 올라오는 계단도 막아두었지만 안심할 수 없었다. 아마라가 입 모양으로 물었다.

'사냥꾼들?'

나는 고개를 저었다. 돔 입구의 더스트 경보기를 그냥 지나쳐 들어왔고 보호복도 입지 않았으니, 우리처럼 내성종인 폐허 떠돌이일 것이다. 그래도 상대가 누구인지 정확히 모르는 한 안심할 수는 없다. 지난달에도 다른 내성종들에게 가진 물자를 전부 빼앗긴 적이 있었다. 마주치지 않을 수 있다면 최대한 마주치지 않는 편이 낫다.

언성을 높여서 논쟁을 벌이던 여자들의 목소리가 갑자기 사그라졌다. 발소리가 사방으로 흩어지고, 잠시 뒤에는 차에 시동을 거는 소리가 들렸다. 아마라와 나는 한참 숨을 죽이고 있었다. 엔진 소리가 차츰 멀어지고, 모두 골목을 떠났다는 생각이 들 때쯤에야 나는 창문에서 떨어졌다. 아마라도 그제야 안심했는지 깊은 한숨을 내쉬었다.

"가버렸나봐. 집들도 허름하고. 건질 게 없으니까."

그 순간 탕, 탕, 하며 문을 세게 두드리는 소리가 들려왔다. 아마라의 표정이 굳었다. 아래쪽에서 나는 소리였다.

'괜찮아. 금방 갈 거야.'

나는 그렇게 속삭였지만, 소리가 점점 커지고 있었다.

내가 다락방 창문에서 뛰어내리는 것과 내성종들을 마주치는 것 중 무엇이 더 위험할지를 가늠하는 동안 타박타박하는 발소리는 더 가까워졌다. 내가 창문으로 다시 손을 뻗자, 아마라가 고개를 저었다. 아마라는 어쩌려는 것일까. 나는 떨리는 손으로 가방을 더듬어 나이프를 꺼냈다.

제발 떠나달라는 간절한 바람이 무색하게, 다락문이 쾅 진동했다. 충격이 몇 번 더 이어지자 작은 빗장은 너무 쉽게 떨어져 나갔다. 문이 거의 부서지다시피 하며 열렸다. 제일 앞에 선 건 삐쩍 마르고 곱슬머리가 심한 여자였다. 그 뒤로 다른 여자들도 보였다. 모두 넷이었다. 곱슬머리가 히죽거리며 물었다.

"어라, 꼬맹이들. 우리가 좋은 시간을 방해한 거냐?"

곱슬머리는 총을 들고 있었다. 한가하게 인사나 하러 온 건 아닌 것 같았다.

"우린 가진 거 없어요. 나가라고 하면 나갈게요."

내가 낮은 목소리로 말했다. 곱슬머리가 다락방을 빠르게 훑어보았다. 호흡 차단기조차 걸치지 않은 내성종. 저들은 우리와 같은 종류의 사람들이다. 그러나 저들이 호의를 베풀 것 같지는 않았다.

"골목 뒤에 호버카가 한 대 있던데. 꼬맹이들이 갖기에는 너무 좋은 물건 아닌가? 넘겨주면 우리가 더 유용하게 쓸 수 있을 텐데."

나는 나이프를 쥔 손에 힘을 꽉 주었다. 돌핀을 내줄 수는 없다. 돌핀을 잃으면 모든 걸 잃는 것이다. 아마라도 같은 생각을 했는지 어느새 권총을 겨누고 있었다.

곱슬머리는 재미있다는 듯이 우리를 향해 싱글대며 말했다.

"그러지 말고 찬찬히 얘기나 나누지. 차라도 한잔하자고."

이번에 찾아온 내성종들은 조호르바루 돔 입구의 속임수를 쉽게 알아차렸다. 말하자면, 우리가 일주일이나 사냥꾼들의 눈을 피해가며 이곳에 머무를 수 있었던 것은 고장난 경보기 덕분이었다. 돔 시티의 입구에 있는 그 거대한 경보기는 원래 더스트 유입을 막으려고 설치되었겠지만, 돔이 다 부서진 후에는 그 목적은 물론 기능까지 잃었다. 대신 지금은 최대 수치의 더스트 농도를 빨간색으로 표시하고 있었는데, 마지막 숫자가 7과 9 사이에서 끊임없이 왔다갔다해서 더욱 진짜 같았다. 누구도 그 측정치를 의심하지 않을 것 같았다.

물론 나와 아마라는 그게 틀린 수치라는 것을 알고 있었다. 아마라는 불완전 내성종이어서 더스트 농도가 짙은 곳에서는 컨디션이 급격히 악화되는데 이곳에서는 괜찮았다. 경보기를 몇 번 테스트해보고 우리는 저 경보기가 아주 이로운 방향으로 고장났다는 결론을 내렸다.

다행히도, 다락방에 들이닥친 여자들은 우리를 내쫓지 않았다.

"그래도 그 눈에 띄는 호버카는 어떻게든 좀 숨기는 게 좋을 거다. 사냥꾼들에게 들켜 죽는 게 아니면 우리가 훔쳐갈 거니까."

여자들은 우리와 마찬가지로 고장난 경보기를 마음에 들어했다. 다른 폐허에 머물 때는 사냥꾼들이 툭하면 들이닥쳐 생체 감지기를 들이대서 그 초음파 소리에 노이로제가 생겼는데, 여기는 사냥꾼들이 얼씬도 하지 않겠다며 히죽거렸다.

그들은 우리와 두 블록 정도 떨어진 골목에서 머물기 적당한 이층집을 하나 찾아냈다. 집주인이 비상식량 하나 남기지 않고 모두 쓸어 갔지만, 잠자는 곳으로 쓰기에는 충분하다고 했다. 여자들은 자신의 이름을 각각 타티야나, 마오, 스테이시라고 말해주었다. 남은 한 명은 절대 자신의 이름을 밝히지 않았는데, 다락방의 문을 부쉈던 삐쩍 마른 곱슬머리였다. 다른 여자들도 그의 이름을 몰라서 그냥 '말라깽이'라고 부른다고 했다.

며칠 뒤 타티야나가 골목에서 좀 떨어진 공터에 모닥불을 피웠다. 처음에는 탄 냄새가 나고 열기가 느껴져서 사냥꾼들이 온 줄 알고 깜짝 놀랐다. 이 사람들은, 두려운 게 없는 건가? 여자들이 너무 부주의하다고 생각했지만, 그들 중 두 명이 경찰 출신인데다 무기를 꽤 잘 다룬다는 사실을 알고는 그 무덤덤함이 이해가 갔다. 아마라가 권총을 꺼냈을 때 얼마나 우스워 보였을까.

모닥불 앞에 앉자 캠핑을 하러 온 기분이 들어서, 나는 그렇게 느끼는 스스로에게 조금 놀랐다. 폐허가 된 도시에서 캠핑이라니. 나와 아마라는 소리를 낮춰 조곤조곤 이야기를 나누었다. 그들의 목소리가 우리보다 좀더 컸다. 스테이시가 오늘을 위해 아껴두었다는 비스킷 두 통을 꺼냈다. 처음 보는 브랜드였는데 짠맛이 약간 났고, 표면에 미심쩍은 얼룩이 있었지만 맛있었다.

여자들은 모두 플라카가 무너질 때 그곳을 떠난 내성종이었다. 우리도 캡슐을 구하러 여러 번 들른 적이 있었기에 플라카와 그 인근 폐허에 대해서 한참이나 이야기를 나누었다. 나와 아마라에게 정보를 캐내려는 게 아닐까 의심도 했지만, 이야기를 나누다보니 그런 생각은 사라졌다. 그들은 이미 우리보다 훨씬 많은 것을 알고 있었다.

다음날, 나는 배탈이 나서 죽을 뻔했다. 그들이 우리를 속이고 사냥꾼들에게 팔아넘기거나 돌핀을 뺏으려고 일부러 상한 비스킷을 준 줄 알았다. 그런데 골목에 있는 낡은 공용 화장실로 가보니 타티야나가 죽을상을 짓고 문 앞에 널브러져 있었다.

"스테이시…… 스테이시를 죽여야 해. 분명 우릴 살해하려고 한 거야. 입을 하나라도 줄이려고."

나와 타티야나는 고통스러워하며 화장실 앞에 휴대용 의자를 펼쳐놓고 온종일 배를 붙잡고 있었다. 하지만 정작 모닥불 앞에서 비스킷 한 통을 와그작대며 다 먹어치운 스테이시는 너무나 멀쩡한 모습으로 나타나서 우리를 분통 터지게 했다. 내 옆에서 비스킷을 몇 개 얻어먹었던 아마라도 별 탈 없는 것을 보면, 원래 장이 약한 사람들만 희생자가 된 모양이었다.

우리는 그들과 며칠 더 같이 머무르기로 했다. 집은 따로 썼지만, 저녁마다 서로의 생사를 확인했다. 그들은 모닥불 앞에서, 때로는 휴대용 램프 앞에서 자신들이 거쳐온 폐허 이야기를 들려주었다. 나와 아마라는 주로 가만히 듣는 쪽이었다. 나는 오랜만에 만난 괜찮은 사람들이, 정확히는 우리를 죽이거나 팔아넘기려 들지 않는 사람들이 반가워서 이것저것 털어놓고 싶었지만, 아마라는 그럴 때마다 내 쪽으로 은근한 시선을 보냈다. 아마라가 그렇게 경계하는 것도 이해가 되어서, 나는 하나 마나 상관없는 시시한 이야기를 주로 늘어놓았다.

"그런데 저 호버카는 어디서 구한 거야?"

"아, 그건……"

마오의 물음에 나는 입을 다물었다. 아마라는 곧바로 표정이 굳는 것이 경계하는 태도가 뚜렷했다. 마오는 아차, 하고 실수라는 듯 자기 입술을 톡 쳤다. 스테이시가 마오의 어깨를 치며 말했다.

"그런 걸 물어보면 우리가 강탈이라도 할 것처럼 들리잖아?"

"아니, 그게 아니라. 저런 건 구하기 힘드니까. 꽤 솜씨가 좋나 보다 해서."

마오는 실실 웃으면서도 아직 궁금한 눈치였다.

"정말 우연히 구했어요. 그냥 타이밍이 맞아떨어졌어요."

나는 그렇게 대답하며 아마라의 눈치를 보았는데, 아마라는 내 말을 딱히 제지하지 않았다.

"어차피 지금은 없어진 연구소니까……"

나는 우리가 몇 달 전까지 갇혀 있었던 연구소에 대해 이야기했다. 플라카의 대피소에서 연구원들이 건강 상태를 확인하겠다며 피를 뽑아 간 다음, 어느 날 갑자기 랑카위의 연구소로 옮겨졌던 것, 처음에는 잘 대해주겠다고 했지만 거짓말이었던 것, 그리고 우리에게 가해진 가혹한 실험들까지.

"어느 날 깨어났는데, 사방에 경비 로봇들이 돌아다니고 랑카위 연구소가 침입자들에 의해 무너지고 있었죠. 우린 그게 다시없을 기회라는 걸 알았어요. 죽을힘을 다해 도망쳤고…… 돌핀도 그 혼란 속에서 찾아낸 거예요."

세부 사항은 거의 생략했지만 그들은 이미 우리가 무슨 일을 당했는지 대강 짐작하는 것 같았다.

마오가 말했다.

"우린 원래 여러 돔 마을들을 돌아다니며 지냈어. 스테이시가 예전에 소아과 의사였는데 제법 실력이 좋아서 처음에는 마을에 남아 있기가 수월했지. 그런데 내성종이라는 걸 들키니 의사 면허고 뭐고 소용이 없었어. 그놈의 사냥꾼들이 내성종에 미쳐서, 마을마다 돌아다니며 횡포를 놓는단 말이야. 우리도 사람들의 눈을 잠깐 피해 있을까 싶어서 폐허로 왔는데, 이젠 그냥 완전히 떠돌이가 됐지. 이 모습으로는 다시 돔 마을을 찾아가도 받아주긴커녕 면전에 침이나 뱉을걸."

나는 의사라기보다는 목수처럼 보이는 스테이시를 경이로운 심정으로 쳐다보았다. 스테이시가 내 시선에 어깨를 으쓱했다. 정말로 의사였다면, 혹시 아마라의 상태가 어떤지 물어봐도 될까? 이미 아프다는 걸 눈치챈 건 아닐까? 만약 약을 조금 얻을 수 있다면…… 속으로 그런 생각을 하던 중에 아마라가 먼저 입을 열었다.

"돔 시티가 아니라 마을이요? 아직 남아 있는 마을들이 있나요?"

"그렇지. 돔 시티를 흉내 낸 마을, 허술한 돔을 씌운 아주 작은 곳들이지. 집 서너 채에 불과한 동네도 있고, 백 명 정도는 살 만큼 제법 그럴싸하게 꾸려놓은 마을도 있어. 하지만 그런 곳에서도 보호복을 완전히 벗고 살 수는 없지. 돔 틈새로 더스트가 계속해서 들어오고, 조악한 포집기를 하루 종일 가동해야 하니까. 헬멧에 금이라도 갔다간 폐가 굳어버리기 십상이고, 그러니 돔 시티에 비해서는 형편없는 생활을 할 수밖에."

"어딘가에는 돔을 씌우지 않은 마을도 있다고 들었어요."

그렇게 말한 건 아마라였다. 나는 아마라가 그 이야기를 꺼내서 놀랐다. 믈라카와 랑카위에서 그런 마을에 대한 소문을 들은 적이 있었다. 무슨 동화나 전설 같은 이야기였다. 처음에 혹한 건 나였고, 단칼에 그건 말도 안 되지, 하고 일축한 건 아마라였다.

마오와 스테이시는 마주보더니, 키득키득 웃기 시작했다.

"우리도 그 소문은 들었어. 그곳에 사는 녀석들끼리는 프림이라고 부르는 곳인데, 거대한 온실을 가지고 있다고 하더군."

"그 마을이 어디에 있는지 아세요?"

아마라의 질문에, 이번에는 곱슬머리가 끼어들었다.

"그걸 찾을 생각은 안 하는 게 좋아."

"……"

"내성종들이 모여 사는 천국 같은 마을이라니, 딱 들어도 아주 이상하지 않나? 함정이라는 생각이 들지 않느냔 말이야. 개미지옥이랑 다를 바가 없는 거야. 다들 낭떠러지에 몰려 있으니 그런 환상에 속고 말지. 순진한 꼬맹이들, 그런 데에 현혹되지 말고 너희끼리 영리하게 잘 살아남을 생각을 해."

아마라는 조금 기분이 상한 것 같았다.

"전 그냥, 소문의 실체를 확인해보고 싶었을 뿐인데요."

"아니지. 그런 질문을 하는 순간 상대에게 얕은수를 내보이는 거야. 너흰 정말이지 애송이들이야. 호버카를 그렇게 잘 보이는 데에 놔뒀다간 당장 누가 훔쳐가도 이상하지 않다. 최소한 은신 모드를 켜둬. 전원이 바닥난 게 아니라면."

나는 곱슬머리를 노려보다가 침묵 끝에 고개를 끄덕였다. 완전히 물정 모르는 어린애로 보인 게 분명했다. 그렇지만 우리에게 악의를 가진 게 아니라는 건 알 수 있었다. 그들은 음식도 약품도 나눠주지 않았지만, 어쨌든 최선의 호의를 베풀고 있었다. 떠돌이가 떠돌이에게 베풀 수 있는 최대한의 호의를.

그날 밤 아마라는 침대에 누워 내게 속삭였다.

"저 사람들, 믿지 마. 어떻게 돌변할지 몰라."

나는 아마라가 그렇게 말하는 이유를 알았다. 우리가 여태까지 당한 일들을 떠올렸다. 이유 없는 친절은 없다. 대가를 바라지 않는 호의도 없다. 그러니 호의를 최대한 이용하고, 그들이 무언가를 바라기 시작할 때 도망쳐야 했다.

조호르바루에 도착하기 전에 만난 어떤 청년은 나흘이나 자기 집 창고에 우리를 머물게 해주었다. 그러다가 자신의 어머니가 죽어간다고, 피를 조금만 뽑아달라고 부탁했다. 나는 우리의 피가 아무런 효과도 없다는 사실을 알았지만, 그가 너무 간곡해 보여서 잠깐 흔들렸었다. 저렇게까지 간절히 믿는데다가, 우리를 도와준 사람이라면 괜찮지 않을까.

그때 아마라는 내 눈을 똑바로 보고 말했었다.

'피를 줬는데도 죽으면, 그땐 저 남자가 우릴 어떻게 할 것 같아?'

그는 어둠 속에서 도망치는 우리를 향해 총을 여러 발 쏘았다. 그러면서 울부짖는 들개처럼 악을 질렀다. 우리는 돌핀을 타고 겨우 떠났지만 잠시라도 늦었다면 죽을 수 있었다. 하지만 한동안 나는 피를 조금이라도 뽑아서 놓아두고 오지 않은 것을 후회했다. 그가 며칠이나마 더 희망을 가질 기회를 줬어야 했다. 우리에게 그런 거짓 친절이라도 베풀어준 이들은 많지 않았으니까.

가끔은 그런 생각을 했다. 내성을 지녔다는 것이, 조금이나마 강하다는 것과 연결되었다면 좋았을 거라고. 처음 대피소에서 진단을 받았을 때, 나와 아마라는 겉으로 드러내지는 않았지만 무척 기뻤다. 내성이 있다는 말은 모두 죽어가는 저 바깥에서도 안전하다는 뜻이고, 살아남을 가능성이 더 높다는 뜻이었다. 그래서 우리는 적어도 우리 자매가 살아남을 것이라고 생각했다. 그 판단은 절반 정도만 옳았다. 더스트는 우리를 죽이지 않는다. 아마라도 그 망할 실험을 당하기 전까지는 괜찮았다. 대신 다른 것들이 우리를 죽이려고 달려들었다. 더스트가 아닌, 그 밖의 모든 것들이. 그래도 우리가 최악의 상황에 처해 있다고 할 수는 없었다. 내성종이 아닌 사람들, 그러면서도 어리고 약한 사람들은 더 많이 죽었다. 그 모든 것이, 나는 끔찍하게 싫었다. 내가 선택할 수 없었던 모든 현실이.

이틀 뒤에 우리는 조호르바루의 외곽 지역을 탐색했다. 여자들의 제안에 따른 것이었다. 여자들은 겹치지 않게 구역을 나누자며, 안쪽 지역의 남은 물자를 꼼꼼히 살펴보겠으니 우리에게는 외곽을 탐사하고 돌아오라고 했다. 아마라는 그 제안에 아침부터 기분이 크게 상했다.

"분명 우리가 어리다고 만만하게 본 거야. 안쪽 지역을 차지하고 싶어서 그런 거라니까. 외곽에 뭐가 있겠어? 애초에 돔으로 보호받던 지역도 아니었으니 오래전에 엉망이 됐겠지."

내 생각은 좀 달랐다. 어차피 같은 지역에서 한줌 자원을 두고 다툼을 벌일 바에는, 서로 특정 구역 외에는 손대지 않겠다고 합의하는 편이 나았다. 그런 합의조차 해주지 않고 우리를 협박해서 물자를 빼앗아간 내성종들이 한둘이 아니었으니까.

조호르바루 외곽은 예상대로 처참한 상태였다. 하지만 우리는 손상되지 않은 영양 캡슐을 몇 상자 찾았다. 무엇보다 좋았던 건 식료품 창고를 발견한 일이었다. 자세히 살펴보니, 창고 안쪽에 더스트 과포화 지대가 생겨서 누구도 접근할 엄두를 못 낸 것 같았다. 아마라를 밖에서 기다리게 하고 혼자 안으로 들어가 식료품들을 가져왔다. 표면에 뭉쳐 있는 더스트 응집 입자들을 닦아낸 다음 아마라와 함께 하나씩 살폈다. 식료품 대부분은 과농도의 더스트에 오염되어 쓸모가 없었지만, 단단히 밀봉된 통조림 정도는 열어봐도 될 것 같았다. 아마라는 운이 좋다면 통조림 요리를 해 먹을 수 있겠다며 좋아했다.

아침부터 오후 늦게까지 돌아다녔더니 열흘은 버틸 만큼의 캡슐과 정수 필터를 구했다. 물자들을 돌핀에 싣고 나서, 나는 아까부터 자꾸 신경쓰였던 건물 하나를 가리켰다. 작은 책방이었다.

"여기서 조금만 쉬다 가자."

사람들은 도망치면서 책에는 거의 손대지 않았다. 바닥에 몇 권의 책이 떨어져 있을 뿐이었다. 책을 주워 넘겨보았지만 내가 읽을 수 없는 말레이어였다. 아마라는 말레이어를 읽을 줄 알았지만 책에 관심이 없어 보였다. 책방 주인으로 보이는 시체가 이층으로 향하는 계단에 걸쳐져 있었다. 아마라가 벽면의 장식품들을 구경하는 동안, 나는 책방 구석의 안락의자에 기대앉았다.

이제 다음 행선지를 생각해야 했다. 다른 내성종들이 조호르바루를 찾아왔다는 것은, 또다른 사람들이 찾아올 가능성도 얼마든지 있다는 뜻이다. 하지만 어디로 가야 할까? 갈 곳이 아직도 남아 있을까? 해답 없는 질문들이 웅웅거리며 머릿속을 떠돌아다녔고, 나는 눈을 질끈 감았다.

잠시 잠들었다가 깨어났을 때 나는 이상한 기류를 느꼈다. 아마라가 기침을 심하게 하고 있었다. 창밖이 붉어서 노을이 지나 했는데 일어나서 다시 보니 안개 같았다. 더스트 급증의 신호였다.

"돌아가자, 언니. 여긴 위험해."

우리가 머물던 다락방은 아마라를 위해 밀폐 조치를 꼼꼼히 해두어서, 바깥의 더스트 농도가 높아져도 버틸 수 있을 터였다. 돌핀 안에 있어도 되겠지만 아마라가 편히 쉬기에는 비좁

왔다. 무엇보다 나는 그 여자들이 신경쓰였다. 다들 완전 내성을 가졌을까? 만약 아마라처럼 불완전 내성을 가졌다면, 더스트 안개가 조호르바루 안쪽 구역까지 덮치기 전에 빨리 경고해주어야 했다.

하지만 조호르바루의 깨진 돔 입구로 돌아왔을 때, 무언가가 잘못되었다는 것을 알았다. 항상 고농도의 더스트 수치를 나타내던 경보기가 꺼져 있었다. 옆에 연결돼 있던 태양열 발전기를 누가 이미 뽑아간 상태였다.

아마라는 돌핀을 경보기 옆에 멈춰 세웠다. 나는 불안한 표정으로 정적뿐인 도시를 바라보았다. 깨져서 형체가 온전하지 않은 돔이었지만 바람을 막아주는 효과가 있었는지, 아직 안쪽은 안개가 짙지 않았다.

"언니, 내가 가서 보고 올게. 여기 있어."

"안 돼. 같이 가."

아마라는 기침하느라 제대로 걷기도 힘들어 보였는데 나 혼자 보낼 수는 없다고 우겼다. 우리는 숨을 죽이고 걸었다. 발걸음 소리조차 너무 크게 들릴 정도로 수상한 정적이 도사리고 있었다. 모닥불 흔적이 남은 공터를 지나 좁은 골목으로 들어서 우리가 살던 집에 가까워졌을 때였다. 총을 내민 사냥꾼들이 불쑥 나타났다.

"그 내성종들, 거짓말은 안 했나보군."

보호복으로 얼굴을 감춘 남자가 히죽 웃으며 말했다.

"너희 얘기를 해주던데. 스무 살은 더 어리니 비싸게 팔릴 거라고."

아마라의 시선이 나를 향했다. 순간 머리가 하얗게 변했지만 나는 가까스로 주머니를 더듬었다. 우리는 동시에 품에서 더스트 탄을 꺼내 던졌다. 연구소에서 훔쳐온 것이었다. 사냥꾼들이 욕을 하며 우리를 쫓아왔다. 우리는 미친듯이 뛰어서 골목과 골목 사이를 지났고, 쓰레기통을 넘어뜨려 사냥꾼들의 속도를 늦췄다. 광장으로 돌아오자 돔 입구로 붉은 안개가 다가오는 것이 보였다. 그들은 안개를 보고 잠시 망설였다. 세 명은 멈춰 섰지만 보호복을 두툼하게 입은 사냥꾼 하나가 우리를 계속해서 따라왔다. 아마라가 또다시 더스트 탄을 던졌고 사냥꾼이 움찔거렸다. 나는 주머니에 손을 넣었다. 더스트 탄은 전부 떨어지고 없었다.

아마라가 돌핀의 잠긴 문을 원격 해제했다. 나는 아마라를 지나쳐 다른 방향으로 달렸다.

"나오미! 어디 가?"

확인해야 할 것이 있었다. 뒤에서 아마라가 나에게 돌아오라고 소리쳤다. 나는 우리와 두 블록을 두고 머물던 여자들의 집 앞에 멈춰 섰다. 온 힘을 다해 문을 밀었는데, 문은 어처구니없이 쉽게 열렸다. 안에 여자들의 시체가 있었다. 무슨 일이 일어난 것인지는 더 살펴보지 않아도 알 수 있었다. 소리를 지르고 싶었다. 화를 내고 싶었다. 하지만 일단은 참아야 했다. 나는 바닥에 있던 스테이시의 겉옷을 주워 들었다.

골목을 벗어나는 순간 사냥꾼 한 명이 나를 따라잡았다. 다른 사냥꾼들보다 더 두껍게 보호복을 껴입어 움직임이 둔했지만 나를 잡기에는 충분한 덩치였다. 그에게 거의 붙잡힐 뻔한 순간 나는 스테이시의 겉옷을 펼쳐 그의 시야를 가렸다. 그가 잠시 허우적거릴 때 그 틈을 타 나이프로 그의 보호복을 찢었다. 그가 비명을 지르며 이 미친년이, 하고 내뱉으면서 우악스럽게 붙들려는 손에 나이프를 한번 더 찍었고 바닥을 굴렀다. 그는 품을 더듬어 총을 찾으려고 했지만 찢어진 보호복을 보며 당황한 기색이 역력했다. 끔찍하기만 한 더스트였지만 지금 이 순간은 제발 저 쓰레기를 끝장내주기를 바랐다.

"나오미!"

아마라가 나를 불렀다. 사냥꾼이 기침을 토하며 바닥으로 쓰러지는 동시에 한쪽 팔로 나를 짓눌렀다. 바닥에 깔리자 갈비뼈가 부러진 것처럼 고통스러웠다. 나는 필사적으로 빠져나오며 나이프로 사냥꾼의 눈을, 실금이 간 헬멧을 노렸다. 헬멧 위에서 나이프가 미끄러졌다. 그가 악, 하고 소리지르며 주먹을 허공으로 휘둘렀다. 한번 더 눈을 찌르려고 했지만 이번에도 빗나가고 말았다. 나는 그의 위에 올라타서 또다시 그의 눈을 찔렀다. 마침내 고통에 찬 그의 비명소리를 들었다.

"그만해, 이리 와!"

아마라의 외침에 뒤늦게 정신을 차렸다. 도망치기 위해서가 아니라 화가 나서 그 사냥꾼의 보호복을 계속 난도질하고 있었다. 사냥꾼은 급성중독 증세를 보였다. 헬멧 안쪽이 붉은 숨으로 가득찼다. 그는 부들부들 떨며 피를 토했다. 나는 그를 걷어차고 자리에서 일어났다. 붉은 안개로 가득찬 광장을 지나 아마라에게로 돌아왔다.

아마라가 돌핀에 시동을 걸었다. 나는 아마라의 손목을 잡았다.

"아마라, 내가 할게."

"넌 뒤로 가서 앉아. 제발 진정 좀 해."

"저 쓰레기들이 거짓말을 했어! 그 여자들이 우릴 팔아넘겼다고. 나는 그 말을 믿을 뻔했어. 우리가 만난 거의 유일하게 좋은 사람들이었는데. 그 말을 믿을 뻔했다고!"

"그래서 사냥꾼도 결국 죽었잖아."

"아직 안 죽었어. 한 놈뿐인데 아직 죽지도 않았어."

"나오미, 입 다물고 차에 타."

"기다렸으면 내가 다 죽일 수 있었어."

아마라는 이제 말을 하는 대신 화난 표정으로 나를 노려보았고 나는 그제야 입을 다물었다. 아마라가 어떻게 그렇게까지 침착할 수 있는지 이해할 수 없었다.

하지만 돌핀이 폐허를 빠져나왔을 때, 아마라가 조종 장치를 붙잡은 채 울기 시작했으므로 나는 아무 말도 하지 않았다. 대신 죽은 사람들의 얼굴을 기억하려고 했다. 그들이 내게 해준 말도 기억하려고 했다. 아무것에도 마음 붙이지 말고 그냥 어디로든 도망치라고. 그러다 머물고 싶다는 생각이 들면, 그땐 정말로 죽는 거라고. 마지막으로 그 이름들을 속으로 중얼거렸다. 타티야나, 마오, 스테이시, 그리고…… 나는 고개를 저었다. 언젠가는 다 잊어버릴 이름들이었다.

*

조호르바루를 떠난 이후 아마라의 상태가 눈에 띄게 나빠지고 있었다. 새로운 폐허에 도착할 때마다 가장 보잘것없는 집을 찾아내서 덕트 테이프로 틈새라는 틈새는 모두 밀폐하고 잠들었지만, 며칠이 지나면 또다시 떠나야 했다. 오래 머물면 사람이 있다는 티가 날 테니까. 이제는 어디로 가야 할지 막막했다. 그 여자들이 습격당하기 전에 아마라의 상태를 한 번이라도 봐달라고 부탁할 걸, 하는 후회가 들었고, 그럴 때면 자괴감에 시달렸다.

랑카위에서 도망쳤을 때 나와 아마라는 원래 믈라카 근처에서 엄마를 찾으려고 했었다. 더스트 폴 직후에 우리가 갔던 대피소가 플라카에 있었다. 그러나 지금까지는 도저히 행적이나 단서를 찾을 수 없었다. 살아남기에 급급했다. 고향인 에티오피아로 돌아가는 상상도 해봤다. 친척들이 아직 살아 있을지도 모른다는 희망을 버리기 어려웠다. 하지만 현실적으로는 이 작은 호버카로 그 먼 곳까지 갈 수 있을 리가 없었다. 우리가 살던 고향이 이 더스트라는 거대한 재난 앞에 무사할 것 같지도 않았다.

가끔 라디오 전파를 잡아 돔 시티에서 발신하는 방송을 들었다. 그 목소리에 실려오는 것은 죽음의 소식뿐이었다. 라오스의 돔 시티가 내부 분쟁으로 파괴되고 말았다거나, 바깥의 야만인들이 돔 시티를 공격하고 있다거나…… 하루는 리포터가 파괴된 대피소의 명단을 읽는 것을 들었다.

— 이미 몇 달 전 기능을 상실한 것으로 추정되며, 제보에 따르면 생존자는 없는 것으로……

나는 아마라가 그 대피소의 이름을 듣지 못하기를 바랐지만, 아마라는 내 옆에서 눈을 뜨고 라디오에 귀를 기울이고 있었다. 그래도 우리는 울지 않았다. 사실은 처음부터 짐작하고 있었기 때문인지도 모른다. 우리에게는 목적지가 필요했을 뿐이다. 그런데 이제는 그마저도 사라지고 말았다.

나는 아마라가 나를 떠나버릴까봐 두려웠다. 이 끔찍한 세계에서 아마라마저 없다면 나는 살아갈 수 없었다. 그런데도 아마라는 자신이 내 발목을 붙잡고 있다고 생각하는 것 같았다. 어느 날은 아마라가 작은 배낭을 메고 새벽에 조용히 나가는 걸 붙잡은 적도 있었다.

"어디 가?"

그 질문에 아마라는 답하지 않고 멍한 눈으로 나를 보았다.

"지금 가면 언니는 날 버리는 거야. 나를 배신하는 거라고."

내가 한참이나 아마라를 노려본 끝에야 아마라는 다시 침대로 와서 눈을 감았다. 하지만 아마라가 아침까지 잠들지 않았다는 것을, 거친 숨소리를 통해 짐작할 수 있었다.

돌핀의 상태도 점점 형편없어져서, 두 시간쯤 운전하고 나면 충전을 남은 하루 내내 해야 했다. 우리는 운신의 폭을 좁혀 이동하는 수밖에 없었다. 좀더 좋은 배터리가 있다면 더 먼 길을 갈 수 있을 텐데, 폐허의 고철 더미를 온종일 뒤적이는 일도 지금 아마라의 상태로는 무리였다.

우리의 비참한 여정이 한 달쯤 지속되었을 때, 어느 날 아마라는 내가 가져다 둔 영양 캡슐에는 손을 대지도 않고 지친 얼굴로 말했다.

"사람들이 말했던 곳 있잖아."

"어디?"

"도피처 말이야."

나는 아마라가 무슨 말을 하려는지 알아차렸다. 하지만 언니가 그 말을 한다는 사실을 믿을 수 없었다.

"거길 찾아가자. 내성종들이 살아 있다는 곳……"

아마라의 마음을 알 것 같으면서도 외면하고 싶었다. 아마라는 이제 그런 소문에 매달릴 만큼 내몰려 있었다. 소문 속 마을이 한때 정말로 존재했더라도 오래가지 못하고 무너졌을 것이다. 돔 시티와 작은 마을들을 불문하고 모든 공동체들이 멸망을 향해 치닫고 있었다. 안전한 곳, 희망이 있는 곳 따위는 없었다.

하지만 그걸 알면서도, 나는 이렇게 대답할 수밖에 없었다.

"응, 언니. 거길 찾아가보자."

도피처의 정보를 얻는 일은 쉽지 않았다. 애초에 쉬울 거라고 예상하지도 않았다. 그런 도피처가 있다면, 함부로 외부인들에게 정보를 유출하지는 않을 테니까. 우리는 사냥꾼들을 피해서 폐허에서 폐허로 멈추지 않고 이동했고, 내성종을 마주치면 우리가 가진 물자와 정보를 교환했다. 그러나 그 정보 대부분은 쓸모가 없었다.

한번은 사람들이 말하는 도피처 비슷한 곳을 찾아낸 적도 있었다. 멜바에서 만난 내성종들이 우리에게서 영양 캡슐 한 달 치를 가져가고 알려준 장소였다. 쿠알라룸푸르의 케퐁 지역에서 북서쪽 외곽으로 가면 숲이 시작되는데, 그곳에 십 년 전까지 산림연구소로 쓰였던 건물과 작은 마을이 있다고 했다. 우리는 한참을 헤매다 그 마을로 추정되는 곳에 도착했지만 연구소는 텅 비어 있었고, 근처의 건물들은 모두 부서져 잔해만 남은 상태였다. 연구소 앞에 삼각 지붕을 가진 온실이 있었지만, 안팎을 잡초들이 뒤덮고 있는데다 모두 말라붙어 있었다. 그래도 우리는 그 숲에 들어설 때 잠시나마 안심했던 순간을 잊고 싶지 않아서 부서진 온실에서 하루를 머물렀다.

수소문 끝에 진짜 좌표를 알고 있다는 내성종들을 만났고 그 대가로 결국 돌핀을 넘겨야 했다. 만약 아마라가 잠시라도 망설였다면, 나도 거기서 물러났을 것이다. 하지만 아마라는 너무 단호했다. 나는 그게 아마라가 희망을 포기했기 때문이라고 생각했다.

나는 그 사실을 지적하는 대신 아마라를 부축해서 폐허를 빠져나왔고, 바퀴로 달리는 구식 차를 몰아 좌표로 향했다. 구식 차는 차체가 너무 커서 바닥에 발이 잘 닿지 않아 운전이 힘들었지만, 그렇다고 도중에 멈춰 설 수는 없었다. 아마라는 뒷좌석에서 뒤척였고 간혹 기침을 터뜨렸다.

우리를 결코 들여보내주지 않았던 돔 시티들을 멀찍이 지나쳤다. 우리를 속여 가짜 약을 팔았던 돔 마을들도 지나쳤다. 완전한 황무지가 된 외곽을 한참 달려서 죽은 나무들로 가득한 숲으로 들어섰다.

좌표를 향해 차를 몰면서도 나는 정말로 도피처가 있으리라고 믿지 않았다. 그렇게 생각하면서도 숲으로 향한 건, 지금이 아마라와 내가 보낼 수 있는 마지막 시간일지도 모른다는 예감 때문이었다.

그들이 알려준 곳은 한때 국립공원이었던, 이따금 등산객들이 드나들었으나 지금은 완전히 인적이 끊긴 숲이었다. 경사는 가파르지 않지만 안쪽을 들여다보기 힘들 정도로 나무들로 빽빽했다. 나와 아마라는 숲 안쪽으로 들어서면서 이상한 기운을 감지했다. 사체의 일부가 부패한 오랑우탄과, 아직 살아 있는 것처럼 보이는 기이한 식물들이 있었다. 밤이 되어 모든 것을 포기하고 싶어졌을 때, 나는 따스한 노란색의 광원을 발견했다. 빛은 밀림의 가장 높은 곳으로부터 비치고 있었다.

우리가 희망을 발견한 거야.

그 생각은 얼마 지나지 않아 깨어졌다. 괴한들이 우리를 둘러쌌고, 무기를 들이밀었다. 나는 비명을 지르며 아마라를 불렀다. 죽음이 코앞에 있었다. 적어도 그때는 그렇게 느껴졌다.

*

어둠, 까마득한 어둠이 앞에 있었다. 나는 눈을 깜빡였고, 무언가가 내 눈을 단단히 가리고 있다는 것을 알았다. 어둠이 아니라 검은 천, 혹은 그와 비슷한 무엇이었다.

"이름이 뭐지?"

여자로 추정되는 낮은 목소리였다.

"대답해."

"나오미. 나오미 재닛."

"이곳에 대한 이야기는 어디서 들었나?"

그가 우리에게 원하는 건 무엇일까?

"빨리 대답해."

차가운 금속이 내 이마를 눌렀다. 덜컥 겁이 났다.

"죄송해요. 다른 내성종들에게 들었어요. 폐허에서 만난 내성종들이요. 아마라는 살려주세요. 저는…… 저는 강한 내성을 가졌어요. 피를 드릴 수 있어요. 이틀에 한 번까지는 버텨요. 필요하다면 얼마든지요."

"너희들 피를 어디다 쓰지?"

"내성종들의 피는 더스트 항체를 가지고 있으니까…… 수혈을 하면……"

"거참, 별 헛소리를 다 들어보네. 밖에서는 멍청한 놈들이 쓰레기 같은 짓까지 하나보군."

"언니는, 아마라는 어디로 갔어요?"

"꼬마야. 다른 내성종들이 뭐라고 하던?"

"언니는……"

"대답해라."

"소문을 들었어요. 플라카에서…… 랑카위 연구소에서도 그랬어요. 도피처가 있다고, 내성종들이 모여 산다고 했어요. 좌표를 준 건 최근에 만난 내성종들이에요. 정확하지는 않았어요. 그냥 국립공원이라는 것 정도…… 우리는 한참 헤매야 했어요."

내가 무슨 말을 하는지도 모른 채로 횡설수설했다. 말을 멈출 때마다 견딜 수 없는 정적이 흘렀다. 내 말을 듣고 있는 사람은 누구일까. 지금 여기에 몇 명이 있는 걸까. 헛구역질이 나왔다. 건드리면 정말로 토할 수도 있을 것 같았다.

"랑카위 연구소라고?"

여자가 기분 나쁜 듯 연구소의 이름을 중얼거렸다.

"꼬마야, 미안하지만 우린 너희를 받아줄 수가 없다. 이곳의 규칙이 그렇다. 하지만 너희를 돌려보내면…… 또 이곳의 좌표를 떠들고 다닐까봐 걱정이 되는구나. 그 녀석들도 너희에게 대가를 받고 정보를 팔았겠지. 그리고 너희도 마찬가지로 우리 좌표를 팔고 다니겠지. 어떡한담, 혀를 뽑으면 말을 못하게 되려나? 그런데 너는 아주 야무져 보이니 글도 당연히 쓸 줄 알겠지. 이것 참, 곤란하네. 기억을 없앨 수도 없고."

그가 당장이라도 내 혀를 뽑겠다고 할까봐, 이마에 겨눈 총을 쏠까봐 겁이 났다. 하지만 마지막으로 부탁을 해야 했다. 나는 꿀꺽 마른침을 삼키고 물었다.

"여기 의사가 있나요?"

"……"

"절 어떻게 하시든 괜찮아요. 그냥, 아마라 언니의 상태를 딱 한 번만 봐주세요. 연구소에서 혹독한 실험을 당해서…… 그 이후로 건강이 나빠졌어요. 어떻게 된 건지 모르겠어요. 무슨 약을 구해야 할지도 모르겠어요. 괜찮은지만 알고 싶어요."

"우리가 왜 그렇게 해야 하지?"

"저는 쓸모가 있을 거예요. 내성이 강하니까요. 실험을 하셔도 괜찮아요. 너무 끔찍한 것만 아니면 버틸 수 있을 거예요. 랑카위 연구원들도 이런 완전 내성은 드물다고 했어요. 그러니까 아마라를 살펴봐주세요. 제발……"

"하, 거참."

여자가 혀를 찼다. 뒤에서 또다른 누군가의 목소리가 들렸는데, 영어가 아닌 다른 언어여서 알아들을 수 없었다. 타박타박 발소리가 가까이 다가왔다.

그들은 묶여 있던 내 팔을 풀어주었다. 여전히 눈은 가려져 있어 앞이 보이지 않았고, 온몸에 힘이 풀려 꼼짝도 할 수 없었다. 누군가가 내 입을 벌려서 따뜻한 액체를 부었다. 그게 무엇인지, 무슨 맛이 나는지도 알 수 없었다. 그들은 아무런 설명도 하지 않고 나를 벽에 기대어 앉혀놓더니, 이곳을 떠나버렸다. 나는 그대로 바닥으로 쓰러져 잠들었다.

기절하듯 잠들어 있는 동안 누군가 나를 침대 위로 옮겨주는 것을 느꼈다. 잠결에 나는 생각했다. 이제 다 끝난 거라고. 우리를 죽이거나, 아니면 숲 바깥으로 쫓아내겠지. 차라리 쫓겨난다면 죽지는 않겠지만, 그건 죽는 것과 그다지 다를 바 없을 것이다. 우리는 여기, 도피처를 찾는 데에 모든 것을 걸었고…… 이제 우리에게 남은 건 없으니까.

아마라는 이미 죽었을지도 모른다. 그렇게 생각하면 누군가 심장을 마구 아래로 잡아당기는 것 같은 통증이 느껴졌다. 함정이라고, 그런 헛소문을 믿어서는 안 된다고 우리에게 말해준 사람들이 있었는데. 그 말을 들었어야 했는데.

눈을 떴을 때 내가 본 것은 전혀 뜻밖의 풍경이었다.

둥근 통나무들이 모여 삼각형을 이룬 높은 천장이 보였다. 나는 깨끗하게 잘 정돈된, 나무로 지어진 집 안에 있었다. 서늘한 추위에 몸을 움츠리며 주위를 둘러보았다. 입고 온 겉옷은 어디 갔는지, 속옷뿐이었다.

침대 옆 협탁 위에 쪽지가 놓여 있었다.

— 욕실에 새 옷이 있으니까 입고 안에서 기다려.

눈을 의심했지만, 다시 확인해도 아마라의 글씨체였다.

지붕을 두드리는 빗소리가 들려왔다. 아마라는 안에서 기다리라고 했지만, 도저히 저 밖에 무엇이 있는지, 여기가 어디인지 확인하지 않고는 기다릴 수 없었다. 욕실로 들어가 나무 선반에 놓인 옷을 입었다. 부드러운 질감의, 상하의 구분 없이 한 겹의 천으로 된 옷이었다. 허리를 끈으로 묶었다. 신발은 보이지 않았다. 나는 맨발로 밖으로 나가는 문 앞에 섰다. 심호흡을 하고 문을 열었다. 삐걱대는 소리를 내며 문이 열렸다.

가장 먼저 느껴진 것은 물기 어린 공기였다. 세찬 빗소리, 그리고 축축하게 젖은 숲의 청량한 공기와 흙냄새.

약간 흐린 하늘 아래로 집들이 줄지어 선 언덕길이 보였다. 통나무집들은 기둥으로 받쳐져 땅에서 조금 떨어져 있었고, 그 사이로 빗물이 콸콸 흘러갔다. 키 큰 야자나무들이 길쭉한 잎을 삼각형의 지붕 위로 드리우고 있었다. 한 걸음을 내딛자 발밑에서 나무가 끼익 소리를 냈다. 몇 걸음 더 가서 나무 난간을 붙잡았다. 서늘하고 시원한 숲의 공기가 온몸을 적시고 있었다. 갑자기 다른 세계로 들어온 것 같았다.

"어떠냐? 여기가 너희가 찾던 곳이다."

나는 고개를 돌렸다. 그 목소리를 기억하고 있었다. 가려진 눈앞에서 들리던 목소리들 중 하나였다. 덩치 큰 여자가 통로 앞에 서 있었다. 그는 팔짱을 끼고 비 내리는 풍경에 시선을 고정하고 있었다.

"우리는 프림 빌리지라고 부르지. 기대했던 것보다 조촐하지 않나. 그냥 작은 마을일 뿐이야."

프림 빌리지. 조호르바루에서 만난 여자들도 비슷한 이름을 말했었다. 그렇다면 이곳이 아마라와 내가 찾아 헤매던 바로 그 도피처였다. 나는 난간 아래를 내려다보았다. 언덕길을 따라 흐르는 빗물, 긴 야자 잎 아래로 굴러떨어지는 빗방울, 물웅덩이 옆에서 비 내리는 풍경을 구경하는 한 여자, 양동이를 머리 위로 쓰고 뛰어가는 사람들.

비가 내리고 바람이 부는데도 그 모든 것이 죽음을 의미하지 않았다. 더스트는 이 마을을 파괴하지 않았다. 이곳은…… 마치 더스트에 완벽하게 적응한 세계처럼 보였다. 사람들뿐만 아니라 풍경 속의 모든 것들이.

무언가 크게 속은 것 같은 기분이 들었다. 기쁘거나 반가운 것이 아니라 울컥 화가 났다. 이런 곳이 남아 있다는 사실을 알지 못했다는 게 이상했다.

나는 있어서는 안 될 마을을 목격하고 있었다. 더스트 시대에는 존재할 수 없는 풍경을 보고 있었다.

"도대체 어떻게 이런 곳이 있는 거예요?"

여자는 대답하지 않았다.

"다 죽었다고 생각했어요. 돔 바깥에서는, 모두 다 죽었다고요."

따지듯이 묻는 말들이 내 입에서 흘러나왔다.

"왜 여기는 다들 아무렇지 않아요? 어째서 여기만? 무슨 눈속임을 한 거예요? 바깥 사람들은 모두 죽어가는데, 어떻게 여긴……"

여자는 고개를 돌리더니 나를 빤히 바라보았다. 짧은 침묵이 이어졌다. 여자가 다시 시선을 앞으로 돌리며 말했다.

"그래. 모두 죽었는데, 이 숲만이 살아 있어. 정말 이상한 일이지."

빗소리를 들으며 집안에서 아마라를 기다렸다. 키가 작고 마른 몸집을 한 여자가 나를 찾아와서 아직 우리의 거취가 결정되지 않았다며, 아마라가 마을 리더와 이야기를 끝내고 돌아올 때까지 집에서 기다리라고 말했다. 자신의 이름을 야닌이라고 알려준 그 여자는 나에게 주먹만한 빵 한 조각과 정체를 알 수 없는 음료를 건넸다.

"빵은 남겨도 되지만, 음료는 다 마시는 게 좋을 거야."

야닌은 무미건조한 태도로 그렇게 말하고 집을 떠났다.

나는 바구니에 놓인 빵과 음료를 노려보았다. 견딜 수 없는 허기가 느껴졌다. 영양 캡슐이 아닌 음식이 눈앞에 있었다. 빵이 딱딱할 거라고 예상하며 베어 물었는데, 생각보다 부드러웠다. 순식간에 빵을 다 먹어치웠다. 음료에서는 알 수 없는 맛이 났다. 약초와 과일이 섞인 것 같았다. 굳이 다 마시라고 덧붙인 것으로 보아 독약이나 최면제일 수도 있다고 생각했지만, 나는 음료도 남김없이 비워버렸다.

뒤늦게 아마라 생각이 났다. 언니는 뭐라도 먹었을까. 남겨놔야 했는데. 어디로 갔을까. 왜 언니만 데려간 걸까. 이 마을의 정체는 대체 뭘까.

야닌은 나와 아마라가 이곳에 머물러도 되는지 아직 결정되지 않았다고 말했다. 우리는 쓸모없는 여자아이들이니까, 쫓겨날 가능성이 높을 것이다. 그래도 만약 우리가 여기서 할 수 있는 일이 있다면, 그게 뭐든지 시켜만 준다면⋯⋯

텅 빈 바구니를 보며 나는 생각했다. 어차피 이게 마지막일지도 모르니, 음식을 조금만 더 달라고 부탁할 걸 그랬다고.

한참 뒤 아마라가 문을 열고 들어서는 소리에 나는 정신을 차렸다.

"아마라!"

처음에는 아마라의 표정이 굳어 있는 것처럼 보였기에, 심장이 철렁 내려앉았다. 하지만 말없이 내 앞에 앉은 아마라의 표정이 점점 바뀌기 시작했다.

"나오미, 여긴 정말 놀라운 곳이야."

아마라는 들뜬 얼굴을 하고 있었다.

"이 사람들은, 사람들 중에는, 내성종도 있고 아닌 사람들도 있는데, 어쨌든 다들 성공했어. 그러니까 돔 밖에서 살아가는 것 말이야. 그게 정확히 어떻게 가능한 건지는 나도 모르겠지만, 어쨌든 너도 밖에 나가보면 바로 알게 될 텐데⋯⋯"

"언니, 무슨 말인지 모르겠어. 좀 진정하고 말해봐."

내가 말하자 아마라는 심호흡을 했다. 그 모습에 나는 조금 긴장이 풀렸다.

"이곳 사람들은 논의 끝에 우리를 받아들여주기로 했어."

"논의가 아니라 고문이겠지. 눈을 가려놓고 무섭게 말했어."

나는 퉁명스럽게 말했다. 아마라는 어깨를 가볍게 으쓱했다.

"그건 그랬지. 여기 사람들 말로는, 새로운 입주자를 받지 않은 지 거의 반년이 넘었대. 게다가 이곳의 정보를 밖으로 유출하는 건 엄격하게 금지되어 있는데, 우리가 밖에서 소문을 듣고 좌표까지 알아내서 찾아왔다는 게 그들에게는 일종의 위협으로 느껴졌다는 거야."

"그럼 우리는 결국 허락을 받은 거야?"

"마을 사람들에게 협조하기로 했어. 이곳 사람들은 정보가 새어 나가는 것을 막고 싶어해. 그러니까 우리가 어디서 어떻게 정보를 얻었는지를 알려줘야 해. 어쩌면 우리의 여정 전체…… 그것에 대해 알고 싶어하는 것 같아. 그리고 또 한 가지 조건이 있어. 우리는 이제 이곳을 떠날 수 없어. 그들은 떠나는 사람들이 정보를 발설하기를 원하지 않거든."

"그게 다 거짓말이면 어쩌지? 만약 그들이 우리에게 정보만 얻고, 입막음을 위해 죽여버린다면?"

"나도 그런 생각을 해봤어. 그래, 그럴 수도 있겠지."

아마라는 다시 침착하게 말했다.

"우리에겐 선택권이 없어. 설령 그렇게 된다고 해도 말야."

나는 그 말을 듣고 순간 표정이 굳었지만, 조금 뒤에는 고개를 끄덕였다. 아마라의 말이 맞았다. 여기서 살게 해주겠다는 말이 설령 거짓이라고 해도, 우리에겐 이제 선택의 여지가 없었다. 이런 곳이 존재한다는 걸 안 이상 밖에서는 살아갈 수 없다. 나갈 바에는 차라리 죽어버릴 것이다. 나는 아마라의 눈빛 속에서 그런 결심을 읽을 수 있었다.

"나오미, 믿어지니? 나도 여기서는 숨을 편하게 쉴 수 있어. 더스트 농도가 낮게 유지되는 것 같아. 게다가 살아 있는 작물들이 있어. 이 마을의 언덕 위에는 커다란 온실이 있는데, 거기에는…… 그 사람들은 이름을 말해주지 않았지만, 어쨌든 식물학자 한 명이 살아. 그는 마을로는 오지 않아. 그리고 더스트에 저항성을 가진 식물들을 연구하지."

"그 식물들이 이 마을을 먹여 살린다는 거야?"

"정확히는, 식물학자가 종자를 주면, 마을 사람들은 그걸 재배해서 마을을 유지해. 어떻게 이런 관계가 생겨난 건지는 잘 모르겠어. 내가 얘기를 나눈 사람들 중 어떤 여자들은 그 식물학자를 거의 숭배하는 것처럼 보였어…… 하지만 전부 사실이라면, 숭배할 만한 일일지도 몰라. 더스트에 버티는 작물들이라니! 그런 걸 왜 이런 숲속에서 혼자 연구하고 있는 걸까? 돔 시티 어디서

든 데려가려고 할 텐데."

아마라가 한꺼번에 너무 많은 정보를 쏟아놓아서 나는 머리가 아팠다. 우리가 숲속에서 헤매면서 보았던 그 노란빛은, 어쩌면 온실에서 새어 나온 빛일지도 모른다는 생각이 들었다.

"사람들에게 협조해. 그래도 완전히 믿지는 마. 정보를 전부 알려주기로 한 건 이 마을의 리더인 지수 씨와 대니 정도야. 다른 사람들은 아직 잘 모르겠어."

"알겠어."

"우리가 여기서 뭔가 쓸모 있는 존재라는 걸 증명해야 해."

아마라는 희망을 찾은 것 같으면서도 동시에 절박해 보였다. 나는 조금 전 보았던 빗속의 풍경만으로도 아마라가 왜 그러는지 알 수 있었다. 이 마을은 멸망한 세계에 남은 유일한 도피처였다. 끔찍한 대피소나 우리를 실험 대상으로 삼는 연구소 따위가 아니라, 정말로 사람들이 멀쩡히 살아가는, 돔 밖에 존재하는 세계였다. 아직도 꿈을 꾸는 것 같았다. 지붕을 두드리는 빗소리가 나에게 다시 현실감을 일깨워주었다. 정신을 차려야 한다고. 어떻게든 여기 남아서 살아가야 한다고.

다음날 아침 우리는 회관으로 향했다. 폐쇄적인 마을인 만큼 거창한 신고식을 예상하고 긴장했지만, 그런 것은 없었다. 마을은 경사진 숲을 따라 조성되어 있었고 회관은 비탈길의 아래쪽,

계곡이 내려다보이는 곳에 위치했다. 우리를 회관까지 안내해준 사람은 통나무집 앞에서 보았던 여자였다. 그는 자신의 이름이 대니이고 이 마을의 여러 업무를 조율하는 일을 한다고 말했다. 회관에서 일하던 사람들이 우리를 향해 고개를 돌렸다. 사람들의 태도를 보니 대니는 이 마을에서 꽤 힘이 있는 지위 같았다. 그의 얼굴에 팬 깊은 흉터도, 커다란 몸집도 모두 위압감이 느껴지긴 했다.

나는 회관 안을 둘러보았다. 새벽에 비가 그쳤지만, 아직 비에 젖은 숲 냄새가 가득했다. 약간 눅눅한 바닥 위로 나무 의자와 테이블이 질서 없이 놓여 있었다. 서너 명의 여자들이 입구 근처의 테이블 위에 바구니를 올려둔 채 회관에 들르는 사람들에게 먹을 것을 나누어주던 중이었다. 어제 야닌이 나에게 준 빵과 음료였다. 빵을 받아 가는 사람들은 한 번씩 아마라와 나를 흘끔거렸다. 회관의 가장 안쪽에서는 내 또래로 보이는 아이들이 모여 일을 하고 있었다. 채소를 잘게 썰어 바구니에 담거나, 식재료를 손질하는 일이었다. 채소들은 갓 따 온 것처럼 신선해 보였다.

여러 국적의 사람들이 뒤섞여 있어 다들 어디에서 온 것인지 짐작하기 힘들었다. 좌표상으로 다국적 도시인 쿠알라룸푸르가 이 숲과 가장 가까웠는데, 아마도 그곳에서 온 여러 출신의 사람들이 모인 것이 아닐까 생각했다. 여자들이 많았지만 성별을 짐작하기 힘든 외모의 사람들도 섞여 있었다. 들려오는 말소리는 주로 영어였는데 말레이어나 인도어, 중국어로 말하는 사람들도 있었다. 대니처럼 귀에 통역기를 꽂은 사람들이 많이 보였다.

"갑작스럽겠지만, 새로운 아이들이 들어왔어. 리더와 합의된 사항이고 앞으로는 이런 일이 없을 거야. 마을 회의에서 다시 자세히 설명하지."

대니의 말에 사람들은 고개를 끄덕였다.

"아마라는 어제 얘기한 것처럼, 작물 재배 일을 맡게 될 거다. 오늘부터 일을 배우도록."

아마라는 고개를 끄덕이고는, 회관 구석에서 텃밭용 도구들을 정리하고 있는 여자들 무리에 합류했다.

"나오미라고 했지. 너는 다른 일을 하게 될 거다. 마침 너랑 짝지어줄 만한 딱 좋은 아이가 있다. 미리 와 있으라고 했는데…… 왜 이렇게 늦었지? 하루, 이쪽으로 와라."

이제 막 회관의 문을 열고 들어온 아이는 나보다 키가 약간 크고 검은 머리에 상아색 피부를 가지고 있었다. 눈이 동그랗고 귀여운 인상이었지만 표정은 무척 퉁명스러웠다.

"너무 갑자기 불렀잖아요. 경계를 둘러보느라 바빴다고요."

"숲 경계에는 가지 말라고 말했을 텐데?"

대니의 말에 하루라는 아이는 입을 삐죽 내밀고 대답하지 않았다.

"들었겠지만, 이쪽은 마을에 새로 들어온 아이다. 앞으로는 나오미와 함께 정찰을 해라. 둘이서 하면, 뜻밖의 상황에 처해도 좀더 잘 대처할 수 있을 거야. 나오미에게 마을을 안내해주는 일도 네가 맡도록."

하루는 나를 마음에 들어하지 않는 눈치가 역력했지만 대니 때문에 티를 덜 내려고 애쓰는 것 같았다. 대니가 다른 여자들에게 가버리자 하루와 나 사이에는 정적이 흘렀다. 하루는 기분 상한 얼굴로 나를 노려보았다. 이렇게 첫 만남부터 나에게 적대감을 드러내는 또래 아이는 오랜만이어서 당혹스러웠다.

"왜 꾸물거리는 거야? 빨리 따라와."

꾸물거린 적 없어서 억울했지만 나는 잠자코 하루를 뒤따라갔다.

하루는 나보다 몇 발짝씩 앞서 걸으면서, 줄곧 화가 난 듯한 어조로 마을의 장소들을 설명했다. 회관 근처의 평지에는 사무소와 식당, 의료실이 위치해 있었고, 언덕을 따라서는 띄엄띄엄 거리를 두고 사람들이 사는 집이 세워져 있었다. 공용 건물들은 대부분 벽돌로, 집들은 나무로 지어졌는데 모든 건물들이 키 큰 나무에 둘러싸여 있었다. 마을까지 눈이 가려진 채 끌려왔으니 정확히 숲의 어느 지점에 있는지는 아직 알 수 없었지만, 이곳이 상당히 깊은 안쪽이라는 것, 그리고 꽤 높은 지역이라는 것은 알 수 있었다. 마을은 생각보다 넓었다. 사람이 아주 많지는 않았지만, 지금까지 본 집들만으로도 수십 명은 충분히 살 수 있을 규모였다.

언덕 위쪽을 향해 한참 걷던 하루는 회관 크기만한 건물 앞에 멈춰 섰다. 외관만 봐서는 뭘 하는 곳인지 짐작이 힘들었다. 운동장처럼 꾸며진 공터가 있었지만, 뛰어다니는 아이는 없었다.

"여긴 학교와 도서관이야. 열여섯 살이 안 된 아이들은 사흘에 한 번씩 수업을 들어야 해. 그날은 각자의 임무가 면제되니까, 제때 참석하는 게 좋아. 수업을 듣지 않고 놀러가면 다른 일을 추가로 더 해야 해."

"그 임무라는 건, 아까 대니가 말한…… 숲을 정찰하는 일이야?"

"그것 말고도 할 일은 많아. 지금 다 설명해줄 순 없어."

아무래도 이 불친절한 파트너와 엮인 대가로, 마을에 대한 좀 더 상세한 정보는 아마라에게 알아내야겠다는 생각이 들었다.

하루는 집 앞에 나와 있던 사람들에게 손을 흔들어 인사했다. 사람들은 일을 하다 말고 나를 보며 흠칫하더니, 주위 사람들과 소곤거리며 이야기를 나눈 다음에는 나에게도 손을 흔들어주었다. 마을에 새로운 입주자가 들어왔다는 소문이 실시간으로 퍼져 나가고 있는 것 같았다. 어떤 사람들은 옆에 드론을 띄워놓거나 작업용 로봇을 세워놓았다. 그 로봇들을 어떻게 깊은 숲까지 가져온 것인지 궁금했다. 전등이나 작은 전자기기들도 있는 것으로 보아, 마을에서 전기를 쓸 수 있는 모양이었다.

하루는 어떤 사람들의 이름은 알려주고, 어떤 사람들은 그냥 넘어갔다. 건물에 대한 설명도 마찬가지였다. 한마디로 성의가 없었다. 조금이라도 친절하게 설명해주었다면 쏟아지는 정보들을 머릿속에 집어넣기 쉬웠겠지만, 하루는 정말로 마지못해 하는 것 같았다. 어쨌든 비위를 맞추어야 하는 입장이어서 나는 그냥 입을 꾹 다물고 따라갔는데, 그게 어쩐지 하루를 더 기분 나쁘게 만든 것 같았다.

저녁 무렵이 되자 하루는 나무 의자에 털썩 걸터앉았다. 나는 하루 옆에 앉아도 되는지 알 수 없어서 잠자코 앞에 서 있었다. 하루는 나를 노려보면서 말했다.

"너 말이야. 도대체 대니를 어떻게 구워삶았어?"

"구워삶다니?"

"정찰은 중요한 일이야. 기밀을 다룬다고. 아무한테나 시킬 일이 아니야. 무슨 짓을 할 줄 알고 너 같은 외부인에게 이걸 맡기는데?"

나는 하루가 또래 아이들 특유의 허세를 부리는 것이라고 생각했지만 눈빛만은 아주 진지해 보였다. 어른이 되려면 한참 남은 아이에게 마을의 기밀을 다루게 할 것 같지는 않았지만, 어쩌면 정말 누군가가 정보를 팔아넘긴 적이 있을지도 모른다는 생각이 들었다. 그렇다면 이처럼 공격적인 태도도 이해할 수 있었다. 나는 하루를 마주보다가 약간 체념한 기분으로 말했다.

"뭔가 오해한 것 같은데, 난 대니를 구워삶은 게 아니야. 오히려 고문을 당했으면 당했지."

"거짓말하지 마. 대니가 왜 널 고문해?"

"그 사람이 그랬다니까. 우리 손목을 묶고, 눈을 가리고, 심지어 처음에는 우릴 죽이려는 줄 알았어. 무기로 막…… 엄청 협박을 당했으니까. 대니가 왜 나한테 정찰을 맡겼는지 나도 몰라. 오히려 내가 물어보고 싶은걸."

하루는 약간의 과장을 섞은 내 말에 놀라는 것 같았다. 하지만 잠시 생각에 잠기고는, 곧 상황을 이해했다는 듯이 팔짱을 끼고 말했다.

"고작 그 정도에 고문이라니? 마을의 규칙은 엄격해. 살아남기 위해서는 그럴 수밖에 없다고."

곧장 태도를 바꾸는 모습이 얄미웠지만 어쩐지 조금 철없는 동생처럼 느껴지기도 했다. 나는 차분하게 대답했다.

"알겠어. 받아줬으니까 열심히 할게."

내 대답에 하루는 뜻밖이라는 듯한 표정을 지었다. 나는 하루에게서 시선을 옮기며 말했다.

"네가 날 마음에 안 들어해도 어쩔 수 없지. 바깥세상으로 갈 바에는 차라리 죽고 말 거야."

하루 같은 애가 퉁명스럽게 구는 것쯤은 정말 아무것도 아니었다. 나는 어떻게든 여기 눌러앉아 버려볼 생각이었다. 하지만 군이 내 마음을 솔직하게 말해서 하루를 기분 상하게 할 필요는 없어 보였다. 내가 가만히 입을 다물고 있자, 하루는 갑자기 빈정댈 의지를 잃은 것 같았다. 하루가 물었다.

"아마라랑 넌 어떻게 여길 찾았어? 그전에는 어디에 있었는데?"

나는 차분하게 말했다.

"그건…… 기밀이야."

하루는 잠시 알아듣지 못했다는 듯이 나를 마주보더니, 이내 키득거리며 웃었다.

"너, 내가 농담한다고 생각하지?"

"꼭 그렇지는 않아. 진짜 기밀이야. 어른들 몇 명에게만 말해 주기로 했어. 우리가 바깥 어디에서 이 마을에 대한 정보를 얻었는지, 어떻게 찾아왔는지 알고 싶어하더라고."

하루는 여전히 팔짱을 풀지 않은 채로 내 말을 들었다.

"그렇겠지…… 그래도 이건 알아둬. 대니가 알게 되면, 나도 알게 되어 있어. 우린 어떤 비밀도 공유하는 사이이니까."

대니와 하루는 무슨 관계일까? 전혀 닮지 않아서 가족처럼 보이지는 않았는데. 내가 속으로 궁금해하는 동안 하루가 휙 몸을 돌리며 말했다.

"가자. 이 마을에서 제일 멋진 곳을 보여줄게."

나와 하루는 계단처럼 놓인 납작한 나무토막들을 밟고 언덕을 올랐다. 언덕 뒤편으로 가자 놀라운 풍경이 펼쳐졌다. 완만한 비탈을 따라 규모가 큰 경작지가 자리잡고 있었다. 하루는 이곳을 텃밭이라고 불렀지만, 그렇게 부르기에는 상당히 넓은 면적이었다.

도대체 어떻게 그 많은 나무들을 베어내고 이런 땅을 만든 걸까. 한쪽에는 실내 재배를 하는 플라스틱 하우스들이 모여 있었다. 토란과 고구마, 바나나, 율무, 얌, 허브가 재배되고 있었다. 더스트 폴 이후로, 돔 바깥에서 식물들이 그렇게 잘 자라는 것을 본 적이 없었기에 그 풍경은 마치 자료 사진이나 오래된 풍경화를 보는 것 같은 기묘한 느낌을 주었다. 현실감이 느껴지지 않았다.

"가까이 가면 안 돼. 함부로 다니다가 작물들을 건드리면 큰일나니까."

하루는 조용히 경고했지만, 정작 텃밭에서 일하고 있던 야닌이 나를 보더니 내려오라고 크게 손짓했다.

"나오미, 여기 와서 봐도 돼."

나는 하루의 눈치를 흘끔 보고는 조심스럽게 비탈을 내려갔다.

고랑 사이에 어정쩡하게 서서 허리까지 오는 작물을 구경했다. 더스트에 죽지 않은, 무럭무럭 성장하고 있는 식물들. 어떻게 이런 일이 가능한 걸까. 무성히 자란 작물들 사이로, 갈퀴로 풀을 긁어모으는 사람들이 보였다. 나를 뒤따라 내려온 하루가 시큰둥하게 말했다.

"전부 레이첼이 온실에서 만들었어. 온실에서 가져온 식물들은 더스트가 있는 바깥에서도 잘 자라거든."

"만들었다고? 이 식물들을 모두?"

"어떻게 했는지는 몰라. 나도 궁금해. 우리 중엔 레이첼의 얼굴을 본 사람도 거의 없어. 나도 숲 정찰을 하다가 몇 번, 온실 유리 너머로 마주쳤던 게 다야. 레이첼은 언제나 온실 안에서 실험을 해. 그것 말고는 아는 게 없지. 그냥 레이첼이 이 모든 걸 만들었다는 지수 씨의 말을 믿을 수밖에."

하루는 어깨를 으쓱했다.

"작물을 심을 때가 되면, 지수 씨가 온실에서 모종들을 받아서 수레에 실어 마을로 가져와. 지금은 계절이 뚜렷하지 않으니까 정원이나 텃밭을 관리해본 어른들이 기온을 보고 언제 심을지를 판단하지. 나도 정확히는 모르지만 수십 개로 나눠져 있는 플레이트에 싹이 담겨 있는데 그걸 땅에다가 심는 거야. 할 일은 많지만, 벌레들이 더스트 때문에 거의 없어서 관리가 힘들진 않아. 잡초도 더스트 내성이 없으니까 거의 보이지 않고. 그리고 수확할 때가 되면 마을 사람들이 다 모여서 일손을 돕고, 저장할 것들은 저장하고, 요리를 해서 나눠 먹지."

"그럼 여긴 끔찍한 영양 캡슐이 필요 없는 거야?"

내가 묻자, 하루가 키득 웃었다.

"우리도 주로 영양 캡슐을 먹어. 게다가 향신료나 기름 같은 건 구하기도 힘들어. 여기서 모든 식재료를 다 만들 수는 없으니까. 그래도 점점 작물 수확량이 늘고 있어. 어른들은 텃밭의 규모를 늘리려고 해. 온실 옆 연구소도 지금은 다 망가졌지만 고쳐서 재배실로 쓰려는 것 같고. 그러면 나중에는 영양 캡슐을 그만 먹어도 될지도 몰라."

하루는 가만히 내 표정을 살폈다. 약간 우쭐한 것 같기도, 내가 감탄하기를 기다리는 것 같기도 했다. 나는 조금 슬픈 기분으로 말했다.

"난…… 밖에서는, 그 작은 캡슐이 우리 목숨을 좌우했어. 너무 굶주렸을 때는 흙이나 벽돌이라도 씹어 먹고 싶었어. 야생동물이든, 벌레든, 길가의 잡초든 살아 있는 게 있었다면 다 먹었을 텐데. 그냥 그런 것조차 다 죽어버려서……"

이곳은 달랐다. 식물들이 자라고 있었다. 사람들은 보호복 하나 없이 활기차게 돌아다녔다. 저 바깥에는 죽음이 도사리고 있는데, 이 마을은 이해할 수 없는, 기이한 마법으로 감싸여 있었다.

하루는 나를 흘끔 보더니 고개를 돌리며 말했다.

"나도 저 밖에선 그랬었어."

*

하루와 나는 일주일에 네 번 숲을 정찰했다. 하루는 정찰이 마을의 기밀을 다루는 아주 중요한 일이라고 했지만, 내 생각에는 그냥 심부름꾼의 일에 가까웠다. 어른들이 맡긴 물건들을 마을의 끝에서 끝으로 나르거나, 방전돼 추락한 정찰 드론을 고랑이나 계곡 틈새에서 구조해 오거나, 계곡물이 줄어들면 보고하고, 언덕 뒤편에 있는 발전소가 잘 작동하고 있는지 확인하는 등의 온갖 잡다한 일이 우리의 '정찰'에 포함되어 있었다. 정말로 위험한 일은 지수 씨가 관리한다는 정찰 드론들이 해결했다.

드론이 할 수 없는 임무들도 있었는데, 주로 숲을 돌아다니면서 식물들의 변화를 관찰하는 일이 그랬다. 하루는 종종 지수 씨에게 전달받았다는 체크리스트를 가져왔다. 숲의 특정한 지역에 지표 역할을 하는 나무들이 있다고 했다. 대부분 더스트로 죽은 나무들이었는데, 어떤 것은 드물게 회생의 가능성을 보이기도 했다. 더스트에 버티는 식물들이 텃밭을 벗어나 숲 전체에 영향을 미치고 있어서, 간혹 성장을 멈춘 식물이 갑자기 새싹을 틔우거나 가지를 뻗거나 하는 현상이 목격된다고 했다. 그러고 보면 이 숲은 아주 독특한 풍경을 그려냈다. 더스트로 죽은 숲이 대부분 새까맣게 변하고 잎을 모두 떨구어 앙상하게 변하는 데에 비해, 이 숲의 나무와 풀들은 짙푸른 색을 띠었고, 성장하지는 않지만 완전히 말라비틀어지지도 않은 채로 정지해 있었다. 무엇보다 이 숲에서는 곰팡이나 썩은 통나무 같은 미생물들의 흔적을 볼 수 있었다. 가끔은 바람이 불지 않는데도 바스락대며 움직이는 낙엽이나, 나뭇가지에 매달린 거미줄을 목격하곤 했다.

정찰을 하지 않는 날에는 사람들에게 분해제를 나누어주는 일을 도왔다. 프림 빌리지에 처음 온 날 야닌이 내게 주었던 그 음료가 바로 체내로 들어온 더스트를 분해하는 약이었다. 그 효과는 알쏭달쏭했지만, 아마라는 확실히 이 마을에 와서 분해제를 먹기 시작한 이후로 더 건강해진 것처럼 보였다. 분해제는 이 마을을 유지하는 마법 중 하나로, 어른들 중 극소수만이 그 제조법을 알고 있으며 바깥으로 유출하는 것은 당연히 금기 사항이었다.

나는 무심코 마을 바깥의 죽어가는 사람들에게도 분해제가 필요할 텐데, 하고 말했지만 하루는 나에게 뭘 모른다는 듯 핀잔을 주었다.

"만약 그랬다간 그 사람들이 이 마을을 가만히 놔두겠어? 분해제에 사용되는 식물은 여기서만 자라는데 말이야."

어른들은 사흘에 한 번 회관에 모여 작은 물통에 분해제를 나누어 담았고, 하루와 나는 마을 중심에서 멀리 떨어진 곳에 살거나 새벽부터 일하는 사람들에게 물통을 운반했다. 내가 완전 내성을 가지고 있다는 걸 알게 되자 대니는 나에게 굳이 분해제를 마시지 않아도 된다고 말해주었다.

마을 사람들을 한자리에서 모두 볼 일은 의외로 흔치 않았다. 한 달에 두 번 있는 마을 회의가 공식적인 일정의 전부였고 그 밖에는 수시로 모여 각자의 일을 하는 정도였다. 대신 대니가 마을 사람들을 모아서 함께 저녁을 나눠 먹곤 했다. 더스트 이전처럼 풍성한 식단을 꾸릴 수는 없었지만 먹을 수 있는 것이라면 무엇이든 요리해보겠다는 열의를 가진 사람들이 마을에는 많았다.

레이첼이 개조한 작물들은 말레이시아에서 자라는 것 외에도 여러 종류가 섞여 있어서, 우리는 전 세계에서 온 식재료들을 구경할 수 있었다. 물론 주로 재배하는 것은 정해져 있었다. 검은콩과 렌즈콩, 가루를 낸 곡물의 싹, 감자 등을 주식으로 먹었다. 향신료와 기름은 폐허에서 구해 왔는데 상한 기름을 썼다가 탈이 나기도 했다. 식재료는 공동으로 철저하게 관리했다. 폐허에서 구해 오는 영양 캡슐은 여전히 주된 영양 공급원이었고, 정말 운이 나쁘면 캡슐과 물로만 허기를 채우는 날도 있었다. 그렇지만 작물을 넉넉히 수확하는 날에는 허브를 올린 신선한 음식을 함께 요리해서 먹었다.

사흘에 한 번씩은 학교에 나갔다. 아마라는 열여섯 살이 넘었으므로 마음대로 해도 됐지만, 텃밭 일을 하는 것보단 수업을 듣는 게 좋다며 교실 맨 뒷자리에 앉아 수업을 들었다. 학교는 예전에 이 마을에서 어린이집으로 쓰였던 공간을 개조한 곳이었다. 도서관에는 아주 쉬운 말레이어와 영어로 적힌 책들이 있었다. 어른들은 돌아가며 자신이 잘 알고 있는 주제를 수업으로 준비해 왔는데, 간호사였던 샤이엔이 알려준 부상시 응급 처치법이나 야닌이 수업한 삼림의 약초에 대한 지식, 감자를 이용한 열 가지 요리법 같은 것들은 실생활에도 유용했다. 그러나 어떤 어른들은 말레이 인근 국가의 역사나 기초 미적분학 같은, 당장은 쓸모가 전혀 없어 보이는 수업을 준비해 왔다. 하루는 수업을 듣고 나면 늘 투덜거렸다.

"세상이 망해가는데, 어른들은 항상 쓸데없는 걸 우리한테 가르치려고 해."

그 말을 들으며 나는 왜 망해가는 세상에서 어른들은 굳이 학교 같은 것을 만든 걸까 생각해보았다. 나를 비롯한 아이들은 대체로 하품을 하며 수업을 듣는 반면, 칠판 앞에 선 어른들은 늘 의욕에 가득차 있었다. 나는 이것이 어른들의 몇 안 되는 즐거움 중 하나일지도 모른다는 생각이 들었다. 아이들이 무언가를 배워야 해서 학교를 운영하는 게 아니라, 누군가를 가르친다는 행위 자체가 어른들에게 필요한 것일지도 모른다고.

지수 씨를 처음으로 가까이서 만난 것도 학교 수업 때였다. 아마라는 어른들과 같이 재배 일을 하면서 리더인 지수 씨를 가끔 만났다고 이야기해주었지만, 나는 두 달이 다 지나도록 그를 본 적이 없었다. 지수 씨가 수업을 맡은 날, 그는 마을 지하 창고에 보관중이던 온갖 드론과 로봇 부품들을 수레에 실어 와서 우리에게 만져볼 수 있게 해주었다. 지수 씨의 수업은 인기가 좋았다. 나는 정찰을 다니며 이미 드론들을 자주 보았지만 그러지 못한 아이들은 무척 흥미로워하며 기계들을 이리저리 살펴보았다.

"그런데 이 드론들은 무기가 없네요?"

"이건 비살상용이거든. 지하 창고에는 살상용 로봇도 많이 쌓여 있지."

그렇게 말하는 지수 씨의 표정에서 나는 당당함과 씁쓸함을 동시에 보았다. 그런 모순적인 표정을 짓고 있는 그에게 관심이 생겼다. 사람들을 그다지 좋아하는 것 같지 않은 지수 씨가 어쩌다가 이 마을의 리더가 되었는지, 마을에도 잘 내려오지 않고 언덕 위에서 하루 종일 무엇을 하는지가 궁금했다.

사람들은 모두 리더인 그를 '지수 씨'라고 불렀다. 아이들에게 듣기로는, 같은 한국 출신인 하루가 지수 씨를 그렇게 부른 이후로 유행처럼 퍼졌다고 했다. 지수 씨는 여러모로 호기심을 불러일으키는, 신비로운 사람이었다. 누구에게도 접근이 허용되지 않는 온실을 마치 제 집처럼 들락거리는 기계 정비사라는 점에서도, 과거가 완전히 베일에 감춰져 있다는 점에서도 그랬다. 돔시티의 탈영병이라는 둥, 여전히 수배중인 살인자라는 둥 갖가지 소문이 돌았지만 진실은 알 수 없었다. 멀리서 지수 씨의 냉정한 표정을 볼 때면 사람을 여럿 죽인 과거가 있다고 해도 이상한 일은 아닌 것 같다는 생각이 들었다.

학교에서 만난 아이들은 저마다의 사연을 들려주었다. 하루는 한국 태생인데 무역 일을 하는 아버지를 따라 여러 나라를 옮겨 다니다가, 말레이시아에 몇 년째 살고 있었다고 했다. 밀리어는 산시성, 마르디는 자카르타 출신이었다. 셰릴은 이곳 프림 빌리지에서 그다지 멀지 않은 쿠알라룸푸르의 외곽 지역에서 어릴 때부터 살았는데, 정작 이런 마을이 존재한다는 건 전혀 몰랐다고 했다. 아이들은 가족들을 따라 이곳까지 오게 되었고, 그 과정에서 혼자 남겨지기도 했다. 아이들 중 원래 가족과 함께 사는 경우는 별로 없었다.

나는 더스트 폴이 터진 직후에 아버지를 따라 지하 대피소로 향했던 일과, 어느 날 갑자기 랑카위 섬의 연구소로 수송당했던 경험을 이야기해주었다. 연구소로 끌려갈 뻔한 내성종 아이들은 많았지만 그곳에서 탈출한 사람은 처음 본다면서, 아이들은 특히 내 탈출기를 눈을 크게 뜨고 고개를 끄덕여가며 들었다. 바깥에서 랑카위를 공격한 침입자들 덕분에 도망칠 기회를 얻은 것이었지만, 그래서 더 긴장감 넘치는 이야기로 들린 모양이었다.

셰릴은 어렸을 때 성대를 다쳐서 목소리를 낼 수 없었는데, 필담을 하기도 했지만 평소에는 말레이식 수화언어와 집에서 가족들과 쓰던 손동작을 섞어서 말했다. 하루와 나는 셰릴에게 손말을 배워 대화했고, 정찰할 때도 썼다. 야생동물들도 더스트로 모두 죽어버렸으니 숲에서 위협이 될 만한 건 없었지만, 혹시나 침입자를 발견하면 유용할 거라고 우리는 생각했다.

나는 하루와 정찰하는 일을 점점 좋아하게 되었다. 하루도 그런 티는 안 냈지만, 점차 나를 편하게 여기는 것 같았다. 하루가 중요한 게 발견되었다고, 이쪽으로 오라고 다급하게 손짓하면 나는 빠르게 달려갔다. 그럴 때면 우리가 정말로 기밀 임무라도 맡은 듯한 기분이었다. '중요한 발견'은 고작해야 숲의 지표 나무들이 조금 이상한 형태를 띤다거나 나무 밑둥에 버섯들이 새로 자라나기 시작했다거나 하는 정말이지 사소한 것들이었지만, 이 마을 밖에서는 한 번도 우리에게 그런 임무가 주어진 적이 없었다. 나는 더이상 피를 뽑히지 않아도 되어서, 매일 밤 긴장 상태로 잠들지 않아도 되어서 이곳에서의 삶이 좋았지만, 무엇보다 내게 주어진 일이 있어서 좋았다. 이 마을이 나를 꼭 필요로 해주는 것 같아서.

아마라는 잠들기 전에 가끔 나에게 속삭였다.

"나오미, 우리 죽어도 여기서 죽자. 여길 떠나지 말자."

나는 언젠가 이곳을 떠나야만 하는 날을 자주 상상했지만, 아마라를 마음 깊이 이해할 수 있었다.

*

"나오미, 저길 좀 봐. 저 나무 위에."

처음에 나는 알아채지 못했다. 하루는 답답해하더니 손으로 야자나무 이파리들 사이를 가리켰고, 잠시 뒤에야 나는 하루가 뭘 보라는 것인지 알아챘다. 연녹색의 야자열매가 열려 있었다. 며칠 전 이곳을 지나갈 때까지만 해도 보지 못한 것이었다. 하루는 나를 보며 말했다.

"대니가 숲에서 열매를 발견하면 가져오라고 했는데."

그 말이 저렇게 높은 곳에 매달린 열매를 직접 따 오라는 뜻인지는 의문이었지만, 어쨌든 하루는 열의가 넘쳐 보였다. 하루와 나는 바닥의 돌을 던져서 열매를 맞히려고 시도했고, 긴 나무 막대로 가지를 흔들어보기도 했다. 지나가던 정찰 드론을 조종해서 열매를 따보려고도 했다. 시도는 전부 실패로 돌아갔다. 하루가 열매까지의 높이를 가늠해보더니 말했다.

"위로 올라가볼까? 나오미 네가 밑에서 도와주면 더 쉽게 딸 수 있어."

"안 돼. 대니가 열매를 가져오라고 한 건 바닥에 떨어진 게 보이면 주워 오라는 이야기지, 저걸 무리해서 따 오라는 게 아냐."

"아휴, 넌 역시 겁이 많구나? 나무 아래에서 입만 벌리고 열매가 떨어지기만을 기다리면 굶어 죽는 거라고. 나무를 타고 올라가 열매를 쟁취하는 사람만이 이 거친 세상에서 살아남을 수 있어."

하루의 난데없는 인생 설교에 나는 미간을 찌푸렸다.

"아무튼…… 난 반대야. 너무 높잖아."

하루는 어깨를 으쓱하고는 그러면 혼자서 열매를 따겠다고 했다. 계속 말렸지만 도저히 들을 기세가 아니었다. 그렇게까지 하는데 돕지 않을 수도 없어서, 하루가 위에서 열매를 던지면 받을 수 있게 낙엽을 아래에 쌓고 그물망을 펼쳐놓았다. 나는 조마조마한 심정으로 하루가 나무를 타고 올라가는 것을 지켜보았다. 하루는 제법 잘 올라갔다. 도시에만 살았을 것 같은 아이가 어떻게 저렇게 나무를 잘 타는지 놀라울 정도였다.

마침내 하루가 나무 꼭대기로 올라가 꽤 안정적인 자세로 자리를 잡고는 나를 향해 씩 웃어 보였을 때, 나는 조금 안심했다. 사고는 그 순간에 발생했다. 하루가 나뭇가지 끝으로 손을 뻗어 열매를 따려는 순간, 한 발을 딛고 있던 가지가 뚝 부러지고 만 것이다.

순식간에 하루는 추락했다. 나는 소리를 지르며 하루에게 달려갔다. 심장이 덜컥 내려앉았다. 천만다행으로 하루는 단단한 땅이 아니라 푹신하게 쌓아둔 낙엽 위에 떨어졌다. 하지만 다리가 부러졌는지 신음을 흘릴 뿐 도저히 자리에서 일어나지 못했다.

나는 숨 돌릴 틈도 없이 마을로 뛰어가서 어른들을 불렀다. 헉

헉거리는 나를 어른들이 놀란 표정으로 지켜보는 가운데, "하루, 하루를 좀 도와주세요……" 하고 내가 다 죽어가는 목소리로 말하자, 마을에는 한바탕 소란이 일었다.

응급 키트를 들고 달려온 샤이엔은 아주 심각한 표정으로 하루를 살펴보더니 다리뼈에 크게 금이 갔고, 앞으로 한 달은 집밖에 나갈 생각 하지 말라는 으름장을 놓았다. 대니는 하루가 다친 이유를 듣더니 아주 화를 냈다.

"이 마을에는 의사가 없다. 너는 그걸 알면서도 그렇게 멍청한 짓을 한 거냐? 그렇게 높은 곳에 올라가면서 무사하리라 생각하다니. 이건 네 잘못이다."

하루는 대니가 걱정하는 기색도 없이 그렇게 말해서 더욱 화가 났다. 그 일 이후로 같은 집에 사는 두 사람은 일주일 넘게 서로 말 한마디도 섞지 않는 것 같다고, 아마라가 나에게 전해주었다.

"대니도 참, 평소에는 제일 대장인 것처럼 굴면서 정작 어른스럽지 못할 때가 있단 말이야. 하루가 그렇게 무모한 일을 한 것도 결국 다 대니에게 인정받으려는 마음 때문인데."

그러더니 아마라는 나에게 말했다.

"나오미, 네가 가서 하루를 좀 돌봐주는 게 어때?"

나는 마지못해 아마라의 제안을 수락했다. 나를 반기지 않을 것 같았지만, 지난 며칠간 다리가 퉁퉁 부은 채 집 앞 의자에 넋

나간 표정으로 앉아 있던 하루를 떠올리니 좀 안쓰럽기도 했다.

　다음날 하루의 집 문 앞에 서자 좀 긴장이 됐다. 나는 망설이다가 문을 똑똑 두드렸다. 잠시 뒤 하루가 열린 문 틈으로 고개를 내밀었다. 하루는 어리둥절한 표정으로 나를 보더니 물었다.

　"어…… 네가 여긴 왜?"

　"아마라가 전해주라고 한 게 있어서."

　간식 바구니를 내밀자, 하루는 나와 바구니를 번갈아 보더니 그것을 건네받았다. 짧은 정적 끝에, 하루가 나에게 말했다.

　"전해줘서 고마워. 그럼 잘 가."

　"잠깐만."

　"……"

　"들어가도 돼?"

　하루가 왠지 한숨을 쉬면서 말했다.

　"그래. 들어와."

　하루와 대니가 사는 집은 자그마한 거실에 방 두 개와 화장실이 딸린 통나무집이었다. 거실 구석에 나무 침대가 놓여 있었고, 흰색 테이프로 방문이 막혀 있었다. 쉽게 떼어낼 수 있을 것 같았지만, 굳이 그럴 마음은 들지 않았다.

　"저 방은 대니 방이야. 다른 사람들은 절대 못 들어오게 하지. 그림과 미술 도구들로 꽉 차서 대니는 거실 침대를 써. 나한테 화낸 이후로는 자기 방구석에 몸을 구겨넣고 자는 것 같지만."

하루의 방은 나와 아마라가 같이 쓰는 방보다 훨씬 작았다. 침대 하나, 그리고 엉망으로 엉킨 옷가지가 들어 있는 바구니 하나가 전부였고 침대와 벽 사이에는 남는 공간이 거의 없었다. 침대에 앉아도 된다고 해서 나는 끄트머리에 어정쩡하게 앉았고, 하루는 바닥의 짚 깔개 위에 앉았다. 하루는 다리의 붕대를 풀어 상처를 확인하더니 끄응, 신음을 흘리며 다시 덮었다. 나는 하루가 나와 대화를 하고 싶을지 확신이 없어서 가만히 있었다. 하루는 잠시 나를 노려보더니 결국은 표정을 풀고 물었다.

"열매는 어떻게 됐어?"

"네가 딴 건 완전히 엉망이 됐고, 정찰 드론들이 올라가서 다른 열매를 따 왔어. 혹시나 해서 속을 갈라봤는데 다 썩어 있었대. 하지만 최근에 새로 열린 건 확실해. 예전엔 없던 현상이라 어른들이 분석을 해볼 거라고 했어."

"그럼…… 대니는 아직도 나한테 화가 나 있어?"

나는 그렇게 말하는 하루를 물끄러미 보았다. 이럴 때면 하루는 철없는 막냇동생 같았다.

"별말 안 해. 원래 우리한테 네 이야기를 하지도 않았고, 남 욕을 하는 타입도 아니니까. 그건 너도 알잖아."

"대니는 날 항상 과보호해. 원래 숲을 정찰하는 일을 나한테 맡기는 것도 반대했었어. 혹시나 살아 있는 야생동물이나 침입자를 마주치면 어쩌냐는 거였지. 웃기는 일이야. 그럼 정찰을 맡게 될 다른 사람은 안 위험한가?"

"널 걱정해서 하는 말이지. 아마라도 나한테 그러거든. 속으로
는 걱정하면서 겉으로는 엄청 화난 것처럼 말해."

하루는 내 말을 듣더니 다시 조용해졌다. 나는 하루에게 대니
와 어떻게 알게 되었느냐고 물었다. 가족도 아닌 두 사람이 어째
서 이렇게 복잡한 관계가 되었는지 궁금했다. 하루는 그애답지
않게 약간 풀죽은 태도로 대답했다.

"쿠알라룸푸르에 살 때, 뮤지컬을 하고 싶었거든. 극장에 맨날
찾아가다 대니를 알게 됐지. 그땐 무서운 사람이라고만 생각했
는데."

대니는 하루가 자주 가던 극장에서 무대 관리 일을 했다. 극단
과 함께 무대 디자인 일을 맡기도 하고, 그렇게 번 돈으로는 개
인 작품을 그렸다. 하루는 쿠알라룸푸르를 돌아다니며 공연하는
뮤지컬 배우들을 동경해서, 아역 배우 오디션을 보기도 했지만
국적 때문에 합류하기는 어려웠다. 그래도 하루는 틈만 나면 극
장에서 시간을 보냈고 배우와 스태프들은 그런 하루를 꽤 귀여
워했다. 대니도 하루를 보면 씩 웃어주었는데, 워낙 몸집이 크고
험상궂은 인상이라 하루는 그를 무서워하는 편이었다.

극장의 스태프들로부터 대니의 개인 회화 전시가 곧 열린다
는 이야기를 듣고 쭈뼛거리며 가볼까 고민하던 중에 더스트 폴
이 터졌다고 했다. 공연도, 전시회도 순식간에 모두 취소되었다.

활기차던 쿠알라룸푸르의 거리는 떠나는 사람들의 비명소리로 가득하다가, 다시 정적이 그 자리를 채웠다.

더스트 폴이 터진 직후, 집집마다 군인들이 찾아와 내성 테스트를 한다는 소문이 돌 때 하루의 엄마는 하루를 데리고 극장으로 갔다. 폐쇄된 극장, 불이 꺼진 대기실에는 갈 곳을 잃은 배우들과 내성 테스트를 피해 도망친 여자들이 모여 있었다.

"극장은 수색 대상이 아니라는 걸 알고 다들 모인 거였는데, 오래 버티진 못했어. 군인들이 문을 부수고 들어오려고 했거든. 그때 대니의 여동생도 잡혀갔대. 패닉 상태에 빠져서 굳어 있는 나를 대니가 붙잡아서 밖으로 도망쳤지. 우린 쿠알라룸푸르 밖으로 나와서 또다른 내성종들을 만났어."

하루는 대니와 야닌, 밀리어, 그리고 다른 사람들과 함께 돔 밖을 떠돌다가 폐쇄된 연구소 마을을 찾아냈다. 나는 하루와 대니가 아주 오랜 시간을 함께 보냈을 거라고 생각했는데, 그보다는 가장 고통스러운 시간을 함께 견딘 사이에 가까웠던 것이다.

나는 내가 알지 못하는, 둘 사이의 어떤 복잡한 감정들을 생각하다가, 내가 아마라에게 가진 양가적인 마음을 떠올렸다. 나는 아마라에게 미안했고, 고마웠고, 가끔은 아마라가 미웠다. 아마도 대니와 하루 사이에도 그런 마음들이 쌓여 있을 것이다.

"얼마 전부터 정찰 드론들이 자꾸 숲 경계에서 외부인을 발견한다는 거 알아? 나도 무슨 일이 일어나는지 궁금한데, 어른들은 우리한테 자세한 건 말 안 해주잖아. 대니도 자꾸 얼버무리기만 하고. 혹시 높은 데 올라가면 뭐 다른 게 보일까 그런 생각도 했었지."

"그래서 뭐가 좀 보였어?"

"아니, 날아다니는 드론들만."

"거기까지 올라간 보람이 없네. 열매도 결국 드론이 따 오고."

하루는 내 말에 입을 삐쭉 내밀더니 물었다.

"넌 나무 탈 줄 알아?"

"몰라. 생각도 안 해봤어. 열매를 따려고 나무 위로 올라간다는 그런 생각 같은 건."

"정말 너는 숲속 생활에는 무쓸모한 삶을 살아왔구나."

"자기도 나무에서 떨어져놓고는……"

하루는 나를 한 번 흘겨보고는, 결국 키득대며 웃었다. 정말이지 변덕스러운 아이였다. 그렇지만 그런 하루가 싫지는 않았다.

하루는 조금 기분이 풀린 듯했다. 나 역시 마음이 한결 편안해졌다. 그러나 그애가 나에게 둥근 캔에 든 딱딱한 비스킷을 내밀자, 조호르바루에서 만난 내성종 여자들이 생각나서 가슴 한구석이 덜컥 내려앉는 기분이 되었다.

나는 하루의 방에 방치되어 있던 찢어진 바지와 티셔츠를 바늘로 꿰매어주었다. 하루는 손재주가 없어서 바느질은 전혀 할 줄 모른다고 했다. 하긴 더스트 폴이 터지기 전에는 다들 간단한 수선도 로봇에게 맡겼으니 이상한 일은 아니었다. 말끔하게 꿰맨 옷을 건네주자 하루는 감탄하더니, 내가 씩 웃자 그 기색을 얼른 얼굴에서 지웠다.

돌아가기 전 나는 대니의 그림과 미술 도구들이 쌓여 있다는 방을 흘끔거렸다. 거실을 향해 창문이 하나 나 있었는데 그 창문에도 커튼이 쳐져 있어 안을 볼 수는 없었다. 하루가 어깨를 으쓱했다.

"대니는 자기 그림을 남들이 보면 엄청 화를 내. 그림을 볼 수 있는 건 나뿐이야."

대니가 회관 앞에서 무언가 종이에 스케치하는 모습을 본 적이 있다. 일 때문에 약도 같은 걸 그리는 줄 알았는데, 혹시 그림이었을까. 하루는 대니가 폐허에서 구해 온 미술 재료들로 마을의 풍경이나 사람들의 얼굴을 종종 그린다고 했다.

"더스트가 사라지면, 대니의 특별 전시회를 열 거야. 저건 역사적으로도 아주 가치 있는 그림들일 거야. 그러니까, 이 시대에도 불행한 일들만 있지는 않았다는 걸 사람들도 알게 되겠지. 우리에게도 일상이, 평범한 삶이 있었다는 거 말이야."

하루는 이미 그 전시회를 보고 있는 것처럼, 꿈꾸는 듯한 얼굴로 말했다.

*

하루의 다리가 회복되기까지는 최소한 한 달이 걸린다고 했다. 나는 정찰 임무가 좋아서 혼자서라도 돌아다니고 싶었지만, 어른들은 하루처럼 또 사고를 당할 수 있다며 만류했다. 대신 나는 마을 안에서 사소한 심부름을 하기로 했다. 숲의 변화를 관찰하는 일은 어른들이 조를 짜서 맡고, 정찰 드론을 한 대 더 늘리기로 했다. 당분간은 숲을 자유롭게 쏘다닐 수 없게 되어 아쉬웠지만, 대니는 하루가 나으면 다시 정찰을 허락해주겠다고 했다.

혼자 다니기 시작하면서, 예전에는 잘 가지 않았던 마을의 위쪽 언덕에 관심이 생겼다. 언덕에는 레이첼의 온실이 있었고, 나는 온실을 가까이서 본 적이 없었다. 하루는 그 근처에 갔다간 무시무시한 식물들이 내뿜는 독에 중독되어 죽을 수도 있다는 어른들의 말을 믿어서 온실을 무서워했다.

하지만 나는 그 이야기를 줄곧 의심해온데다가 나의 내성이 강하다는 걸 알았으므로, 두려움보다는 호기심이 앞섰다. 그곳에는 온갖 이상한 식물들과 기계장치가 있다는데, 그건 다 뭘 위한 걸까. 레이첼은 온종일 온실에서 무엇을 할까. 맹독성의 식물들을 관리하면서도 멀쩡한 그의 정체는 무엇일까.

혼자 다니기 시작한 지 이 주쯤 지났을 때 나는 온실이 올려다보이는 언덕으로 갔다가 무언가를 발견했다. 버려진 드론이었는데, 하루와 내가 종종 숲에서 줍던 것과는 생긴 모습이 달랐다. 살짝 건드렸더니 전원이 들어오는 것 같다가 다시 픽 하고 꺼졌다. 혹시 외부에서 온 정찰 드론일까?

하루에게 드론을 가져갔더니 곧장 별거 아니라는 듯이 고개를 저었다.

"여기 보면 삼각형 두 개가 그려져 있잖아. 그게 있으면 우리 마을 소유의 드론이래. 고장난 게 아니라면 그냥 있던 그 자리에 다시 놔둬도 돼. 원래 정찰 드론들은 내버려두면 알아서 태양광으로 충전을 하니까."

"꼭 원래 있던 자리에 놔둬야 해?"

"응, 약간 달라도 괜찮지만 그래도 비슷한 자리에. 그래야 정해진 정찰 루트를 벗어나지 않는대. 잘 모르겠으면 지수 씨에게 가져다줘도 되고."

지수 씨의 이름을 듣자 그가 이 드론들로 뭘 하는지 문득 궁금해졌지만, 그렇다고 그를 직접 만날 용기는 없었다. 나는 하루가 말한 대로 드론을 원래 있던 자리에 되돌려놓기로 했다.

다음날 아침 드론을 들고 언덕으로 갔는데, 원래 위치가 잘 기억나지 않아서 헤매다가 내가 엉뚱한 곳에 와 있다는 걸 깨달았다. 키 큰 나무들 사이로 햇빛을 반사하는 온실이 바로 앞에 있었다. 은색 프레임 위에 커다란 유리로 쌓아올린 온실이었다. 스프링클러와 조명, 환기 장치가 높은 천장에 매달려 있었다. 나는 멈춰 서서 유리 지붕 아래 가득한 식물들을 보았다. 벽면을 따라 놓인 거대한 화분들과 색색의 열매, 허브, 흙에 꽂힌 흰색 이름표들, 회색 줄기를 천장까지 뻗친 고무나무와 그것을 칭칭 감고 자란 보라색 덩굴, 그리고 사람 키만한 잎을 손바닥처럼 펼친 이름 모를 식물들.

갑자기 정신이 번쩍 들었다. 온실에 이렇게나 가까이 오다니. 더 가까이 접근했다간 혼이 날지도 몰랐다. 나는 뒷걸음질로 물러나다가 발에 무언가 부딪히는 것을 느꼈다. 자그마한 기계가 바닥에서 나뒹굴었다. 나는 강아지 모양의 장난감 로봇을 주워 들었다.

"너는 왜 여기 있니?"

어차피 로봇인데다 실수라고는 해도, 강아지를 발로 찼다는 게 좀 미안했다. 그런데 가만 보니 강아지는 다리를 버둥거리며 어디론가 가려는 것처럼 보였다. 다리 하나가 바닥에 떨어져 있어서 움직이지 못하는 것 같았다.

"다친 건가?"

나는 로봇 강아지의 다리를 살펴보고는, 그것이 원래 있어야 할 자리에 끼웠다. 약간 힘을 주어 누르자 다리는 딸깍 소리를 내며 연결되었다.

땅에 내려놓자 로봇 강아지는 곧장 어디론가 달려가기 시작했다. 나도 강아지를 따라갔다. 온실과 연결되어 있어 하루와 정찰할 때는 늘 피해 가던 길이었다. 강아지가 도착한 곳에 허름한 오두막이 있었다. 로봇 강아지는 오두막 안으로 들어갔다.

활짝 열린 나무문 안쪽으로 지수 씨가 보였다. 작업대 앞에 선 지수 씨는 머리를 높이 틀어 올린 채 보안경을 끼고 양손에 공구를 들고 있었다. 드론을 수리하던 중인 것 같았다.

고개를 돌린 지수 씨가 로봇 강아지와 나, 내 손에 들린 드론을 차례로 보고는 다시 나를 보았다.

"안녕, 나오미. 여기서 보는 건 처음이네."

나는 인사하려다가 낯선 모습을 한 지수 씨를 보고 말문이 막혀 입을 벙긋거렸다. 지수 씨는 키득 웃었다.

"그 드론, 안으로 좀 가져와줄래?"

오두막 안으로 한 걸음씩 들어서자 짙은 기름 냄새가 났다. 선반에는 기계 부품들이 빼곡히 쌓여 있었고 바닥에는 동그란 로봇이 제자리를 빙글빙글 돌며 용도를 알 수 없는 기계들을 치고 돌아다녔다. 망치와 펜치, 나사, 못, 철사 따위가 테이블 위와 바닥을 가릴 것 없이 굴러다녔다. 벽에 걸린 라디오에서 지직거리는 소음, 그리고 알아듣기 힘든 말레이어가 번갈아 흘러나왔다.

"왜, 마음에 들어?"

지수 씨는 재미있다는 듯한 표정으로 나를 보았다. 나는 오두막 안의 풍경에서 시선을 떼지 못했다. 이곳은 바깥과는 다른 종류의 마법에 걸려 있었다. 숲이 레이첼의 실험실이라면, 이 오두막은 지수 씨의 실험실이었다.

그날 밤 아마라는 내가 지수 씨의 오두막에 대해 신이 나서 조잘대며 이야기하는 것을 모두 들어주었다.

"지수 씨의 말로는, 마을의 지하 창고로 이어지는 통로도 안에 있대. 거긴 처음 보는 드론이 엄청 많은데⋯⋯"

나는 지수 씨의 로봇 강아지에 대해서도, 다리를 다친 강아지를 내가 간단히 고쳐주었다는 것도, 지수 씨가 그 솜씨를 칭찬해주었다는 것도 자랑스레 이야기했다. 게다가 지수 씨가 원한다면 정찰을 다니다 얼마든지 오두막에 놀러와도 좋다고, 대신 작업용 기계 부품들을 함부로 건드리면 손이 잘릴 수 있다며 경고했다는 것까지 말해주었다.

아마라는 내가 지수 씨에게 받은 낯선 열매들을 오물오물 씹으며 말했다.

"우린 재배 담당이니까 지수 씨를 만나러 종종 오두막으로 가는데, 안으로 들여보내준 적은 없어. 작업하는 걸 보여주기를 싫어하거든."

"정말? 나는 그냥 들어오라고 하던데."

"그건 네가 어린애라서 그래. 지수 씨는 어른들을 대하는 것과 아이들을 대하는 게 달라. 대니랑은 자주 싸우는데다가, 특히 온실 설비가 제대로 유지되지 않거나 하면 아주 날카롭게 굴지. 대니 말로는, 리더는 좀처럼 속을 알 수가 없대. 무던하고 친절한 사람인 것 같다가도, 중요한 결정을 할 때는 지나칠 정도로 냉정하다는 거야."

오늘 만난 지수 씨의 모습에서 날카롭다든지, 지나치게 냉정하다든지 하는 느낌을 전혀 받지 못했던 나에게는 마냥 신기하게 들리는 이야기였다. 아마라는 못 믿겠다는 표정을 하고 있는 나에게 말했다.

"그래도 아이에게 친절할 만큼은 사려 깊은 사람인 거지."

"언니는 이제 아이가 아닌 것처럼 말하네?"

"난 너와는 달리 어른이지. 지수 씨가 널 오두막에 들여보내준 것도 어디까지나 아직 덜 자라서 그런 거란다, 나오미."

아마라는 그러면서 어깨를 으쓱했다. 아마라는 나보다 세 살 많은 열일곱이었지만, 마을의 어른들과 주로 같이 일을 하며 어울려 지냈는데, 그래서인지 몇 달 만에 갑자기 훌쩍 어른이 된 것 같았다. 게다가 바깥을 떠돌아다닐 때보다 훨씬 건강해 보였다. 나는 그런 아마라가 든든했고, 조금은 낯설기도 했다. 아마라는 나의 하나뿐인 언니였지만, 마을의 어른들 사이에서는 일을 잘하고 최선을 다해서 사랑받는 막내였다. 그건 내가 예전에는 알지 못했던 아마라의 모습이었다.

나는 키가 조금 작을 뿐 내가 어리다고 느껴본 적이 없었지만, 어쨌든 지수 씨의 오두막에 들어설 수 있는 게 어린아이의 특권이라면 조금 더 아이 취급을 받아도 괜찮겠다는 생각이 들었다.

그 오두막은 정말이지 아주 근사했으니까.

그날 이후 나는 지수 씨의 오두막에 찾아가기 시작했다. 마음 같아서는 매일이라도 가고 싶었지만, 그랬다간 지수 씨가 나를 귀찮아할 것 같아서 일주일에 두 번으로 정했다. 내가 오두막에 가면 지수 씨는 대개 작업중이었는데, 의자에 앉아 멍하니 생각에 잠겨 있을 때도 많았다. 무엇을 하건 나를 발견하면 손을 흔들어주었다. 지수 씨는 나에게 마을 사람들의 안부를 묻거나, 폐허에서 가져온 부품으로 조립한 기계를 보여주거나, 재미있는 이야기를 해달라고 청하고는 금속 표면을 줄로 다듬으면서 내가 지난 일주일 동안 했던 사소한 일들을 들었다. 나중에는 나에게 선반에서 이런저런 부품을 가져와달라거나 숲에 떨어진 드론을 주워와달라는 자잘한 부탁을 하기도 했다. 어쩐지 지수 씨의 특별한 조수가 된 것 같아서 나는 기분이 좋았다.

어느 날 나는 지수 씨를 따라 온실에 아주 가까이 갔다. 지수 씨가 온실에 들어가기 위해 보호복을 걸치는 동안, 나는 유리 벽면 앞에 섰다가 식물에 물을 주던 레이첼과 눈이 마주쳤다. 나는 깜짝 놀랐지만 레이첼은 물끄러미 나를 바라보다 시선을 돌렸다. 그가 식물학자라는 말을 들어서 흰 가운을 입었을 거라고 상상했는데, 정작 그는 어두운 로브로 온몸을 감싼데다 머리도 가리고 있어 눈 외에는 거의 보이지 않았다. 깜빡일 때마다 오묘하게 빛나던 연한 갈색의 눈동자가 이상하게 계속 기억에 남았다.

내가 레이첼을 보고 놀랐다는 말을 하자 지수 씨는 픽 웃었다.

"그 녀석, 좀 이상하지? 나도 처음 봤을 때 놀랐어."

나는 지수 씨가 레이첼을 '그 녀석'이라고 부른다는 것도 놀라웠다. 두 사람은 대체 무슨 관계인 걸까? 지수 씨와 레이첼은 어떤 이유로 이 마을에 자리를 잡은 걸까. 누가 먼저 도착한 걸까. 왜 이런 마을을 유지하기로 결정했을까. 너무 궁금하면서도 한편으로는 마을 사람들도 잘 모르는 그런 이야기들을 함부로 물어보는 건 실례라는 생각이 들었다.

지수 씨도 마을 사람들과 똑같은 말을 했다. 온실에 들어가는 건 아주 위험하다는 이야기였다.

"온실 안은 더스트 농도가 아주 높아. 웬만한 내성으로도 버티기 힘들 만큼. 유출되지 않도록 조심하고는 있는데…… 모르지. 안 들어가는 게 상책이야."

나는 무심코 내게는 완전 내성이 있으니 괜찮을 거라고 생각했지만, 어쨌든 절대 들어가지 않겠다며 고개를 끄덕였다. 아무리 내성이 있다고 해도 고농도의 더스트에 노출되는 게 좋은 일은 아니라는 걸, 랑카위에서 충분히 배웠으니까. 그런데 그런 위험한 곳에서 온종일 지내는 레이첼은 아주 강력한 내성을 가진 사람인 걸까?

나는 레이첼이 나와 비슷한 부류일 가능성을 생각해보았다.

나처럼 연구소에서 실험체로 쓰이다 도망쳤다든지, 밖에서 내성종 사냥꾼들에게 위협을 당했다든지. 궁금한 게 많았지만, 레이첼은 온실 밖으로 나오지 않았고 나는 온실 안으로 들어갈 수 없었으므로 이야기를 나눌 기회는 없었다. 지수 씨는 내가 레이첼에 대한 질문을 할 때마다 회피하는 것 같았다. 나는 온실 안쪽의 세계가 외부 세계와 완전히 단절된, 그곳만의 규칙을 가진 장소 같다고 생각했다.

지수 씨는 종종 사람들과 그룹을 꾸려서 인근 폐허로 다녀왔다. 마을을 돌아다니는 정찰 드론들은 전부 폐허에서 가져온 고장난 로봇이나 폐기계를 개조한 것이었다.

"눈에 보이는 건 떠돌이들이 이미 건져가고 폐품만 남은 곳을 목적지로 삼지. 프림 빌리지에 대해 누군가 눈치채면 곤란하니까. 그런 폐허를 걷다보면 아주 이상한 생각이 들어. 타인의 무덤을 파헤쳐서 이곳의 삶을 쌓아올리고 있다는 생각. 더스트 폴이후로 세상은 예전보다도 더 모순으로 가득해진 것 같아."

나는 고개를 끄덕였다. 지수 씨가 무슨 말을 하는지 바로 이해할 수 있었다. 죽음과 삶이 한 장소에 공존하는 어떤 기묘함. 어쩌면 이곳 프림 빌리지도 그런 장소일 수 있었다. 더스트 폴 이전에 여기 살았던 이들의 흔적일지도 모르는, 오래된 옷가지나 낡은 가재도구를 발견할 때면 나는 그들이 어디로 갔을지, 지금 살아는 있을지 짐작해보곤 했다.

하루가 거의 회복되어 가벼운 산책을 할 수 있게 되었을 무렵, 오랜만에 지수 씨가 회관으로 내려왔다. 그가 무언가를 바구니에서 꺼내 드는데 어른들이 모여서 다들 탄성을 질렀다. 고개를 들이밀어 살펴보니, 커피 생두였다. 샤이엔이 호들갑을 떨었다.

"와, 이걸 어디서 구한 거야?"

"레이첼이 온실에서 재배해줬지. 내가 신선한 커피를 마셔보고 싶다고 거의 무릎 꿇고 빌었거든."

다들 감탄을 거듭하며 구경하는 가운데, 아마라가 스테인리스 주전자와 이가 나간 컵을 가져오더니 커피 세리머니를 보여주겠다고 했다. 어린 시절 고향에서 많이 보았던 세리머니였다. 고향 사람들은 손님을 초대하면 늘 저렇게 자리를 차린 다음 몇 시간이고 커피를 끓여서, 팝콘 같은 간식을 그릇에 담아 같이 대접하곤 했다. 여긴 팝콘도, 도기 주전자도 없었지만 아마라가 불을 피워서 팬에 커피를 볶고 에티오피아식으로 끓여낸 커피를 나눠주고 있는 것을 보자니, 괜히 옛날 생각이 나서 기분이 이상해졌다.

하지만 불행히도 커피는 끔찍하게 맛이 없었는데, 아마라의 커피 내리는 실력이 그사이에 퇴색한 것 같지는 않았고 그저 커피 품종이나 재배 장소의 문제인 것 같았다. 어른들은 이런 곳에서 인스턴트가 아닌 갓 내린 커피를 마실 수 있다는 것에 감격하면서 불만 하나 토로하지 않았다. 나는 맛없는 커피를 소중히 아껴가며 한 모금씩 마시면서, 레이첼에 대해 다시 궁금해하기 시작했다. 이런 곳에서 신선한 커피를 먹고 싶다는 지수 씨의 말도 안 되는 부탁을, 어떻게든 들어주는 그 식물학자는 도대체 어떤 사람일까.

*

아침부터 마을의 분위기가 이상했다. 새벽에 정찰 드론이 숲 근처에서 수상한 사람을 발견했다고 했다. 다행히도 안개탄이 제때 작동해서 그 외부인은 다시 떠났지만, 애초에 일부러 찾아오지 않으면 발견하기 힘든 이런 곳에 누군가가 와서 살펴보고 갔다는 게 꺼림칙했다. 하루는 예전에도 마을에 대한 소문을 듣고 찾아오는 내성종 사냥꾼이 드물게 있었다고 말해주었다. 한동안은 보이지 않아서 다들 안심했는데, 또다시 나타나기 시작한 것이다.

"대니가 이제 숲 경계로는 절대 가지 말라고 했어. 정찰 드론들에게 숲 경계선을 돌아다니게 지시했다고 말야."

하루가 그렇게 말하며 어깨를 으쓱했다.

"그렇지만 드론들이 뭘 알겠어? 마을을 지킬 기회라고. 우린 오늘부터 경계 정찰을 좀더 철저히 해야 해."

"그러다가 또 다리 부러진다, 너."

"역시 넌 너무 겁이 많아."

그렇게 말하면서도 정작 하루는 긴장한 기색을 얼굴에서 감추지 못했다.

나는 마을의 분위기가 어수선해지는 것을 느꼈다. 당장 무슨 일이 생긴 건 아니었지만 마을 가까운 곳까지 침입자가 생기면 어떻게 대응할 것인지, 전투 무기들을 지금부터 배치해두어야 하는 것은 아닌지 어른들이 논의하는 것을 들었고, 그래서 나도 불안해지고 말았다. 이 마을이 완벽한 도피처가 되어주리라고 기대한 것은 아니었지만, 이렇게까지 위험이 코앞에 다가와 있을 줄은 몰랐던 것이다.

나는 하루와 다시 숲 정찰을 시작한 이후에도, 틈이 나면 지수 씨의 오두막으로 갔다. 마을에서 느껴지던 불안감은 이상하게도 오두막에 들어설 때면 사라졌다. 사람들과 잘 어울리는 것도 아니고 기계 외에는 그다지 관심도 없는 지수 씨가 이 마을의 리더인 이유를 조금은 알 것 같았다. 지수 씨는 안정감을 주는 사람이었다. 문제가 생겨도 어떻게든 해결해줄 것 같다는 그런 종류의 안정감을.

지수 씨는 대개 아침부터 작업을 했는데, 가끔 늦게 오는 날도 있었다. 그런 날에 나는 오두막 주위를 산책하면서 언덕 위의 온실을 구경했다. 온실은 환한 낮에도 언제나 조명이 켜져 있었다. 온실 벽을 타고 자란 기이한 식물들을 구경하다 이따금 유리 너머로 레이첼을 마주쳤다. 내가 볼 수 있는 건 언제나 그의 두 눈뿐이었지만.

"레이첼, 잘 지냈어요?"

나는 유리벽 너머로 말을 걸어보았다. 지수 씨가 스피커 달린 온실 문 앞에서 레이첼과 대화하는 것을 본 적이 있었다. 스피커를 켜지 않아도 가장 바깥쪽 유리문은 얇아서 소리가 통과했다. 레이첼은 "안녕" 하고 짧게 대답했는데, 목소리는 낮고 단정한 느낌이었다. 처음으로 레이첼의 목소리를 들었을 때 나는 놀랐다. 그는 어쩐지 이 세상 사람이 아닌, 다른 세계에 속한 마법적인 존재 같았기 때문이다. 레이첼이 나와 같은 공기를 공유하고, 그 공기로 전해지는 목소리를 가졌다는 게 신비롭게 느껴졌다.

한번은 작은 문으로 온실을 드나드는 로봇 강아지에게 '얼마 전에 텃밭에 심은 허브 향이 최고였어요'라고 쓴 쪽지를 물려 레이첼에게 보냈다. 알고 보니 그건 원래 어린이용 장난감 로봇으로, 지수 씨가 폐허에서 주워와 개조한 것이었는데 레이첼과 지수 씨가 서로 간단한 메모를 주고받을 때 쓰고 있었다. 온실 안에 직접 들어가려면 보호복을 챙겨 입는 등 신경쓸 것이 많아 번거롭다는 이유였다. 강아지는 온실 안팎을 오갈 때마다 두 번씩 에어샤워를 했다. 나는 샤워를 끝낸 로봇 강아지의 매끄러운 등을 자주 쓰다듬었다.

지수 씨는 나에게 좋을 대로 강아지 이름을 붙여도 상관없다고 말했다. 나는 닳아서 황동색을 띠는 강아지의 코를 보고 '스트로베리'라는 이름을 붙여주었다. 로봇 강아지도 자신의 이름을 알아듣는지 궁금했는데, 처음 몇 번은 반응이 없더니 어느 날부터는 "베리!" 하고 이름을 부르기만 해도 작은 은색 다리로 풀밭 위를 달려 내 앞에 서곤 했다.

온실로 가까이 갔다가 지수 씨와 레이첼이 대화를 나누는 것을 들은 적도 있었다. 누군가 들어서는 안 될 대화라면 그렇게 대놓고 하지는 않았겠지만, 그래도 어쩐지 엿듣는다는 느낌을 주는 이야기였다. 두 사람은 식용작물들에 대한 학술적인 토론을 열띠게 벌이다가, 온도 유지 장치와 냉각기를 점검해야 한다는 이야기를 하다가, 갑자기 찬물을 끼얹은 것처럼 어색해지곤 했다. 나는 둘 사이에 어떤 불균형이 있는 것 같다고 생각했다. 레이첼이 지수 씨를 대하는 태도와, 지수 씨가 레이첼을 대하는 태도에는 분명 차이가 있었다. 지수 씨가 온실을 떠날 때 레이첼은 의미 모를 시선으로 그 뒷모습을 오래 바라보았기 때문에, 나는 마치 보아서는 안 되는 어떤 장면을 목격한 것 같은 기분이 들었다.

"레이첼과는 어떻게 알게 됐어요?"

내가 온실에서 마을로 내려가는 길에 그렇게 물었을 때, 지수 씨는 약간 당황한 기색으로 "어…… 그게 왜 궁금한데?" 하고 말을 돌리려는 눈치였지만, 내가 끈질기게 묻자 장난기 어린 평소의 태도로 돌아왔다.

"우린 우연히 만났지. 음, 뭐라 더 이야기를 해주고 싶어도 우연이라고밖에는 설명하기 어려운걸. 그 녀석의 첫인상은 정말 별로였어. 성격이 더럽다고 생각했지. 지금도 딱히 달라진 것 같지는 않지만."

"그럼 지금 두 분은 친구예요?"

"말하자면, 어느 정도는. 그건 왜?"

"친구인지 아닌지 궁금해서요."

"뭔가 이상해 보였구나."

나는 부정하지 않았고 지수 씨는 잠시 생각에 잠겼다. 지수 씨의 표정이 점점 복잡해져서, 내가 화제를 돌리려고 하던 차에 그가 입을 열었다.

"글쎄. 난 레이첼을…… 이걸 뭐라고 해야 할까. 우리 사이에는 잘못된 게 있어. 시작부터 그랬을 수도 있고, 아니면 어느 순간 꼬여버린 걸 수도 있지. 아마도 그건 내 실수였고 이제는 돌이킬 수 없어. 그냥 되는 데까지 책임을 지려고 할 뿐이야."

나의 어리둥절한 표정을 보며 지수 씨는 씩 웃었다.

"그건 개인적인 문제고 마을의 일과는 관련없어. 레이첼과 나는 친구이지만 일종의 계약을 맺은 관계이기도 해. 뭘 어쩌겠어? 레이첼은 식물들을 다루고, 나는 정비사이자 중재자로서 레이첼을 돕고, 각자 할 일을 해야지. 그거면 충분해."

그러고는 지수 씨가 손을 뻗어 내 곱슬머리를 잔뜩 헤집어놓았다. 그때 지수 씨가 나에게 보내던 다정한 시선은, 그가 레이첼과 대화를 나눌 때는 한 번도 보여준 적이 없는 것이었다. 지수 씨는 레이첼을 볼 때면, 무언가에 홀린 것 같으면서도 불안하고 혼란스러운 표정을 자주 지었다. 그 자리에서 도망쳐 사라지고 싶은 것처럼.

그 표정을 보면서, 나는 막연히 생각했다. 나에게 좋은 사람이 타인에게는 아닐 수도 있다고. 어쩌면 지수 씨가, 나와 레이첼에게 그런 사람일지도 모른다고.

*

그날 오전에는 내내 비가 내렸다. 나와 하루는 숲 아래쪽으로 내려가 지표 나무를 확인하려고 했는데, 샤이엔이 지금 내려갔다간 비와 진흙 때문에 옷이 엉망이 되고 말 거라며 만류했다. 우리는 회관 차양 밑에서 비가 내리는 것을 구경했다. 재배팀은 하우스에 물이 새는 것을 막으러 뛰어다니느라 무척 바빠 보였다.

더스트 때문에 날씨가 엉망이 되고 있었다. 이 숲은 원래 열대 우림 지역으로 작물 재배에는 적합하지 않았는데, 더스트로 인한 건조화로 날씨와 토양이 변한 것이라고 했다. 그런데 또 예상치 못하게 날씨가 변덕을 부리면서 사람들을 곤란하게 만들고 있었다. 폐허 탐사를 다녀오는 사람들의 말로는, 마을 바깥은 기상이변이 훨씬 더 심각하다고 했다.

랑카위 연구소에 있을 때 엿들은 말이 기억났다. 그때 연구원들은 국제 협의체가 더스트 농도를 줄이는 법을 연구하고 있다고, 가장 뛰어난 사람들이 세상을 구하기 위해 머리를 맞댔으니 곧 방안이 나올 것이라고 말했다. 그 방안들은 어떻게 된 걸까? 전부 실패한 걸까? 아니면 다들 돔 안에서의 삶을 허겁지겁 지켜내는 것으로 방향을 튼 걸까.

하늘은 밤처럼 어둡고 으스스했다. 비가 총탄처럼 쏟아져내렸다. 나는 추위를 느끼고 몸을 조금 움츠렸다. 내 옆에는 의자 등받이에 기대어 잠든 하루가 있었다. 비가 퍼붓든 말든 새근새근 잠든 하루는 따스한 햇살 아래에서 낮잠을 자는 것처럼 편안해 보였고, 그래서 어쩐지 조금 웃음이 나왔다.

오후가 되어 하늘이 조금씩 밝아지는 것을 보고 나와 하루는 자리에서 일어섰다.

땅이 축축해서 발을 뗄 때마다 진흙이 신발에 달라붙었다. 오늘 확인해야 할 지표 나무에 가까워질 무렵, 갑자기 하루가 손으로 나를 막아섰다.

"저길 봐, 발자국이야."

크기로 보아 작은 동물의 발자국 같았다. 그동안 숲에서 동물을 본 적은 없었다. 처음 마을을 찾아 헤매다 보았던 동물들의 사체가 전부였다. 하지만 동물 사체가 발자국을 남길 수는 없다. 살아 있는 무언가가 있다는 이야기다. 이곳의 더스트 농도가 낮아져서 동물들이 다시 나타난 걸까?

하루가 쉿, 하고는 몸을 숙였다. 무언가 바스락대는 소리가 들렸다. 나는 하루를 따라 몸을 낮추고 소리를 죽였다. 하루가 발자국이 이어지는 방향을 가리켰다. 발자국은 숲 아래로, 축복받은 숲과 바깥을 가르는 경계를 향하고 있었다. 대니가 경계로 가지 말라고 했던 것이 떠올랐지만 나와 하루는 멈추지 않고 아래로 내려갔다. 당장 발자국의 정체를 알고 싶었다. 발자국이 끊긴 지점에서 하루가 멈춰 섰다. 나는 나무 뒤로 몸을 숨기며 하루를 끌어당겼다.

그곳에 미어캣처럼 생긴 동물이 있었다.

하루가 셰릴에게 배운 손동작으로 나에게 물었다. 생포해서 위로 데려갈까? 나는 고개를 끄덕였다. 어른들을 부르거나 드론을 호출하면 저 동물은 도망가버릴 것이다. 하루가 등에 멘 가방을 조심스럽게 끌러 그물망을 꺼냈다. 미어캣은 이끼가 낀 바위를 긁고 있었다.

하루가 미어캣을 향해 접근하는 순간, 나는 미어캣의 눈이 이상한 빛으로 반짝이는 것을 보았다. 나는 다급하게 소리쳤다.

"잠깐! 그거 조심……"

하루가 비명을 지르며 옆으로 굴렀고 나는 뒤늦게 미어캣에게 달려드는 동시에 진흙 위로 미끄러졌다. 미어캣을 붙잡았다고 생각했는데, 팔에서 끔찍한 통증이 느껴졌다. 미어캣이 발톱을 세워 팔을 할퀴고는 빠져나갔다. 나는 순간적으로 직감했다.

살아 있는 동물이 아니야.

하루는 미어캣을 따라 뛰고 있었다. 나는 팔에서 피를 철철 흘리면서 하루를 따라갔다. 숲의 경계에 가까워지고 있었다. 그 순간 갑자기, 미어캣이 자취를 감췄다. 나는 주위를 둘러보았다.

오랜 폐허 생활로 단련된 직감이 깨어났다. 함정이 있었다. 어디선가 구식 차량에서 날 법한 엔진음이 들려오고 있었다. 경계 바깥, 숲과 또다른 숲 사이에 길이 놓인 곳. 나는 또다시 하루의 팔을 잡아끌어 나무 뒤로 숨었다.

여기 누군가가 있다. 우리 말고 다른 누군가가.

보호복을 입은 두 명의 낯선 사람이 숲 경계에서 움직이고 있었다. 헬멧을 쓰고 있어 얼굴을 볼 수 없었다. 대체 어디서 나타난 걸까? 내성종 사냥꾼일까? 그게 아니면……

나는 주머니에서 동그란 안개탄을 꺼내 그 사람들을 향해 굴렸다. 그러곤 무선 신호기의 호출 버튼을 눌렀다. 정찰 드론을 불러야 했다. 제발, 빨리 와줘, 지금 당장……

안개탄이 터지며 순식간에 안개가 자욱해지자 그들이 서로 무어라고 외치며 움직이기 시작했다. 발소리가 들렸고 나는 제발 그들이 우리를 발견하지 않기를 바랐다. 하지만 안개 사이에서 나는 아주 가까워진 헬멧 안쪽의 눈과 시선이 마주쳤다. 그 순간 나는 하루의 팔을 붙잡고 미친듯이 위쪽으로 달리기 시작했다. 침입자들이 알아들을 수 없는 말을 지껄이며 우리를 뒤쫓아왔다.

안개가 점점 짙어져 앞이 보이지 않았다. 나무에 부딪혀 그대로 진흙 위를 굴렀다. 온몸에 낙엽과 진흙이 달라붙었고 얼굴에도 묻어 시야를 가렸다. 드르륵 구르는 소리와 격발음이 들렸다. 소음이 사방에서 귀를 때려서 방향조차 알 수 없었다. 뒤이어 정찰 드론들의 사격 소리가 들려왔다.

나는 하루를 붙잡고 덤불 뒤에 숨었다. 안개 속에서 발소리를 듣고 최대한 그들로부터 보이지 않는 곳에 섰다. 그러다 나는 옆을 스쳐가며 지나가는 작은 동물을 보았다. 가짜 미어캣이었다.

내가 팔을 뻗는 순간 하루가 내 손목을 붙잡으려고 했다.

"안 돼!"

나는 온몸을 던져 그것을 붙잡았다. 미끌미끌한 금속의 질감이 느껴졌다. 그게 마구 회전하며 나를 찔렀고 나는 비명을 질렀다. 바닥에 부딪히며 긁힌 어깨가 너무 아팠다. 안개 속에서 발포음과 레이저 무기의 소리들이 마구 뒤섞여 악몽을 꾸는 것 같았다.

어떤 장면들이 눈앞에 겹쳐졌다. 연구실 유리를 부수고 도망치던 날, 돔에 잠입해서 마구 총을 쏘아대던 사람들……

눈앞이 뿌옇게 흐려지는 것이 안개 때문인지 아니면 정신을 잃어가고 있기 때문인지 알 수 없었다.

무언가 축축한 손이 내 어깨에 닿았다. 나는 힘들게 눈을 떴다. 땅을 뒤흔들던 진동과 소음은 이제 그쳤다. 끔찍하게도 길었던 시간이 끝나 있었다. 자욱하던 안개도 보이지 않았다.

"나오미, 나오미!"

내 어깨를 흔드는 건 아마라였다. 나는 아마라의 어깨 너머 지수 씨를 발견했다. 지수 씨가 총을 든 채 굳은 얼굴로 주위를 경계하고 있었다.

아마라는 소리지르며 양손으로 내 얼굴을 감쌌다. 나는 가짜 미어캣을 팔로 꽉 끌어안은 그대로 지수 씨를 불렀다.

"지수 씨!"

놀란 표정을 한 지수 씨가 나에게 가까이 왔다.

"이거, 그 사람들과 같이 왔어요."

내 팔은 미어캣의 칼날에 베여 너덜너덜해져 있었다. 아마라가 그것을 뒤늦게 보고 비명을 질렀지만 나는 신음을 낼 힘도 없었다. 체중으로 계속 짓눌러서인지 미어캣은 이제 미동도 하지 않았다. 지수 씨는 내 상태에 놀란 얼굴을 하면서도 신속하게 미어캣 로봇을 건네받아 끈으로 묶었고, 그런 다음 나를 부축해 일으켜주었다.

침입자들은 드론들의 총에 맞아 죽었다. 보호복 가슴팍에 구멍이 잔뜩 뚫리고, 헬멧 안쪽에서 질식해서 피부가 보라색으로 변한 시체가 보였다. 지수 씨는 시체를 어떻게 처리해야 할지 고민하다가, 신체 내부에 추적용 임플란트가 남아 있을지도 모른다며 숲 아래쪽 강에 떠내려 보내는 것으로 결정했다. 샤이엔이 시체의 얼굴을 알아볼 수 없게 훼손하고 보호복의 개인 표식을 제거했다.

하루는 대니가 또 무모한 짓을 했다며 화를 낼까봐 걱정했지만, 대니는 우리를 용감하다고 칭찬해주었다.

"그래도 다시는 경계 근처로 가지 마라. 앞으로는 정찰조를 따로 배치할 거야."

미어캣은 예상대로 스파이 로봇이었다. 지수 씨는 로봇의 칩을 분리해낸 다음 전원을 완전히 제거했다. 마을 사람들은 내가 그 미어캣의 정체를 간파해냈다는 사실에 놀랐는데, 지수 씨의 로봇 강아지를 자주 보았기 때문에 진짜 동물이 아닐 거라고 짐작한 거였다.

"나오미, 훌륭했어. 덕분에 침입자들의 정체를 알아낼 수 있었어. 그들이 어디서 왔는지, 어떤 목적을 가지고 왔는지 알게 됐고 말이야."

지수 씨는 그렇게 말하며 내 눈을 보았다.

"하지만 난 무엇보다 네가 살아남아서 다행이라고 생각해. 모든 건 결과를 두고 말하는 것이니 네가 현명한 판단을 내렸다고 해야겠지. 그렇지만 사실 잘 모르겠어. 미어캣의 칼날이 닳아 있어서 넌 죽지 않았던 거야. 날카로웠다면 죽었겠지. 폭탄 로봇일 수도 있었어. 나오미, 다음에는 도망쳐야 해. 알겠지? 분명 네가 마을을 구한 건 사실이지만……"

나는 그게 칭찬인지 아닌지 헷갈렸지만, 그래도 그 말을 할 때 지수 씨가 나를 다정하고도 슬픈 표정으로 바라보았기에 기분이 나쁘지 않았다. 무엇보다 내가 마을과 지수 씨를 도왔다는 사실이 기분 좋았다.

어른들은 침입자들에 대해 우리에게 자세히 알려주지 않았다. 마을 회의에서 대니는 침입자들이 우연히 이 숲에 도착했을 뿐이고, 처음부터 숲의 존재를 알고 찾아온 것은 아니라고 했다. 그게 거짓말이라고, 무언가를 숨기고 있다고 생각하는 사람들도 많았다. 아이들도 그 말을 다 믿지는 않았다.

"대니는 거짓말은 안 해. 우리에게 왜 사실을 숨기겠어?"

"아니지. 이 마을에 혼란을 가져오는 게 싫은 거야. 사람들이 겁먹고 떠나면 더이상 작물 재배를 할 수 없잖아. 그리고 침입자를 조사한 건 지수 씨였어. 대니가 잘못 아는 걸지도 몰라."

"그럼 넌 지수 씨가 우리에게 거짓말을 한다는 거야?"

"왜, 우린 지수 씨가 하는 말이면 다 믿어야 해?"

아이들의 말다툼은 한참 이어지곤 했는데, 나는 그 대화들이 어른들의 논쟁을 반복하는 것처럼 느껴졌다.

하루의 말로는 이 마을에 사람들이 자리잡던 초기에, 내성종들 사이의 소문을 몰래 훔쳐 듣고 들어온 내성종 사냥꾼들이 있었다고 한다. 비록 단발성 전투로 그쳤지만, 그때의 기습으로 죽은 사람도 있었다. 대니에게 눈에 띄는 큰 흉터가 있는 이유도 그때의 전투 때문이라고 했다. 하루는 어깨를 으쓱하며 말했다.

"그때 대니는 날 집에 가둬놨어. 하지만 다음에는 절대로 가만히 있지 않을 거야. 나도 싸울 거니까."

마을의 분위기는 더이상 예전 같지 않았다. 누군가가 폐허 탐사를 하러 간 사람들을 비난했다. 그들이 부주의하게 마을의 존재를 드러냈을 거라고, 그러지 않고서는 마을이 외부에 노출될 일이 없다고 주장했다. 폐허 탐사조는 매번 인원 구성이 바뀌었는데, 회관에서 그중 누가 잘못했는지를 가려야 한다며 말다툼이 크게 벌어졌고 대니가 와서야 겨우 상황이 수습되었다.

어느 날은 아마라가 한참 울어 퉁퉁 부은 눈을 하고 집에 돌아왔다. 야닌과 샤이엔이 밤에 온실에 불을 켜두는 것이 마을을 위험하게 만들 수 있다고 논쟁을 벌이다가, 샤이엔이 아마라에게 너희 자매도 숲을 헤매다 온실의 빛을 보고 여길 찾아오지 않았냐고 물었던 것이다. 두 사람의 말다툼을 지켜보고만 있던 아마라가 거짓말을 할 수는 없어서 그렇다고 했더니, 야닌이 엉뚱하게도 아마라에게 버럭 화를 냈다.

"너도 결국은 그 온실 덕분에 살아 있는 거잖아! 네 입장은 뭐야. 이제 와서 불을 *끄*기라도 하란 거야?"

이전까지 나는 사람들이 온실을 신전처럼 여긴다고 생각했다. 그건 사실이 아니었다. 사람들은 온실을 우러러보면서도 동시에 몹시 꺼리고 있었다.

하루가 예전의 일을 이야기해주었다. 나와 아마라가 이곳에 오기 몇 달 전, 나흘 내내 폭우가 내린 적이 있었다고 한다. 작물들이 떠내려갔고 지붕이 무너진 집도 있었는데, 발전소가 정전되어버린 것이 가장 큰 문제였다. 폐허 탐사조가 발전소 수리를 위한 부품들을 구해 왔지만 복구는 더뎠고, 마을 사람들은 전기를 전혀 쓰지 않고 버텨야 했다. 어둠 속에서 조명을 켤 수 없었던 것은 물론이고, 식재료가 모두 썩어버렸고, 펌프가 작동하지 않아 물을 뜨러 매번 계곡으로 내려가야 했다.

다들 제대로 씻지도 못하는 와중에 매일 밤 불을 밝히는 온실을 보며 불평하는 사람들이 늘어갔다. 식물보다 사람이 중요하지 않냐며 우선순위가 바뀌었다고 말하는 사람도 있었다. 지수씨는 그것이 마을과 온실 사이 계약의 조건이라며 사람들의 불평을 일축했다. 온실의 전력이 끊기는 일은 없었다. 마을 사람들이 굶주리며 잠든 밤에도 온실은 언제나 환히 빛났다. 온실은 마을에 희망을 주었고, 마을은 그 희망의 대가를 치러야 했다. 하지만 모든 사람들이 그런 거래에 기꺼이 동의하는 것은 아니었다.

침입자들의 등장 이후로 나는 프림 빌리지가 안전한 장소가 아니라는 것을 다시 한번 느꼈다. 하지만 그보다도 나를 더 고통스럽게 했던 것은, 작은 균열이 이 마을에 만들어낸 불안감의 안개였다. 하루는 마치 어른처럼 "괜찮아. 이런 일들은 예전에도 있었어" 하고 말했지만, 나는 이런 균열들이 결국 이 마을에 낫지 않는 흉터를 남길까봐, 그리고 이곳을 마침내 파괴해버릴까봐 두려웠다.

괴로울 때마다 나는 지수 씨의 오두막으로 찾아갔다. 프림 빌리지에 온갖 폭풍이 몰아치는 와중에도, 지수 씨의 오두막과 온실은 저 아래와 약간은 동떨어진 세계처럼 느껴졌다. 하지만 이곳의 기류도 바뀌고 있었다. 오두막에 점점 많은 무기들이 쌓이기 시작했다. 작업대에 올려진 드론들은 어떻게 보아도 살상용 드론처럼 생긴 무시무시한 형태였다. 지수 씨는 라디오로 바깥에서 오는 신호를 잡아 소식을 들었다. 돔 시티나 마을에서 사설 방송을 운영하는 사람들이 있다고 했다. 하루는 방송에 잡음이 너무 많이 끼어 있어 나는 잘 알아들을 수 없었는데, 지수 씨는 한참을 어두운 표정을 하고 있더니 자리에서 일어나 나에게 말했다.

"나오미, 지금 마을로 내려가야겠다. 지금 당장."

회관에 모인 사람들은 굳은 얼굴로 지수 씨의 설명을 들었다.

강력한 더스트 폭풍이 숲을 향해 이동해오고 있다고 했다. 점점 더 거세질 텐데 대비할 시간은 길어야 열흘 정도밖에 없었다.

"경로를 계산해봤어. 이 숲을 지나가는 건 확실해. 지금부터는 전원 하던 작업을 중단하고 폭풍 대비를 해야 해."

더스트 폭풍은 국지적으로 포화 상태가 된 더스트가 기류를 엉망으로 만들면서 이동하는 현상이었다. 그렇게 이상 증식한 더스트 폭풍은 바람의 세기나 비바람의 유무와 관계없이, 경로에 있는 모든 유기체들을 휩쓸어버렸다. 폭풍은 여러 돔 시티를 멸망하게 만든 원인이었다. 나는 한 번도 그 폭풍을 직접 겪은 적은 없었지만, 무겁게 가라앉은 분위기를 통해 짐작했다. 그것은 막을 수 없는 죽음을 실어나르는 폭풍이었다.

마을에 공포와 불안감이 퍼지기 시작했다. 지금까지 마을은 더스트를 잘 버텨냈다. 마을에는 더스트 저항성 식물들과 분해제, 내성을 가진 사람들이 있었다. 그러나 마을이 더 강력한 더스트에도 버틸 수 있는지, 이 마법 같은 식물들이 어떤 원리로 더스트를 견디는지 아는 사람은 없었다. 프림 빌리지는 거대한 기적이었지만, 기적이라는 말은 근원을 알 수 없다는 의미이기도 했다. 이곳은 불안정한 기반 위에 세워진 도피처였다.

마을 사람들은 모든 일상적인 작업을 중단하고 봉쇄를 준비했다. 고무로 창문과 문의 틈새를 모두 막았다. 마을에서는 하루 종일 고무 타는 냄새가 진동했다. 어떤 사람들은 원래 대피소로 지어진 지하 창고가 안전할 것이라고 주장했고, 또다른 사람들은 만약 지하에 외부 공기가 유입될 경우 몰살당하고 말 것이라고 했다. 결론은 쉽게 나지 않았다. 작물들은 설익은 열매까지 몽땅 수확하고 그 위에 얇은 보호막을 씌웠는데, 더스트 폭풍을 막아주기에는 너무 보잘것없어 보였다. 사람들은 두려움을 떨치기 위해서 무엇이라도 하려고 했지만, 그 절박함이 오히려 불안의 안개를 더욱 짙게 만들고 있었다.

나는 지수 씨의 부탁으로 정찰 드론들을 회수해서 오두막으로 가다가, 위쪽 언덕에서 들려오는 말다툼 소리를 들었다. 온실 쪽이었다. 지수 씨가 온실의 유리문 앞에서 레이첼을 향해 화를 내고 있었다. 알아들을 수는 없었지만, 나는 그 상황을 보는 것만으로도 불편해져서 오두막에 드론을 놓고 얼른 도망쳐 내려왔다.

이틀 뒤에 지수 씨는 수레에 처음 보는 덩굴식물을 잔뜩 싣고 나타났다. 겉보기에는 특별한 점이 없는데, 갈퀴 모양의 잎과 잔가시, 긴 실뿌리를 가진 식물이었다. 장갑이 담긴 바구니도 옆에 놓여 있었다.

"지금 이걸 심는다고? 봉쇄를 준비하기에도 시간이 부족한데, 대체 무슨 생각인 거지?"

샤이엔이 도저히 믿을 수 없다는 얼굴로 불평하고 사람들이 동조했지만, 지수 씨와 대니가 한바탕 격론을 벌인 끝에는 결국

이 새로운 작업을 하는 것으로 결정되었다.

"이런 게 '지푸라기라도 잡는 심정'이랬는데. 이건 정말 지푸라기처럼 생겼네."

하루가 장갑 낀 손으로 덩굴식물을 들어올리며 미심쩍은 표정을 하고는 말했다. 그 식물은 닿으면 위험해서 반드시 장갑을 끼고 만져야 한다고 지수 씨는 설명했다.

처음에는 마을 위주로, 나중에는 숲 전체에 이 덩굴식물을 심는 대규모 작업을 해야 했다. 마을 사람들이 전부 동원되었다. 아이들도 작은 수레를 밀며 숲 곳곳을 따라다녀야 했다.

나는 장갑을 끼고 덩굴식물들을 숲으로 가져가다가, 샤이엔과 지수 씨가 언쟁을 벌이는 걸 목격했다.

"우리도 뭘 알고 결정해야 할 거 아냐. 우린 그냥 레이첼의 말을 따르기만 하는 사람들이야? 그 사람이 우릴 고용했냐고. 고작 이런 게 마을을 지켜준다는 말을, 너랑 레이첼이 그렇다고 하면 그대로 믿어야 해?"

"지켜준다고는 안 했어. 도움이 될 수도 있다고 했지."

지수 씨가 차갑게 이어 말했다.

"샤이엔, 나도 레이첼이 무슨 생각을 하는지 몰라. 레이첼이 대체 무슨 생각을 하는지 알고 싶은 건 나도 마찬가지야. 이건 그가 우리에게 심으라고 명령한 게 아니야. 내가 요구해서 얻어낸 거야. 죽은 생물들을 먹고 자라나서, 순식간에 숲을 뒤덮어버릴 끔찍한 식물이지. 하지만 당장 우리가 기댈 수 있는 건 이런 것밖에 없어. 그만큼 이 마을은 불안정해. 다른 방법이 있어? 그럼 네가 말해봐."

나는 지수 씨가 프림 빌리지에 대해서 그렇게 냉정하게 말하는 것을 처음 보았다. 지수 씨가 눈앞의 이 식물들에 대해 그다지 확신이 없다는 것도 알 수 있었다.

"네 판단이 틀렸으면? 그때는 어쩔 거야?"

샤이엔이 물었지만 지수 씨는 대답하지 않았다. 샤이엔은 그런 지수 씨를 노려보더니 자신은 차라리 마을을 마저 봉쇄하는 데에 더 힘을 쏟겠다며 수레를 내려놓고 숲을 떠나버렸다. 그러자 몇몇 사람들이 눈치를 보다가 샤이엔을 따라 마을로 올라갔다. 하지만 다른 사람들은 지수 씨와 함께 남아서 덩굴식물들을 심었다. 나는 어른들을 따라다니며 땅에 촉진제를 주입했다. 프림 빌리지에서 재배되는 모든 식물들은 레이첼이 만든 특수한 촉진제가 필요하다고, 그게 없으면 아예 싹을 틔우지조차 않는다고 아마라가 나에게 말해주었다.

지수 씨와 대니의 지휘에 따라 숲 곳곳에 덩굴식물을 심고 촉진제를 주입하는 데에만 꼬박 사흘이 걸렸다. 텃밭에 작물을 심는 일과는 달리, 이 작업은 마치 덩굴식물로 숲을 덮어버리는 일처럼 느껴졌다. 덩굴은 무서운 속도로 자랐다. 첫날 심은 것들이 며칠 지나지 않아 숲의 나무들을 타고 위로 기어올랐다.

"이상한 기류가 느껴져요. 곧 폭풍이 올 거예요."

정상에서 숲 바깥을 내다보고 온 아마라가 말했다. 아마라는 공기중에 더스트가 짙어질 때 동반하는 녹슨 금속성 냄새를 맡을 수 있었다.

고작 며칠 사이에 덩굴은 놀랍도록 빠르게 자라났다. 그 모습은 안도감을 주기는커녕, 사람들의 불안감을 더욱 증폭시켰다. 곧 밀려들 폭풍에 비해 그것들은 너무나도 하찮아 보였다. 폭풍의 접근 속도가 예상보다 빨라지자, 지수 씨가 아이들을 먼저 지하 창고로 대피시켰다. 어른들은 자신의 선택에 따라 봉쇄한 집에 머무르거나 지하 창고로 이동했다.

그런데 온실은 어떻게 되었을까? 누군가가 온실을 밀폐하는 일을 도왔을까? 지하 창고로 내려가기 전 온실 쪽을 쳐다보는 나에게 지수 씨가 말했다.

"레이첼은 괜찮을 거야. 온실은 원래 바깥과 공기가 통하지 않게 되어 있으니까. 그리고 그 안은 폭풍을 걱정할 필요도 없어."

사람들은 각자의 장소로 흩어졌다. 나는 아마라를 따라 지하 창고로 내려갔다. 육중한 철문이 닫히자 창고 안의 분위기가 가라앉았다. 비상 전등이 계속 깜빡거려서 누군가가 아예 꺼버렸고, 작은 램프만이 비추는 지하는 매우 어두컴컴했다. 나는 창고 구석에 모포를 깔고 그 위에 누웠다. 아마라도 내 옆에 자리를 잡았지만 눕는 대신 벽에 기댔다. 바닥에서 퀴퀴한 곰팡내가 났다.

아마 폭풍이 지나가도 나는 괜찮을 것이다. 랑카위에서 고농도의 더스트 실험 부스에 들어갔을 때도 무사했으니까. 하지만 아마라와 하루를 생각하면, 또다른 마을 사람들을 생각하면…… 내가 가진 것으로 가장 가까운 사람조차 도울 수 없다는 게 답답했다.

지상으로 향하는 철문 앞에서 라디오를 듣고 있던 밀리어가 말했다.

"이제 거의 근접했어요."

잠시 뒤 라디오도 완전히 끊겼다. 바람에 문이 덜컹이기 시작했다. 나는 뜬눈으로 밤을 지새웠다. 잠을 잘 수 없었다. 어른들은 보호복을 입고 수시로 창고 안쪽과 입구를 오갔다. 나는 아무것도 도울 수 없었고 무력했다. 까슬까슬한 모포 위에서 뒤척이자 어른들이 침낭을 가져와 깔아주었지만 몸은 더 긴장해서 깨고 말았다. 나는 벽에 기대 어둠을 계속 노려보았다. 내 옆에서 잠든 아마라의 숨소리는 불규칙했고, 나는 아마라가 숨을 멈출 때마다 심장이 내려앉는 기분을 느꼈다.

밤새 폭풍이 이어졌다. 새벽에도, 아침에도 덜컹거림은 멎지 않았다. 오후가 되자 바람 소리가 잦아들었지만 밖이 어떻게 된 것인지는 알 수 없었다. 어둠 속에서 전등이 하나둘 켜졌지만 다들 긴장한 듯 아무 말이 없었다. 모두 마른침을 삼키며 시계만 보았다. 나는 죽은듯이 잠들어 있던 아마라의 어깨를 두드렸다.

지하의 더스트 농도가 높아지는 것은 느끼지 못했지만, 그건 어디까지나 나의 감각이었으므로 아마라가 괜찮은지는 알 수 없었다. 아마라가 곧바로 일어나지 않아서, 나는 다급히 아마라를 마구 흔들어 깨우기 시작했다. 아마라가 눈을 떴을 때, 나는 안도감에 울고 싶었다. 아마라가 깜짝 놀라 얼른 몸을 일으켜 나를 끌어안았다.

"나오미, 울지 마. 난 그냥 잠들어 있었던 거야. 괜찮으니까……"

훌쩍이는 나를 토닥이며 아마라는 지금 상황이 어떤지를 주위에 물었다. 대니와 샤이엔을 비롯해 몇 명의 어른들이 혹시 모를 사태에 대비해 보호복을 껴입고 더스트 농도를 확인하러 나갔다고 했다. 지하는 다시 정적에 휩싸였다. 별일 없을 것이라고 말을 하는 것도, 걱정된다고 입을 여는 것도, 모두 불안을 증폭하는 행위 같았다.

견딜 수 없는 고요가 철문이 열리는 요란한 소리에 깨어졌다.

"괜찮아요! 다들 밖으로 나와봐요!"

누구인지 알 수 없는 목소리에는 넘치는 기쁨이 담겨 있었다.

나는 아마라와 함께 계단을 올라 지상으로 갔다. 마을은 낙엽과 흙먼지로 엉망이 되어 있었다. 그러나 이제 안개는 모두 물러갔다. 공기중에서 짙은 풀냄새가 났다. 한 가지 눈에 띄게 이상한 점이 있었다. 바닥과 지붕, 평평한 곳마다 동글동글하게 뭉친 거대한 흰색 먼지들이 잔뜩 쌓여 있었다.

무슨 일이 일어난 것인지는 알 수 없었지만 어떤 사실만은 분명했다. 지금 이 마을은 안전하다는 것. 아무도 죽지 않았다는 것.

해가 지고 있었다. 숲을 뒤덮은 덩굴들이 형형한 빛을 냈다. 밀폐되어 있던 문들이 하나둘 열렸고, 지붕 위에서 먼지와 흙이 떨어져 내렸다. 폭풍이 무사히 지나갔다는 사실을 다들 실감하기까지는 약간 시간이 걸렸다. 그러나 공기중으로 둥실 떠가는 푸른 먼지가 어떤 기적을 가리키고 있었다.

밖으로 나온 밀리어가 바닥에 떨어진 잎을 주웠다. 며칠 전 심었던 덩굴식물의 갈퀴 모양 잎이었다. 마을 사람들의 시선이 밀리어를 향했다. 사람들은 무언가를 목격하고 있었다.

살아남은 마을과, 살아남은 식물, 그것 사이의 연관성을.

밀리어가 덩굴 잎을 들어올렸다. 잎에서 푸른 먼지가 떨어져 흩날렸다.

"우릴 구했어요. 이 식물이……"

*

사람들은 레이첼이 마을을 구했다고 말했다. 정확히는 레이첼이 만든 덩굴식물이 더스트 폭풍으로부터 마을을 지켰다고. 아무도 그것들이 어떻게 기능하고 또 어떤 방식으로 작동하는지 이해하지 못했다. 그러나 복잡한 설명은 필요하지 않았다. 눈앞의 현상을, 살아남은 마을을 목격하는 것으로 충분했다. 더스트 폭풍 사건은 거의 신앙심에 가까운 무언가를 만들어냈다. 그리고 사람들의 이야기는 점점 그다음 단계로 넘어갔다.

레이첼은 이 세계를 구할 실험을 하고 있다고.

나는 그 말을 들으며 왠지 마음이 불안해졌다. 지수 씨가 레이첼에 대해 말할 때마다 냉정한 표정이 되던 것이 생각났다. 정말로 레이첼은 세계를 구하기 위한 실험을 하고 있는 것일까? 그렇다면 그는 왜 온실에만 틀어박혀 있을까? 만약 레이첼의 목적이 그게 아니라면, 또다른 목적이 있다면…… 그 실험의 정체를 아는 사람은 지수 씨뿐인 것 같았다.

더스트 폭풍 이후에, 덩굴들은 더욱 맹렬하게 성장했다. 고작 며칠 만에 마을 곳곳에서 존재감을 드러낼 정도로 자란 것도 놀라웠는데, 그대로 내버려두자 마을의 건물과 장비는 물론이고 숲의 나무들마저 온통 덩굴이 뒤덮어버렸다. 텃밭의 작물들과 달리 덩굴은 그 자체로 야생의 모습을 하고 있었다. 지수 씨가 사람들이 다니는 길과 텃밭 근처에 제초제를 쳤지만, 덩굴들은 멈추지 않고 사방으로 줄기를 뻗어나갔다.

그런데 이상한 점이 있었다. 이 공격적인 덩굴들조차도 숲의 경계를 절대로 넘어가지 않았다. 작물만이 숲을 넘어 퍼져 나가지 못하는 것이 아니라, 덩굴들도 마찬가지였다. 순식간에 숲을 점령했지만 이 숲 너머로는 한 발짝도 나가지 못하는, 맹렬하면서도 조심스러운 식물들.

"식물들이 저 밖으로 못 가는 이유가 뭘까?"

내 질문에 하루가 대답했다.

"여기가 축복받은 숲이니까 그렇지."

"그럼 누가 그 축복을 내리지?"

그렇게 묻고 보니 이상하게도 어떤 답이 떠올랐다. 레이첼. 정말로 레이첼이 이 숲에만 어떤 마법을 적용한 걸까?

숲의 광경은 더욱 기이해졌다. 까맣게 죽어 있던 나무들을 칭칭 감고 올라간 덩굴들은 숲을 다시 오묘한 초록색으로 물들였다. 여러 물감을 섞어넣은 듯한, 그러나 탁한 느낌은 없는 짙은 녹색이었다. 죽은 숲 위에 새로운 식물들이 덧씌워졌다.

해가 지고 어둠이 내려앉으면, 덩굴의 잎과 그 아래 흙에 정체를 알 수 없는 빛이 감돌았다. 푸른 먼지가 흩날리기도 했다. 나는 지수 씨의 오두막 앞 의자에 앉아 그것들이 자아내는 이상한 풍경을 감상했다.

이 숲이 도무지 지구의 것 같지 않았다. 그보다는 외계의 풍경에, 누군가가 인위적으로 만든 모형 정원에 가까워 보였다. 마치 덩굴식물이 프림 빌리지를 완전히 잡아먹어서, 이곳을 저 기묘한 식물만이 자라날 수 있는 공간으로 바꿔버린 것 같았다.

그즈음 마을 사람들은 자주 부딪쳤다. 심부름을 다닐 때마다, 회관으로 갈 때마다 사람들이 논쟁하는 소리가 들렸다. 식물들을 가지고 숲 밖으로 나가야 한다는 이들과, 그런 건 소용없다는 이들의 주장이 충돌했다.

"돔 시티와 협상해서 인류 전체의 재건을 논의해야죠. 이 기적을 목격한다면 누구나 인류의 재건을 믿을 거예요."

"맞아. 그동안 돔 시티가 문을 걸어 잠근 건 돔 바깥에는 아무런 가능성이 없다고 생각해서였지. 가능성이 있다는 걸 보여주면 그들도 태도가 바뀔 거다."

특히 대니가 주로 그쪽 편을 들었다. 대니는 돔 시티에도 엉망진창인 사람들만 있지는 않다고, 누군가는 우리의 주장에 귀를 기울일 것이라고 말했다.

"그들도 절박한데, 어째서 거부하겠어?"

샤이엔이 그 말에 반발했다.

"어차피 식물들은 이 숲에서만 자라고, 여길 떠나면 자라지 않잖아? 식물들을 보여줘봤자, 돔 시티 녀석들은 오히려 우리 숲을 뺏으려고 할걸."

"넌 축복받은 숲이라는 게 정말 말 그대로의 뜻이라고 생각하나? 식물들이 여기서만 자라는 데에는 아직 우리가 알아내지 못한 이유가 있어. 설령 그 이유를 직접 알아내지 못한다고 해도, 돔 시티의 과학자들이 같이 연구하기 시작하면 충분히 밝혀낼 수 있다."

"여전히 그 사람들이 외부인에게 호의적일 거라고 믿는 거야?

개들은 우릴 실험 자원 취급해왔어!"

"그저 협상을 하자는 거다."

"협상도 말이 통하는 인간이랑 하는 거지. 거기 사는 놈들은 다 괴물이야! 살아남겠다는 생각에 미쳐버렸다고."

"돔이라고 해서 괴물들만 있는 건 아니지. 계속 여기 갇혀 살다 죽을 텐가?"

"갇혀 산다니? 프림 빌리지는 감옥이 아니라 우리가 일궈낸 삶의 터전이라고."

"이곳이 정말로 영원히 지속될 수 있을 거라고 믿나?"

뭐가 옳은 건지는 나로서는 알 수 없었다. 다만 나는 사람들이 너무 쉽게 세계를 말하는 것이 이상했다. 프림 빌리지 바깥의 사람들을 구해야 한다는, 인류 전체의 재건을 생각해야 한다는 말만큼은 받아들이기 힘들었다. 우리는 세상으로부터 버려졌다. 그들은 우리를 착취하고 내팽개쳤다. 그 사실만은 절대로 잊을 수 없었다. 그런데 왜 버려진 우리가 세계를 재건해야 할까.

어디선가 거센 바람이 불어올 때면, 빼곡한 나무들 사이의 작은 공백이 푸른빛으로 물들었다. 그 풍경을 볼 때면 이곳이 투명한 스노볼 안의 공간처럼 느껴졌다. 아득하게 아름다웠고, 당장 깨어질 것처럼 위태로웠다.

*

　지수 씨가 온실에서 새로운 씨앗과 모종을 가져왔고, 어른들이 그것들을 경계 너머의 죽은 숲으로 가져가서 심었다. 아이들도 지수 씨에게 받은 촉진제를 가지고 따라갔다. 이번에 지수 씨가 가져온 식물들은 숲의 경계를 넘을 수 있을지도 모른다고 사람들은 말했다. 기대감에 차 있는 건 지수 씨도 마찬가지였다. 설령 그 식물들을 밖으로 가져가지 않더라도, 적어도 마을의 영역을 더 확장할 수는 있을 터였다.

　하지만 열흘이 넘도록 죽은 숲에는 싹 하나 트지 않았고, 한 달이 지났을 때도 아무 변화가 없었다.

　나는 대니 몰래 경계로 내려갔다가, 경계에만 무성히 덩굴들이 자라 있는 것을 보았다.

　그날 저녁 지수 씨의 오두막으로 갔더니 아직 불이 환히 켜져 있었다. 그런데 안에 지수 씨는 없고 로봇 강아지만이 바닥을 빙글빙글 돌고 있었다.

　"안녕, 베리. 잘 지냈어?"

　나는 쪼그려앉아 로봇 강아지의 머리를 쓰다듬었다. 강아지의 입에 쪽지가 물려 있었다. 강아지가 입을 살짝 벌려 쪽지가 바닥으로 떨어졌다. 나는 그것을 주워 들었다.

　ㅡ레이첼, 네가 정말로 원하는 건 뭐지?

또 하나의 쪽지가 안에 말려 있었다.

— 대답해줘.

작업대 위를 보았다. 공구들은 모두 제자리에 말끔히 정리되어 있었다. 대신 덩굴식물이 작업대 위에 흩어져 있었다.

밖으로 나와보니 위쪽 언덕에 지수 씨가 보였다. 지수 씨가 레이첼에게 말하는 소리가 들렸다. 전부 알아들을 수는 없었지만, 무언가를 호소하는 것 같았다.

"레이첼. 날 똑바로 봐. 이럴 필요는 없어. 정말로, 이렇게까지 할 필요는 없어. 넌 정말 영원히 여기에 머물고 싶은 거야? 아니면……"

나는 오두막 앞에 뿌리 뽑힌 덩굴식물들이 산더미처럼 쌓여 있는 것을 보았다. 맨손으로는 줄기를 만지지 말라던 지수 씨의 말이 떠올랐다. 그럼에도 나는 손가락 하나를 뻗어 그 줄기 표면의 잔가시를 문질러보았다. 까끌까끌하고 억센 감촉이 느껴졌지만 아프지는 않았다. 하지만 손을 뒤집어보니, 손끝이 새빨갛게 부어 있었다.

마을을 지켰던 덩굴식물이 축복만은 아니라는 사실이 곧 분명해졌다. 덩굴이 텃밭의 작물들을 엉망으로 만들어버린 것이다. 반년 넘게 키운 작물들이 전부 죽어버려서 재배를 맡은 사람들은 몹시 상심했다. 덩굴은 긴 실뿌리를 흙 아래로 뻗어서 텃밭의 작물들을 말려 죽였고, 원래 있던 뿌리에 자신의 뿌리를 칭칭 감아 징그러운 덩어리를 만들었다. 그나마 실내 재배를 했던 작물들은 살아남았지만 그마저도 흙 아래쪽으로 침투해오는 덩굴 뿌리 때문에 위태로운 상황이었다. 아마라는 그 문제로 아주 신경이 날카로워졌다.

텃밭이 엉망이 되면서 영양 캡슐과 식료품을 구하기 위해 폐허 탐사를 나가는 횟수가 잦아졌다. 하지만 이조차도 갈등의 원인이 되고 있었다. 원래 자주 탐색하던 장소는 이미 떠돌이들과 돔에서 보낸 사냥꾼들에게 모두 털려서 더이상 건질 물자가 없었다. 더 멀리 다녀오자는 샤이엔의 주장이 계속해서 기각되다가, 결국은 나흘 일정으로 더 먼 도시에 다녀왔지만 얻은 것은 거의 없다시피 했다. 위험을 무릅쓰고 탐사를 다녀와도 이제는 소용이 없다는 둥, 그럼 저 덩굴부터 어떻게든 제거해보라는 둥 날 선 말들이 오갔다.

내가 지수 씨를 다시 만난 건 꽤 시간이 흐른 이후였다. 대니의 심부름을 하고 집으로 돌아오니 그가 문 앞에 서 있었다.

"아, 나오미. 기다렸어."

"저를 기다렸다고요?"

지수 씨는 고개를 끄덕였다. 몹시 당황스러웠다. 지금까지는 언제나 내가 지수 씨를 찾아갔으니까. 그러다 한동안은 바쁘고 심란해 보이는 그를 귀찮게 하고 싶지 않아서 가지 않았는데, 나를 만나러 올 줄은 몰랐던 것이다.

"중요한 얘기를 좀 하려고."

지수 씨는 그렇게만 말하고 빠른 걸음으로 어디론가 향하기 시작했다. 무슨 이야기를 하려는 걸까? 마주치는 이들마다 다들 무슨 일이 있나 하고 우리를 힐끔거리는 것이 느껴졌다.

지수 씨가 나를 이끌고 도착한 곳은 뜻밖에도 온실 옆의 폐쇄된 연구소였다. 불은 모두 꺼져 있었는데, 문 옆의 배전반을 건드리자 작은 조명 하나에 불이 들어왔다. 깨진 타일과 흙이 바닥을 뒤덮어 엉망이었다. 지수 씨는 지저분한 복도를 지나 한 실험실 앞에 멈춰 섰는데, 그 안은 말끔하게 치워져 있었다. 테이블 위에 유리 플라스크와 비커, 마을 텃밭에서 보았던 약용식물 몇 종류가 놓여 있었다.

"나오미, 지금부터 분해제 만드는 법을 알려줄 거야."

갑작스러운 말에 머리가 잘 돌아가지 않았다. 나는 지수 씨와 테이블 위를 번갈아 보고는, 버벅거리며 대답했다.

"아…… 그 분해제요, 레이첼이 만드는. 그런데, 그걸 왜 저에게?"

"아주 만약의 경우를 대비해서야. 그리고 네가 이걸 가장 잘 배울 것 같으니까."

머릿속에 여러 의문이 떠올랐다. 나는 머뭇거리다가 물었다.

"제가 배울 수 있는 거라면, 당연히 다른 아이들도 할 수 있잖아요. 이건 저에게만 알려주기에는 너무 중요한 일이고요."

"좀 곤란한 사정이 있어. 난 너에게, 그리고 누구에게도 더는 분해제 제조법을 알려줘선 안 되는 상황이거든."

나는 어리둥절해졌다. 지수 씨는 내 표정을 살피더니 장난기 어린 미소를 지었다.

"게다가 이걸 알려줬다는 사실이 드러나면 마을에 혼란을 가져올 수도 있지."

"그럼, 어…… 괜찮은 거예요?"

나는 멍청한 표정으로 눈을 깜빡였다. 지수 씨가 키득 웃었다.

"설명하자면 좀 긴데, 들어봐. 분해제는 레이첼과 마을 사이에 거래되는 거야. 너희가 생각하는 것처럼, 마을 사람들이 일방적으로 얻어가는 게 아니라는 거지. 그러니까 분해제 제조법은 사실상 레이첼의 독점 방책이야. 안 그래도 온실에 불만을 가진 사람들이 있는데, 쥐고 있는 걸 내줄 필요는 없잖아? 그런데 내 입장은 또 달라. 만약 레이첼이 분해제를 나눠줄 수 없게 된다면 어떻게 될까? 혹은 분해제를 필요로 하는 사람이 지금보다 훨씬 더 많아진다면? 나는 그런 문제에 대비해야 해."

혼란스러웠지만 나는 입을 꾹 다물고 지수 씨의 말을 계속 들었다.

"하지만 공개적으로 알려줄 순 없지. 그랬다간 레이첼이 내가 무슨 짓을 하는지 눈치를 챌 테니까. 연금술사들이 제자에게 비법을 조심스레 전하듯이 그렇게 알려줘야 해. 지금 여기가 바로 그 고대의 비법 전수실인 거지. 네가 첫 제자인 거고. 가능하다면 다음 제자들도 가르쳐야겠지만."

이해가 될 듯 말 듯 했다. 나는 물끄러미 지수 씨의 얼굴을 보다가 물었다.

"레이첼이 더이상 분해제를 만들지 못하게 된 거예요? 어디가 아프다거나……"

"아니야, 나오미. 레이첼은 아주 멀쩡해."

"그럼 레이첼이 돔 시티로 가겠다고 했어요?"

"아니, 그것도 절대 아니야. 레이첼은 이 거래를 포기할 생각이 없어. 어쩌면 그게 문제가 될지도 몰라. 아니면, 내가 너무 선부른 걱정을 하는지도 모르지. 아무튼 당분간은 문제 없을 거야. 그래도 세상일은 어떻게 될지 모르니, 미리 대비해야지."

여전히 나는 납득할 수 없었지만, 지수 씨는 더는 설명할 생각이 없는지 테이블 위로 시선을 돌렸다. 언제나 필요한 것 이상은 말해주지 않는 그의 성격을 알았기에 나는 입을 다물었다. 무엇보다 분해제 제조법을 알려준다는데 거절할 이유는 없었다.

"제조에 필요한 재료와 무게, 과정을 정확히 기록하는 것이 과학의 원칙이지. 하지만 이건 달라. 감추는 것이 널 구할 테니까. 지금은 그런 시대야. 원칙이 네 약점이 되고, 편법이 네 무기가 되지. 이 비참한 시대가 끝날 때까지는, 네 머릿속에 제조법이 완벽하게 들어가 있어야 해. 남이 볼 수 있는 기록은 절대 남기지 마. 아무리 신뢰할 수 있는 사람이라고 해도, 숨기는 게 좋아."

이번에도 알 듯 말 듯 한 이야기였다. 그래도 나는 고개를 끄덕였다. 외우는 것이라면 자신 있었다.

하지만 막상 제조법을 배우기 시작하자, 자신감은 빠르게 자취를 감췄다. 단지 사용량이나 제조 순서를 외우는 것만으로는 분해제를 완성할 수 없었다. 식물들에서 필요한 성분을 추출하고, 그것을 혼합하고 가열하고 냉각하고 걸러내는 과정은 아무도 대신해주지 않았다. 내 손으로 직접 해야 했다. 부단한 연습이 필요한 일이었다.

지수 씨는 계량 도구들이 없을 때 간이로 사용할 수 있는 계량법까지 알려주었다.

"어렵지? 네가 만든 걸 네가 먹는다고 해도 망설여지지 않을 때까지 연습해야 해."

지수 씨가 만든 분해제와 달리 내가 만든 것은 아주 묽었고 색깔도 투명했다. 분해 효과가 있기는커녕, 마셨다가 죽지나 않으면 다행이었다.

일주일에 두 번, 폐쇄된 실험실에서 지수 씨와 나는 만났다. 프림 빌리지의 갈등은 점점 심각해졌고 어딜 가든 사람들은 날이 서 있었으므로, 실험실에 오는 이때가 유일하게 평화로운 시간인 것처럼 느껴졌다. 분해제를 만드는 법은 점점 손에 익어서,

나중에는 지시 없이도 거의 정확하게 해낼 수 있게 되었다. 걸쭉해진 액체를 막대로 저으면서 나는 지수 씨가 왜 나에게 이걸 만드는 법을 가르쳐주는지, 왜 그래야 하는지를 끊임없이 추측했다. 왜 레이첼과 지수 씨의 관계가 위태로워 보이는지, 그리고 그가 마을의 균열에 대해 어떻게 생각하는지도.

"사람들은 레이첼이 우리를 구원할 연구를 하고 있다고 말해요. 레이첼이 하는 게 정말 그런 거예요?"

내 물음에 지수 씨가 웃었다.

"다들 그렇게 말한다고? 마을에서는 레이첼이 영웅이 된 모양이네."

"전부 그런 건 아니에요. 거의 '레이첼교'라고 느껴질 만큼 숭배하는 사람도 있지만, 왜 그렇게 대단한 식물들을 바깥으로는 가져가지 않느냐고 의심하는 사람도 있어요. 무언가 의도가 있다고 생각하는 거죠."

지수 씨는 내 말을 듣고 잠시 생각하더니 말했다.

"레이첼은 그냥 자기가 하고 싶은 걸 하는 것뿐이야. 세상을 구할 의도도 없고, 그렇다고 마을 사람들을 자기 마음대로 어떻게 하겠다는 것도 아니지. 레이첼이 여기에 머무르는 건…… 그건 아마도, 이곳이 자신에게 가장 편안한 장소이기 때문일 거야."

레이첼에 대해서 말할 때, 지수 씨는 언제나 그런 식이었다. 레이첼을 가깝게 여기는 것 같으면서도 조금은 냉소적인 태도가 묻어났다.

"자신이 원한다면, 레이첼은 인류의 구원자가 될 수도 있겠지. 정보도 있고 능력도 있는데다, 운도 따라줬으니까. 하지만 레이첼은 그걸 원하지 않아."

"그럼 레이첼이 원하는 건 뭔가요?"

"그게 바로 내가 아직도 풀지 못한 미스터리야. 레이첼은 뭘 원하는 걸까? 대체 무엇을 줘야 우리가 원하는 걸 얻을 수 있을까?"

지수 씨가 그렇게 말하며 막 제조를 마친 자신의 분해제를 비커에 부었다. 이제는 지수 씨가 만든 것과 내가 만든 것이 거의 비슷했는데, 아직은 그의 분해제가 더 이상적인 점도였다.

"레이첼은 어느 날은 우리에게 도움이 되는 걸 주기도 하고, 또 어느 날은 우리를 모두 망쳐버릴 무언가를 만들기도 해. 정확히는 레이첼이 그렇게 하는 게 아니라 그의 식물들이 그렇지. 그러니까 레이첼이 좋은 사람인지 나쁜 녀석인지 묻는 건 무의미해. 우린 레이첼과 계약을 맺고 있는 거야. 하지만 이 계약은 영원히 지속될 수는 없지. 왜냐하면 이 계약의 기본 전제가…… 언젠가는 끝나버릴 테니까."

나는 지수 씨의 말에 덜컥 심장이 내려앉았다. 끝나버린다는 건, 이 마을을 말하는 걸까. 사람들이 그런 이야기를 하고 있다는 건 알고 있었다. 마을이 지속되지 않을 수도 있다고, 이미 한계에 도달한 것일지도 모른다고.

"그럼 지수 씨도 이 마을이 끝을 향해 가고 있다고 생각하는 거예요? 그래서 제게 분해제 제조법을 가르쳐주는 거고요. 그렇죠?"

내가 묻자 지수 씨는 대답하는 대신 무릎을 살짝 숙여 내 눈을 마주보았다.

"사람들이 그렇게 말하니?"

"덩굴식물이 증식한 이후부터 그렇게 말하는 사람들이 늘어났어요. 많은 말들이 오가요. 생각이 다들 다른 것 같아요. 예전에는 그렇게까지 말다툼하는 걸 본 적이 없었거든요."

"그래? 어떤 이야기인지 나에게 말해줄래?"

나는 내가 그동안 들었던 마을 사람들의 의견을 추려서 이야기했다. 레이첼의 식물들이 더스트를 견딜 뿐만 아니라 더스트로부터 마을을 보호할 수도 있다는 걸 다들 목격한 이후로, 어떤 사람들은 레이첼을 설득해서 식물들을 마을 바깥으로 가져가야 한다고 주장했다. 돔 시티와 거래를 하든, 돔 시티의 과학자들에게 후속 연구와 대규모 재배를 제안하든, 마을에서만 이 식물들을 키우며 살 수는 없다는 이야기였다. 대니는 프림 빌리지가 어디까지나 일시적으로 머무르는 '대피소'에 불과하다고 말하며 의견을 강하게 밀어붙였다. 하지만 지금까지 그래 왔듯 여기서 살아가는 것이 최선이라고 말하는 사람들도 있었다. 하루는 대니와 요즘 견해가 맞지 않아서 마주치기만 하면 매일 말다툼을 한다고 했다.

내 설명을 다 들은 지수 씨가 물었다.

"그럼 네 생각은 어때, 나오미?"

"제 생각은 분명해요. 우린 프림 빌리지를 지켜야 해요. 이 마을 밖은 아주 끔찍해요. 전 돔 시티의 사람들이 서로를 어떻게 대하는지 봤어요. 그들은 약한 사람들을 위해 절대 자리를 내어주지 않아요. 인류를 구하겠다는 생각 같은 건 하지 않을 거예요. 우리가 더스트에 버티는 식물들을 가져가면, 그들은 횡재를 했거니 생각하며 뺏어가겠죠. 그러고는 우리를 죽일 거예요."

"그래, 좋아. 나오미, 나도 네 생각에 동의해."

지수 씨가 고개를 끄덕이며 말했다.

"돔 안의 사람들은 결코 인류를 위해 일하지 않을 거야. 타인의 죽음을 아무렇지 않게 지켜보는 게 가능했던 사람들만이 돔에 들어갈 수 있었으니까. 인류에게는 불행하게도, 오직 그런 이들이 최후의 인간으로 남았지. 우린 정해진 멸종의 길을 걷고 있어. 설령 돔 안의 사람들이 끝까지 살아남더라도, 그런 인류가 만들 세계라곤 보지 않아도 뻔하지. 오래가진 못할 거야."

나는 지수 씨가 동의해줘서 기뻤다. 하지만 그가 그다음으로 말한 것은 조금 뜻밖이었다.

"그래도 우린 식물들을 가지고 밖으로 나가야 해."

"왜요?"

지수 씨가 짧은 침묵에 잠기더니, 다시 입을 열었다.

"나는 이곳에 오기 전에 많은 대안 공동체들을 봤어. 모두 같은 패턴이었지. 처음에는 거창한 기치를 걸고 모여. 유토피아 공동체를 표방하거나, 종교를 중심에 두기도 하고, 사냥꾼들이 모인 집단일 때도 있고, 그도 아니면 평화로운 생존을 바라는 사람들이 모이기도 해. 모두 돔 시티 안에서는 답을 찾지 못해서, 돔 시티 밖에서 대안을 꿈꾸는 거야. 하지만 그게 뭐가 됐든 결국 무너져. 돔 밖에는 대안이 없지. 그렇다고 돔 안에는 대안이 있을까? 그것도 아니야. 나오미 네 말대로 돔 안은 더 끔찍해. 다들 살겠다고 돔을 봉쇄하고, 한줌 자원을 놓고 다른 사람들을 학살하지. 그럼 이제는 어떻게 해야 할까?"

나는 멍하니 지수 씨를 보았다. 그가 나를 마주보며 진지한 표정으로 말했다.

"돔을 없애는 거야. 그냥 모두가 밖에서 살아가게 하는 거지. 불완전한 채로. 그럼 그게 진짜 대안인가? 물론 그렇지는 않겠지. 똑같은 문제가 다시 생길 거야. 그래도 아무것도 하지 않을 수는 없어. 뭔가를 해야 해. 현상 유지란 없어. 예정된 종말뿐이지. 말도 안 되는 일을 계속해서 벌이는 것 자체가 우리를 그나마 나은 곳으로 이동시키는 거야."

나는 지수 씨가 대체 무슨 말을 하고 있는 것인지 이해가 되지 않았다. 돔을 어떻게 없앤다는 것인지, 그 밖에서 어떻게 모두가 살아간다는 것인지……

"하지만 프림 빌리지는 무너지지 않았어요. 여기도 대안이잖아요. 레이첼의 식물들이 있으면, 우리는 계속해서 안전할 거예요. 외부로부터의 공격은 맞서면 되고요. 저도 같이 싸울 거예요."

내 말에 지수 씨는 침묵했다. 나는 절박한 심정이 되어 말했다.

"전 이 마을이 좋아요. 제가 있었던 곳 중에 이런 곳은 없었고 앞으로도 없을 거예요. 그동안 머물렀던 모든 곳이 제게는 너무 끔찍했어요. 오직 여기만이 달랐어요."

나를 바라보는 지수 씨의 표정이 아주 복잡했다.

"나오미, 나는 네가 그렇게 말해주어서 기쁘지만……"

그는 말을 끝맺지 않고 한참이나 나를 지켜보더니 갑자기 내 머리를 헝클어뜨렸다.

"그래, 네 말이 맞아. 우리가 여기 영원히 머무를 수 있다면 얼마나 좋을까. 아직 끝나지도 않았는데 벌써 끝을 생각하는 건 적절하지 않지."

그러고 나서 지수 씨는 갑자기 말을 돌렸다.

"분해제 만든 거, 자신 있어? 네가 만든 걸 직접 마실 자신이 있다면 제대로 완성된 거야."

"음…… 도전해볼게요."

나는 분해제를 컵에 따랐다. 일단 보기에는 그럴싸해 보였다. 하지만 막상 컵을 입에 대려니 머뭇거리게 되는 건 어쩔 수 없었다.

"됐어. 오늘은 여기까지."

지수 씨가 키득거리며 내 손에서 컵을 다시 가져갔다.

"다음에 시도해보자. 그땐 완벽하겠지."

*

덩굴식물이 제초제에도 말을 듣지 않고 숲 전체를 잠식해버리자, 마을에는 비상이 걸렸다. 이제는 텃밭뿐 아니라 실내 재배를 하던 작물들까지 모두 엉망이 되었다. 식량 배급이 이틀에 한 번으로 줄었고, 영양 캡슐로 버텨야 했다.

전투 드론들이 온종일 경고음을 울렸다. 침입자들이 계속해서 나타났고, 매일 밤 계곡에 표식을 지운 시체를 흘려보냈다. 침입자를 막는 과정에서 사람들이 크게 다쳤다. 어떤 사람들은 마을을 이대로 유지하는 것은 가망이 없다고 생각하는 것 같았다. 그런 의견들은 마을 회의에서 조심스럽게 제시됐지만, 점점 사람들의 마음을 깊숙이 파고들기 시작했다. 아이들은 전투에 참여하지 않았지만 마을을 덮쳐오는 불안과 두려움을 예민하게 알아차리고 있었다. 이제 누구도 소리 내어 웃지 않았다.

지수 씨와 어른들은 매일 수레로 무기를 실어나르다가 곧 지하 창고에 있던 호버카들을 모두 꺼냈고, 호버카를 타고 다니며 숲 경계에 지뢰를 심었다. 샤이엔이 낮은 목소리로 경고했다.

"다들 함부로 나갈 생각은 안 하는 게 좋을 겁니다. 지뢰는 침입자와 내부자를 구분하지 않으니까."

죽음의 먼지가 세계를 뒤덮고 있었다. 물자를 구하기 위해 인근 폐허에 다녀온 사람들은 인간이 생존할 수 있는 구역이 급속도로 줄어들고 있다고 말했다. 돔 시티는 외부로부터 스스로를 지키기 위해 더 잔인한 방식으로 침입자들을 학살했다. 작은 마을들도 돔 시티에서 보낸 로봇들에게 파괴당했다. 건질 수 있는 것은 전부 가져가 시체밖에 남지 않았다는 게 목격한 사람들의 말이었다. 더스트 폭풍이 잦아졌고, 그럴 때마다 마을을 봉쇄한 채 지하 대피소에서 기다리는 시간이 점점 길어졌다. 이틀에서 사흘로, 그리고 또 닷새로. 숲에서 내다보이는 외곽 지역은 언제나 붉은 안개가 짙게 끼어 있었고, 나중에는 마치 피바다를 이룬 듯 거의 아무것도 보이지 않게 되었다.

더스트 폭풍에 살아남으려면 덩굴이 필요했다. 그러나 그 덩굴은 사람들을 굶주리게 만들었다. 처음에는 아름다워 보였던 푸른 먼지는 이제 고통의 근원처럼 느껴졌다. 내성이 약한 사람들에게 자진해서 마을을 떠나라고 비난하는 이들이 생겼다. 지수 씨가 한 번만 더 그런 말을 대놓고 했다간 가만두지 않을 거라고 화를 내자 다툼은 잠잠해졌지만, 한번 싹튼 불신은 쉽게 사라지지 않았다. 아마라는 말수가 급격히 줄어들었다.

발전기를 구하기 위해 마을 사람들이 그룹을 꾸려 폐허로 나갔던 날, 마을에서 출발한 호버카 한 대가 완전히 사라졌다. 그 호버카에는 야닌과 밀리어가 타고 있었다. 처음에 사람들은 납치나 공격을 의심했다. 그러나 드론에 남은 기록은 야닌이 자발적으로 호버카를 타고 북쪽 돔 시티로 향했음을 알려주었다. 창고에 보관되어 있던 종자와 모종, 작물이 사라졌다는 사실이 밝혀졌다. 누군가는 추적해서 야닌과 밀리어를 죽여야 한다고 강경하게 주장했지만, 샤이엔은 어떻게 수년간 같이 살아온 사람들을 죽이라는 거냐고 크게 반발했다. 지수 씨는 도망자들에 대해 아무 말도 하지 않았다. 소문에 따르면 야닌이 종자와 거래한 것은 돔 시티의 입주권이었다. 그 돔 시티에 야닌의 먼 친척들이 있다는 이야기도 돌았다. 하루는 이 소식을 전해 듣고 부들부들 떨었다.

"자기들만 살아남으려고 우리를 배신한 거야."

"하지만 그 식물들은 어차피 숲 바깥에서는 안 자라잖아. 야닌은 대체 무슨 생각이었을까."

"뭐든 하겠지. 모든 방법을 동원할 거야. 그게 숲 바깥에서 자라지 않는다는 사실을 알면, 아예 이 숲을 차지하러 오겠지. 야닌이 팔아넘긴 건 식물만이 아니야. 이 마을 자체야."

도망자들의 소식은 사람들의 갈등에 다시 한번 불을 붙였다.

"그러니까 작물을 가지고 돔 시티와 거래를 했어야 해. 여기에만 갇혀 있어서는 답이 없단 말이야. 대체 언제까지 여기 숨어 있을 거야? 그런다고 저 바깥 인간들이 우릴 너그럽게 봐주기라도 하나?"

대니는 하루와도 더 자주 다퉜다. 나는 회관을 지나칠 때마다 서로에게 언성을 높이는 모습을 목격했다.

밤마다 아마라는 무척이나 지친 표정으로 집에 돌아왔다. 그 표정을 보니 기분이 이상했다. 아마라는 누구보다 이곳에 오고 싶어했는데. 누구보다 이곳에 머무르고 싶어했는데. 왜 우리는 어디에도 정착할 수 없고, 어떤 곳도 영원하지 않은 걸까.

"언니, 죽더라도 여기서 죽자고 했잖아. 나, 그 말을 기억해."

아마라는 나를 슬픈 눈으로 보았고, 아무 말도 하지 않았다.

나는 지수 씨와의 대화를 거듭 생각했다. 지수 씨도 나에게 분해제 제조법을 알려주면서 식물들을 가지고 밖으로 나가야 한다고 말했다. 하지만 그건 대니가 말하는 것과는 다른 의미 같았다. 대니는 식물을 돔 시티로 가져가야 한다고 말하지만, 지수 씨는 돔 시티가 대안이 아니라고 했다.

식물들을 가지고 나간다면, 그렇게 결정한다면, 어디로? 돔 시티가 아니라면 대체 어디로 갈 수 있다는 말일까?

분해제 제조 수업은 중단되었다. 지수 씨는 습격에 대비하고 기계들을 정비하느라 온종일 바빴다. 한참이나 망설이다 오두막에 들렀지만 문은 잠겨 있었다.

위쪽 언덕에서 지수 씨의 목소리가 들려왔다. 온실 앞에서 지수 씨는 레이첼을 향해 화를 내고 소리를 질렀다. 울고 있는 것 같기도, 무언가를 애원하는 것 같기도 했다.

"네가 왜 그러는지 알아. 무슨 마음인지도 알아. 하지만 우린 이곳에 더 머물 수 없어. 맹세할게. 네가 원한다면, 나는 무엇이든……."

유리 너머 레이첼이 어떤 표정을 짓고 있는지는 보이지 않았다. 무슨 일이 일어나고 있는 것인지 알 수 없었다. 처음에는 조금씩 이곳을, 세상을 알아가고 있다고 생각했는데, 지금은 아무것도 알 수가 없었다.

*

돌이켜보면, 이별이 찾아오기 전에 아주 짧은 순간, 평화가 지속된 날들이 있었다. 일주일쯤이었을까. 아니면 열흘쯤. 그 이후로 프림 빌리지에 들이닥친 수많은 일들에 비하면 너무나 일시적인 평화였지만 결코 잊을 수 없는 날들이었다.

그날 나와 하루는 회관 앞의 평평한 바위에 걸터앉아 저녁노을을 보고 있었다. 바로 며칠 전까지만 해도 계속 울려대는 정찰 드론들의 사이렌과 무기를 탑재한 드론들의 폭격음에 귀가 찢어질 것 같았는데, 거짓말처럼 외부인들의 침입이 멈춘 날들이 이어지고 있었다. 덩굴식물로 텃밭이 엉망이 된 지 오래였지만 아마라가 숲에서 먹을 수 있는 열매들을 제법 많이 발견해서, 오랜만에 신선한 과일과 채소로 배를 채운 이후였다.

푸르게 빛나는 먼지들이 공기중에 천천히 흩날렸다. 나는 숲을 푸른빛으로 물들이는 그 식물들을 보며 고통은 늘 아름다움과 같이 온다고 생각하게 되었다. 아니면 아름다움이 고통과 늘 함께 오는 것이거나. 이 마을에 삶과 죽음을 동시에 가져다준 이 식물이 나에게 알려준 진실은 그랬다. 어느 쪽이든, 나는 더이상 눈앞의 아름다운 풍경에 마냥 감탄할 수는 없는 사람이 되어가고 있었다.

모처럼 배부르게 먹어 나른했고 바람은 적당히 시원했다. 끔찍한 일들이 잠시 잊힐 만큼 믿을 수 없는 고요함이었다. 전투도, 굶주림도 없었던 일처럼 느껴졌다. 이대로 눈을 감고 잠들고 싶다고 생각했을 때 하루가 갑자기 아, 아, 하고 목을 가다듬었다.

"뭘 하려고?"

하루는 날 보고 씩 웃더니, 곧이어 노래를 부르기 시작했다.

낯설게 느껴지는 멜로디의 노래였다. 하루도 중간 중간 가사를 잊었는지 허밍과 엉뚱한 가사를 섞어가며 노래했다. 다들 하던 일을 멈추고 그 노래를 들었다. 어둠이 내려앉는 가운데 빛을 머금은 먼지들이 흩날렸고, 그 사이를 하루의 목소리가 가로질 렀다. 하루의 노래는 솔직히 말하면 놀랍도록 훌륭하지는 않았 다. 하지만 우리의 마음을 편안하게 해줄 만큼은 매끄럽고 좋았 다. 노래가 끝나자 사람들은 웃으며 박수를 쳤고, 하루는 어깨를 으쓱하며 다시 바위에 앉았다. 뿌듯한 얼굴이었다.

그 순간 나는 언덕 위에서 수레를 끌고 내려오다가 그 자리에 그대로 멈춰 선 지수 씨를 발견했다. 그는 조금 놀란 얼굴로 우 리를 보고 있었다. 내가 얼른 오라고 손짓했고, 지수 씨는 천천 히 수레를 끌고 우리 앞에 와서 섰다.

"하루가 노래하는 거 들었어요? 잘하죠. 오디션까지 봤다는 게 거짓말이 아니었네요."

"그렇다니까. 난 극장에서 하루를 진작에 알아봤었지."

아마라와 대니가 호들갑을 떠는 동안, 나는 이상하게도 지수 씨의 시선이 지금 이곳이 아닌 다른 곳을 보고 있다고 생각했다. 그리고 지수 씨가 이 순간을 눈앞에 두고도 그리워하는 것 같다 고 생각했다. 그건 어디까지나 내 짐작일 뿐이었지만, 나는 그런 지수 씨가 자꾸 신경쓰였다.

마을의 길을 따라 놓인 작은 조명들이 하나둘 켜졌다. 지수 씨 는 수레에 가득 실은 식물들을 바닥에 하나씩 늘어놓고 우리를 불러모았다. 구멍이 줄지어 뚫린 플레이트에 담긴 모종과 주머 니에 담긴 씨앗, 이미 길게 줄기가 자란 것들까지 여러 식물들이 있었는데, 가장 많이 보이는 건 덩굴식물이었다.

"만약 너희가 여길 떠나게 된다면 말이야. 밖에 이 식물들을 심어줘. 특히 덩굴식물들. 그러면 돔이 없어도 이것들이 조금은 버텨줄 수 있거든."

나는 덩굴식물을 유심히 들여다보았다. 몇 달 전 사람들이 숲에 심은 것과 비슷하면서, 조금 더 줄기가 단단해 보이기도 했다. 옆에서 하루가 끼어들어 물었다.

"왜 우리가 여기를 떠날 거라고 생각해요?"

지수 씨는 하루의 질문에 갑자기 멍해졌다가, 이내 희미한 미소를 지었다. 나는 이상하게도 지수 씨에게서 늘 발산되던 어떤 강인함이 사라진 것 같다고, 지금 그는 약하고 슬퍼 보인다고 느꼈다.

"떠날 거라고 생각하는 건 아니야. 만약의 경우를 이야기하는 거지. 이 덩굴은 바깥에 지금 이곳과 비슷한 환경을 만드는 유일한 방법이야. 우리가 혹시 이곳을 더 지킬 수 없게 되더라도, 이게 있으면 또다른 프림 빌리지를 만들 수 있어."

나는 지수 씨가 왜 그런 말을 하는지 알 것 같았다. 자꾸 이곳을 떠나는 상황을 가정했던 이유도, 나에게 분해제 만드는 법을 가르쳐준 이유도 이제 알 것 같았다. 지수 씨는 이 풍경을 보면서 동시에 이 풍경의 끝을 상상하고 있었다.

"하지만 저에겐 여기 하나면 충분한데요. 또다른 프림 빌리지를 만들고 싶지 않아요. 지금 이곳, 여기 있는 사람들이 아니면 의미 없는걸요."

하루가 내 말에 고개를 끄덕였다.

"맞아. 우린 이곳을 떠나지 않을 거예요. 게다가 저 바깥은 축복받은 숲도 아니잖아요?"

지수 씨는 우리 말을 듣더니 조금은 놀란 표정으로 유쾌하게 웃었다. 옆에 있던 아마라도 나와 하루 말이 맞는다며 거들었다.

사실은 나도 짐작하고 있었다. 프림 빌리지는 영원하지 않을 거라는 걸. 그렇지만 이곳에 남겠다고 거듭 말하는 것만으로도 안심이 되곤 했다.

지수 씨는 평소의 그 장난기 어린 태도로 돌아와 물었다.

"그래도 심겠다고 약속해주는 건 어때? 꼭 이곳이 아니더라도 다시 만날 수 있잖아. 머물 곳이 있고, 식물들이 있다면. 잘 생각해봐."

"몰라요. 생각은 해볼게요."

나는 키득거리며 말했지만 그 약속을 끝까지 피하고 싶었다. 지수 씨는 더는 묻지 않고, 미소 지으며 내 머리를 쓰다듬었다.

*

프림 빌리지를 처음 찾아왔을 때, 나는 영원함 같은 것은 생각하지 않았다. 나와 아마라는 당장 오늘 버틸 곳, 내일 머무를 곳이 필요했다. 그렇게 매일을 쌓아가면 이곳도 지속될 것이라고, 우리의 도피처는 파괴되지 않을 것이라고 생각했다. 하지만 숲 바깥의 세계는 시시각각 무너져 내리고 있었고, 먹구름 같은 멸망은 머리 위에서 매일 짙어져갔다. 단지 그것을 올려다보고 싶지 않아 외면해왔을 뿐이다.

얼마 뒤에 대니가 마을을 떠났다. 다들 아침에야 대니의 집이 텅 비어 있는 것을 발견했다. 대니는 방안의 그림들을 모두 챙겨서 갔다. 딱 한 장, 보란듯이 남기고 간 그림이 있었다. 하루를 그린 초상화였다.

하루는 그림을 찢어버리겠다고 날뛰다가, 아마라가 말리고 토닥여서 겨우 진정한 다음에는 그림을 구겨서 구석에 던져두었다. 하루는 엉엉 울다가 대니를 욕하고, 또 지쳐 쓰러져 있다가 다시 대니를 욕하기 시작했다. 아마라가 하루를 달래는 것을 나는 지켜보았다.

"대니는 자신의 방식을 원했던 거야. 우리랑 의견이 달랐지. 그러니까 이 마을이 지속될 수 있느냐는 것에 대해서 말이야."

아마라는 조심스럽게 말했다. 그러나 하루는 단호했다.

"우린 그 문제에 대해 한참 얘기했어. 대니는 내 말을 들을 생각도 하지 않고 결국 날 버렸어. 비겁한 배신자."

하루가 벌겋게 부은 눈을 비비며 말했다.

"난 죽을 때까지 여기 남을 거야. 떠나면 거기엔 뭐가 있는데? 돔 시티의 사람들이 우릴 받아줄 것 같아? 다들 어떻게 이 마을을, 온실을 지켰는데……"

사람들이 지킨 것이 마을일 뿐만 아니라 온실이기도 하다는 것을 나는 생각했다. 사람들이 다치고 죽고 떠나는 동안 레이첼은 온실 밖으로 한 번도 나오지 않았다. 사람들의 말처럼 레이첼은 정말로 인류를 구하기 위해 온실에 있는 것일까? 레이첼은 아직도 지수 씨의 말대로 '자신이 하고 싶은 일'만을 하고 있을까? 지수 씨의 말이 자꾸만 떠올랐다.

'자신이 원한다면, 레이첼은 인류의 구원자가 될 수도 있겠지.'

레이첼이 구원자가 되기를 바란 적이 있긴 했을까.

나는 온실을 올려다보았다. 여전히 그 온실은 신전처럼 보였다. 그러나 이제야 도달한 결론은, 신전을 지킬 사람들이 흩어지면 그 신전도 의미를 잃는다는 것이었다.

그곳의 모든 이야기들이 막을 내리던 날, 이별은 갑자기 찾아왔다. 그러나 나는 프림 빌리지에 있는 내내 그 마지막날을 상상하고 있었다고 생각한다.

그날 밤 나는 얕게 잠들어 있었다. 뒤척이며 꿈을 꾸었던 것 같다. 어느 날 갑자기 더스트가 사라지고, 돔 시티들이 문을 열고, 우리는 프림 빌리지에 남는 꿈을. 그때 어디선가 나타난 덩

굴들이 나를 칭칭 감아버렸고, 그 순간 문을 쾅쾅 두드리는 소리
가 들렸다.

"나오미!"

아마라가 나를 흔들어 깨웠다.

"나가야 해! 지금 당장!"

나는 옷을 제대로 챙겨 입지도 못한 채로 밖으로 뛰어나왔다.
매캐한 연기가 마을 안에 가득했다. 뜨거운 열기가 느껴졌다. 이
것이 꿈이라고 생각하고 싶었지만 자꾸 기침이 나왔다. 무슨 일
이 일어난 것인지 어디선가 들려오는 비명소리만으로도 짐작할
수 있었다.

누군가 숲에 불을 질렀다. 침입자들, 숲을 차지하려는 사람들.
맞서고, 죽어가고, 비명을 지르는 또다른 밤이 찾아왔다.

나는 아마라가 함께 싸우자고, 지금까지는 어른들의 싸움이었
지만 오늘은 우리도 같이 맞서자고 말하기를 기다렸다. 그러나
내 손목을 잡아끌고 뛰어가는 아마라는 아무 말도 하지 않았다.
직감이 심장을 무겁게 끌어내렸다. 조명 아래 보이는 아마라의
눈가가 빨갰다.

지하 창고에 보관되어 있던 호버카들이 회관 앞에 나와 있었
다. 공터에 사람들이 모여 있었다. 모두 무기 대신 커다란 자루
를 나눠 받았다. 사람들이 호버카마다 자루를 채워넣었다.

"난 못 가요. 안 갈 거예요!"

하루가 소리를 질렀다. 샤이엔이 하루를 호버카 안에 강제로 태웠다. 아무도 무기를 장전하지 않았다. 사람들은 도망치려고 하고 있었다. 이제 마을을 떠나려고 하고 있었다. 마을은 침입자들의 손에 처참하게 부서지고 짓밟힐 것이다. 그런 다음에는 누구도 이곳에 남지 않을 것이다.

도망치는 것은 익숙했다. 떠나는 것도 익숙했다. 폭격음과 비명을 뒤로하고 살아남기 위해 달음박질치는 것도 이미 익숙해졌다. 하지만 왜 하필이면, 이곳에서, 그것이 또 반복되어야 할까. 그게 왜 오늘이어야 했을까.

사람들은 인사를 나눌 새도 없이 헤어졌다. 호버카들이 서로 다른 방향으로 출발했다. 남은 전투 드론들이 침입자들의 시선을 교란하고 있을 때 떠나야 했다. 자욱한 연기 때문에 남은 사람은 누구이고 떠난 사람은 누구인지 확인할 수 없었다. 아마라가 내 손목을 잡아끌었다.

"지금 가야 해. 우리가 탈 차는 저기 있어."

"언니, 안 돼. 잠시만."

누군가 이쪽으로 뛰어오고 있었다. 아마라가 나를 잡아당겼지만 나는 꼼짝하지 않고 연기 속에서 드러나는 그 모습을 보았다. 지수 씨였다.

"나오미! 지금 안 가면⋯⋯"

아마라는 다급해 보였지만 나와 지수 씨를 번갈아 보며 입을 다물었다. 나는 심장이 덜컥 내려앉는 기분이 들었다.

"갑자기…… 갑자기 이러는 게 어딨어요."

울음을 터뜨린 내 앞에서 지수 씨는 어떻게 해야 할지 모르겠다는 표정을 하고 있었다.

"지수 씨도 여길 떠나기 싫다고 했잖아요. 인사할 시간도 안 줬잖아요."

"나오미."

"마지막 수업도 아직 못했는데……"

"내 말 들어봐, 나오미."

지수 씨는 오두막에서, 그리고 실험실에서 그랬던 것처럼 살짝 허리를 숙여 나와 눈높이를 맞추었다.

"이게 마지막이 아니야."

나는 눈물을 닦으며 지수 씨를 보았다.

"지금부터는 실험을 해야 해. 내가 가르쳐준 것, 그리고 우리가 마을에서 해온 것들을 기억해. 이번에는 우리가 가는 곳 전부가 이 숲이고 온실인 거야. 돔 안이 아니라 바깥을 바꾸는 거야. 최대한 멀리 가. 가서 또다른 프림 빌리지를 만들어. 알겠지?"

호버카에 실린 자루들이 무엇인지 나는 그제야 알았다. 지금 지수 씨는 어디로든 가서 레이첼의 식물을 심으라고, 모든 곳에 퍼뜨리라고 말하고 있었다. 나에게 약속하라고 요구하고 있었다.

"성공할 거라고는 말 못하겠어. 더 엉망진창이 될 수도 있어. 하지만 만약, 나오미 네가 원한다면……"

"그럼 우리는 다시 만날 수 있나요? 또다른 프럼 빌리지를 만들면, 그러면 그때는요."

나는 지수 씨를 올려다보며 물었다. 지수 씨는 슬픈 얼굴로 나를 마주볼 뿐 대답하지 않았다. 지수 씨는 무언가를 간절히 말하고 싶어하는 것 같았지만, 그 말들은 입 밖으로 빠져나오지 않았다. 그 짧은 침묵을 통해 나는 지수 씨를 이해할 수 있었다. 나에게 거짓말을 하지 않을 만큼 지수 씨는 나를 존중했다.

"할게요."

내가 다시 말했다.

"약속할게요. 가서 식물들을 심을게요."

짙은 연기에 가려 지수 씨의 표정이 잘 보이지 않았다. 나는 지수 씨가 말하지 않은 진실이 무엇인지 알고 있었다. 눈물이 나서 더 말을 이어가기도 힘들었다. 뒤돌아서 아마라를 따라가려는 순간에 목소리가 들렸다.

"나오미."

나는 고개를 홱 돌려 지수 씨를 보았다.

"네가 만든 분해제는 완벽해. 이제는……"

그 순간 지수 씨의 목소리는 폭격음과 호버카의 소음에 묻혀서 정확하게 들리지 않았다. 하지만 나는 그게 지수 씨의 마지막

작별 인사라는 것을, 그리고 아마도 이런 말이리라는 것을 알았다. '너를 의심하지 마.' 매캐한 연기가 코로 훅 밀려들었다. 이제 여기 더 머무를 수는 없었다.

아마라가 옆에서 내 팔을 끌어당겼다.

"출발해야 해!"

떠밀리듯 뒷걸음질쳐 아마라를 따라 차에 올랐다. 호버카의 문이 닫히고 차체가 떠올랐다. 마지막으로 뒤돌아보았다. 아직 나를 보는 지수 씨가 있었다. 그러나 잠시 뒤 연기가 점점 짙어져 그 모습을 완전히 덮어버렸다.

나는 천천히 시트에 몸을 붙였다. 울음을 그칠 수가 없었다.

내가 마음을 모두 주었던 이 프림 빌리지는 영원히 지속될 수 없는 것이었다. 오래전부터 그 사실을 알고 있었지만 그 끝이 결코 오지 않기만을 바랐었다. 하지만 이곳을 떠나도 여기에 내 마음이 아주 오래도록, 어쩌면 평생 동안 붙잡혀 있으리라는 것을 나는 그때 이미 알고 있었다.

3장

지구 끝의 온실

십오 년 만에 다시 돌아온 온유는 많이 변해 있었다. 실버타운 근처에 아영이 살던 때는 없었던 새로운 집들이 보였다. 조용한 주택가였던 온유 마을에도 식당이나 옷가게가 많이 들어서 있었다. 아영이 기억하는 모습에서 변하지 않은 건 실버타운과 온유 마을 사이의 작은 개울, 페인트를 덧칠한 오래된 나무다리 정도였다. 공헌자 노인들이 모여 살던 실버타운은 정치적 이유로 관리가 부실해지는 등 여러 논란의 중심이 되어서, 시간이 흐르며 그들 상당수가 다른 지역으로 떠났다고 들었다. 온유는 이제 한적한 교외 같은 풍경을 잃고 바쁘게 돌아가는 번화한 도시가 되었다.

아쉬움에 잠길 틈도 없었다. 아영은 바쁘게 온유를 돌아다니며 수소문을 했다. 열두 살 무렵 잠깐 살았던 도시에서, 친척도 아니고 같은 동네에 살던 노인을 찾는 일은 쉽지 않았다. 이희수가 살던 집은 이미 사라졌고, 그 자리에 가보니 수공예품 가게가 있었다. 하지만 그 가게마저도 폐점되어 간판만 붙어 있는데다가, 근처에 사는 사람들은 얼마 전에 이사 와서 이희수라는 이름은 전혀 모른다고 했다.

아영은 실버타운의 노인들에게는 처음부터 별다른 기대를 하지 않았다. 설령 당시를 기억하는 사람들이 남아 있다고 해도 이희수의 행방을 알 만한 이는 없을 것 같아서였는데, 짐작대로였다. 조심스레 말을 걸어보아도 "나는 그런 사람 몰라요" 하고 냉정한 목소리만 돌아왔다. 어린 시절 여기 살았다고 하면 반가운 표정을 하는 노인들도 있었지만, 이희수라는 사람을 찾고 있다고 하면 무뚝뚝한 태도로 바뀌기 일쑤였다.

사흘째에 아영은 결국 이희수를 찾는 일을 잠시 멈추고 숙소로 일찍 돌아왔다. 만약 그의 행적을 아는 사람이 한 명이라도 있다면 어떻게든 알아내서 다음 목적지를 정해볼 텐데, 정말로 아무도 모르는 것 같아서 막막했다. 침대에 앉아 휴대폰을 열어보니 윤재에게서 메시지가 도착해 있었다.

—그러니까 내가 사설탐정 물색해준다고 할 때 오케이했어야지. 비용과 시간이야 좀 들겠지만, 설마 이 좁은 땅에서 사람 하나 못 찾겠어?

윤재의 말을 진작 들을 걸 그랬나. 그런데 그런다고 찾을 수 있을까. 한국이 좁다곤 해도 못 찾는 사람이 얼마나 많은데, 하물며 이 좁은 땅에서 실종된 사람들도 있는데…… 아영은 잠시 생각에 잠겼다가 그래도 오기가 생겨서 답장을 보냈다.

— 아직 하루 남았거든요. 좀 기다려봐요.

새로 출시된 바질샌드위치를 거듭 권유하는 룸서비스 로봇을 돌려보내고 침대 헤드에 기댔더니 사흘간의 피로가 급격히 몰려왔다. 아영은 한숨을 쉬며 지난 한 달 동안 일어난 일들을 돌아보았다. 아디스아바바의 생태학 심포지엄에 갔고, 루단과 나오미를 만났다. 나오미에게서 놀라운 증언을 들었고, 한국행 비행기를 타고 오면서 인터뷰 녹취록을 여러 번 다시 읽었다. 나오미에게 공개 동의는 받았지만 정말로 이 이야기를 다른 사람들에게 알려도 될까 고민스러웠는데, 그의 증언 전문을 읽을수록 점점 공개하는 것이 맞겠다는 확신이 섰다.

나오미가 들려준 프림 빌리지의 이야기는, 한 사람의 과거 이상의 의미를 담고 있었다. 아영도 아직 그것을 구체적인 말로 설명하기는 어려웠지만, 그게 단지 모스바나라는 식물에 얽힌 과거만은 아닌 것도 분명했다. 아영이 가장 먼저 프림 빌리지 이야기를 들려준 사람은 윤재였다. 처음에 전화로 간단히 요약해서 이야기할 때부터 한마디도 않고 집중해서 듣는 것 같더니, 직접 증언 전문을 읽어보라고 파일을 전송한 이후에 윤재는 한참이나 연락을 해오지 않았다. 아영이 새벽 무렵 메시지를 보냈지만 읽었다는 표시만 뜰 뿐 또 답이 없었다. 아영은 윤재에게 전화를 걸었다.

"윤재 언니, 어때요. 이거 우리 학계가 뒤집어질 만한 이야기 같지 않아요? 더스트생태학의 기본 전제들을 완전히 다시 쓰는 이야기잖아요. 더스트 저항종 식물들이 자연 적응한 것이 아니라 정말 누군가 만들어낸 거라면, 그리고 우리가 성가신 잡초로 여겼던 것이 대기중의 더스트를 줄이는 작용을 했다면…… 그런 상상만으로도 너무 놀라워요."

윤재는 한참 침묵하더니, 이렇게 대답했다.

"만약 이게 진짜라면 우리 학계만이 아니라, 세상이 난리가 나겠는데."

그의 예상이 맞았다. 학계가 뒤집어질 일이라는 말은 나오미의 증언을 과소평가한 것이었다. 아영은 나오미의 이야기에서 사람들이 호기심을 가질 만한 이야기 위주로 축약해서 생물학 커뮤니티에 올렸다. 표면적으로는 더스트 저항종 식물에 대한 새로운 가설을 제안하고 싶다는 것이었는데, 관심은 폭발적이었다.

멸망의 시대, 식물 연구소를 중심으로 한 공동체와 그곳에서 개량된 더스트 저항종 식물들, 그 식물을 심으며 함께 살았고 그것을 전 세계로 퍼뜨린 사람들의 이야기라니. 식물학자라면 누구나 매료될 이야기였고, 그렇지 않더라도 충분히 흥미를 느낄

이야기였다.

　나오미가 구체적으로 증언한 여러 사실들은 아영이 알고 있는 과거에 대한 기록과 맞아떨어졌다. 더스트 시대의 지하 대피소, 거대한 돔 시티와 소규모의 돔 마을들, 돔에서 밀려난 사람들을 대상으로 가해진 폭력, 더스트에 내성을 갖고 있던 이들이 '내성종'이라고 불리며 착취당했던 과거에 대해서는 이미 수많은 증언과 기록이 존재했다. 아영은 나오미의 증언에 기반해, 그 온실 공동체가 '프림Forest Research Institute Malaysia, FRIM'이라는, 과거 쿠알라룸푸르 북서쪽의 국립공원 지역에 있었던 산림연구소 마을일 것이라고 추론했다. 나오미의 증언 속에서 서술된 지리적 조건이나, 열대우림 기후, 연구소와 거주지가 함께 있는 독특한 구조의 마을이라는 세부 사항이 일치했다. 원래 도심에서 상대적으로 가까운 복원림에 위치했다가 2040년대 후반에 좀더 먼 숲으로 이전된 지역이라는 것까지도.

　그런데 문제는 프림에서의 공동 생활에 대해서는 나오미의 증언 외에 다른 증거가 없다는 것이었다. 때문에 아영의 글에 쏟아진 관심은 얼마 지나지 않아 의심과 비난으로 변했다. 나오미가 유일하게 남은 온실의 사진이라고 보여준 것은 어두운 숲속에서 찍힌 희미한 빛에 불과했다. 나오미의 말대로라면 그곳에 살았던 사람들은 종식 이전에 서로 다른 지역으로 뿔뿔이 흩어졌다. 더스트 종식 이후 세계가 예전의 모습을 되찾는 데에는 수십 년이 넘는 시간이 걸렸으므로, 그들은 서로 생사조차 확인하지 못했을 것이다. 아영은 혹시나 하는 마음에 쿠알라룸푸르의 연구자들에게 연락을 해보았지만 그런 도피처가 있었다는 이야기는 금시초문이라는 반응이었다. 연구자들 중 일부가 발벗고 나서서 상황을 알아봐주었지만, 프림이 있었던 지역이 쿠알라룸푸르의 재건 지역에 포함되어 이미 개발 사업을 진행중이며 예전의 흔적은 찾아볼 수 없다는 사실도 알게 되었다.

얼른 나오미의 다음 이야기를 들려달라는 독촉과, 과학자라면 제대로 된 근거에 기반해 주장하라는 비난이 아영의 개인 메시지함으로 잔뜩 쏟아졌다. 어떤 연구자는 장문의 메일을 보내 아영을 비판했다.

당신이 공개한 나오미의 이야기는 무척 흥미로웠습니다. 재미있는 옛날이야기를 듣는 것 같았습니다. 우리가 한동안 잊고 지내온 오래된 과거와 불행한 시대의 인간성 상실, 그 와중에도 희망을 가지고 살아가고자 하는 인간의 의지에 대해 우리에게 많은 것을 전해주는, 아주 매력적인 전설처럼 들렸습니다.

(……)

그러나 인류를 더스트로부터 구해냈던 것은 마녀들의 약초학이 아니라, 더스트에 맞서 그것의 해결법을 치열하게 연구하고 협의체를 이루어 디스어셈블러의 개발에 다다랐던 과학자

252

들의 헌신입니다. 우리 모두가 알고 있듯, 재건은 일부의 영웅들이 아닌 인류 전체의 위대한 협력으로 이룩한 것입니다. 부디 그 교훈을 신비로운 옛날이야기 따위로 훼손하는 일이 없기를 바랍니다.

입맛이 썼지만 당장 증거가 없는 상황이니 가능한 지적이었다. 나오미의 증언은 모스바나라는 식물종 하나에만 얽힌 이야기가 아니라, 프림 빌리지에 살다가 그곳을 떠난 사람들이 어쩌면 많은 사람들을 구했을 것이라는, 그리고 그 온실에서 시작된 더스트 저항종들이 세계 곳곳으로 퍼져 나갔을지도 모른다는 과감한 주장을 담고 있었다. 그것이 인류의 나머지가 알고 있는 진실과 너무나도 다르기 때문에, 나오미의 이야기가 그렇게까지 오랫동안 외면되어왔는지도 모른다. 아영의 기억 속 신비로운 푸른빛을 내는 덩굴식물, 해월에서 일어난 모스바나의 이상 증식, 그리고 더스트 시대의 프림 빌리지라는 이 흩어진 퍼즐 조각들을 한데 묶는 이야기는 분명히 매력적이었지만, 그것을 그저 옛날이야기로만 남기지 않으려면 합리적인 증거가 필요했다.

아영이 나흘의 휴가를 쓰고 온유로 온 이유는 이곳이 나머지 퍼즐 조각들을 찾을 수 있는 장소라는 확신이 있어서였다. 프림 빌리지의 리더였고, 기계를 잘 다루었고, 속을 좀처럼 알 수 없는 복잡한 성격의 지수. 아영은 나오미의 이야기를 곱씹을수록 그 이야기 속의 지수가 자신이 생각하는 한 사람과 겹쳐진다고 생각했다. 기계 정비사로 일했고, 돔 시티의 영웅들을 경멸했으며, 더스트로부터 살아남았지만 남은 생애 끊임없이 무언가를 찾아 헤맸던 이희수. 이희수의 정원에서 본 덩굴식물의 상세한 모양이라든지 그가 들려준 돔 바깥 세계에서의 생생한 모험 이야기, 아이들에게 유독 인기가 많았던 창고 속 기계 부품 같은 것들이, 아영에게는 어릴 때의 기억이어서 흐릿하게만 떠오르는 게 안타까웠다. 비록 이희수와 지수 씨가 동일한 인물이라는 건 심증뿐이었지만, 나오미는 그날 아영이 털어놓은 이희수에 대한 기억을 듣고 말했다.

'당신이 여기까지 온 이유를 알겠습니다. 우리가 결국 만나게 된 이유도요. 저는 운명을 믿지는 않지만, 같은 것을 쫓는 사람들이 하나의 길에서 만나게 되어 있다고 믿거든요. 우리는 그 기이한 푸른빛에 이끌렸고, 또 같은 사람을 통해 연결되어 있네요. 그 사람의 생사를 알게 되면 꼭 바로 알려주세요.'

그런데 정작 온유에 와서는 이희수를 찾는 일에 전혀 소득이 없어서 아영은 초조해졌다. 도대체 그를 어떻게 찾아야 할까? 윤재가 말한 대로 지금이라도 사설탐정을 고용하거나 흥신소에 의뢰해야 할까? 하지만 이희수가 살아 있다면, 그런 방법을 써서 자신을 찾으려고 한 것을 매우 불쾌해하지 않을까? 아영이 올린 나오미의 이야기가 생물학 커뮤니티 바깥으로도 퍼지기 시작했으니, 그도 어디선가 그걸 듣지 않았을까? 그게 아니라면 나오미가 조심스럽게 추측한 대로, 이미 세상을 떠나서 만날 수 없는 사람이 되었거나……

아영은 한숨을 푹 쉬며 허공을 바라보다가, 습관처럼 스트레인저 테일즈에 접속했다. 아직 제보가 많은 수준은 아니었지만 여기에도 프림 빌리지를 알고 있다는 둥, 프림 빌리지에 살았다는 둥 하는 제보들이 하나둘 올라오고 있었다. 물론 아영은 그것들이 대부분 지어낸 이야기일 것이라고 생각했다. 혹시나 하는 마음에 읽어보면 세부 사항들이 나오미가 해준 이야기와는 너무 많이 달랐기 때문이었다.

하지만 아영이 결코 잊지 못할 만한 글도 하나 있었다. 그건 공개적으로 게시된 제보가 아니라, 이전에 아영이 스트레인저 테일즈에 올렸던 익명 제보에 답 메시지로 온 것이었다.

악마의 식물을 연구중인 식물학자, 네가 바로 나오미의 이야기를 올린 사람이지? 나는 생물학자는 아니고, 너와 일면식도 없는 사이지만, 혹시나 해서 여기에 검색했다가 발견했지. '이웃 할머니의 모스바나 정원' 이야기를 말이야. 이 글을 몇 번이나 다시 읽었어. 왜냐하면 나도 그런 걸 본 적이 있었거든.

첨부한 사진을 봐줘. 이건 아기 때의 내 사진이야. 네가 아기 시절의 내 얼굴이나 우리 가족들은 궁금해하지 않을 것 같아서 스티커를 붙여놨어. 그렇지만 여기 뒤에, 나를 안고 있는 할머니 뒤를 봐줘. 덩굴로 뒤덮인 울타리가 보여?

난 이 시절을 기억 못해. 너무 어렸을 때니까. 심지어 할머니의 얼굴조차 사진을 보지 않았다면 평생 모를 뻔했지. 엄마는 이 사진을 보여주면서 할머니가 정원을 관리할 생각이 전혀 없었다고, 늘 이상한 잡초가 자라도록 방치해두었다고 불평했지. 정원사를 부르면 싫어했다면서. 그 잡초들은 울타리를 넘어 이웃집으로 넘어가기 일쑤여서 이웃들도 우리 엄마에게 툭하면 짜증을 내곤 했어.

한번은 그걸 꼴 보기 싫어했던 이모가 몰래 인부를 불러 덩굴들을 베어냈더니, 할머니가 크게 화를 냈다는 거야. 얼마 지나지 않아 정원은 다시 덩굴로 뒤덮였지. 우리 할머니도 가끔 그 정원에 앉아 계셨대. 웃는 것 같기도 하고 우는 것 같기도 한, 이상한 표정을 하고서는. 엄마가 한밤중에 할머니를 찾으러 갔다가, 유령을 본 줄 알고 놀라 도망친 적도 있었어. 이상한 빛들이 허공에 떠 있었으니까. 다들 할머니를 괴짜 노인네라고만 생각했어.

우리는 할머니의 장례식에서 그 덩굴을 장식으로 사용했지. 그게 할머니를 위한 재미있는 농담이라고 생각하면서.

왜 그 이유를 들어보려 한 적이 없었을까?

할머니는 더스트 시대에 전 세계를 떠돌다가, 독일에 정착해

가정을 꾸렸어. 우리가 돔 시티는 어땠냐고 물으면, 할머니는 그냥 웃기만 했지.

너도 이제 내가 무슨 말을 하는지 알겠지. 적어도 하나 이상의 지역에, 모스바나 정원을 가꾸던 이상한 노인들이 있었다는 거야.

난 네가 이 이야기를 꼭 끝까지 파헤쳐줬으면 좋겠어.

엄마는 네 글을 읽은 이후로, 매일 울고 있거든.

어떤 학자들은 가설을 세우고 실험을 하고 그 결과를 바탕으로 결론을 내린다. 혹은 관측으로부터 데이터를 축적하고, 정확한 분석을 거쳐 귀납적으로 하나의 이론을 이끌어낸다. 그것이 일반적으로 과학이 수행되는 방식이다. 하지만 어떤 기묘하고 아름다운 현상을 발견하고, 그 현상의 근거를 끈질기게 쫓아가보는 것 역시 하나의 유효한 과학적 방법론일지 모른다. 실패할 수도 있지만, 어쩌면 대부분은 실패하겠지만, 그래도 일단 가보지 않으면 발견하지 못할 놀라운 진실을 그 길에서 찾게 될지도 모른다고, 아영은 그렇게 생각했다.

다음날은 마지막 조사에 박차를 가하기로 했다. 실버타운의 노인들에게 건강 보조 식품 선물 공세를 해가며 겨우 알아낸 사실은, 칠 년 전쯤 이희수가 다시 온유로 돌아온 적이 있었다는 것과, 그가 또 한번 시위대를 옹호하다 실버타운 노인들과 크게 다투고는 아예 자신의 집을 팔고 도시를 떠나버렸다는 사실이었다. 그렇다면 다음 목적지가 온유가 아닌 다른 곳이어야 한다는 것까지는 알겠는데, 그게 어디인지는 짐작이 가지 않았다.

이렇게 오늘도 허탈하게 하루를 마무리하나 싶었지만, 태블릿을 꺼내보니 윤재의 긴 메일이 도착해 있었다. 연구센터 식물팀 전체에 참조가 걸린 메일이었다.

[해월시 모스바나 샘플의 전 유전체 시퀀싱 결과]

결과 및 분석 데이터 시트는 아래 첨부합니다.

우선 모스바나는 우리가 예상했던 대로, 더스트 폴 이전에 존재하던 종이 아닙니다. 야생형 유전체를 여러 연구소에서 교차 확인했고, 토대가 된 말레이시아 서식종을 가려냈습니다. 토대가 되었다는 말은 이 식물이 인공적으로 편집된 식물이라는 겁니다. 말레이시아 자생식물인 양털갈고리덩굴과 짙은잎청미래덩굴, 헤데라 속의 상록담쟁이, 그 밖에 휴물루스*Humulus* 속 식물 일부를 섞어서 유전적 편집이 가해진 것으로 보입니다. 여러 종을 섞어서 키메라를 만들어내는 기법은 2050년대에도 흔하게 쓰였던 식물 엔지니어링 기법이지만 그게 특정한 작물 품종이 아닌 이런 잡초에 적용되었을 거라고는 다들 예상 못한 것이겠죠. 더스트 전후로 워낙 소실된 종과 분류학적 데이터들이 많아서 크게 의문을 갖지 않고 넘어가기도 했을 거고요.

또 한 가지, 그동안 연구자들이 모스바나가 편집된 식물이라는 걸 몰랐던 이유이자, 이 미스터리에서 가장 재미있는 점이 있습니다. 해월에서 발견된 모스바나가 야생형 모스바나와 유전체가 다르다고 제가 지난 미팅 때 말씀드렸는데요. 그건 야생형 모스바나에 유전적 편집을 추가로 가한 게 아니었습니다. 오히려 그 유전체는 야생형 모스바나가 '되기 이전'의 형태를 하고 있습니다. 그러니까 지금 해월에 퍼져 있는 모스바나는 세계적으로 분포한, 특히 동남아시아 지역에 퍼져 있는 22세기 현재의 모스바나가 아닙니다. 어느 쪽이 먼저인지는 엽록체 유전체까지 검토해본 다음에 확실해지겠지만, 일단 이 해월의 모스바나를 '원종'이라고 해보죠.

모스바나는 수십 년간 어마어마한 속도로 세계로 퍼져 나가면서 많은 유전적 변이를 거친 걸로 보입니다. 야생형 모스바나는 원종에 비해 훨씬 다양한 유전형을 가지고 있고 그것이 편집되었다는 의심을 굳이 할 필요가 없을 만큼 울퉁불퉁한 구석이 많습니다. 불필요한 DNA들이 자연스럽게 유입되어 있다는 이야기입니다. 구체적으로 더 살펴봐야겠지만 식물의 표현형에서도 차이가 많을 겁니다. 하지만 해월의 모스바나 원종은, 그런 울퉁불퉁한 자연적 돌연변이들이 생겨나기 전의 유전체를 가지고 있습니다. 정아영 연구원님이 최근에 제시한 재미있는 가설대로라면, 프림 빌리지의 온실에서 탄생한 그 '최초의 모스바나'들이 바로 지금 해월에 퍼져 나가고 있다는 이야기입니다.

대체 이 사건의 진짜 원인은 무엇일까요? 산림청 직원들과 주민들에게는 죄송한 이야기지만, 저는 이 해월의 모스바나 이상 증식 사건이 정말 흥미롭네요. 다음 팀 미팅에서 논의해봅시다.

메일을 다 읽어갈 무렵 아영의 개인 디바이스로도 메시지가 하나 도착했다. 이번에도 윤재가 보낸 메시지였다.

— 내가 말했지? 못 찾겠으면 얼른 돌아와. 해결책은 하나만 있는 게 아니니까.

아영은 내용을 읽고 피식 웃었다. 그 말도 틀린 말은 아니었다. 문제를 푸는 방법은 여러 가지이고, 목적지로 가는 길도 여러 경로가 있다. 그렇지만 굳이 온유에 이렇게 찾아온 것은 이게 유일한 방법이라고 생각해서는 아니었다. 아영은 이 문제를 푸는 일이 과학자로서의 호기심뿐만 아니라 자신의 내면 깊은 곳에 있는 감정들과 관련이 있다고 생각했다. 아영을 지금 이 자리에 있게 한, 신비로운 과거를 가지고 있지만 홀연히 자취를 감추어버린 한 사람에 대한 동경과 호기심, 그리고 그리움. 지금 시점에서 이희수를 찾는 까닭은 그것이 최적의 해결책이기 때문이 아니라, 아영의 마음이 이끌리는 곳이 바로 그 길이기 때문이었다.

윤재의 메일과 모스바나 시퀀싱 결과 분석 시트를 읽으며 아영이 떠올린 것은 또다시 이희수였다. 해월에서 퍼져 나가는 것이 프림 빌리지에서 탄생한 '원종'이라면, 그리고 프림 빌리지의 지수가 이희수와 동일 인물이라는 아영의 짐작이 맞는다면, 혹시 이 증식이 몇 년 전 사라진 이희수와 관련되어 있는 것은 아닐까? 그리고 정말 만약의 경우이지만…… 이희수가 이 사건을 벌인 장본인이라면? 근거 없는 비약이라는 건 알고 있었다. 이희수가 해월로 갔다 쳐도, 도대체 왜 그런 생물 테러에 가까운 일을 벌이겠는가?

하지만 실마리를 찾았을지도 모른다는 생각에 심장이 빠르게 뛰었다. 지금 해월에 있는 사람이 누구이건, 그는 직간접적으로 프림 빌리지와 관련이 있을 것이다. 모스바나 이상 증식이 보고된 것은 상당히 최근의 일이니 그는 지금 어디엔가, 어쩌면 해월 가까이에 살아 있을 것이다.

*

"한 달 뒤에 아디스아바바에서 나오미와 루단을 다시 만나기로 했어요. 프림 빌리지에 대해서는 기억나는 대로 이미 다 이야기했고, 그곳을 떠난 이후의 일들에 대해서 말해주겠다고요. '랑 가노의 마녀들'에 대한 기록이 암하라어로는 꽤 남아 있긴 하지 만, 번역기에만 의존해서 조사하는 것이라 한계가 있고요. 당사 자에게 듣는 것이니 훨씬 더 많은 단서들을 찾을 수 있겠죠."

"인터뷰를 좀 앞당기면 안 돼? 에티오피아 인터뷰는 출장 처 리하기도 쉬울 거고, 다들 그 뒷이야기도 엄청 궁금해하는 것 같 은데."

"루단 말로는, 아마라의 건강이 갑자기 나빠져서 나오미가 지 금 간병하러 가 있대요. 아마라가 괜찮아져야 할 텐데……"

"아, 그러면 어쩔 수 없지. 우리가 기다려야겠네."

"취재 요청이 너무 많아서, 일일이 거절하느라 곤란한 상황이 라네요. 당분간은 루단이 자매에게 오는 외부 연락을 대신 받아 주기로 했대요. 루단은 입이 좀 가벼운 편인 듯해서 걱정되긴 해요."

루단은 쏟아지는 취재 요청에 무척 난감해하면서도 한편으로 는 신이 난 것 같았다. 나오미와 아마라가 직접 취재에 응할 수 있게 되기 전에는 되도록 기자들을 만나지 않는 게 좋겠다고 아 영이 당부했는데도, 이미 아디스아바바 지역 언론에는 루단의 말을 인용한 기사가 여럿 나간 모양이었다. 나오미의 이야기가 널리 퍼지는 것은 물론 좋은 일이었지만, 그런 관심이 늘 호의적 인 건 아니라는 게 문제였다. 루단이 잘 모른다고 얼버무린 부분들을 벌써 꼬투리 잡아 비난하는 말들이 자주 보였다. 아영은 당분간 나오미가 자신을 맹비난하는 기사들을 보는 일이 없기만을 바랐다.

아디스아바바에서의 심포지엄이 끝난 이후 연구센터는 무척 부산한 분위기였다. 수빈은 국립수목원에 제출할 심포지엄 결과 보고를 마무리하느라 하루 종일 홀로그램 스크린을 띄워놓은 채 넋이 나가 있었고, 박소영 팀장은 산림청에서 모스바나 유전체와 관련해 쏟아내는 질문 세례에 정신없어 보였다. 윤재도 스크린 가득히 유전체 분석 데이터를 띄워놓고는 팔짱을 끼고 그걸 노려보는 중이었다. 아영이 프림 빌리지에 대해 쓴 글이 학계에 널리 알려지고 윤재가 모스바나 관련 로컬 데이터를 요청하자, 각 지역의 연구자들이 논문으로 발표되지 않은 데이터까지 전부 수집해서 보내준 덕분에, 식물팀은 더 바빠졌다. 실험 테이블에는 온갖 지역에서 온 모스바나 표본이 봉투에 담겨 라벨링되어 있었다. 심포지엄에서 인사를 나눴던 에티오피아 연구자들로부터도 메일이 쏟아졌다. 강이현 소장이 이 모스바나 증식 사건과 프림 빌리지의 뒷이야기에 엄청나게 관심이 많다는 게 다행이라면 다행이어서, 한동안은 이 일에만 집중할 수 있을 것 같았다.

한편 쏟아지는 메일 사이에는 아영에게 잔뜩 화를 내는 메일들도 지뢰처럼 섞여 있었다. 프림 빌리지 이야기는 아영이 예상하지 못했던 뜻밖의 파장을 만들어냈는데, 더스트 종식에 대한 온갖 '대안적 가설'이 퍼지기 시작한 것이다. 더스트대응협의체와 디스어셈블러는 국제적 사기에 불과했다든지, 아니면 지구가 인류를 구원하기 위해 모스바나라는 선물을 주었다든지…… 대부분은 그냥 무시하고 넘어갈 만한 이야기였지만, 더스트 종식의 진짜 원인에 대한 주장은 아영도 좀 신경이 쓰였다.

모든 사람이 이미 알고 있는 것처럼 더스트는 2064년에 시작된 세계 더스트대응협의체의 디스어셈블러 광역 살포를 통해 2070년 5월에 완전 종식되었다. 디스어셈블러가 더스트를 없앴다는 사실은 수많은 재현 실험과 시뮬레이션을 통해 입증된 바여서 이제는 의심할 여지도 없었다. 나오미도 아마 그 사실을 알고 있을 것이다. 그렇다면 나오미는 모스바나의 역할이 뭐라고 생각했을까? 지금도 모스바나가 더스트를 없앴다고 믿고 있을까.

아영은 머리 아픈 고민들을 곱씹으며 메일함을 확인하다가, 조금 전 도착한 메일 하나를 보았다. 해월시의 재생처리 업체에서 온 답장이었다. 기다리던 메일이었다. 아직도 유전체 자료를 노려보고 있는 윤재를 불렀다.

"윤재 언니, 아무래도 저 해월에 다시 가봐야 할 것 같아요."

"거긴 왜? 모스바나 샘플은 이미 엄청 많이 받아 왔는데."

아영은 방금 받은 메일을 윤재에게 보여주었다. 그는 처음에는 고개를 갸웃하며 읽더니, 점점 눈을 크게 떴다. 그가 디바이스를 아영에게 되돌려주며 말했다.

"재미있는 걸 알게 되면, 나한테도 바로 알려줘야 해."

"그럼요."

이번에 아영이 향한 곳은 해월의 복원 현장에서 약간 떨어진, 오래된 창고와 컨테이너 건물들이 여기저기 흩어져 있는 거리였다. 과거 발굴 사업이 한창일 때는 거의 동네 하나 규모로 많은 사설 발굴 업체들이 자리잡았던 적도 있었다고 들었다. 지금은 낡아빠진 창고 건물 이곳저곳에 '폐업'이라고 붙은 종이가 붙어 나풀거리거나 스프레이로 엑스 자가 쳐져 있었고, 창문이 깨진 곳도 있었다. 그렇지 않은 곳은 창문이 없거나 시트지로 완전히 가려져 있어서 안이 보이지 않았다. 환한 햇살이 내리쬐고 있는데도 마치 멸망한 마을을 걷는 듯한 낯선 느낌이 아영을 사로잡았다. 아영은 약간 긴장하며 주위를 둘러보다가 '미로 테크놀로지'라는 작은 간판이 걸린 회색 건물을 발견하고 그 앞에 멈춰 섰다. 초인종조차도 누렇게 바래어 있었다.

"연락드린 정아영 연구원이라고 합니다."

까만 시트지가 붙은 미닫이문이 드르륵 열리는 순간 안에서 퀴퀴한 기름 냄새가 훅 끼쳤다. 입구부터 선반 가득히 채워진 기계장치들, 부품 상자, 페인트 통과 스프레이 따위를 둘러보며 아영은 문을 열어준 남자를 따라갔다. 창고 겸 사무실로 이용되는 건물 자체는 그다지 크지 않았는데, 한계까지 물건들을 빼곡히 채워넣은 탓에 길을 잃을 것만 같은 기분이 들었다. 남자가 안내한 작은 접대실에도 소파와 테이블 주위에 공구 상자가 꽉 들어차 있어 상황이 비슷했다.

과거에 미로 테크놀로지의 대표였고 지금은 다른 발굴 업체의 매니저로 일하고 있다는 장 대표는 멋쩍은 듯이 아영에게 사무실을 소개했다.

"사실 여기는 이름만 걸어놨지 영업 중단 상태고요. 작년부터 이 창고를 조금씩 비우고 있는데…… 제가 지금 일하는 곳으로 모시기는 좀 그래서 여기서 뵙자고 말씀드렸습니다. 실은 이게 떳떳한 사업은 아니었지요. 불법이라고 할 수는 없지만 합법적이라고 하기도 어려운, 경계에 있는 일이었으니까요. 아시다시피 인간형 로봇의 신규 제조는 엄격하게 금지되어 있는데, 그러다보니 인간형 로봇을 원하는 사람들이 해월시 발굴 사업으로 눈을 돌린 겁니다. 저희 업체의 경우는 로봇을 실제로 사용하는 사람들보다는 수집가들, 마니아들이 주된 고객이었어요."

최근에 로봇의 조립과 부품 수집에 대한 규제까지 엄격해지면서 사설 업체들이 많이 사라졌지만, 몇 년 전까지만 해도 해월의 폐허를 발굴해 인간형 로봇을 몰래 조립해 판매하는 사업이 꽤 성행했었다. 그 밖에도 해월에는 돈이 될 만한 것들이 많았지만, 사설 재생처리 업체의 절반 정도는 주로 인간형 로봇 부품을 수집하는 데에 주력해왔다고 해도 무방했다. 아영이 연락을 해본 곳 중에는 정말로 로봇 재조립 공장이라고 할 만큼 거대한 부지와 설비를 갖춘 곳도 있었다. 하지만 그런 곳에서는 아영의 문의에 아는 바가 없다는 답만 돌아왔다. 대부분 업자들은 자신은 모르는 일이라거나, 혹은 소문으로만 들었다는 정도의 답변을 해주었다. 그러나 일부 업체에서는 성실하게 대답해주었고 그중 하나가 바로 미로 테크의 장 대표였다.

아영이 기억을 더듬으며 떠올린 것은 이희수의 집에서 보았던 인간형 로봇들이었다. 이희수는 며칠씩 집을 비우며 기계 부품들을 잔뜩 구해 오곤 했다. 그리고 해월은 국내 최대의 로봇 생산지였고, 나중에는 로봇들의 무덤이자 고철 쓰레기장이 되었으며…… 또 수많은 재생처리 업자들이 로봇을 발굴한 장소이기도 했다. 아영은 과거에 이희수가 집을 떠나 자주 향했던 곳이 바로 해월일 것이라고 추측했다.

해월의 재생처리 업자들에게 수소문해서 알게 된 정보는 두 가지였다. 하나는 몇 년 전까지 어떤 노인이 발굴 업체들이 모여 있는 이 동네에 자주 방문했었다는 것. 인간형 로봇에 빠져 있는 수집가들이 이 동네를 드나드는 것이야 흔한 일이었지만, 이희수 정도의 노인은 눈에 잘 띄는데다가 늘 특정한 형태의 로봇 부품을 찾고 있어서 업자들 사이에서는 꽤 알려져 있었던 모양이었다. 두번째는 모스바나 이상 증식 사건이 터지기 전, 수레를 끌고 발굴 현장을 혼자 돌아다니던 수상한 사람이 있었다는 것. 하지만 먼 거리에서 단 한 차례 목격된 터라, 그 사람이 이희수와 조금이라도 닮은 점이 있었는지는 불분명했다.

장 대표는 커피를 한 모금 마시며 다시 말을 이었다.

"지금 과거의 로봇을 찾는 사람들은 대부분 골동품을 수집하는 이들이거나, 로스트 테크놀로지에 매료된 이들입니다. 재조립한 로봇으로 뭘 해보려는 사람도 없지는 않겠지만, 보통은 제대로 작동할 만큼 정교하게 복원하는 것은 어렵기 때문에 그러지는 않고요. 단순 수집 정도는 단속이 심하지 않고, 우리도 그런 수집가들에게 값비싸게 파는 편이 좋지요. 그런데 저나 몇몇 업자들이 이희수 씨를 기억하는 이유는, 그런 평범한 수집가들과는 좀 달라 보였기 때문입니다."

"어떤 점이요?"

"이희수 씨는 단지 취미로 로봇들을 수집하는 게 아닌 것 같았어요. 무언가 재현하고 확인해보려는 것처럼 보였다고 할까요. 그 뭐랄까요, 언제나 그런 사람들이 있지 않습니까? 평생 영구기관의 존재를 증명하려고 불가능한 실험을 계속하는…… 그런 사람들 같은 느낌이 있었지요. 그렇다고 그분이 미쳐 있었다는 건 절대 아닙니다. 오히려 아주 재미있고 점잖은 분이었어요. 기계에 대한 지식도 해박했고요."

장 대표의 말을 들으며 아영은 이희수의 집안에 있던 기계들, 다소 섬뜩하게까지 보였던 인간형 로봇의 껍데기, 그리고 노트에 빼곡히 쓰여 있던 숫자들과 실험의 흔적을 떠올렸다. 이희수는 그 실험을 통해 뭘 확인하려고 했던 것일까?

"이 사건 기억하시나요? 오 년 전에 있었던 일인데요."

장 대표는 아영이 내민 태블릿의 기사를 유심히 읽더니 고개를 끄덕였다.

"기억합니다. 그때 우리 업자들 사이에서도 꽤 화제가 되었는데, 괴담 같기도 하고 너무 기이한 일이라…… 무엇보다 증거가 없어서 다들 잊어버리고 말았지요."

기사는 해월에서 발굴된 인간형 로봇에 대한 것이었다. 폐품 처리장의 주인이 그것을 재생처리 업자에게 헐값에 구입했다가 아무리 보아도 고가의 기계로 보여 전원을 교체해보았더니, 갑자기 로봇이 깨어나서 어디론가 도망치더라는 이야기였다. 장 대표의 말처럼, 사라진 로봇의 행방도 알 수 없고 사진으로 남은 증거도 없다보니, 경찰들이 짧게 수색을 벌였을 뿐 그대로 잊힌 사건이었다.

"아, 방금 떠올랐어요. 이희수 씨가 와서 그 일에 대해 물어본 적이 있지요. 다만 우리도 특별히 아는 게 없었고, 이희수 씨도 더 캐묻지는 않았던 걸로 기억해요. 그 일 이후 얼마 지나지 않아 미로 테크는 일반 고객들을 받지 않고 정부 사업 위주의 운영으로 전환했어요. 이희수 씨가 잘 보이지 않게 된 것도 그 무렵이었던 것 같습니다."

혹시 이희수의 연락처를 알 수 있겠냐는 질문에, 장 대표는 고객들의 정보는 아무리 시간이 지났어도 알려줄 수 없다고 거절했다. 어차피 연락처를 안다고 해도 이미 바뀐 지 오래일 것 같고, 장 대표의 원칙도 이해가 가서 아영은 고개를 숙여 인사했다.

"정말 고맙습니다. 저희가 하는 연구 조사와도 관련이 있지만, 저에게도 의미가 큰 분이어서요. 이렇게 행적을 조금이라도 알 수 있어서 다행이에요."

감사하다며 거듭 인사하고 돌아서는데, 장 대표가 아영을 붙잡았다.

"잠시만요. 자택 주소는 아니고…… 가끔씩 이희수 씨에게 카탈로그를 보내드렸던 주소가 있었는데요."

그는 잠시 망설이는 것 같았지만, 곧 급하게 흘려 쓴 주소를 하나 내밀었다.

미로 테크놀로지를 나온 아영은 주차해놓은 호버카로 돌아왔다. 장 대표가 알려준 주소는 해월에서 그다지 멀지 않은 인근 도시에 위치한 요양원이었다. 당장 호버카를 타고 그곳으로 가보고 싶었지만, 우선은 전화로 문의를 해보는 게 순서일 것 같아서 연락처를 찾아 전화를 걸어보기로 했다.

정말로 이희수가 그곳에 있을까? 그를 다시 만날 수도 있는 걸까?

"더스트생태연구센터의 정아영 연구원이라고 합니다. 다름이 아니라, 거기에 이희수라는 분이 계신지 문의드리고 싶어서요. 만약 없으시다면 이지수라는 이름으로는⋯⋯"

아영은 초조한 기분으로 요양원 직원의 대답을 기다렸다. 전화 너머에서 "그런 분은 안 계신데요" 하는 대답과 주위에 무어라고 묻는 소리, "잠시만요" 하는 말과 이어지는 부산한 소음이 들려왔다. 그 시간이 아영은 까마득하게 느껴졌다.

"사 년 전까지 여기 계셨어요. 안타깝지만 지금은⋯⋯"

그 말에 마음이 덜컥 내려앉았다. 여생을 보낼 목적의 요양원이니, 지금 이희수를 만날 수 없다는 사실은 마저 묻지 않아도 알 수 있었다. 그런데 이어지는 직원의 말은 조금 뜻밖이었다.

"혹시 이희수 씨를 알고 계시면, 우리 센터에 한번 방문해주실 수 있으신가요? 전해드릴 물건이 있어서요."

호버카에 주소를 입력하고 한 시간 정도 이동했다. 도착한 곳은 교외에 있는 널찍한 요양원으로, 시설은 오래되었지만 고즈넉한 정경이 인상 깊은 곳이었다. 잘 관리된 정원을 지나 로비로 들어서자 아늑한 실내 분위기가 느껴졌다. 오래 근무한 요양원의 직원들 중 이희수를 기억하는 이들이 있었다. 마지막까지 직원들에게 친절했고, 건강이 점점 나빠지는 상황 속에도 매일 규칙적인 일과를 보냈다고 했다. 이희수가 늘 무언가를 찾으려고 해월을 오간다는 것도 알고 있었다. 의사의 권유를 따라 건강 상태가 나쁠 때는 요양원에만 머물렀지만, 상태가 좋아지면 일주일씩 자리를 비웠다. 그러나 점점 쇠약해지면서, 짧은 외출조차 할 수 없는 상황이 되었고 그후부터는 급격히 기력을 잃어가기 시작했다고 했다.

"마지막에 꼭 갈 곳이 있다고 하셨거든요. 그런데 결국 못 가셨어요. 짐을 다 챙겨두신 걸 보면 아주 멀리 떠나려고 하신 것 같았는데……"

아영은 직원에게 이희수의 행적을 찾아 여기까지 오게 된 계기를 설명했고, 그를 다시 만날 수 없다면 어떤 이야기라도 좋으니 들려줄 수 없을지 조심스럽게 부탁했다. 직원은 잠시 머뭇거리더니, 창고에 보관된 작은 칩 하나를 가져왔다.

"다목적 기억 칩이에요. 주로 노인들의 기억 유지를 돕기 위해 쓰는데, 이걸로 생애 회고 기록을 남기는 분들도 많이 계세요. 기록 장치에 연결하면 꼭 말이나 글이 아니어도 신경 이미지와 연동하여 다양한 형태로 기억을 남길 수 있거든요. 여기에는 이희수 씨가 오랫동안 쓴 회상 기록이 남아 있어요."

직원이 아영에게 칩을 내밀었다. 아영은 얼떨결에 그것을 받아들었지만, 이희수와 아주 긴밀한 관계도 아니었던 자신이 받아도 될까 싶었다.

"보통은 가족들에게 드려요. 굉장히 사적인 부분이 남아 있기도 하니까…… 그런데 이희수 씨는 자신에게 남은 가족이 없지만 당분간은 이 기록을 폐기하지 말고 남겨달라고, 만약 기록의 잠금을 열 수 있는 사람이 있다면, 넘겨도 좋다고 부탁하셨어요. 사실은 작년에 이미 정해진 보관 기한이 지나서 폐기될 예정이었어요. 하지만 이희수 씨가 그렇게까지 말씀하신 이상 필요로 하는 분이 오실 것 같아 일부러 남겨두었던 거예요."

직원은 기록을 조회할 수 있는 장치를 대여해서 사용해도 좋다고 했다.

"다만, 비밀번호에 대한 단서는 없었어요. 혹시나 해서 아카이브 업체에 보내려고 했는데, 비밀번호를 알아낼 수 없어서 영구 보관이 불가능하다고 거절당했거든요."

기억 칩을 받아 요양원을 걸어 나오면서 아영은 복잡한 생각에 사로잡혔다. 정말로 이걸 읽어봐도 되는 걸까? 이희수가 십여 년 전 잠시 만났던 어린 여자아이를 위해 기록을 남겼을 리는 없고, 아마도 다른 누군가가 읽어주기를 바라서 남겼을 텐데…… 만약 비밀번호를 알아낼 수 있다면 기록을 보아도 괜찮은 걸까? 애초에 비밀번호를 알아내지 못하면?

어떻게 해야 할지 혼란스러웠지만, 아영이 오지 않았다면 기억 칩을 폐기할 예정이었다던 직원의 말이 생각났다. 이희수가 칩을 남긴 건, 누구든 기록을 읽어주기를 원해서였을 것이다.

회상 기록을 읽으려면 시간이 필요하고, 요양원에서 출력 장치를 대여했으니 이 근처에 숙소를 잡아 하루 더 머물다 가는 것이 낫겠다고 판단했다.

그날 저녁 숙소에서 아영은 출력 장치에 칩을 연결했다. 직원의 말대로 문자열 비밀번호가 걸려 있었다. 아영은 여러 단어들을 떠오르는 대로 입력해보았다. 프림 빌리지, 더스트 폴, 온실, 식물, 모스바나…… 단어를 조합해 넣어보기도 하고, 문자 배치를 바꾸어보기도 했다.

정해진 횟수 이상 비밀번호를 틀리면 출력 장치가 일정 시간 잠기게 되어 있어 무작정 써넣을 수는 없었다. 처음 떠오른 단어들로는 잠금이 풀리지 않았다.

아영은 장치를 잠시 밀어두고, 나오미의 이야기 속에서라면 지수가 마지막에 무엇을 찾으러 떠났을지를 생각해보았다. 어린 시절 이희수가 아영에게 했던 말이 생각났다.

'식물들은 아주 잘 짜인 기계 같단다. 나도 예전에는 그걸 몰랐지. 나에게 오랜 시간에 걸쳐서 그걸 알려준 녀석이 있었거든.'

잠시 뒤에 제한이 풀렸고 아영은 떠오른 이름을 써넣었다. 그러자 화면에 뜬 입력창이 사라지고 메시지가 떴다.

감각 장치를 통해 기록 내용을 출력합니다. Output 단자를 확인하십시오.

아영은 심장이 빠르게 뛰면서, 동시에 마음이 기이할 정도로 침착해지는 것을 느꼈다. 떨리는 손으로 확인 버튼을 눌렀다. 잠시 뒤, 머리에 쓴 헤드셋 모니터로 재조합된 기록 화면과 소리가 밀려들기 시작했다.

잠긴 기억의 문을 여는 열쇠는 '레이첼'이었다.

———

2053년 여름

지수가 레이첼을 처음 만난 건 샌디에이고의 솔라리타 연구소였다.

약속한 장소로 가는 길에는 사방에 '출입 금지' '호흡 주의' '안개 주의' 따위의 경고문이 붙어 있었다. 몇 발짝마다 커다란 비상 버튼이 있어서, 긴급 상황시 탈출할 수 있게 안내하고 있었다. 대체 뭘 만들고 있는 건지, 보기에는 멀쩡한 복도였지만 지수는 괜히 숨을 참고 걸었다.

솔라리타 연구소는 세계 최대의 스마트파티클 생산지에 세워진 대규모 연구 단지로, 입구부터 커다란 홍보 전시물들을 자랑스레 내세우고 있었다. 수많은 전시물과 홍보 문구들 사이에서 한 문장 정도가 시선을 끌었다.

지구를 구할 그린 테크놀로지, 솔라리타가 선도합니다.

　나노 입자들이 유기물을 친환경적 단위 물질로 빠르게 되돌리게 하는 연구가 그린 테크놀로지의 일환으로 시행되고 있다는 정도는 뉴스에서도 매일 떠들어대니 알고 있었다. 기후 위기 상황에서 모두가 희망을 걸고 있는 기술이라는 이야기도 지겹게 듣긴 했다. 정확히 어떤 원리인지는 모르지만, 지수의 고객들 중에도 비슷한 기술을 적용해 혈액을 나노 솔루션으로 대체한 이들이 있다고 들었다.

　방문객들에게 허용된 구역을 벗어나자 보안 감시가 아주 엄격해졌다. 보이는 천장마다 카메라가 있었고 무기를 장착한 경비원들이 복도를 걸어다녔다. 괜히 신경쓸 필요는 없었다. 지수는 그냥 맡은 일만 처리하고 이곳을 떠나면 됐다. 한 연구원의 부서진 기계 팔을 수리해줄 것. 누구인지는 몰라도 보안 구역을 잠시 벗어나지도 못할 만큼 바쁜 모양이었다.

　테라스에서 연구 단지의 전망을 구경하던 지수가 휴게실로 돌아왔을 때 웬 여자가 의자에 앉아 있었다. 한눈에 기계라는 걸 알아볼 수 있는 눈이 지수를 향했다. 지수는 잠시 그 눈의 주인을 응시했다. 팔만 기계일 것이라 예상했지, 저렇게 전신을 교체한 사람을 만나는 건 오랜만이었다. 염증 반응이 없었으려나. 면역 설정은 어떻게 한 걸까. 기계 피부로 저렇게까지 정밀한 얼굴

표현이라니.

값비싼 신제품을 구경하듯 뚫어져라 보는 시선을 느꼈는지 여자가 인상을 살짝 찌푸렸다. 저도 모르게 호기심을 내비친 지수는 약간 머쓱해져서, 괜히 태블릿의 예약 목록을 확인하며 물었다.

"오늘 수리 예약하신 거 맞죠? 레이첼이라고요."

레이첼은 대답도 없이 고개만 끄덕였다. 지수는 레이첼이 앉은 자리 앞에 테이블을 하나 끌어다 놓고, 장비들을 펼쳐놓은 채 그의 팔을 먼저 살펴보았다. 아직 열어보지도 않았는데 끈적한 실 같은 것이 관절에 칭칭 감겨 있어 안은 더 엉망이겠거니 싶었다.

지수는 간이 스캐너로 레이첼의 전신을 스캔했다. 유기체 비율이 31퍼센트였다. 유기체 비율이 30퍼센트를 넘는 사이보그에 대한 정비는 의료 시술로 간주되어서 반드시 의료 장비를 갖춘 의무실에서 해야 했다.

"당신, 수리하려면 여기서는 안 되겠는데요."

"29퍼센트로 기록해줘요."

"어떻게요? 숫자가 이렇게 딱 뜨는데."

레이첼은 지수에게서 간이 스캐너를 받아 가더니, 자신의 목 아래 부분부터 직접 스캔했다. 해본 경험이 있는지 익숙한 손동작이었다. 이번에는 29퍼센트가 떴다. 원칙상 정수리부터 스캔 범위에 포함되지만…… 그래도 뭐, 이렇게까지 하는데 딱 잘라

거절하기도 좀 그랬다.

레이첼은 다시 스캐너를 지수에게 건네며 무뚝뚝하게 말했다.

"실제로는 29퍼센트보다 낮습니다. 그 스캐너가 나노 솔루션은 인식을 못해서."

지수가 허술한 장비를 가져왔다는 말처럼 들려서 약간 기분이 상했지만, 굳이 지적하지 않고 넘어가기로 했다. 지수는 어깨를 으쓱였다.

"그럼 여기서 하죠. 혹시나 문제 생겨도 저는 몰라요. 그땐 당신이 책임지는 거예요."

지수는 레이첼의 팔을 분해하기 시작했다. 내부는 겉으로 드러난 것보다 더 심각한 상태였다. 팔의 미세 인공 근육 사이에 점성 있는 고분자물질이 잔뜩 엉겨 있었다. 처음에는 식물의 줄기 같은 것인가 했는데, 핀셋으로 집어 올려 자세히 보니 그런 것과도 달랐다. 애초에 이렇게 징그러운 응집체 같은 것이 왜 기계 내부로 유입됐는지 알 수가 없었다.

"무슨 일을 하신 거예요? 이러면 팔을 얼마 못 쓰는데요."

레이첼은 역시 대답이 없었다. 지수는 눈썹을 찡그리며 엉긴 물질을 이리저리 살펴보았다. 비싼 기계 팔을 이렇게 함부로 쓰다니, 몰라서 그러는 건가. 아니면 본인이 교체 비용을 낼 필요가 없다거나.

"뭘 하는지 몰라도 이런 작업은 당신이 직접 하기보다는 기계를 조작해서 하는 게 나아요. 그러니까, 당신 팔도 기계이긴 한데, 인체에 연결된 기계잖아요. 값이 더 비싸고 다루기가 까다롭단 말이죠. 그런 팔을 이렇게 다룰 바엔 차라리 원격 조정 장비를 들여달라고 요구하면 어때요? 연구소에서 시켜서 하는 작업이죠? 솔라리타는 나노봇 팔아서 돈도 많이 번 것 같더만, 연구원들 장비 하나 못 만들어주겠어요?"

"그럴 수 없습니다. 제가 직접 해야 하는 작업입니다."

"대체 뭘 하시길래요?"

"극비 사항이니까 궁금해할 것 없습니다."

레이첼의 대답에 지수의 미간이 살짝 찌푸려졌다가 다시 돌아왔다. 아니, 정 그러면 뭐 안 된다고 대충 둘러대면 될 것을…… 기분이 상했지만 지수는 돈을 받는 입장이니 어쩔 수 없었다. 기계로 생명을 연장할 수 있을 만큼 부유하면 안하무인이 되는 건지, 아니면 기계장치가 사회성을 갉아먹는 건지. 기계와 결합한 뇌는 감정 조절이 단순해져서 따로 감정 패턴 조절 기능을 추가할 필요가 있다는 이야기를 어디선가 들은 적이 있다. 기계 뇌는 지수의 담당 파트는 아니어서 잘 모르는 영역이었지만, 아마 그런 경우일지도 몰랐다.

지수는 핀셋으로 고분자물질을 하나하나 떼어내다가, 이 작업만 이틀 밤을 새워 해야 고칠 수 있다는 계산이 섰다.

"이거 아무래도 안 되겠는데요. 일일이 다 못 뗍니다. 새걸로 달아야 해요. 이번 기회에 그냥 바꾸시죠. 새 모델은 이것보다 밀폐가 좀더 잘되니까 고장도 덜 날 거예요."

"다른 엔지니어는 잘 고쳐주던데요."

"그럼 그 사람을 불러요. 지난번 출장 수리 신청하신 지도 얼마 안 됐죠? 교체 안 할 거면 이게 최선이에요. 그래 봤자 앞으로 한 열흘이나 더 쓸 수 있을걸요."

레이첼이 아무 대답도 하지 않았기 때문에 지수는 당장 쓸 수 있을 정도로만 기계 팔 내부를 정리한 다음, 가져온 장비들을 가방에 집어넣었다. 출장 비용을 잔뜩 부과한 청구서를 태블릿에 띄워 내밀었다. 청구서를 빤히 쳐다보던 레이첼이 무덤덤하게 말했다.

"팔을 교체하겠습니다."

지수는 최대한 상냥하게 미소 지으며 레이첼이 도로 내민 태블릿을 받았다. 진작 그러실 것이지. 어차피 연구소에 청구할 돈 아닌가. 기계 팔 교체 비용을 아래에 써넣고 되돌려주자, 레이첼은 무심한 얼굴로 청구서를 살펴보고 주머니에서 단말기를 꺼내 접촉 사인하고는 다시 집어넣었다.

그다음 만남은 일주일 뒤였다. 솔라리타 연구소에 도착해 지난번과 같은 휴게실을 찾아가던 지수는 문득 유리창 너머로 보이는 풍경에 시선을 빼앗겼다. 유리창에는 '원자의 정원'이라는 표지가 붙어 있었다. 아주 위험한 곳인지 삼중으로 보호 장치가 된 장소였는데, 격리된 공간마다 온갖 식물들이 뒤엉켜 자라고 있었다. 방사능이라도 쬐어서 키우는 것처럼 기괴한 식물들이 많았다. 레이첼도 저런 끔찍한 걸 연구하다가 사고로 사이보그가 됐든지, 아니면 애초에 인간보다 튼튼한 사이보그 연구원을 투입했든지 적어도 둘 중 하나일 것 같았다.

연구실 내부는 유리 구획마다 숫자 라벨이 붙어 있었다. 가장 작은 숫자를 가진 어떤 구역은 안쪽에 안개가 가득했다. 안개의 색깔은 좀 이상했다. 붉은색 같기도 하고, 검푸른색 같기도 했다.

지수는 그 안에서 레이첼을 발견했다. 레이첼은 기계 팔을 상자에 넣어 괴상하게 생긴 식물에서 무언가를 채취하고 있었다. 눈앞의 식물에 매우 집중하고 있었는데 순간 지수는 그가 애정을 담아 식물들을 바라보고 있다는 생각까지 들었다. 처음 보았던 날과는 완전히 다른 인상이었다. 어울리지 않게, 직업이 식물학자였나? 지난번의 그 고분자물질은 역시 식물의 일부였을까? 하지만 고작 식물이 어떻게 기계 팔을……

레이첼이 기척을 느꼈는지 고개를 돌렸다. 유리창을 사이에 두고 그와 시선이 마주쳤다. 소리가 통할 것 같지 않았지만, 지수는 입 모양을 크게 해서 말했다.

"당신 팔, 지금 가져왔어요."

그러면서 지수는 등에 메고 있던 커다란 가방을 가리켰다. 레이첼은 그걸 보더니 시료 병을 챙겨 자리에서 일어났다.

휴게실로 가는 동안 지수는 조금 전의 감정을 다시 떠올렸다. 시선이 마주친 순간에 이상한 느낌을 받았다. 속이 울렁거렸고 뱃속을 긁는 것처럼 생경했다. 기계 눈은 좀처럼 흔들리지 않으니까, 인간의 눈과는 다르니까 그런 느낌이 들었을 것이라고 지수는 생각했다.

레이첼은 교체 작업 내내 한마디도 하지 않았다. 지수도 말없이 레이첼의 낡은 팔을 분리하고, 새 팔을 끼운 다음 미세 조정 작업을 했다. 교체한 팔에 대해 무어라도 물어볼 줄 알았는데, 그는 자신의 연구 외에는 아무것도 관심이 없는 것 같았다. 지수는 먼저 새로운 기계 팔에 대해 설명할까 하다가 입을 다물었다. 아까 보았던 연구실 안의 레이첼, 그의 몰입한 얼굴, 마주치던 눈, 그런 게 자꾸 떠올라 기분이 이상해졌다.

"문제 있으면 회사로 연락 주세요."

지수는 의례적인 인사만을 건넨 채 연구소를 나왔다. 그때는 그것이 그 사회성 없는 사이보그와의 마지막 만남일 거라고 생각했다.

*
*

2055년 가을

더스트 폴이 터졌을 때, 지수는 군대에서 정비병으로 근무중이었다. 늘어난 바이오닉 병사들을 관리하기 위한 인력을 구한다기에, 많은 보수에 안정적인 생활을 기대하며 들어간 곳이었다. 그곳이 자신의 무덤이 될 줄은 몰랐다. 제어할 수 없는 스마트파티클 누출이 샌디에이고에서 시작되었다는 기사들을 분명 읽었는데, 삼십 분도 채 지나지 않아 전부 사라졌다. 지수는 그때 레이첼의 얼굴을 떠올렸다. 그리고 이해할 수 없을 정도로 많은 사이보그 연구원을 채용하던 그 연구소에 대한 의문도.

자가 증식하는 먼지들에는 '더스트'라는 이름이 붙었다. 그것들은 급격하게 늘어나 대기층을 잠식했고, 세계의 모든 무인 공장들이 도시를 보호할 돔을 만들기 위해 가동되기 시작했다. 급조된 돔조차 씌우지 못한 지역은 처참히 무너졌다. 군인들이 돔 시티의 입구로 밀려드는 사람들을 무자비하게 죽였다. 직접 손에 피를 묻히기도 했지만 많은 경우 살인 기계들이 일을 맡았다. 물론 그 기계는 인간 정비사가 수습해야 했다.

지수는 테스트 결과 약간의 더스트 내성이 있다는 사실이 밝혀져서, 오염된 로봇들을 거의 다 도맡아 처리해야 했다. 그 오염이 더스트 오염이기만 하면 차라리 나을 텐데, 인간의 내장이나 살점 따위로 오염된 것들이 많아서 일할 때마다 기분이 더러웠다. 거의 매일 로봇에 덕지덕지 붙은 피와 출처 모를 붉은 덩어리들을 닦아냈다. 그렇다고 대우가 좋은 것도 아니어서 일주일 중 사나흘은 냄새나는 정비실 구석에서 토막잠을 자야 했다.

그러다 어느 날 고장난 로봇에 배를 찔렸을 때, 그 칼날에 누구의 것인지도 모르는 창자가 매달려 있었을 때, 지수는 남은 계약 기간을 계산했다. 계약은 아직 한참 남았고, 군대는 웬만한 부상으로는 쉽게 내보내줄 것 같지 않았다. 돔 시티 거주권은 당연히 포기해야겠지만, 다 때려치우고 도망쳐야겠다는 생각이 들었다. 어차피 돔 밖에서 죽으나, 수리하던 로봇에게 찔려 죽으나 마찬가지니까.

누군가 잡으러 올까 생각도 해보았지만 그렇게 헛된 수고를 할 리가 없었다. 돔 시티의 군인들은 돔을 지키는 일과 약탈할 가치가 있는 대상을 공격하는 일밖에는 하지 않는다. 그들은 돔 바깥에서 생명체가 오래 살아남을 수 없다는 것을 안다. 지수에게는 내성이 있지만 아마 대단한 정도는 아닐 터였다. 싱가폴에서 공수해 왔다는 호흡기 보호구를 하나 구해다 쓴다면 조금 더, 그리고 전신을 보호하는 수트를 착용한다면 그보다 조금 더…… 그런데 애초에 그렇게까지 애써서 살아남아야 하나? 전부 귀찮아졌지만, 그보다도 우선 이 피 냄새로 찌든 정비실을 벗어나고 싶었다.

호버카 하나에 의존해서 도시를 떠나기로 결심했을 때 지수는 여기보다는 그래도 좀 나은 곳에서 죽어버릴 심산이었다. 하지만 긴 여행을 하다보니, 생각이 조금 바뀌었다. 뜻밖에도 돔 밖에서 재미있는 일들이 많이 일어나고 있었다. 모든 사람들이 열악한 대피소나 엄격한 규율의 돔 시티 안에서만 살아가는 것은 아니었다. 인구의 상당수가 급성중독으로 사망한 이후에 남겨진 사람들은 나름대로의 마을 공동체를 꾸렸다. 제대로 된 대피소는 아니었지만 엉성한 지하 동굴을 만들기도 하고, 지상에 허술한 돔을 덧씌운 마을을 만들기도 했다.

더스트에 취약한 사람들은 진작 다 죽었으니 살아남은 사람들은 약하게라도 내성이 있었고, 그러니 몇 년은 살아남을 법도 했는데, 그런 공동체는 대부분 반년을 채 가지 못했다. 대개는 내분 때문이었다. 어떻게 보면 당연한 일이었다. 세상은 시시각각 망해가고, 식량은 부족하고, 그들을 보호하는 건 제대로 된 돔도 아닌 조악한 유사품에 불과할 뿐이니까. 사람들은 문명의 잔해를 긁어 먹으며 연명했다. 폐허가 된 돔 시티에서 고작 몇 상자의 영양 캡슐을 두고 그들은 악을 쓰며, 서로의 목을 노리고 심장을 찌르며 싸웠다.

지수는 호버카를 몰고 온갖 종류의 '더스트 폴 공동체'를 돌아다녔다. 그들은 모두 하나같이 비참해 보였는데도 저마다 자신들이 유일한 대안이자 마지막 유토피아라고 주장하는 데에 여념이 없었다. 각자의 규율을 가진 마을들은 각각의 방식으로 끔찍하고도 기괴했다. 소년들을 가두어놓고 극진히 대우하다 마지막에는 토막 내 식량으로 처분하던 마을은 보기만 해도 구역질이 나서 물만 조금 얻고 얼른 떠났지만, 비교적 평화로운 종교 공동체에서는 일주일을 머물렀다. 그러나 예배에 참석하지 않는 지수에게 그들의 소변으로 만든 '신성한 음료'를 먹여 개종시키려는 교인들이 나타나자 서둘러 마을을 떠나야 했다.

지수는 가진 게 없어 약탈 대상으로는 적합하지 않았고, 정비 기술은 교환가치가 있는 것이었으므로, 죽지 않고 어떻게든 계속 살아남았다. 한 장소에는 길어야 한 달 정도를 머물다가 떠났다. 사람들은 지수가 어디로 가는지, 무엇을 찾고 있는지를 궁금해했지만 사실 목적지는 없었다. 오래 머물면 귀찮은 일이 많아지니까 떠날 뿐. 실제로 지수가 떠난 공동체는 다시 돌아가보면 대부분 사라져 있었다. 처음에는 만났던 사람들의 생사를 궁금해하던 지수도 일 년쯤 그런 일이 반복되자 슬슬 지겨워졌다. 어차피 죽었겠지, 어딘가에서 시체로 굴러다니고 있겠지, 그렇게 짐작할 뿐이었다.

말레이시아의 어느 대안 공동체에서 지수는 레이첼을 다시 만났다. 그곳에 머물면서 사람들의 오래된 컴퓨터니 태블릿이니 하는 것들을 고쳐주며 용돈 벌이를 했는데, 어느 날 나타난 무뚝뚝한 여자가 대뜸 자신의 고장난 기계 팔을 고칠 수 있겠느냐고 물었다. 커다란 후드를 덮어써 얼굴은 잘 보이지 않았지만 팔을 보는 순간 지수는 알았다. 몇 년 전 만났던, 그 말수 적고 무례한 사이보그 연구원이라는 것을. 기계 팔은 그때보다 업그레이드된 모델이었는데 고장 원인은 동일했다. 의문의 고분자물질들이 기계 팔 내부에 징그러울 정도로 들러붙어 있었다.

"고칠 수 있습니까?"

"뭐…… 돈만 많이 주면?"

레이첼은 비용을 부르는 대로 지불하겠다고 했다. 이곳 화폐와 공용 화폐를 섞어 터무니없는 금액을 불렀는데도 레이첼은 고개를 끄덕였다. 그 모습을 보니 지수를 전혀 알아보지 못하는 것 같았다. 정말 기억 못하나? 지수는 의아한 동시에 조금 짜증이 났다.

"저 녀석은 뭐예요?"

"정체를 알 수가 없어요. 자신이 어디에서 온 건지 한마디도 하질 않아. 어디 산골짝에 처박혀서 무슨 실험을 한다지. 가끔 필요한 걸 가지러 여기에 내려오는데, 약효가 있는 허브들을 대가로 주더라고. 허브 대신 이상한 맛이 나는 주스를 준 적도 있는데 그 여자 주장으로는 해독에 효과가 있다나. 그래서 그냥 내버려두고 있어요. 그런 걸 어디서 구했나 몰라."

그 마을에서 지수는 두 달을 넘게 머물렀다. 돔 시티를 떠난 이후로 한 장소에 그토록 길게 머문 건 처음이었다. 그간 다닌 곳 중에서는 여기가 그나마 마음에 들기도 했지만, 레이첼에 대한 호기심 때문이기도 했다.

레이첼은 다음번에는 다른 쪽 팔을 수리하고 갔다. 그런 다음에는 한동안 소식이 없었다.

더스트 폭풍이 지나가고 공동체의 사람들이 절반 넘게 죽자, 남은 이들의 의견이 갈리는 것을 지수는 보았다. 돔 시티에 가서 받아달라고 요구해야 한다. 지하 대피소로 가야 한다. 아니, 그렇게 사느니 차라리 밖에서 죽겠다…… 지수는 지금까지 수도 없이 이런 광경을 보아왔기에, 이 공동체의 끝이 어떻게 될지도 알고 있었다. 아마 저러다 몇은 죽고, 몇은 돔 시티로 갔다가 도로 쫓겨나고, 몇은 대피소에 거금을 주고 들어가겠지. 배신감을 느낀 사람들이 서로를 고발하고 죽일 것이다. 언제나 그랬다. 시시한 결말이었다. 공동체가 처음에 내건 기치가 얼마나 거창하고 아름다운지에 관계없이 다들 그랬다.

슬슬 여기도 떠나야겠다는 생각이 들었을 때, 지수는 산속에 처박혀 실험을 하고 있다는 레이첼의 얼굴을 문득 떠올렸다.

지수가 호버카를 몰고 도착한 곳은 죽은 숲이었다. 들어서는 입구부터 퀴퀴한 냄새가 났다. 더스트 이전에는 사람들이 오가던 곳이었는지 길이 나 있었다. 벌레 하나 보이지 않는 정적뿐인 숲의 모습은 낯설었다. 이런 곳에서 그는 대체 뭘 하고 있는 걸까.

산길을 따라 한참 올라갔을 때 지수는 기가 막힌 풍경을 목격했다. 각진 지붕을 가진 커다란 유리 온실이 있었다. 식물들은 투명한 유리벽에 달라붙어 있었다. 키 큰 나무와 나무를 감싼 거대한 덩굴, 열대식물 들이 보였다. 온실과 그 옆의 연구소 모두 전기가 끊긴 것 같았다. 대부분의 시설이 잘 관리되지 않은 듯 엉망이었다.

지수는 온실 문 앞에서 소리를 쳐서 레이첼을 불렀다. 아무런 대답이 없었다. 유리를 깨고 들어갈까 하다가 힘을 주어서 문을 열어보니 무안할 정도로 쉽게 열렸다. 온실은 삼중 구조로 되어 있었는데, 가장 바깥쪽에는 평범한 식물들이 있었다. 그리고 격리벽 안쪽으로 갈수록 기형적인 식물들이 보였다. 이와 같은 구조를 예전에도 본 적이 있었다. 솔라리타 연구소의 원자의 정원.

레이첼은 그 연구를 계속하고 있는 걸까? 샌디에이고에서 여기까지 와서?

갑자기 주머니 속에 넣어둔 더스트 농도 측정기에서 경고음이 미친듯이 울리기 시작했다. 당황한 지수는 호흡 필터를 더 꽉 조여 맸다. 여기서 대체 뭘 하길래, 더스트가 이렇게……

불길한 붉은색의 안개가 짙게 낀 곳에, 식물은커녕 어떤 생물도 존재하지 않을 것만 같은 가장 안쪽 구역에 무언가가 있었다. 지수가 찾던 그것이.

눈앞에 보이는 레이첼의 모습에 지수는 말문이 막혔다.

"이건, 죽은 건가?"

지수는 황당한 기분으로, 유리벽에 기대앉은 레이첼을 보았다. 레이첼은 눈을 감고 있었다. 그의 가슴 절개선을 따라 드러난 부품이 보였다. 그는 전원 버튼을 쥐고 있었다. 그 버튼을 자신의 손으로 누른 것 같았다.

*
*

"나를 왜 깨운 겁니까?"

레이첼의 얼굴에는 불쾌감이 담겨 있었다. 지수는 그 표정에 조금 감탄했다. 마지막으로 만났을 때 유기체 부분이 전체의 30 퍼센트에 불과했던 것으로 기억하는데, 이번에 분석한 결과로는 20퍼센트 미만으로 줄어 있었다. 게다가 혈액은 전부 솔라리타의 나노 솔루션으로 대체되었다. 이제 인간이 아닌 거의 다른 존재라고 봐도 무방했다. 그런데 저렇게까지 분명한 감정 표현이라니. 누구의 솜씨인지는 몰라도 안면 근육이 매우 섬세하게 재현되었고 기계 뇌와도 매끄럽게 연결된 것 같았다. 첨단 바이오닉 영역에서 많은 발전이 이뤄진 건 알았지만, 지수는 늘 의수와 의족 위주로 다루어 온 까닭에 누군가의 기계 뇌를 직접 살펴본 것은 처음이었다.

처음 두 번은 전원을 다시 넣어줬더니 정신을 못 차리고 또 자살 시도를 하기에, 이번에는 대충 주위에서 구해 온 끈으로 팔을 묶어놨다.

"왜 깨웠냐니. 이유는 제가 궁금한데요. 레이첼, 이렇게 멋진 온실을 차려놓고 왜 죽으려고 했어요?"

"죽으려고 한 게 아닙니다. 내 이름은 어떻게 알았습니까?"

"누가 봐도 자살한 사이보그던데. 그나저나 당신 절 기억 못해요? 정말?"

레이첼은 한참을 침묵했다. 지수는 한번 기다려보자는 심정으로 팔짱을 끼고 묶인 레이첼을 계속 내려다봤다. 레이첼은 묘한 시선을 지수에게 보내더니 말했다.

"자살이 아니라 잠들려고 했던 겁니다. 수년 뒤에 깨어나려고."

"그럼 왜 그런 짓을 했는데요?"

레이첼은 대답이 없었다. 어떻게 해야 이 고집 센 사이보그로부터 대답을 이끌어낼 수 있을까 고민해보았지만, 웬만해서는 입을 열 것 같지 않았다.

"레이첼, 여길 좀 둘러봤어요. 놀랍더라고. 분명 당신을 솔라리타에서 봤었는데, 그때 연구하고 있던 것들이 뭔지 이제야 알겠어요. 이 식물들은 더스트에 죽지 않는 거죠? 심지어 저 숲에도 아직 죽지 않은 식물들이 있더군요."

"난 내 식물들을 구해 온 것뿐입니다."

레이첼이 무덤덤하게 말했다.

"솔라리타 간부들은 흔적을 지우기 위해 날 죽이고 내 식물들도 태워버리려고 했어요. 그럴 순 없었습니다."

"그럼 이 더스트 사태, 정말 솔라리타에서 저지른 건가요? 뭐가 어떻게 된 건지 당신은 알아요?"

"그들은 자가 증식 나노봇의 입자 크기를 줄이는 실험을 하고 있었어요. 그러면 분자 단위에서 모든 것을 통제하고, 또 재조립할 수 있을 것이라고 생각했죠. 분명히 경고하는 이들이 있었는데, 듣지 않았고."

레이첼이 덤덤하게 내뱉었다.

"극도로 소형화된 입자는 통제를 벗어났고, 그러다 증식 오류가 발생한 것이죠. 도망쳤던 직원들이 폐쇄 프로토콜을 따르지 않았어요. 입자들은 그대로 풀려났고요."

지수는 잠시 뒤에 입을 열었다.

"당신이 세계를 망하게 한 연구소의 직원이라는 얘기군요."

"그게 제 연구는 아니었지만…… 부정하지 않겠습니다."

"뭔가 되돌릴 방법도 알겠네요."

"그걸 내가 왜 안다고 생각합니까?"

"솔라리타에서 저지른 짓이고, 당신은 솔라리타의 연구원인데, 사고는 남이 쳤으니 아무것도 모른다고 주장하는 건가요? 무관하다고?"

"……그렇지는 않습니다만, 내가 한 연구는 더스트 증식과는 관련없는 것이었습니다. 당연히 되돌릴 방법도 모릅니다."

레이첼은 무표정해서 감정을 읽기 어려웠다. 지수는 어깨를 으쓱하며 말했다.

"당신이 그렇게 말해도 이건 너무 수상한 상황이란 말이죠. 세계 종말이 코앞에 들이닥쳤는데 굳이 바다 건너까지 와서 이런 숲에 틀어박혀 실험을 한다니. 왜 여기 온 거예요? 이 온실은 어떻게 찾아냈고, 그 식물들은 어떤 가치가 있길래 그러죠? 평범한 식물들은 아닐 텐데요. 뭐 재밌는 거라도 좀 알아냈으면, 딴 사람한테도 일러주고 죽어야 하는 거 아닌가요?"

"모릅니다. 그리고 내가 알아도 그걸 왜 당신에게 알려주고 죽어야 합니까?"

지수는 레이첼을 유심히 관찰했다. 분명히 그는 무언가를 알고 있는 것 같지만, 알려줄 생각이 없어 보였다. 오직 자신의 식물들에만 관심이 있는 듯했다. 그건 연기일까, 아니면 진심일까? 그는 샌디에이고에서 여기까지 와서 온실을 차지하고 실험을 해왔다. 산 아래 마을에서 들은 바로는 더스트를 분해하는 약을 만드는 법도 안다. 어쩌면 그 이상을 알고 있을 것이다. 그런데도 그저 식물들을 구하려 했을 뿐이라고, 이 모든 것을 모른 척하고 있다.

지수가 미간을 찌푸리며 말했다.

"인류의 구원자가 되라는 게 아니라, 당신들이 저지른 짓 때문에 우리가 죽게 생겼는데 최소한의 책임을 져야죠. 안 그래요?"

**

　물론 레이첼은 인류를 구하는 일 따위에는 전혀 관심이 없었
다. 최소한의 책임을 질 생각도 없어 보였다. 옆에서 며칠간 레
이첼을 지켜본 지수의 판단으로는 그랬다.

　레이첼이 관심 있는 것은 정말로 자신의 식물들뿐이었다. 지
수가 자살 시도의 이유를 끈질기게 추궁하자, 레이첼은 어이없
는 대답을 내놓았다. 인간이 사라진 세상에서 자신의 식물들이
지구를 덮어버리는 것을 원했고, 수년의 시간을 건너뛰어 그것
을 목격하려는 생각이었다고. 정말이지 황당한 발상이었지만 지
금까지 레이첼을 관찰한 결과로는 충분히 이를 실행에 옮길 만
큼 어처구니없는 사람이기도 했다.

　하지만 그 말을 곧이곧대로 믿기에는, 레이첼이 자신의 정지
가 곧 영원한 죽음으로 이어지리라는 당연한 사실을 간과했다
는 것이 마음에 걸렸다. 레이첼이 작동을 정지한다고 해서 그의
신체 역시 정지된 그 상태로 남는 것은 아니다. 그에게는 아직
기계화되지 않은 유기체 부분이 남아 있고, 기계 부분도 수년을
방치하면 더스트와 습기로 엉망이 될 것이 뻔했다. 레이첼의 식
물들 역시 같은 처지였다. 연구소에 전력을 공급하는 소형 발전
소는 얼마 전 작동이 멈추었고, 온실에 전력이 끊기면서 식물들
일부가 이미 죽었다. 식물들을 유지하기 원한다면 레이첼 역시

깨어 있어야 했다. 그는 정말 그 사실을 몰랐던 것일까?

지수가 정말로 레이첼에게 멸망에 대한 책임을 기대한 것은 아니었다. 그가 솔라리타 연구소 소속이었다고 해도, 이 사태가 연구원 한 명의 의지로 일어날 수 있는 일은 아니었으니까. 솔라리타의 대책 없는 연구를 부추긴 건 기후 위기를 간단한 솔루션 하나로 해결해보려는 데에 얄팍한 기대를 걸었던 사람들 전부였다고 봐도 무방하다. 게다가 인류를 구하는 일에 관심이 없는 건 지수도 마찬가지였다. 돔 시티 안팎을 돌아다니며 지수가 도달한 결론은, 인간은 유지되어야 할, 가치 있는 종이 아니라는 것이었다.

그러나 지수는 이제 레이첼의 식물들을 원했다. 더스트에도 살아남는 저 놀라운 식물들, 그리고 그의 분해제가 필요했다. 오래 지속되지도 못할 대안 공동체를 끊임없이 옮겨다니는 삶이 지긋지긋했다. 그 저항종 식물들과 분해제가 있다면 이곳에 한동안 머무를 수 있었다.

"네 신체는 유지 보수가 필요하지. 스스로 모든 걸 수리할 수는 없잖아. 너도 내가 필요할 거야."

지수가 레이첼에게 제안한 것은 거래였다. 레이첼의 사이보그 신체를 유지해줄 테니, 유기체인 지수의 몸을 유지하는 것을 도와달라는. 성사된다면 어느 쪽도 손해볼 것은 없었다. 레이첼은 온실에서 자신의 식물들을 연구하기를 원했고, 지수는 떠도는 삶을 청산하고 잠시 쉬고 싶었다. 처음에는 그렇게 이해관계가 맞아떨어졌다.

그리고 거래를 제안한 데에 하나의 이유가 더 있다면, 그건 레이첼에 대한 호기심이었다. 혼자 폐쇄된 온실로 도망쳐 식물들을 들여다보다가, 수년간 잠들기로 결심한 사이보그. 지수는 그의 내면을 열어보고 싶었다. 식물들 앞에서 변하는 그 표정을 좀더 지켜보고 싶었다. 잘 맞물려 돌아가는 기계의 구조가 궁금한 것처럼, 지수도 레이첼에게 그런 종류의 호기심을 느꼈다.

*
*

얼마 뒤에 스무 명쯤 되는 여자들이 온실을 찾아왔다. 쿠알라룸푸르에서 벌어진 학살로부터 도망친 여자들이었다. 내성종이 다수였지만, 보호복을 껴입은 여자도 몇 명 섞여 있었다. 대니라는 사람이 일종의 리더 격이었는데, 내성종들끼리 돔 내부에 피난처를 만들어 지내다가 돔 시티를 탈출했다고 설명했다. 여자들은 얼마 전까지 지수가 머물렀던 대안 공동체의 사람들을 만났고, 산속에서 허브를 키운다는 사람에 대한 소문을 듣고 이곳을 찾아왔다. 하지만 허브를 재배할 수 있다면 더스트 농도가 다른 곳보다는 낮으리라는 기대를 했을 뿐, 실제로 원하는 것은 허브가 아니라 온실 아래 마을의 비어 있는 집들인 것 같았다.

한때 연구소를 둘러싼 관광 마을로 조성된 것으로 보이는 이곳 프림 빌리지에는 수십 명은 살 만한 집들이 있었다. 어차피 지수에게는 필요가 없는 것들이었다. 그렇다고 근처에 사람들을 아무런 합의도 없이 내버려두면 신경쓰이는 일이 생길 수도 있었다. 그렇다면 거래를 해볼 수 있을 것이다. 마침 지수도 이곳에 레이첼과 단둘이서만 오래 머물 수는 없으리라고 생각하고 있었다.

"레이첼, 그 사람들에게 제안을 해보면 어때? 이제 굳이 산밑까지 내려가서 분해제를 거래하지 말고, 바로 언덕 아래 사는 사람들과 거래를 하는 거야. 너는 그들에게 분해제를 만들어주고, 그들은 그 대가로 온실을 유지하는 데에 도움을 주는 거지. 그들이 발전소를 관리하고, 시설 정비에 필요한 부품들을 구해 오면, 너도 네가 만든 식물들을 본격적으로 재배해볼 수 있겠지. 어쩌면 재배한 작물로 만든 요리도 좀 얻어먹을 수 있을 거고."

레이첼은 무신경한 표정으로 지수를 흘끔 보고는 말했다.

"난 뭘 먹을 필요가 없는데."

"내가 굶어 죽으면 네 팔은 멀쩡하겠어?"

레이첼은 물끄러미 자신의 팔을 내려다보다가, 아무렴 알아서 하라는 듯 고개를 끄덕였다. 그날 저녁 지수는 레이첼에게서 분해제가 든 물주머니를 건네받았다.

거래는 쉽게 성사되었다. 얼마 지나지 않아 여자들은 스스로 마을의 규칙을 만들고 집들을 수리하기 시작했다. 규칙 중에는 레이첼의 온실에는 지수 외에 누구도 접근할 수 없다는 것도 있었다. 레이첼은 분해제를 만들어 마을로 보냈고, 시험 삼아 개량한 식물들 중 식용식물의 종자를 나누어주었다. 텃밭으로 시작한 작물 재배는 점점 면적을 키워갔고, 마을은 금세 활기를 띠었다.

몇 달 뒤, 열 명쯤 되는 여자들이 또다시 찾아왔다. 지수는 그들이 떠나온 메르싱의 돔 시티가 완전히 폐허가 되었다는 이야기를 들었다. 지수는 무기를 챙겨 마을 사람들 몇 명과 함께 메르싱으로 갔다. 폐허 사냥꾼들이 소문을 듣고 몰려들 것이 뻔했으므로, 일부러 더스트 안개가 짙을 때를 노렸다. 폐허 가득한 시체들을 헤치고 쓸 만한 물자들을 건져냈다. 마을의 지하 창고에 오래된 무기와 드론, 기계 부품, 가전제품들이 쌓였다. 지수는 정찰 드론을 숲 위로 띄워 침입자들에 대비하고 사람들에게 무기 사용법을 가르쳤다. 메르싱에서 온 여자들 중에는 군인 출신도 있어서 수월했다. 집 하나를 개조해 공용 식료품 저장고를 만들었다. 발전소의 전력은 넉넉히 나눠 쓸 정도는 아니었지만, 마을에 꼭 필요한 기계들에 공급할 수 있을 만큼은 되었다.

마을을 확장하고, 관리하고, 유지하는 과정에서 사람들은 아주 열의에 넘쳤다. 이 마을은 그동안 지수가 머물렀던 어느 장소와도 달랐다. 돔 바깥에서 보았던 대안 공동체 대부분은 이렇지 않았다. 지수가 보아온 돔 바깥의 사람들은 허황된 신념에 몸과 정신이 묶여 있었고, 종교를 믿거나 혹은 종교에 준하는 가치를 신봉했는데, 오직 그것만이 이 끔찍한 세계를 견디게 하는 것처럼 보였다. 그러나 이곳의 사람들은 어떤 신념 없이 그저 내일을 믿었다. 그들은 이 마을의 끝을 상상하지 않았다. 한 달 뒤의 창고 보수 일정을, 다음해 작물 재배 계획을 아무렇지 않게 이야기했다. 레이첼의 온실이 마을에 희망의 감각을, 죽음과의 거리감을 제공하는 것처럼 보였다. 그것의 실체가 불안정한 거래에 불과할지라도 그랬다.

*
*

2056년 겨울

인근 돔 시티들이 연쇄적으로 파국을 맞이했다. 쿠안탄, 무아르, 벤통 지역이 모두 폐허가 되었다는 소식이 들려왔다. 마을을 찾아오는 떠돌이들이 늘어났다. 드물게 남자들이 찾아오거나, 그들이 가족을 데려오는 경우도 있었는데 묵인했지만 보통은 끝이 좋지 않았다. 마을 사람들 사이의 친밀함을 파고들어 자신의 이익만을 챙기고 떠나려는 이들도, 폐허와는 달리 엄격한 마을의 규칙에 적응하지 못하는 이들도 있었다. 지수는 새로운 사람들에게 일종의 보류 기간을 주었고, 때로는 고민 끝에 합류를 거절했다. 거절 앞에서 돌변하는 이들도, 얌전히 떠나다가도 마을의 작물들을 보고 눈이 뒤집히는 사람들도 있었다. 최악의 경우에는 뒤탈의 여지를 남기지 말아야 했다. 지수는 조용히 처리하고 싶었지만, 마을 사람들은 경고의 목적으로 일부러 시체를 장대에 높게 매달았다.

마을의 규모가 어느 정도 커진 이후 지수는 이 숲을 가짜 더스트로 감추기로 결정했다. 침입자가 접근할 때 숲이 안개로 가득 찬 것처럼 눈속임을 해서, 더스트 포화 상태라고 믿도록 만드는 것이었다. 아무리 내성을 가지고 있다고 해도 죽음의 흔적만이 가득한 숲으로 들어서는 이들은 드물었다. 새로운 입주민을 받지 않고, 안개로 마을을 위장하고, 침입자에게는 잔혹하게 보복하면서, 숲을 찾아오는 사람들은 줄어들었다.

그 결정에 대해 지수와 다른 의견을 가진 이들도 많았다. 그들은 위험을 감수하고서라도 이 마을을 더 확장하고 싶어했다. 특히 대니는 내성종들이 마을을 찾아올 수 있도록 적극적으로 알려야 한다고 주장했다. 그것이 동정심이나 인류애에서 비롯된 것이 아니라 어디까지나 마을의 이득을 위한, 방향성이 다른 제안일 뿐이라는 것을 알았지만, 그럼에도 지수는 그런 입장을 이해하기 어려웠다. 사람들이 많아질수록 문제가 늘어나기만 할 터였다. 이미 레이첼도 마을에 보낼 분해제를 만드는 데에 많은 시간을 쓰고 있었다. 하지만 사람들은 남은 집들을 마저 수리하고, 밖에서 사람들을 더 데려오고, 새로운 작물을 심고, 요리를 하고, 심지어 학교를 만들어 아이들을 가르치고 싶어했다.

왜 그러는 것일까. 어차피 세상은 망해가고 이 모든 것은 죽음의 유예일 뿐인데, 도대체 왜 판을 크게 벌인단 말인가.

처음에 지수는 마을 사람들과 자신의 관계가 단지 거래 관계라고만 생각했다. 정확히는 지수가 온실과 마을 사이의 거래를 돕는 것뿐이라고. 지수가 스스로 규정한 자신의 역할은 분명했다. 마을 사람들이 온실을 유지하는 일을 도와주는 대가로 종자와 분해제를 전해주는 것, 그리고 그들이 마을과 온실의 경계를 침범하지 않도록 중재자로서의 역할을 하는 것…… 그런데 어느 순간부터는 사람들이 지수를 '지수 씨'라고 친근하게 부르질 않나, 심지어 마을의 리더로 취급하며 중요한 일과 시시콜콜한 일을 가리지 않고 상의해오고 있었다. 지수는 그것이 처음에 생각했던 모습과 너무 다르다고 느꼈지만 그럼에도 불편하지는 않았다.

시간이 흐르면서 지수는 프림 빌리지의 사람들과 점점 더 가까워졌다. 함께 폐허 탐사를 다녀오고, 마을을 유지 보수하고 숲과 텃밭을 관리하면서 그들이 온실과 프림 빌리지를 분리하지 않는다는 것을 알았다. 지수는 이제 마을 사람들의 이름과 얼굴을 모두 알았다. 그들이 어디서 왔고 어떤 사람인지, 서로 어떤 관계를 맺고 있는지도 알고 있었다. 지수는 마음의 거리를 두는

데에 실패했다는 것을 인정했다. 이 관계가 단순한 거래 관계에만 머무를 수 없다는 사실도 분명해졌다. 지수는 자신이 조금씩 사람들이 가진 어떤 활력에 물드는 것 같다고 생각했다. 수년 뒤의 미래를 생각하는 것이 아니라 당장 내일의 삶만을 생각하는, 그러나 그 내일이 반드시 가능할 것이라고 믿는 데에서 오는 매일의 활기에.

프림 빌리지에 모인 사람들은 대부분 세상에서 밀려난 사람들이었다. 이곳은 그들을 받아들여준 유일한 세계였다. 사람들은 그들에게 허락된 세계를 더 확장하고 싶어했다. 지수는 동의할 수 없었지만, 적어도 그 마음을 이해할 수 있게 되었다.

특히 아이들이 지수를 바라보는 눈빛에서 지수는 어떤 믿음을 보았다. 아이들은 너무 먼 미래를 생각하지 않았다. 그래서 이 작은 세계가 망할 것이라고도 생각하지 않았다. 지구상의 모든 곳이 파멸로 치달아도 이 마을만큼은 남아 있을 것이라고, 자신들이 어른이 되는 날까지 프림 빌리지는 계속될 것이라고 믿었다.

지수는 그게 불가능하리라는 것을 알았다. 언젠가는 이 마을도 수많은 대안 공동체처럼 정해진 결말로 향하리라는 것도. 하지만 가능하다면, 그 마지막 순간을 최대한 유예하고 싶었다.

2057년 봄

　온실 안에서 실험에 몰두하는 레이첼을 볼 때, 지수는 마을 사람들에게 그가 경외의 대상이라는 사실을 새삼스레 생각했다. 우스운 일이었다. 사람들은 온실에 레이첼이라고 불리는 한 식물학자가 있다는 사실만 알 뿐, 그의 실체에 대해서는 아는 것이 없었다. 그래서 레이첼에 대한 괴소문이 퍼지고, 호기심 많은 아이들이 온실에 몰래 접근했다가 크게 혼이 나는 일도 생겼다. 어떤 이들은 레이첼이 사람들을 구하기 위해서 독성 물질이 가득한 곳에 스스로를 가두고 실험을 하는 것이라고 굳게 믿었다.

　하지만 지수가 보는 레이첼은 달랐다. 그는 식물 외에는 관심이 없었다. 때로는 지수에게조차 관심이 없어 보였고, 지수는 그 사실이 조금 기분 나빴다. 레이첼이 더스트 저항종 식물들을 연구하는 이유는 그것으로 이루려는 무언가가 있어서가 아니라, 단지 그것들이 그의 흥미를 자극하기 때문인 것처럼 보였다. 이제 레이첼의 더스트 저항종 식물들은 번성해서 텃밭은 물론이고 숲까지 퍼져 나갔다. 다음 단계로 그는 무엇을 원할까?

　레이첼의 생각을 짐작하는 것은 쉽지 않았다. 처음 마을에 사람들을 받아들이기로 결정했을 때, 지수는 어쩌면 이것이 레이첼에게 불공정한 거래일 수도 있다고 생각했다. 애초에 레이첼은 온실을 유지하는 대신 스스로 목숨을 끊었고, 오랫동안 잠들어 있을 생각이라고 말했으니까 온실과 발전소를 유지해줄 인력이라는 것도 그때는 별 의미가 없었을 것이다. 그러나 지금은 누구보다도 레이첼 자신이 이 온실과 숲을 원하는 것처럼 보였다. 무엇이 그의 생각을 바꾸었을까? 하루 종일 식물을 들여다보게 만드는, 그의 동력은 뭘까. 무엇이 기계만큼이나 무심해 보이는 그를 온종일 온실에 머물게 할까.

지수는 그런 레이첼을 지켜보는 것이 좋았다. 도저히 짐작할 수 없는 그의 사고와 내면과 감정이 궁금했다. 그가 설령 지수에게 별다른 관심이 없다고 해도, 그럼에도 살아 있는 한 지수를 필요로 할 것이라는 사실에 묘한 만족감을 느꼈다. 시간이 지날수록 레이첼의 신체 구조는 유기체와 기계가 복잡하게 엉긴 형태로 변해갔다. 보통의 정비사라면 어디서부터 손을 대야 할지 곤란함을 느꼈겠지만, 지수는 눈을 감고 그려볼 수 있을 만큼 레이첼의 몸에 익숙해졌다. 이 마을 전체가 의존하고 있는 레이첼은 오로지 지수에게만 의존하는 사이보그였다. 레이첼은 지수의 소유가 아니지만 지수를 결코 떠날 수 없을 것이다. 그는 식물들과 온실과 자신의 신체를 유지하기를 원하니 앞으로도 지수가 필요할 것이다.

기계 돌아가는 소리 외에는 침묵만이 가득한 온실에서 숨을 죽이고 핀셋 끝을 들여다보는 레이첼. 아주 작은 표본 하나에 오랫동안 시선이 머무르는 레이첼. 그런 레이첼을 유리창 너머로 보고 있으면 지수의 숨도 멈출 것 같았다. 그러다 레이첼과 눈이 마주치면 그 꿰뚫는 듯한 시선이 지수의 비밀스러운 생각을, 레이첼에 대한 집요한 호기심을 낱낱이 읽어내는 것 같았다.

"다음주에 쓸 분해제야. 가져가."

물주머니를 내미는 레이첼의 팔에 정체 모를 액체가 마구 튀어 있었다. 지수가 혹시나 해서 내부 부품을 살펴보니 역시나 끈적이는 고무 같은 것이 엉겨 있었다. 처음에 식물의 조직이라고 생각했던 그것은 알고 보니 더스트와 유기물이 엉겨 만들어낸 고분자물질이었다. 어떤 식물들은 더스트의 응집 현상을 유도하는 화합물을 발산하는 듯했다. 레이첼은 자신이 연구하는 것들에 대해 일일이 설명해주지는 않았지만, 끈질기게 캐물으면 대답을 해주어서 대충 짐작이 갔다. 지수는 엉망이 된 작은 부품 하나를 갈아 끼워주며 말했다.

"제발 팔 좀 아껴 써. 귀찮은 건 알지만 필름을 씌우고 일해. 이젠 망한 공장 가서 부품 건져 오기도 쉽지 않아."

"없으면 팔 하나로 일하면 되겠지."

"그러다 팔 하나조차 안 남는 수가 있다니까. 내가 이렇게 열성적으로 보조해줄 때 고맙게 생각하라고."

지수가 레이첼의 팔을 가볍게 톡톡 치고 물주머니를 챙겨 일어났다. 레이첼이 고개를 돌려 자신을 향하는 것을 보고 지수는 자리를 떠났다. 이상하게도, 뒤통수에 오랫동안 따라붙는 시선이 느껴졌다.

*

2058년 봄

마을에 새로운 입주자를 들인 것은 오랜만이었다. 랑카위 연구소에서 도망친 아이들이었다. 자매의 겁먹은 표정을 보니 안쓰럽긴 했지만, 지수는 그 아이들을 받아들이지 않을 생각이었다. 하지만 대니가 지수를 거듭 설득했다. 버려진 아이들을 또 버려서는 안 된다고, 무엇보다 아이들끼리 이곳을 찾아올 정도면 분명 제 몫을 해낼 거라고 했다. 지수는 일단 이야기를 들어보자고 생각했다. 외부에 마을의 좌표가 알려진 경로를 파악할 필요도 있었다. 자매 중 언니와 오래 이야기를 나누어본 다음에는 마음을 바꾸었다. 딱 이번 한 번만 예외라고, 다음부터는 원칙대로 하겠다고 지수는 대니에게 확언을 받았다.

최근 레이첼은 새로운 식물들을 연구하고 있었다. 개량된 식물들의 더스트 저항성을 평가하는 과정에서 발견된 식물이었다. 어떤 식물들은 더스트에 잘 버틸 뿐만 아니라 대기중 더스트의 총량을 줄였다. 완전히 없애는 건 아니었지만, 상자 속 측정기의 수치가 줄어든 것이 보였다.

"아직 어떤 방식으로 작동하는지는 몰라. 계속 연구해보겠지만, 큰 기대는 하지 마."

레이첼은 지수가 이 식물들에 관심을 보이는 것이 뜻밖이라고 생각하는 듯했다. 지수도 예전이었다면 어떤 식물이 더스트의 총량을 줄이든 간에 그것이 그렇게 중요한 발견은 아니라고 생각했을 것이다. 어차피 자가 증식하는 더스트의 특성 때문에 완전히 제거하는 게 아니면 의미가 없고, 고작해야 이미 정해진 마을의 수명을 조금 더 연장해주는 정도라고 여겼을 테니까. 하지만 지금은 생각이 달랐다. 마을에는 내성이 약한 사람들이 있고, 더스트를 줄이는 식물은 그들에게 도움이 될 수 있다. 게다가 만약 그 식물들이 제대로 기능한다면, 그것은 이 마을뿐만 아니라 프림 빌리지 바깥에도 도움이 될 것이다.

문제는 레이첼이었다. 그는 최근 들어 감정 상태가 매우 불안해졌다. 하루에도 몇 번씩 화를 내고 울적해했다. 지수와 별로 중요하지도 않은 일들로 매일 사소한 다툼을 벌였다. 지수는 그가 그렇게 감정적으로 구는 것을 예전에는 본 적이 없었다.

레이첼의 신체에도 기능적 문제가 자주 생겨서 블랙아웃을 종종 일으켰다. 지수에게도 레이첼의 신체를 유지하는 것은 간단한 일이 아니었다. 폐허에 갈 때마다 서점이나 도서관의 잔해를 뒤적여 사이보그 정비에 대한 책을 찾았고 시간을 들여 공부했지만, 나노 솔루션 복합체까지 주입된 레이첼에게 적용하기에는 한계가 뚜렷했다. 더스트 농도가 높은 온실에 머무는 그의 신체는 계속해서 손상되었다. 기계 신체라고 해서 아무렇지 않은 것은 아니었다.

솔라리타에서 레이첼을 처음 만났을 때보다 유기체 비율이 현저하게 줄어들었다. 주요 장기들은 더스트 폴 이전에 기계로 대체했고 나노 솔루션이 신체의 염증과 부식을 막아주는 역할을 했지만, 지수가 관리해야 할 것들은 많이 남아 있었다. 자가 증식형 나노 솔루션을 보충하기 위해 계속 촉매와 전구물질을 주입할 필요가 있었고, 또 의족과 의수, 그 밖의 장기들을 계속 손봐야 했다. 그중 가장 고된 일은 손상된 유기체 부위를 제거하는 일이었는데, 역시 비위 상하는 작업이었다. 피와 살점이 싫어서 돔 시티에서 도망치기까지 한 지수에게는 가혹한 일이었다.

"어쩌다 내가 인간 살점을 들여다보게 됐을까? 의사도 아니고. 이런 건 인생 계획에 없었는데, 분명."

"난 내버려둬도 상관없어. 알아서 썩어 사라지겠지."

"이걸 그대로 놔두면 얌전히 사라지는 게 아니라 너의 값비싼 기계장치들까지 고장 낼 텐데, 그럼 또 고생하는 건 내가 되지. '매도 먼저 맞는 편이 낫다'는 표현이 있어."

"상당히 폭력적인 표현이네."

최근 레이첼에게 발생한 감정적 불안정성도 기계 뇌에 결합된 유기체 뇌의 손상 때문인 것 같았다. 원인 분석을 끝낸 후에 지수는 레이첼의 뇌에서 제대로 작동하지 않는 잔여 유기체 부위를 제거하고, 그 부분을 대체할 메모리 칩을 끼워야겠다는 판단을 내렸다. 처음에는 여전히 인간처럼 느껴지는 레이첼의 뇌를 제거한다는 생각에 긴장했지만, 사이보그 정비 매뉴얼을 살펴보니 유기체 뇌를 제거하는 시술이 그렇게 드물지도 않았고 생각보다 간단했다. 폐허에서 구해 온 칩은 전뇌 주입 나노 솔루션과도 호환이 되는 것으로, 시술할 때 실수하지만 않으면 괜찮을 것 같았다. 해야 할 일은 기계에 엉겨붙어 기계 뇌의 작동을 방해하는 유기체 일부를 제거하고, 메모리 칩을 끼운 다음 나노 솔루션의 작동을 기다리는 것뿐이었다.

하지만 아무리 간단하다고 해도, 이번에 다루는 것은 마음과 사고를 관장하는 뇌였다. 잘못되면, 레이첼에게 돌이킬 수 없는 손상을 입힐 수도 있었다. 작업을 준비하는 내내 지수는 막중한 부담감을 느꼈다.

"레이첼, 내 손에 맡겨도 괜찮겠어?"

장난스레 물었지만 솔직히 겁이 났다. 이미 사이보그가 된 사람들의 기계 파트를 정비하는 일을 맡아왔을 뿐, 지금처럼 한 인간을 더 기계에 가깝게 만들어가는 일을 해본 적은 없었다. 레이첼은 요즘 자주 보였던 어딘가 짜증스러운 얼굴로 말했다.

"그냥…… 어떻게든 해줘."

지수는 심호흡을 하고, 레이첼을 잠들게 한 다음, 기계 뇌에 붙은 마지막 유기체 부위를 제거하는 작업을 시작했다.

이 순간이 오기 전까지 머릿속으로 수백 번 시뮬레이션했던 대로 진행했다. 외피를 절개하고, 기계 뇌와 유기체 부위의 결합부를 점검한 다음 유기체 부위를 신중하게 제거했다. 아직 기능이 남아 있는 신경 조직에는 닿지 않도록 주의하며 기계 뇌의 보조 소켓에 추가 메모리 칩을 끼웠다.

그런데 다음 순간 시뮬레이션에서는 없었던 생각이 떠올랐다. 기계 뇌의 패턴 안정화 기능을 켜면 어떨까. 그건 매뉴얼에서 여러 번 확인했지만 직접 적용해보자는 생각은 하지 않았던 기능이었다. 기계 뇌의 보조 소켓 옆 미세 조정 스위치를 올려 작동할 수 있었다. 이 기능을 켜면 감정의 상태가 의도한 방향으로 안정화되어 성격이나 태도를 조율하는 효과가 생겼다. 인간의 뇌로 치면 정신 약물을 복용하는 것과도 비슷했다.

지수는 스위치 끝에 장갑 낀 손을 가져다 댔다가 잠시 망설였다. 분명 레이첼의 감정적 불안정성을 진정시키는 데에 도움이 될 것이다. 원래 기계 뇌 전문가의 피팅이 필요한 기능이지만, 이제 지수도 레이첼의 신체에 대해서는 잘 알고 있으니 설령 문제가 생겨도 해결할 수 있을 것 같았다.

하지만 오직 그 이유만은 아니었다. 지수는 레이첼에게서 어떤 종류의 호의를 유도해내고 싶었다. 단순히 거래에 기반한 관계가 아니라, 호의적인 감정에 기반한 관계가 되고 싶었다. 이

기능은 사용자가 만나는 대상들로부터 긍정적 감각 피드백을 느끼게 하지만, 레이첼의 작은 세계에는 오직 지수와 식물들뿐이므로, 그 호의는 한 사람만을 향할 것이다.

짧은 순간 지수는 이것이 레이첼을 속이는 행위가 아닐까 고민했다. 동의를 받지도 않았다. 하지만 레이첼은 감정적 불안정 상태를 겪고 있고, 어떻게든 해달라고 했으니까, 지수가 판단한 최선의 방법이 바로 이것이라면……

지수는 미세 조정 스위치를 올렸고, 외피를 다시 봉합했다.

시술이 마무리된 직후에는 모든 게 괜찮아 보였다. 레이첼에게 이식한 새로운 메모리 칩은 곧바로 기능이 활성화되었고, 며칠 뒤에는 블랙아웃 증상도 사라졌다. 처음에는 패턴 안정화 기능이 작동하긴 한 것인지 의아할 정도로 레이첼에게서는 별다른 변화가 관찰되지 않았다. 그는 여전히 마을 사람들에게 관심이 없었고, 지수를 무덤덤하게 대했으며 자신의 식물들에게만 애정을 쏟았다. 그러나 이따금 레이첼의 시선이 신경쓰일 정도로 자신에게 오래 머물렀다 떨어지는 것을 지수는 느꼈다.

몇 주가 지나고 레이첼은 또 한번의 블랙아웃을 겪었다. 아주 짧은 시간이었고 후유증이 없었지만, 그럼에도 지수는 불안해졌다.

한 달 뒤에 지수는 화분 앞에서 울고 있는 레이첼을 보았다. 거대한 잎을 가진 관엽식물이 그의 얼굴을 반쯤 가리고 있었다.

레이첼이 고개를 들어 지수를 보았다. 그 모습은 아주 기묘해 보였다. 눈물도 흐르지 않았고 울기 위해 동원되는 근육들의 움직임도 어색했지만, 분명 자신이 유기체로만 이루어졌던 때의 우는 행위를 기억하는 사이보그의 얼굴이었다.

"날 도와줘. 혼란스러워. 머리가 깨질 것 같아······ "

지수의 마음이 덜컥 내려앉았다. 무언가 잘못된 걸까?

레이첼의 기계 뇌를 다시 열었을 때, 지수는 문제의 원인을 발견했다.

핀셋 끝에 완전히 제거되지 않은 유기체 부위가 딸려 나왔다. 안도감인지 죄책감인지 모를 감정이 밀려들었다. 제거 작업에서 실수한 것이 분명했다. 그 미세한 잔여 조직이 새로운 메모리 칩과 기존 기계 뇌의 연결을 방해하고 있었던 것이다. 전기 신호가 불완전하게 전달되어 감정적 불안정성과 블랙아웃 현상이 또다시 발생한 것 같았다. 이런 사소한 실수로 레이첼이 고통받았다고 생각하니 미안했다. 지수는 이번에야말로 잔여 유기체 조직이 남지 않도록 꼼꼼히 제거했다. 이제 레이첼의 뇌는 완벽한 기계 뇌가 되었다.

지난번에 활성화했던 미세 조정 스위치도 다시 되돌려놓을지 잠시 고민했다. 레이첼의 감정적 불안정성과는 무관하다는 것을 뒤늦게 알았지만 그럼에도 적절한 일은 아니었고, 지수는 그 때문에 내내 약간의 죄책감을 느끼고 있었다.

그때 지수는 레이첼의 어떤 감정이 담긴 시선을 떠올렸다. 정비를 마친 다음이면 언제나 자신을 따라오던, 의미를 알 수 없는 집요한 시선. 지수도 자신이 정확히 무엇을 원하는지는 몰랐다. 왜 하필 그 순간에 그 시선이 떠올랐는지도 알 수 없었다. 하지만 레이첼의 그 눈빛이 자꾸만 생각났다. 시선이 변한 건 스위치를 올린 이후부터였을까? 그전에도 그런 적이 있었나? 지수가 살펴온 건 언제나 레이첼의 신체였지 감정은 아니었으므로, 그 감정의 기원을 알 수 없었다. 그럼에도 그 시선이 자신에게 더 머물기를 원한다는 사실만은 분명했다.

지수는 결국 스위치를 되돌리지 않고 정비를 끝냈다.

깨어난 직후 테스트를 했을 때 레이첼은 더는 감정적 혼란을 겪지도, 통증을 느끼지도 않았다. 대신 지수를 물끄러미 바라보다가 약간 이상하다는 듯 눈빛이 흔들렸는데, 지수는 그런 레이첼을 보며 가슴 부근의 묘한 울렁거림을 느꼈다.

＊

"앞으로는 꼭 필요한 일이 아니면 온실에 들어오지 마. 내부 더스트 농도를 더 높일 거야. 고농도에서 식물들의 저항성을 테스트해봐야 하니까."

레이첼의 통보에는 어딘가 방어적인 면이 있었다. 물론 온실을 드나들 때마다 보호복을 꼼꼼히 챙겨 입고 호흡 필터까지 착용하는 일이 번거로운 건 사실이었다. 그럼에도 레이첼의 태도가 예전보다 차가워졌다는 느낌을 지울 수 없었다. 지수는 레이첼에게 약간의 온화함을 이끌어내기를 기대했지만, 그다지 효과가 없었을뿐더러 오히려 거리감이 생겨나기까지 했다는 게 실망스러웠다.

이튿날 마을 사람들과 폐허로 탐사를 갔을 때, 지수는 한때 가정집이었던 터에서 로봇 강아지 하나를 발견했다. 그것을 집어 드는 지수를 다른 사람들이 의아해하며 쳐다보았다. 대니가 뜻밖이라는 말투로 말했다.

"네가 그런 것에도 관심 있어? 무시무시한 살인 로봇만 좋아하는 줄 알았는데."

"그러게요. 웬일이에요, 지수 씨."

"어디서 살아 있는 개라도 찾아와서 키울까요?"

다들 히죽거리며 놀려대서, 지수는 어깨를 으쓱해 보였다.

"당연히 나야 개보다는 살인 로봇이 더 좋지. 그렇지만 살인 로봇을 메신저로 쓸 수는 없잖아."

지수는 로봇 강아지를 오두막에 가져와 약간 손을 보았다. 개조된 로봇 강아지는 온실을 드나들며 간단한 쪽지를 전달하는 용도로 아주 적합했다. 발발거리며 돌아다니는 로봇 강아지를 보여주자, 레이첼은 그 특유의 해석하기 어려운 표정을 지었다.

"어때?"

"나쁘지 않아."

"네게 그런 평을 들을 정도면, 아주 성공적이네."

레이첼은 미심쩍은 표정으로 로봇 강아지를 보았지만, 별말을 덧붙이지는 않았다.

＊
＊

— 네가 말레이시아까지 온 이유는 뭐였어?

— 쓸데없는 걸 물으려고 이 강아지를 개조한 건 아닌 줄 알았는데.

— 이런 거 물으려고 개조한 것 맞아.

— 솔라리타 간부들이 날 찾을 수 없는 먼 곳으로 떠나야겠다고 생각했고, 식물학자로 일하면서 이 연구소와도 협력 업무를 한 적 있었어. 첨단 유전체 개량 장비가 있다는 걸 기억했지. 내가 가져온 건 연구하던 종자들의 일부, 그리고 템플릿 플랜트였어. 연구소 내부 데이터베이스에 접근할 수 있다면 뭐든 만들 수 있으니까.

— 쓸데없다면서 잘 대답해주네.

— 이제 묻지 마. 바쁘니까.

**

2059년 여름

프림 빌리지의 사람들은 점차 지쳐갔다. 의욕적으로 마을을 확장하자고 말하던 이들도 한계를 느끼고 있었다. 돔 시티들은 차례로 멸망을 향해 갔고, 그럴수록 남은 물자를 차지하기 위한 싸움은 더 치열해졌다. 탐사조 구성을 바꿔가며 폐허로 갔지만 부상을 입는 사람들이 늘어나면서, 더이상 탐사조에 참여하고 싶지 않다고 말하는 이들이 늘어났다. 누군가 인근 돔 시티에 이곳 프림 빌리지와 레이첼의 식물들에 대한 정보를 흘렸다는 이야기가 돌았다. 대규모의 습격에 대비해야 할 수도 있었다. 한두 명 죽는 일로는 끝나지 않을 것이라는 불길한 예감이 마을을 떠돌았다.

외부에서 온 침입자들 때문에 나오미와 하루가 위험에 처했던 일은 불안감의 기폭제가 되었다. 예전에도 침입자들은 있었지만, 한동안 잠잠하다가 또다시 나타난 터라 이번에는 분위기가 더욱 심각했다. 스파이 로봇을 분석한 결과 누군가가 마을의 정보를 팔아넘겼다는 사실이 분명해졌다. 내부인의 소행인지, 아니면 폐허 탐사중에 마주친 외부인이 벌인 일인지는 아직 알 수 없었다. 온실을 두고 마을 사람들의 갈등도 더욱 심해져갔다. 지수는 마을로 내려갔다가 어떤 이들이 온실의 불이 왜 켜져 있냐고 화를 내는 것을 들었다. 그 불빛이야말로 침입자들에게 마을의 존재를 보란듯이 알리고 있지 않냐고 했다. 몇 명의 여자들이 새벽에 마을을 떠나려고 했다. 심지어 호버카까지 훔쳐 떠나려던 모양이었지만, 대니가 그들을 설득해서 마을에 남도록 했다.

예전 같았으면 지수는 그냥 그들을 내쫓았을 것이다. 호버카는커녕 먹을 것 하나 주지 않고 떠나게 했을 것이다. 하지만 지금은 그럴 수가 없었다. 이 마을에 불안과 갈등이 그저 퍼져 나가도록 놔두고 싶지 않았다. 지수는 이제 이곳의 사람들을 아주 가깝게 느꼈다. 그들은 지수와 함께 싸워 살아남은 사람들이었다. 아이들도 자꾸 눈에 밟혔다. 수많은 일을 겪은 아이들은 더는 순진하지 않았지만, 그럼에도 이 마을이 계속 유지되어 자신들은 이곳에서 어른이 될 것이라고 굳게 믿고 있었다. 지수는 이 마을이 그렇게 손쉽게 해체되기를 원치 않았다.

그와 동시에, 지수는 이 숲과 프림 빌리지의 한계를 느끼고 있었다. 결국 이 마을의 삶조차 다른 멸망의 잔여물 위에 세워진 것이었고, 숲 바깥이 변하지 않는다면 이곳에서의 삶 역시 영원히 이어질 수는 없었다. 밖으로부터의 위협은 시시각각 숨통을 조여왔다. 대기중의 더스트 농도가 점점 높아지고 있었다. 빨리 줄일 방법을 찾지 않는다면 더는 되돌릴 수 없는 티핑 포인트를 지나버릴 것이라는 이야기를 라디오에서 들었다. 그러면 그 이후에는 무슨 방법을 동원해도 소용이 없을 것이라고.

정말로 어떤 이들의 말처럼, 레이첼의 식물들을 가지고 밖으로 나가야 하는 걸까? 하지만 그게 가능하긴 한 걸까?

지수는 레이첼이 연구하는 어떤 식물들에 더스트를 제거하는 기능이 있다는 사실을 알았다. 정확히는 더스트의 과응집 작용을 촉발하는 식물들이었다. 레이첼의 팔에서 늘 발견되는 끈적이는 고분자물질은 응집된 더스트, 즉 더이상 치명적이지 않은 더스트의 잔여물이었다. 지수는 그 사실을 알아챈 순간부터 응집 기능을 가진 식물들을 주시했지만, 레이첼은 그 식물들을 온실에서 연구할 뿐 저 밖에 심는 일에는 관심이 없어 보였다.

지수는 어쩌면 레이첼이 정말로 인류의 구원자가 될 수도 있다고 생각했다. 그에게는 더스트에 맞설 식물들이 있고, 또 그 식물들을 더 개량하거나 또다른 기능들을 부여할 능력도 있었다. 그러나 정작 레이첼은 그렇게 할 생각이 없었다. 그에게 이 숲 바깥은 전혀 의미가 없었다. 오직 자신의 실험실과도 같은 이 온실과 숲만이 그에게는 의미를 지녔다.

지수는 레이첼의 식물들이 이 숲에서만 자라나는 것을 늘 의아하게 여겼다. 레이첼에게 식물들이 이 숲의 경계를 넘어가지 못하는 이유를 묻자 그는 대수롭지 않다는 듯 대답했다.

"온실의 식물들은 애초부터 이 숲을 떠날 수 없어."

그 말은 모호하면서 단호했다. 어찌되었든 레이첼에게 당장은 그 문제를 해결할 의사가 없다는 건 확실해 보였다. 지수는 레이첼을 설득해야 했다.

"레이첼, 들어봐. 네가 무슨 생각으로 이 식물들을 연구하는지 나는 잘 모르겠어. 아마도 내가 기계들을 볼 때 느끼는 즐거움을, 너도 식물들을 다루면서 느끼는 거겠지. 넌 이 마을에 많은 걸 해줬어. 어쩌면 거래 조건 이상으로. 그래서 이곳의 생활은 과분할 정도로 괜찮았어. 적어도 지금까지는."

레이첼은 무덤덤한 표정으로 실험체 식물을 다루고 있었다. 지수는 이어 말했다.

"하지만 결국은 이 모든 게 끝날 거야. 언젠가는 밖에서 영양 캡슐도, 약도 구하지 못하게 될 것이고, 네게 필요한 부품들도 구할 수 없게 될 거야. 그러니까 근본적으로는, 숲 바깥의 세계가 재건되지 않으면 이곳의 운명도 예정되어 있어. 사람들이 말하는 것처럼 돔 시티와 협상을 하자는 게 아니야. 그건 나도 반대야. 그렇지만 다른 방법들도 있어. 우린 위험을 분산할 필요가 있어. 지금처럼 위태롭지 않게, 지금보다 좀더 우리를 지킬 수 있는 방식으로……"

레이첼이 듣고 있는지 확신이 없었다. 지수가 말을 멈췄다. 잠시 뒤에 레이첼이 시선을 돌려 지수를 바라보았다. 지수는 그에게서 나올 질문들을 예상했다. 그럼 정확히 무엇을 원하는 거냐, 다른 식물들을 달라는 것이냐…… 아마 그런 질문을 할 것이라고. 하지만 그의 입에서 나온 질문은 뜻밖의 것이었다.

"밖으로 나간다면, 지수 넌 어디로 갈 거지?"

지수는 갑자기 말문이 막혔다. 레이첼이 그렇게 묻기 전까지 이에 대해 생각해본 적이 없었다. 돌아갈 곳도, 가고 싶은 곳도 없었다. 더스트 폴 이후로는 언제나 생존에만 급급했다. 만약 온실을 떠난다면, 어디로든 갈 수 있었다. 다시 말해, 온실을 떠나야 한다는 생각만 있을 뿐 가야 할 곳은 없었다. 그런데 레이첼은 왜 지금 그걸 묻는 것일까.

"그건⋯⋯"

"아니, 네가 어딜 가려고 하든 중요하지 않아."

레이첼이 그렇게 말하며 살짝 고개를 들어 지수를 내려다보았고, 지수는 순간 그가 이 대화에서 우위를 점한 것 같다는 기묘한 느낌을 받았다.

"난 온실을 떠나지 않을 거야. 그리고 나에겐 지수 네가 필요해. 그러니 너도 온실을 떠날 수 없지."

레이첼은 마치 못을 박듯이 한마디를 보탰다.

"그러니까 이 이야기는 없던 걸로 하겠어."

지수는 한 대 맞은 것 같은 기분이었다. 그 말의 의미를 곱씹자 웃음이 나왔다. 레이첼이 지수를 필요로 한다는 것, 레이첼이 지수에게 전적으로 의존하는 사이보그라는 것. 그건 얼마 전까지만 해도 지수가 하던 생각이었다. 지수는 그 생각을 하며 묘한 승리감과 만족감을, 그리고 이상한 두근거림을 느껴왔었다. 레이첼은 지수를 벗어날 수 없을 거라고, 세상이 끝나는 날까지 지수를 필요로 할 것이라고.

하지만 이번에는 레이첼이 반대로 선언하고 있었다. 그건 자신이 지수를 필요로 하기 때문에, 지수가 원하는 것을 주지 않겠다는 이야기였다. 결국 지수에게 만족감을 주었던 바로 그 사실에 발목이 잡혀버린 것이었다.

레이첼에게 바란 호의가 이런 것이었나? 지수는 씁쓸한 기분으로 말했다.

"레이첼, 온실은 곧 무너질지도 몰라. 이곳이 우리의 영원한 성채라면 좋겠지. 하지만 그건 불가능할 거야. 이미 누군가가 우리를 배신했어. 스파이 로봇에서 데이터를 발견했어. 저항종 식물들이 있다는 소문은 순식간에 퍼질 거야. 어쩌면 끝은 당장 내일일 수도 있겠지."

지수는 그렇게 말하는 자신이 비겁하다고 생각했다. 그러나 레이첼을 설득하지 않을 수도 없었다. 잠시 망설이다 다음 말을 이었다.

"분명히 하자. 네가 원하는 건 내가 아니라 나의 기능, 그러니까 정비사로서의 나를 원하는 거잖아. 네게 약속해. 우리가 더이상 온실에 머물 수 없게 되면, 너를 계속 따라갈게. 네가 나를 필요로 하는 동안은 언제나 그렇게 하겠어. 그게 우리의 거래였으니까. 하지만 이건 알아둬. 이곳을 일단 떠나면, 언젠가는 너도 내가 필요하지 않게 될 거야. 나만이 세상에 남은 유일한 정비사는 아니니까."

**

2059년 가을

레이첼이 지수를 온실 안쪽으로 불렀다. 테이블 위에는 열 개 정도의 상자가 놓여 있었다. 각각의 상자 안에는 기온과 습도를 조절하는 장치, 조명이 보였다. 서로 다른 기후 조건과 일조량을 재현한 실험적 공간인 것 같았다. 처음 보는 덩굴식물들이 자라는 중이었다. 식물들은 닮은 것 같으면서도 잎이나 줄기의 모양 따위가 서로 조금씩 달랐다.

"이게 뭐야? 전부 다른 식물인 건가?"

"모스바나, 모두 같은 종의 환경변이야. 외부 조건에 적응하는 유전형질이 포함되어 있어서 기후와 토양에 따라 표현형이 변해. 네가 전에 추측했던 게 맞았어. 어떤 식물들이 대기중의 더스트를 제거한다는 가설이."

레이첼의 말에 지수는 움찔 놀라며 식물들을 다시 보았다. 겉보기에는 그저 평범한 덩굴식물이었다. 담쟁이덩굴을 닮은, 특별한 기능은 없어 보이는 식물들.

"기제는 아직 시뮬레이션중이야. 아마도 D7 분자가 응집 효소로 작용하는데, 이 식물들이 발산하는 유기화합물 중 일부가 그것과 비슷한 기능을 해. 촉매의 특성상 적은 양으로도 다량을 응집시킬 거야. 화합물을 생성하는 DNA 부분을 다른 식물에도 삽입했더니 유사한 반응이 일어났어. 특성 자체는 더스트에 자연 적응한 식물들에서 발견했어. 다만 이 덩굴은 그중에서도 가장 잘 증식할 거야. 증식 속도가 가장 빠른 야생 잡초들을 조합해 편집한 키메라니까."

별거 아닌 일을 했다는 듯이 보여주고 있었지만, 지수는 감탄을 감출 수 없었다. 더스트 저항종 식물들만 해도 충분히 놀라웠는데 제거 기능이 있는 식물까지 결국 개량에 성공할 줄은 몰랐다.

"레이첼, 넌 위대한 식물학자로 역사에 이름이 남을 거야. 얼른 나가서 인류의 구원자가 되는 건 어때?"

지수의 말은 반쯤 장난 어린 어조였지만, 레이첼의 반응은 생각보다 시큰둥했다.

"실험실 밖에서도 작동할지는 모르겠어. 부작용이 더 클 수도 있고."

"이 숲이 전부 네 실험실이잖아? 새삼스럽기는."

지수의 말에 레이첼은 대답하지 않고 입을 꾹 다물었다.

"왜? 뭐가 마음에 걸리는데?"

"이건 더스트를 완전히 제거하지 못해. 아무리 밀도 높게 심어도, 더스트 농도를 제로까지 낮추진 못했어. 작동 원리도 명확하지 않아. 게다가 인체에 독성이 있고, 침입성이 매우 강해서 숲에 풀어놨다간 숲의 생태를 전부 파괴할 거야. 그리고 너도 알다시피, 이 식물들은 숲 밖에서는 자라지 않아. 설령 더스트를 제거하는 게 확실해도 인류를 구할 수는 없다는 뜻이야."

레이첼이 말했다. 그 말들이 하나같이 구원자 따위는 되고 싶지 않다는 변명처럼 들려서 지수는 약간 맥이 풀렸다.

"그래. 그렇겠지."

방법이 보일 것 같으면서도 보이지 않는 것이 답답했다.

"하나 묻고 싶어. 그럼 왜 이걸 만든 거지? 난 네가 이걸 숲에 심으려고 하는 줄 알았어. 적어도 프림 빌리지를 보호하려고. 그게 아니라면……"

정말 레이첼은 흥미로운 실험들을 하고 있는 것뿐일까? 그에게는 이 모든 것이 단지 놀이에 불과한 걸까? 인류를 구하기 위해서도 아니고 프림 빌리지를 위해서도 아닌, 단지 자연을 대상으로 장난을 치고 있는 것일까. 지수는 여전히 레이첼이 무엇을 원하는지, 무엇을 하려는 것인지 알 수 없었다.

"왜냐하면, 그냥 만들 수 있어서. 흥미로운 특성을 발견해서."

레이첼은 아무것도 아니라는 듯 간단하게 말했다.

"그리고 지수 네가 이런 걸 원하는 것 같아서. 그래서 했어. 하지만 숲에 심는 건 안 돼. 프림 빌리지는 이게 없어도, 지금도 괜찮잖아. 이런 식물이 있다고 보여주려고 했을 뿐이야."

그렇게 말하는 레이첼을 보니, 지수는 뭐라고 더 불만을 표하려던 자신이 바보같이 느껴졌다. 예전에 레이첼의 식물들이 생각만큼 잘 작동하지 않은 경우도 있었기에, 지수는 일단 기대를 잠재웠다. 인류가 간절히 찾고 있는 어떤 해결책이 될 수 있다기에는 상자 속 식물들은 너무나 평범한 모습이었다.

그 손바닥만한 잎들을 지켜보고 있는데, 레이첼이 갑자기 실험실의 불을 껐다.

"갑자기 불은 왜?"

지수는 레이첼을 향해 고개를 돌렸다. 그가 모스바나가 담긴 상자 하나를 가리켰다. 지수는 상자를 다시 보았고, 눈앞의 장면을 보고 입을 벌렸다.

푸른빛이 상자 안에 가득차 있었다. 먼지처럼 흩날리기도 하고, 토양이 빛을 머금은 것처럼 빛나기도 했다. 어떤 상자에서는 아주 색이 짙었고, 또 어떤 상자에서는 색이 거의 없거나 옅었다. 지수가 그것을 보며 가장 먼저 한 생각은 아름답다는 것이었다. 동시에 지수는 그 푸른빛이 뜻하는 의미를 생각했다.

"더스트를 제거할 때 생기는 빛이겠지?"

레이첼은 상자들을 보더니 말했다.

"아니, 그 빛에는 아무 기능이 없어."

뜻밖의 대답이었다.

"여러 번 시험해봤지만 응집이나 제거 현상과는 무관하게 나타나. 개량 과정에서 생긴 부산물이었어. 중립적인, 불필요한 돌연변이. 아마도 비료에서 발생하는 아산화질소와 반응하는 것으로 추정하는데, 공기중의 특정 분자와 반응해서 발광성 부산물이 생성돼. 그게 흙이나 먼지 입자에 달라붙지. 간단한 유전자 조작으로 특성을 없앨 수 있어. 쓸데없이 시선을 끄는 특성이니까 제거할 생각이야."

"그렇구나. 불필요한 돌연변이라니……"

불을 켤 생각도 않고, 지수는 한참이나 상자 속의 푸른빛을 바라보았다.

"그래도 아름답네."

그렇게 말하는 지수를 레이첼이 물끄러미 보고 있었다.

*
*

모스바나를 당장 심게 해달라는 지수의 부탁을 레이첼은 거절했다. 그것이 숲을 일단 잠식하고 나면, 다시는 되돌릴 수 없다는 이유였다. 하지만 지수는 레이첼이 말하지 않은 이유가 있을 거라고 생각했다. 어쩌면 진짜 이유는, 레이첼이 숲을 실험실로 여기고 있기 때문일 것이라고. 레이첼이 원하는 건 어디까지나 더 많은 식물들을 실험해보는 것이고, 그러니 자신의 실험실이기도 한 프림 빌리지에 돌이킬 수 없는 변화를 만들고 싶지 않은 것이라고.

치명적인 더스트 폭풍이 몰려온다는 예고를 들었을 때 지수가 가장 먼저 떠올린 건 모스바나였다. 마을에는 내성이 완전하지 않은, 이번 더스트 폭풍으로 죽을 수도 있는 사람들이 여럿 있었다. 지수는 애원했고, 또 화를 내며 레이첼에게 부탁했다. 마지못해 모스바나를 건네주는 레이첼이 대체 무슨 생각을 하고 있는지, 지수는 여전히 알 수 없었다.

폭풍은 마을을 파괴하지 않았다. 아니, 레이첼의 식물이 마을을 폭풍으로부터 지켰다. 모스바나는 무성하게 자라서 순식간에 숲을 뒤덮었다. 죽은 식물들을 양분 삼아 나무 꼭대기까지 닿았다. 고목을 둘러싼 잎들이 마치 숲을 되살렸다는 착각이 일게 했다. 레이첼의 개량종들은 숲에 기묘한 색을 더했다. 죽은 숲 위에 변형된 식물들이 덧입혀졌다.

숲은 무사했고 사람들은 레이첼에게 찬사를 보냈다. 레이첼이 프림 빌리지를 구했다고, 이제는 세상을 구할 것이라고. 그가 정말로 인류의 구원자가 될 것이라고.

지수는 밤새도록 바위에 앉아서, 숲을 가득 채운 푸른 먼지들을 보았다. 아름다움 외에는 아무 기능이 없는, 그러나 결국 제거되지 않은 푸른빛들을.

＊＊

더스트의 자가 증식은 결코 멈추지 않았다. 그것은 지구상의 모든 유기물을 집어삼킬 기세로 퍼져 나갔다. 돔 시티의 연구소들이 내놓은 더스트 대응책들이 전부 실패했다는 소식을 지수는 전해 들었다. 자가 증식 나노봇을 더 작은 단위로 분해하는 방식으로 작용하는 그 해결책들은 나노봇이 더 빠르게 증식하도록 만드는 결과로 이어졌다. 분해에 기반한 대응책을 쓰기에는 이미 공기중의 더스트 농도가 너무 높았다.

연구소들은 이제 돔 바깥의 더스트를 제거하는 대신, 돔 시티를 유지하는 연구를 하기로 결정했다. 그 이야기를 들었을 때 지수는 정말로 종말이 코앞이라는 것을 알았다. 돔 안의 사람들은 세계를 되돌릴 의지가 없었다. 아무도 미래를 기대하지 않았다. 오직 자신들의 비참한 삶을 연장하는 것만이 그들의 유일한 관심사였다.

돔 시티가 하나둘 무너져가며 마을을 침입해오는 사람들이 늘었다. 하지만 그보다 더욱 심각한 문제는 모스바나가 새롭게 만들어낸 내부의 갈등이었다. 모스바나의 증식이 지나친 탓에 작물들이 모두 죽어버렸다. 레이첼이 경고한 대로였다. 지수는 마을이 무너지거나 온실이 작동하지 못할 경우에 대비해 나오미에게 분해제를 만드는 법을 가르쳤다.

뒤늦게 모스바나의 침투를 막을 수 있는 실내 재배 위주로 계획을 수정했지만, 이미 늦었다는 느낌을 지우기가 어려웠다. 사람들이 지쳐가는 것이 보였다. 언제까지 버틸 수 있을지 몰랐다. 정말 레이첼의 말대로, 지수가 오판을 내린 것일까? 하지만 그러지 않았다면 더스트 폭풍에 누군가 희생되지 않았을까? 무엇이 최선이었을까. 지수는 덫에 걸린 기분을 느꼈다. 모스바나는 더스트로부터 사람들을 보호해주었지만 동시에 그들이 오랜 시간 가꾸어온 어떤 가능성을 모두 집어삼키고 있었다. 간신히 죽음을 피해 가면, 그곳에는 또다른 예정된 멸망이 기다리고 있었다.

지수는 직감적으로 느꼈다. 프림 빌리지도 똑같은 길을 밟고 있다는 것을. 지수가 그동안 숱하게 보아왔던 대안 공동체들의 결말이 보였다. 마을의 형성, 짧게 지속되는 평화의 순간, 그리고 곧 이어지는 갈등과 배신, 공동체의 파국, 죽음과 종말.

이제는 정말 레이첼을 설득해야 한다고 지수는 생각했다. 식물들이 숲 밖에서도 자라게 하는 법을 찾아야 한다고, 그래서 그것들을 가지고 밖으로 나가야 한다고. 그러나 아무리 설득해도 레이첼의 마음을 바꿀 수가 없었다. 한참을 호소하고 애원해도 그는 불가능하다는 대답만을 반복했다. 식물들에 대해 밤을 새워가며 지수와 대화하곤 했던 레이첼은, 식물들이 왜 숲 바깥에서 자라지 않느냐는 질문에는 굳게 입을 다물었다.

사람들이 레이첼을 구원자라고 칭할 때 지수는 그 말을 속으로 비웃었다. 그는 단지 자신이 통제할 수 있는 실험실만을 원하고 있었으니까. 사람들의 삶과 죽음은 그에게 중요하지 않았다.

**

2059년 겨울

　"레이첼, 유기체 비율이 점점 떨어지고 있어. 나노 솔루션 보충제를 찾기도 어려워. 네가 솔라리타에서 가져온 건 이미 다 썼고. 남은 유기체들이 네 멀쩡한 기계까지 부식시키고 있어서 불필요한 뼈와 근육을 들어내야 하는데, 그것까지는 내가 못해. 조만간 전체적으로 부품 교체도 해야 할 거야."

　"그렇군."

　"그냥 그렇게 넘길 일이 아니야. 여기에서는 네 신체에 맞는 부품을 더는 찾을 수가 없어. 폐허는 이미 사람들이 쓸 만한 걸 모두 가져갔고, 돔 시티는 요즘 항상 전쟁중이니 거래를 해주지 않을 거고…… 차라리 아예 먼 곳으로 가봐야 할지 몰라. 솔라리타의 다른 지부라든지, 그런 곳으로. 가장 가까운 곳도 좀 거리가 있어. 태국에 지부가 하나 있었다고 하던데."

　인간이 스스로 신체 상태를 정확히 진단할 수 없듯이, 사이보그 역시 정비사 없이는 판단하기 어렵다. 완전한 거짓은 아니었지만, 지수는 일부러 과장하여 말하고 있었다. 폐허에서 가져온 매뉴얼에 따르면 나노 솔루션의 보충제를 새로 만들어내는 것은 좀 복잡할 뿐 불가능한 일은 아니었다. 다소 엉성하더라도 여러 부품들을 조립해서 키메라 장치를 만들면 낡은 신체 장치들을 대체할 수도 있었다. 다만 지수는 레이첼에게 곧 온실을 떠나야 한다는, 이곳은 영원하지 않다는 압박감을 느끼게 하고 싶었다.

그런 의도가 제대로 통하지 않았는지 레이첼은 그저 무덤덤했다. 지수가 재차 물었다.

"이상한 감각이 느껴지지는 않아? 예전처럼 우울하거나 불쾌한 느낌은 없어? 유기체 비율이 떨어지면 신체 감각이 달라질 거야. 네 뇌에서 유기체를 완전히 제거했을 때 생긴 변화처럼."

레이첼은 고개를 저었다. 마치 대화를 거부하는 것처럼 보여서 지수는 화가 치밀었다. 그냥 입을 다물고 레이첼의 기계 팔을 떼어냈다. 모스바나를 숲 밖에 가져가 심을 것도 아니면서 레이첼은 더스트 응집 실험을 지속하고 있었고, 그래서 팔에 들러붙는 고분자 응집체들이 기계 팔을 엉망으로 만드는 속도가 빨라졌다. 도대체 레이첼이 무슨 생각을 하고 있는 것인지 짐작조차 할 수 없었다.

레이첼은 지수가 팔을 분해하는 것을 말없이 지켜보다가, 한참 뒤에 짧게 덧붙였다.

"달라진 것도 있어."

"그래?"

지수는 약간 긴장하며 물었다.

"뭐가 달라졌는데?"

"감정적 변화."

"어떤 감정?"

"너에게 끌림을 느껴."

지수의 손동작이 잠시 멈췄다.

"아."

지수는 레이첼의 시선을 피했다. 다시 손을 움직여 기계 팔을 분해했다. 당혹스러웠다. 뭐라고 말해야 할지 떠오르지 않았다. 손은 습관적으로 움직여 작업을 이어가는데, 생각이 완전히 멈춘 것 같았다.

레이첼은 입을 다물었고, 지수도 아무 말 하지 않았다.

무언가 잘못되었을 것이다. 발단은 무엇이든 될 수 있었다. 레이첼을 통제하고 싶다고 생각했을 때. 처음으로 감정적 불안정 현상이 시작되었을 때. 패턴 안정화 스위치를 상의 없이 올렸을 때. 기계 뇌에 유기체 잔여물을 실수로 남겨두었을 때. 두번째 기회가 있었지만 그럼에도 다시 한번 잘못된 선택을 했을 때.

애초부터 자신이 무엇을 바랐었는지 지수는 이제 알 수 없었다. 이따금 레이첼이 보여주는 혼란스러운 시선, 그게 좋았던가?

하지만 이렇게 되는 건 바라지 않았다.

"농담이겠지."

지수가 중얼거렸다. 레이첼은 대답이 없었다.

그날의 작업이 끝날 때까지 두 사람은 침묵했다. 작업이 끝나고 온실을 나가기 직전 뒤를 돌아보았을 때, 레이첼은 지수를 보지 않았다. 그는 선반 위의 기계 부품들을 노려보고 있었다.

**

지수가 정비를 위해 온실로 들어섰을 때, 레이첼은 늘 실험하던 테이블을 비워둔 상태였다. 대신 온실 가장 안쪽에 있는 실험 부스에 불이 켜져 있었다. 유리는 반투명해서 레이첼이 그 안에 있다는 것만 알 수 있을 뿐 정확히 무엇을 하는지는 보이지 않았다.

지난 열흘간 지수는 레이첼과 거의 대화를 나누지 않았다. 간단한 정비를 위해 잠시 마주치는 것조차 껄끄러웠는데, 그건 그도 마찬가지였는지 직접 정비를 맡기는 대신 테이블 위에 부품만 놓아두거나 식물들도 전부 수레에 담아두는 등 최대한 지수를 피하는 것이 느껴졌다. 지수도 일에 몰두할 뿐 레이첼에 대해서는 생각하지 않으려 노력했다. 마을을 침략해오는 침입자들에게 대응하고, 전투 드론들을 수리하고, 싸우다가 다친 부상자들을 돌보느라 지친 상태이기도 했다. 지수는 이제 결정을 내려야 했다. 식물들을 바깥으로 가져가는 일, 어떻게든 그것을 가능하게 만들어야 했다.

레이첼이 아직 실험을 하고 있으니, 끝나고 나올 때까지는 기다려야겠다고 지수는 생각했다. 옆에 있던 간이의자를 테이블 옆으로 끌어오는데 무언가가 지수의 눈에 띄었다.

또다른 테이블 위에 쪽지들이 흩어져 있었다. 나오미가 베리라고 부르는 로봇 강아지로 주고받은 쪽지였다. 일부러 잘 정돈한 모양새는 아니었지만, 실험 구역 외에는 늘 엉망으로 만들어놓는 레이첼의 성격상 무언가를 이렇게 한 군데 모아두는 일은 드물었다. 지수는 피식 웃으며 쪽지들을 살펴보았다. 대부분은 그날의 필요한 점검을 묻는다든지, 숲에서 발견한 지표 나무의 상태 변화를 알린다든지 하는 업무적인 이야기였지만, 시시콜콜한 대화의 흔적도 있었다.

어떤 쪽지에는 겉면에 '위대한 식물학자 레이첼에게'라는 지수의 글씨가 적혀 있었는데, 대체 무슨 이야기를 썼는지 기억나지 않아 펼쳐보니 딱 한 줄만 적혀 있었다.

—고마워, 갓 내린 커피는 최고였어.

언젠가 지수가 프림 빌리지의 사람들과 신선한 커피의 맛이 그립다는 대화를 나눈 이후에, 온실에 들를 때마다 그 얘기를 해댔더니 어느 날 레이첼이 커피 생두를 내민 적이 있었다. 솔직히 훌륭한 맛은 아니었지만, 그때 지수는 레이첼에게 좀 감탄했었다. 그가 오직 자신의 식물들에만 관심이 있을 뿐, 지수나 마을 사람들을 일종의 정물처럼 대하는 것이 아닌가 생각했는데, 그게 아니었다.

지수는 쪽지 더미를 보며 생각했다. 레이첼과 어떤 감정적인 문제, 혹은 오해, 그게 무엇이든 당혹스러운 일이 생겼지만…… 잘 이야기해볼 수 있을 것이다. 일단 온실을 나가고, 프림 빌리지를 떠날 수 있다면. 사람들을 안전하게 대피시키고, 언젠가 바깥에서 다시 만나자는 약속을 하고, 지수 역시 스스로 만들어낸 책임으로부터 조금 더 자유로워질 수 있다면. 그렇게 단둘만 남으면, 이 감정을 좀더 제대로 직면할 수 있을 것이다. 지수는 아직 자신의 감정을 분명히 정의내릴 수 없었다. 그러나 무엇보다 두 사람의 관계에는 근본적으로 잘못된 것이 있었고, 그건 사실상 지수가 저지른 실수 때문이었다. 어쩌면 모든 것을 다시 되돌려놓을 방법이 있을지도 모른다.

지수는 쪽지들을 잘 접어서 한자리에 정돈해놓고, 그 위에 얹어놓을 무게 있는 물건을 찾아보았다. 간이 서류함에 꽂힌 연구 노트들이 보였다. 전자 노트는 충전이 잘되지 않는다며 레이첼은 늘 손으로 연구 기록을 남겼다. 표지에는 연구 주제가 적혀 있었다. 더스트 응집체에 대한 연구, 저항성 유전자 아그로인펙션agroinfection 실험…… 전문 용어들이 많아 읽어보아도 이해할 수 없겠지만, 레이첼이 어떤 방식으로 기록을 하는지 궁금했다.

두툼한 노트 한 권을 꺼내 들었다. 모스바나의 모체가 된 말레이시아의 야생종 식물들이 스케치되어 있었다. 동남아시아 지역 자생식물들의 유전체를 섞은 설계 식물이었다. 모스바나가 더스트 제거 효과를 내는 것에 대한 실험 기록도 있었다. 지수는 그 수식들을 다 이해할 수는 없었지만, 노트 여기저기에 모스바나가 실제로 더스트 제거 효과가 있는지, 그렇다면 그 원리는 무엇인지를 추측하는 메모들이 적혀 있었고 그건 알아볼 수 있었다.

다음 페이지에서, 지수는 뜻밖의 메모를 보았다.

레이첼이 지금까지 개량한 모든 식물들의 이름이 적힌 표가 있었다. 날짜에 따라 식물들의 생장 상태를 기록한 것처럼 보였다. 페이지의 마지막에는 이렇게 적혀 있었다.

촉진제 온-오프 사이트를 제거 후 w/o 촉진제 조건에서도 모든 종에서 생장 확인. 촉진제가 있을 때와 큰 차이가 없었음. 이번 실험 대상은 전체 폐기.
촉진제는 숲의 구획을 유지하기 위해 계속 사용할 예정.

기록된 날짜는 반년 전이었다. 지수는 방금 본 메모의 의미를 천천히 생각했다. 식물들을 심을 때 반드시 필요했던 촉진제, 그리고 이곳 프림 빌리지에 붙여진 '축복받은 숲'이라는 이름. 이 실험대로라면 식물들이 촉진제에 의존해서 자라도록 하는 것은 어디까지나 레이첼의 선택에 의한 것이었다. 촉진제는 그 구획을 정하는 스위치였다. 실험은 반년 전에 이루어졌지만, 레이첼은 그 이전부터 이미 알고 있었고 의도했을 것이다. 이곳은 축복받은 숲이 아니라 레이첼에 의해서 의도적으로 구획된 숲이었다.

레이첼은 식물들을 밖으로 보내는 법을 정말로 몰랐던 게 아니다. 단지 그것을 절대로 원하지 않았을 뿐이다. 그 사실을 이렇게 확인하자 혼란스러웠다.

그때, 부스 문이 열렸다. 이제 막 실험을 마친 레이첼이 밖으로 나오다 지수를 보고 멈춰 섰다.

"레이첼."

지수는 노트를 들고 자리에서 일어났다.

"내가 방금 본 게 뭔지, 네가 직접 설명해줘."

레이첼은 지수를 보고 있었다. 레이첼이 무슨 생각을 하는 건지, 어떤 기분인지 알 수가 없었다. 점점 그가 미지의 존재처럼 느껴졌다. 그 앞에서 지수는 몇 번이나 애원하고 화를 내고 설득하고 붙잡았다. 끝을 향해 달려가는 프림 빌리지를, 죽어가는 사람들을 구할 방법은 하나뿐이라고 생각했다. 하지만 레이첼에게는 그 문제들이 전혀 중요하지 않았다. 그에게는 오직 숲의 경계를 유지하는 것만이 중요했던 것이다.

지수는 마음속에서 둑이 허물어지는 듯한 기분을 느꼈다.

"촉진제는 눈속임이었지? 이 모든 게 거대한 실험실에 불과하다는 걸, 속여보려는 용도였겠지."

레이첼은 여전히 입을 다물고 있었다.

"왜 모든 걸 숨긴 거야? 사람들이 떠나고 다치고 죽는 걸 그저 보고만 있었어? 넌 어떻게, 해결할 방법을 알면서도……"

지수는 해석할 수 없는 레이첼의 표정을 바라보며 말을 이었다.

"그래. 우리가 한 건 거래였지. 그래도 마음을 바꿀 수도 있었잖아. 난 그 모든 게 단지 거래만은 아니라고 생각했는데…… 정말 네게는 이 모든 게 계약일 뿐이었던 거야? 내가 과도한 기대를 한 건가? 그 무엇보다도, 네 온실이 유지되는 게 가장 중요했어?"

레이첼은 지수의 손에 들린 노트를 보고 모든 상황을 알아차린 것 같았다. 지수는 이제 그가 무슨 대답을 할지 궁금했다. 그는 식물들이 숲의 경계를 넘어갈 수 없도록 의도했고, 그러면서도 어쩔 수 없는 문제인 것처럼 지수를 속여왔다.

아주 길게 느껴지는 시간이 흐른 끝에 레이첼이 지수에게로 걸어왔다. 숨막히는 정적이 두 사람 사이에 있었다. 레이첼이 무척 비참한 표정을 짓고 있어서, 지수는 속으로 생각했다. 비참한 건 나인데, 네가 왜 그런 얼굴을 하고 있는 것일까.

레이첼이 입을 열었다.

"내가 너에게 개량종을 넘겨주면, 프림 빌리지는 해체되겠지. 사람들은 모두 떠나고, 이 온실은 유지되지 않겠지. 그러면 우리는 여기 더이상 남지 못하게 되고, 언젠가 너도 나를 떠나겠지. 이곳 밖에서 너는 유일한 정비사가 아니니까. 그래서…… 네게 개량종을 주지 않은 건, 나에게 주어진 유일한 선택지였어."

지수가 처음에 느낀 감정은 의아함이었다. 그건 이미 예전에 다 끝난 이야기가 아니었던가? 온실은 어차피 유지될 수 없다는 것, 이곳을 떠나도 지수는 정비사로서 레이첼을 따라가리라는 것, 그가 지수를 필요로 하는 동안, 당분간은. 그것이 거래였으니까……

하지만 레이첼의 일그러진 표정을 보았을 때, 그리고 얼마 전 그가 말한 감정적 끌림을 떠올렸을 때, 문제의 진짜 원인이 무엇인지 지수는 깨달았다. 그렇게 애원해도 숲 밖으로 식물들이 나갈 수 없었던 이유, 레이첼이 이미 알면서도 숨겨온 이유를.

레이첼이 마을의 해체를 원치 않았던 건 이 마을을 자신의 실험실로 생각해서가 아니었다. 그럼으로써 지수를, 자신의 옆에 붙잡아두고 싶었던 거였다. 정비사가 아닌, 지수를 옆에 두고 싶어했던 것이다.

그리고 레이첼의 그 내적 동기, 감정적 혼란은 모두 지수가 초래한 것이었다. 레이첼이 처음부터 지수를 원한 게 아니었다. 지수가 그것을 의도했고, 그렇게 만들었다. 계속해서 외면해왔지만 이제는 정말 바로잡아야 했다. 도저히 입이 떨어지지 않았지만 지수는 지금 그 이야기를 털어놓아야 한다는 것을 알았다.

"레이첼, 네가 내게 느끼는 감정들, 끌림, 설명할 수 없는 마음…… 그것들 말이야."

지수는 무겁게 입을 열었다.

"진짜가 아니야. 유도된 거였어. 만들어진 마음이었어. 전부…… 내 잘못이야. 내 욕심이었어."

레이첼의 눈빛이 흔들리고 있었다. 이제 무엇을 어떻게 돌이킬 수 있을까?

"네 기계 뇌에서 유기체를 제거하는 시술을 할 때, 그때 감정 패턴을 조절했어. 내게 호의를 갖도록……"

지수는 레이첼에게서 호의를 얻고 싶었고, 그의 시선이 자신에게 오래 머무는 것을 보고 싶었고, 그의 다정한 태도를 원했다. 그게 어떤 마음인지, 애초에 왜 그런 것을 원했는지 지수는 설명할 수 없었다. 지금 말할 수 있는 것은 지수가 저지른 일과 그 결과뿐이었다. 레이첼의 표정이 서서히 굳어갔다. 지수의 말이 끝날 때까지 레이첼은 한마디도 하지 않았다. 온실의 공기가 갑자기 얼음장처럼 느껴졌다.

침묵이 이어졌다. 그 정적이 영원 같았다. 지수는 고개를 숙였다.

레이첼이 낮게 중얼거리는 목소리가 들려왔다.

"그래. 처음부터 너는 나를 기계 장난감으로만 여겼던 것을, 내가 오해했구나. 네가 날 존중한다고 생각했지, 한때는. 적어도 인간으로는. 그런데 그것조차 아니었다니."

그게 아니었다고 지수는 말하고 싶었다. 지수가 레이첼에게 느꼈던 그 마음들을 이야기하고 싶었다. 어떤 순간에도 표현할 수 없었던, 구체화해도 되는지 확신할 수도 없었던, 그러나 분명히 존재했던 진심들을……

하지만 지수는 레이첼의 감정에 개입해 진심과 거짓을, 본래의 마음과 생성된 마음을 분간할 수 없도록 만들었다. 그래서 레이첼은 자신의 진짜 마음조차 판단할 수 없게 되었다. 그것에 지수의 욕망이 투영되어 있지 않다고는 도저히 말할 수 없었다.

"나를 용서할 수 없겠지만, 맹세할게. 네가 원한다면 세계 어디든 가겠어. 나를 옆에 두라는 건 아냐. 그게 무엇이든 내가 너를 위해 할 수 있는 일을 하겠어. 그렇게라도 내 잘못을 조금이라도 돌이킬 수 있다면……"

지수가 말을 마쳤을 때 팽팽한 침묵이 둘 사이에 자리잡았다. 레이첼은 지수를 노려보며 비웃었다.

"나를 위해 할 수 있는 일을 하겠다고?"

그 시선에 분명한 증오가 담겨 있어서, 지수는 심장이 바닥으로 내팽개쳐지는 괴로움을 느꼈다.

"내가 지금 원하는 건 하나야."

레이첼이 당장이라도 울 것 같은 얼굴로 말했다.

"네가 그토록 원하는 걸 줄테니, 나를 떠나. 그리고 다시는 돌아오지 마."

*
*

레이첼은 숲 밖에서도 자라는 식물들을 지수에게 주었다. 지수는 촉진제의 성분 없이도 성장하도록 스위치를 제거한 종자와 모종을 수레에 실어 마을로 날랐다. 호버카들을 모두 지하 창고에서 꺼냈고 무기와 비상식량을 나누어 담았다. 사람들을 한 명씩 설득했다. 무리를 지어 함께 떠나기를 원하는 사람들이 있었고, 대륙을 건너 자신의 고향으로 돌아가겠다는 사람들도 있었다. 누군가는 자신들을 쫓아낸 돔 시티를 목적지로 정했다. 또 다른 이들은 아무도 살지 않는 황무지를 찾아 터전 삼겠다고 말했다.

지수는 시간을 더 끌고 싶었다. 레이첼을 끝까지 설득하고, 그와 함께 떠나고 싶었다. 하지만 그날 이후 그는 지수를 온실 안으로 절대 들이지 않았다. 며칠 지나지 않아 침입자들의 습격이 시작되었다. 이번에는 규모가 컸고 조직적이었다. 누군가가 마을에 불을 질렀다. 마을 사람들을 숲으로부터 쫓아내려는, 이 숲 전체를 차지하려는 목적이었다. 사람들은 또다시 머물던 곳을 떠나야 했다. 타의에 의해서만은 아니었다.

지수는 침입자들의 추적을 막기 위해 시간 차를 두고 다른 방향으로 사람들을 보냈다. 그들 중 일부는 밖에서 합류에 성공할지도 모른다. 그러나 또다른 프림 빌리지를 만들 수는 없을 것이다. 프림 빌리지는 분열이 시작되었을 때부터 서서히 무너졌다. 아니, 처음부터 그 끝은 예정되어 있었다. 영원한 도피처는 없다. 이곳에서 함께했던 사람들의 시공간은 다시 겹쳐질 수 없을 것이다.

그런데도 사람들은 약속하고 있었다. 이 숲을 나가도 레이첼의 식물들을 심겠다고. 숲 바깥 세계에서 가능성을 찾아보겠다고. 프림 빌리지를 만들겠다고. 그러니 언젠가 다시 만나자고. 지수는 그들 한 명 한 명과 눈을 맞추면서, 손을 잡고 안으면서, 비로소 자신이 무엇을 바라왔는지를 알았다. 지수야말로 프림 빌리지를 끝까지 떠나고 싶지 않았다. 이 세계가 영원히 지속되기를 바랐다. 그것이 불가능하다는 것을 누구보다 잘 알면서도.

마을 사람들을 모두 떠나보내고 지수는 레이첼의 흔적을 찾았다. 온실로 달려갔지만 보이지 않았다. 불이 아직 언덕 위로는 번지지 않았는데도, 온실은 이미 매캐한 연기로 가득했다. 레이첼이 스스로 자신의 식물들을 불태운 것이다.

지수는 그 자리에 주저앉았다. 지수는 레이첼을 기만했고, 한 번도 그에게 진심을 전하지 못했다. 열기 속에 푸른빛을 품은 먼지들이 흩날리고 있었다. 한때 레이첼이 만들었던 식물들의 잔해였다. 이 먼지들만이 지수에게 남은 전부였다.

온실 밖에서 침입자들의 전투 드론이 남은 생명체를 찾아 공격하는 소리가 들려왔다. 떠나야 할 순간이 다가오고 있었다. 지수는 마지막으로 레이첼의 이름을 소리 내어 중얼거렸다. 대답은 어디서도 돌아오지 않았다.

—

아마라가 입원한 병원은 랑가노 호수 근처에 있었다. 아디스아바바에서 호버카를 타고 두 시간쯤 달려야 하는 꽤 먼 곳이었지만, 아마라는 여전히 사람들이 '랑가노의 마녀들'을 기억하는 이 지역에 머물고 싶어했다. 이곳에는 수십 년 전 아마라와 나오미 자매에게 받았던 도움을 기억하는 사람들, 그리고 그들로부터 태어난 사람들이 살고 있었다. 호수를 둘러싼 방갈로 숙소들을 운영하는 사람들도 대부분은 젊은 시절의 자매를 기억하고 있었다. 아마라가 외출하는 날이면 얼마든지 그곳에 머물 수 있도록, 방갈로 사이를 마음대로 산책할 수 있도록 열어준다고 했다.

아마라의 병실 앞에는 꽃바구니가 잔뜩 놓여 있었다. 아영은 그 옆에 하나를 더 놓아두고 안으로 들어갔다. 아마라는 한 달

전보다 호전되었지만 아직 긴 이야기를 나누기는 어려웠다. 평소에는 대부분의 시간 동안 잠들어 있다고 했다. 잠시 깨어나 있을 때도 아마라가 느리게 이어가는 말들은 알아듣기가 쉽지 않았고 통역기로도 잘 해석되지 않아 나오미가 옆에서 의사소통을 도와주었다.

"아마라, 많은 사람들이 이제는 프림 빌리지가 정말로 존재했다는 걸 믿어요. 그곳에서 탄생한 식물들이 당신들의 손을 거쳐 세계로 퍼졌다는 것도요."

아영의 말을 들었을까. 아마라는 다시 잠들었지만, 입가에 미소를 띠고 있었기 때문에 아영은 이곳에 방문한 일이 헛되지는 않았다는 걸 알 수 있었다.

아영은 병원 밖 카페에 자리를 잡고 나오미와 마주앉았다. 나오미는 커피를 천천히 한 모금 마시고는 병원 쪽으로 시선을 두었다.

"아마라와는 지난 몇 년간 사이가 좋지 않았어요. 언젠가부터 언니는 프림 빌리지라는 건 존재하지 않았다고 믿기 시작했거든요. 그러고는 사람들이 우리에게 부여한 이야기를 진실로 받아들이기 시작했죠. 망해가는 세계에서 기적처럼 약초를 발견한, 헌신적으로 사람들을 치료한 마녀들…… 그건 우리를 설명하는 적절한 말이 아니었지만, 언니는 분노한 저에게 오히려 더 화를 냈어요. 저는 언니가 기억을 부정하는 게 괴로웠고, 그것은 곧 우리 자신에 대한 부정이라고 생각했지요. 당신이 오기 전, 어제 아마라와 이야기를 나누었어요. 우리가 서로 온실을 어떻게 기억하든, 이제 그것은 우리만의 이야기는 아니라고. 우리는 프림 빌리지에 있었던 다른 사람들의 이야기까지 기억할 책임이 있는 거라고 말했지요. 그랬더니 아마라가 한참을 생각하고는 물었어요. '그래. 지수 씨는, 하루는 잘 지낼까?' 하고요."

나오미는 그 말을 하고 잠시 생각에 잠겼다.

"그제야 언니가 사실은 아무것도 잊지 않았다는 걸 알았지요. 저는 언니가 떠나버릴까봐 언제나 두려웠던 것 같아요. 지금까지도요. 아마라는 단지 아마라의 방식으로 자신을 지켰을 뿐이라는 걸 이제야 이해했죠. 아마라에게는 그 시절을 떠올리는 고통이 더 컸는지도 몰라요. 그리움과 고통은 언제나 함께 오고, 모두가 그것을 견뎌낼 필요는 없으니까요. 그래도 당신을 만나서, 아마라와 그 이야기를 다시 할 수 있어서 다행이었어요."

쏟아지는 햇살 아래에서 나오미는 마치 백일몽을 꾸는 듯한 표정을 지었다. 아영은 나오미를 마주보며 말했다.

"저도 나오미 당신을 만나서 다행이에요. 이렇게 하나의 이야기를 끈질기게 뒤쫓아가보는 건, 이렇게 연구를 하는 건 아마도 삶에서 다시 없을 행운이라는 생각이 들어요."

아영은 녹음기를 켜며 부탁했다.

"그럼 이제 다음 이야기를 듣고 싶어요. 당신이 프림 빌리지를

떠나서 어디로 갔는지, 그리고 어떻게 그 시절을 지나 지금 이곳
으로 왔는지에 대해서요."

프림 빌리지를 떠나 에티오피아로 돌아가는 길은 수개월에
걸친 긴 여정이었다. 나오미와 아마라는 이동하는 길에 모스바
나의 씨앗을 뿌렸지만, 그것이 자라서 퍼져 나가는 것까지 확인
할 수는 없었다. 한 장소에 오래 머물수록 위험했다. 다시 폐허
를 떠돌던 시절의 상황이 반복되었지만, 이번에는 두 사람에게
분명한 목적지가 있었다.

"우리가 가진 차로는 바다를 건널 수 없었지만, 종말의 시대에
도 고향으로 돌아가 죽기를 원하는 사람들이 있었습니다. 그들
과 합류했지요. 인도와 파키스탄을 지나, 아덴만을 건너 소말리
아에 도착했을 때, 긴 여정에서 살아남은 사람은 많지 않았어요.
그들은 동반 자살을 하자고 했고 우리는 몸을 숨겨 겨우 살아남
았어요. 하지만 그들이 없었다면 우리가 동아프리카까지 갈 수
없었다는 것도 분명해요. 가는 길에 우리는 그들을 최대한 고향
가까운 곳에 묻어주었습니다. 뼛가루 일부에 불과했지만요."

에티오피아의 상황은 처참했다. 아디스아바바에 세워졌던 돔
시티는 폐허가 된 지 오래였고, 지하로 이주한 극소수의 사람들
과 내성종들이 세운 소규모의 지상 공동체들, 그리고 일부 돔 마
을만이 남아 있는 전부였다. 자매는 먼저 이르가체페 인근을 찾

아갔다. 두 사람은 돔 마을과 지상 공동체를 돌아다니며 돔 바깥에서 자라는 식물들이 있다고 사람들을 설득했지만, 비웃음만 사고 말았다. 자매는 지역을 옮겨다니다 랑가노 호수 주위의 자그마한 지하 대피소를 찾아냈다. 더스트가 침투해 사람들이 모두 떠나고 텅 비어 있었다. 자매는 그곳을 거점 삼아 레이첼의 식물들을 지상에 심었고, 지하에 분해제를 제조할 수 있는 장소를 마련했다. 자매는 분해제와 약물을 만들어 돔 마을과 물물교환을 시작했다.

"사람들은 우리가 운좋게 약초를 발견한 아이들이라고 생각했어요. 오로모어를 쓰는 마을이어서 말이 잘 안 통하기도 했고, 통역기를 쓰는 일도 다들 번거로워했고요. 우리가 가진 것들의 가치를 설득하는 일은 쉽지 않았어요. 오랜 시간이 걸렸지요."

나오미는 분해제의 진짜 효과를 설명하는 대신, 그저 무엇이든 낫게 만드는 약이라고 말했다. 처음에는 아무도 나오미를 믿지 않았지만, 약을 사간 사람들이 더스트 중독으로 인한 통증이 줄어드는 것을 알게 되자 다른 사람들도 분해제를 사기 시작했다. 제조법은 철저히 숨겼으므로, 그들은 유일하게 그 비밀을 아는 나오미를 함부로 대하지 않았다. 아마라 역시 약용식물들의 재배법과 그것으로 유용한 약물을 만드는 법을 잘 알았다. 자매는 분해제와 약물로 지역에서 이름을 알렸다.

"우리는 프림에서의 약속을 지키기 위해 모스바나를 재배하기 시작했습니다. 그런데 모스바나는 번식력이 너무나 뛰어나고 빠르게 자라서, 일단 빈터에 심은 다음에는 거의 손을 대지 않아도 단기간에 군락지를 이루었어요. 모스바나는 더스트로 죽어버린 생태계의 잔해를 양분 삼아 널리 퍼져 나갔죠. 아마라와 저는 모스바나가 만든 거대한 군락지를 보며 감탄했지만, 그게 정말로 우리를 구원할 식물인지에 대해서는 여전히 의문이 있었어요. 프림에서의 짧았던 시간은 마치 꿈처럼 점점 흐려져갔지요. 무엇하나 명백한 것이 없었습니다. 지금 우리가 살아 있는 이유, 그리고 이곳의 사람들이 죽지 않는 이유를 고민했지만 관여하는 요소들이 너무 많았어요. 내성 때문일 수도, 분해제 때문일수도, 아니면 정말로 모스바나 때문일 수도 있었죠. 언제나 의심하고, 매일 서로에게 물었어요. '우리는 지금 뭘 하고 있는 걸까?' 프림을 떠난 이후 우리는 어디에서도 소속감을 느끼지 못했습니다. 하지만 프림에서 하던 일을 반복하고 있었죠. 어떤 사명감 때문이 아니라 단지…… 그 시절이 그리웠고, 그것만이 우리를 잠시나마 과거로 되돌려 보내주었으니까요."

모스바나가 이룬 드넓은 군락지는 밤이 되면 오묘한 푸른빛을 띠어 보는 사람들에게 신비로운 느낌을 주었고, 어떤 종류의 경외감을 불러일으켰다. 얼마 지나지 않아 모스바나는 나오미와 아마라 자매의 상징이 되었다. 사람들은 모스바나에 치유의 효과가 있다고 믿기 시작했다. 나오미는 처음에 독성을 지닌 모스바나를 약으로 쓰려는 사람들을 말렸지만, 이미 굳어진 환상은 바꾸기가 어려웠다. 어느 순간부터는 사람들이 적극적으로 모스바나를 옮겨 심고, 새로운 군락지를 만들고, 자신들의 돔 마을 근처에서도 재배했다. 그렇게 모스바나는 고원을 순식간에 뒤덮어버렸다.

약초 치료사로 어느 정도 자리를 잡은 이후, 나오미와 아마라는 모스바나가 사실은 어디서 왔는지에 대해 이야기하기 시작했다. 이 신비로운 식물들은 모두 프림 빌리지라는 곳에서 왔고, 그 마을을 이루고 온실을 지켰던 사람들이 존재했으며, 모스바나에는 더스트를 제거하는 효과가 있다는 것까지. 사람들은 자매의 이야기를 재미있게 들었지만, 그것이 고된 경험을 한 여자아이들이 꾸며낸 이야기라고만 생각했다. 가까운 사람들, 치료사 일을 하며 알게 된 믿을 만한 사람들조차 그들을 존중하는 의미에서 시간을 내어 들어주었을 뿐, 프림 빌리지에 살았던 사람들에 대한 이야기를 진지하게 여기지 않았다. 나오미가 온실에 대해 남긴 증거는, 폐허에서 주워 온 카메라로 촬영했던 희미한 사진 한 장이 전부였다.

두 사람은 계속해서 거처를 옮겨다녀야 했다. 예전과 달리 자매를 사냥하거나 피를 빼앗으려는 사람들은 없었지만, 여전히 안정된 공동체는 없었고 끝도 없이 분쟁이 일어났다. 어떤 이들은 자매의 식물을 탐냈고 나오미를 협박해서 분해제의 제조법을 알아내려고 했다. 때로 자매는 공동체의 종교 지도자들과도 싸워야 했다. 어디선가 홀연히 나타난 자매를 신적인 존재로 추앙하는 거주민들이 있었기 때문이다. 자매는 여러 대피소와 마을, 도시를 옮겨다니며 가는 곳마다 모스바나를 퍼뜨리고, 더스트 저항종 식물을 심고, 자매 또래의 여자들에게 분해제 제조법을 비밀리에 전수하고, 또다시 분쟁을 피해 이동했다. 그렇게 두 사람은 에티오피아 전역을 돌아다니며 '랑가노의 마녀들'로 불리게 되었다.

더스트대응협의체가 공식 대응을 시작한 것도 그 무렵이었다. 오랜 논쟁 끝에 결국 솔라리타 연구소는 멸망을 불러온 자신들의 실책을 인정하고 더스트에 대한 모든 자료를 공개했다. 협의체는 솔라리타의 자료를 참고하여 더스트 제거 대책을 연구했고, 시행착오를 거쳐 자가 증식 나노어셈블러에 대응하는 나노-디스어셈블러의 살포를 공식적인 대응책으로 수립했다. 디스어셈블러 프로젝트가 공표되었을 때, 사람들은 또다른 더스트 사태가 발생할 수 있다고 우려했다. 그러나 살아남은 사람도, 살 수 있는 장소도 얼마 남지 않았으므로, 인류는 끊어질 듯한 한 가닥 희망이라도 붙잡아야만 했다.

"대응협의체의 디스어셈블러 프로젝트는 성공했습니다. 가동 다음해부터 더스트 농도가 급격히 줄어들었고, 육 년 뒤에 더스트 완전 종식이 선언되었지요. 다행이라고 말해야 하겠지만, 사실 우리의 심정은 무척 복잡했어요. 그 과정들을 지켜보며 아마라와 저는 서로에게 물었죠. 우리가 한 건 뭐였을까, 아무런 의미가 없던 일이었을까? 그 숲에서 보았던 어떤 놀라운 풍경들이 한낱 꿈에 불과했는지 거듭 자문해보았지만 답은 나오지 않았어요. 재건이 시작되면서 우리를 폐허의 치료사로, 재건의 영웅으로 칭송하려는 사람들이 있었습니다. 조명받을 기회가 생겼을 때, 모스바나의 더스트 분해 작용에 대한 연구를 해야 한다고 제안했지만, 아무도 관심을 갖지 않았어요. 사람들이 칭송한 건 단지 암흑시대에 잠시 민간 치료를 맡았던 마녀였던 겁니다. 다시 과학이 어두운 세계에 불을 밝히면서, 우리는 무대 뒤로 물러나야만 했지요."

종식 선언 이후, 나오미와 아마라는 아디스아바바에 정착했다. 몇 년 뒤부터 아마라는 더스트로 인한 뇌 손상 후유증을 앓기 시작했다. 원래부터 내성이 약했는데, 나오미와 함께 다니며 지속적으로 더스트에 노출된 것이 이유였다. 나오미는 프림 빌리지의 사람들을 다시 찾겠다는 생각이나 모스바나의 효과를 입증해야겠다는 생각을 그만두고, 언니를 돌보며 재건된 세계에 적응해서 살아가기로 결심했다.

"우리를 향한 마지막 관심조차도, 모스바나에는 사실상 약효가 없다는 연구 결과가 나오면서 완전히 사라지고 말았죠. 어떤 이들은 우리를 사기꾼이라고 조롱했고요. 에티오피아 정교회는 우리에 대해 다소 모호한 입장을 취했어요. 마녀들을 승인하는 건 교리에 맞지 않았을 테니까요. 그래도 그 밖의 많은 사람들이 우리를 공헌자로 존중해주었던 덕분에, 이후의 시간들은 고요하게 흘러갔어요. 무언가를 포기하고, 대신 자그마한 평온을 얻은 시간들이었지요."

재건된 세계에서의 삶은 더스트 시대의 삶에 비하면 훨씬 안온했다. 일상은 평화로웠으며, 늘 시달리던 죽음으로부터의 위협도 없었다. 그러나 나오미는 아주 가끔씩, 과거의 어떤 순간들에 대한 생각에 깊게 잠기곤 했다. 그런 날에는 누구도 나오미를 밖으로 불러낼 수 없었다.

아영은 그 모든 이야기를 기록한 다음 조심스럽게 물었다.

"모스바나가 정말로 더스트를 없애거나 줄였을까요? 당신은 지금도 모스바나가 정말 재건에 기여했다고 생각하나요?"

나오미는 잠깐 생각하더니 고개를 저었다.

"솔직히 말하면, 약간은 믿고 또 약간은 의심했어요. 그것은 지금도 마찬가지예요. 식물들이 정말로 우리를 지켰을까요? 그건 어쩌면 제 어린 기억 속에서 왜곡된 환상은 아니었을까요? 한평생 프림 빌리지를 그리워하면서도 나는 매 순간 그 기억을 심문하곤 했어요. 사실은 그 모든 일들을 하면서도 어쩌면 모스바나는 아무것도 아닐 수도 있다고 생각했어요. 정말로 아무것도 아닐 수 있다고요."

나오미는 아영을 보며 나직이 말했다.

"시간이 흐를수록, 모스바나가 무엇인지가 제게 그렇게 중요하지는 않았다는 걸 알게 되었지요. 제가 할 수 있는 말은 이것뿐이에요. 저는 그냥 그곳에서의 약속을 지키고 싶었던 거예요. 프림 빌리지를 다시 만들 수 없다는 것도, 그런 곳은 오직 프림 빌리지뿐이었다는 걸 알면서도…… 계속해서 식물들을 심었어요. 오직 그것만이 저를 살아가게 했으니까요."

*

프림 빌리지와 그곳을 떠난 나오미 자매의 삶을 다룬 '지구 끝의 온실'은 삼부작 기사로 연재되었다. 나오미의 회고, 아영의 인터뷰, 현재까지 밝혀진 프림 빌리지와 모스바나에 대한 학술적 근거 자료들을 포함하는 장문의 기사였다. 지수의 회상 기록은 직접적으로 인용하지 않았지만 나오미의 이야기에 비어 있는 조각들, 그리고 모스바나와 더스트 저항종 식물들의 근거를 보충하기 위해 참고했다. 아영에게 접촉해온 언론 중 가장 신중한 태도였던 곳을 통해 한국어로 처음 공개했고, 다국어로 번역되어 외신에도 보도되었다. 기사는 큰 파장을 일으켰고 환호하는 사람들과 불쾌감을 표하는 사람들이 동시에 생겨났다. 정말로 프림 빌리지를 목격했다, 그런 곳이 있다는 소문을 들었다, 심지어 그곳에 살았다고 주장하는 사람들도 수없이 나타났지만 진위를 가리기는 쉽지 않았다.

아영은 혼란스러울수록 자연 그 자체가 말해주는 증거를 찾아보자고 생각했다. 이야기를 입증하는 데이터들은 하나둘 등장하고 있었다. 그중에서도 아영을 기쁘게 한 발견은 모스바나의 작용 메커니즘을 밝혀낸 일이었다. 지수의 회상 기록에서 모스바나가 더스트를 제거하는 원리가 '응집'이라는 중요한 단서를 찾아내기는 했지만, 더스트가 모두 사라진 지금 어떻게 그것을 입증할 수 있을까 고민하던 중 베를린의 국립화학연구소에서 연락을 준 것이다.

그때 전화를 통해 아영이 전해 들었던 실험 내용은 얼마 지나지 않아 짧은 레터 논문으로 발표되었다. '분자 시뮬레이션을 통한 *Hedera trifidus* 유래 VOCs와 자가 증식 나노어셈블러의 기질-효소 작용 연구'라는 제목을 달고 있었다.

베를린 국립화학연구소의 분자 시뮬레이션 연구팀은 시뮬레이션 내에서 자가 증식 나노봇을 증식시킨 다음, 모스바나 *Hedera trifidus*의 휘발성 유기화합물volatile organic compounds, VOCs들이 어떤 방식으로 더스트를 제거하는지를 밝혀냈다. 그 메커니즘은 다음과 같다. 1)모스바나의 VOCs 중 두 종류 이상의 성분이 더스트의 증식에서 다른 자리성 저해제allosteric inhibitor처럼 작용한다. 2) 저해제들은 더스트의 자가 증식 과정에서 더블링-분리 반응에 혼선을 일으켜, 더스트 입자들이 서로 응집aggregation되어 고분자 응집체를 형성하게 한다. 3) 응집된 더스트 입자들은 본래의 증식 기능을 잃고 분자 크기가 커져 더이상 세포 침투성을 띠지 않으며, 토양으로 흡수되어 박테리아에 의해 유기물로 분해된다. 모스바나의 실뿌리들은 토양으로 흡수된 더스트 입자의 분해를 촉진하는 효과가 있는 것으로 추정된다.

실험을 주도한 연구원 조지나는 짧은 전화 통화에서, 누구보다도 먼저 아영에게 결과를 알려주고 싶었다며 흥분된 목소리로 실험 내용을 설명해주었다. 그러고는 사실 자신에게 모스바나의 응집 메커니즘에 대한 시뮬레이션을 해보라고 제안한 지인이 있었다고 말했다. 그 지인이 누구인지 알 수는 없었지만, 아영은 문득 스트레인저 테일즈에서 할머니의 정원에 대한 익명 메시지를 보내왔던, 독일에 살고 있다던 제보자를 떠올렸다.

처음에는 아영의 주장에 회의적이던 연구자들도 새로운 증거들이 등장하며 조금씩 태도를 바꾸고 있었다. 더스트생태학계는 대격변이 일어난 분위기였다. 얼마 전까지만 해도 자연계의 동식물들이 돔 바깥의 온전히 인간과 분리된 상태에서 독자적인 적응 능력을 갖추게 되었다는 가설이 우세했는데, 인위적인 더스트 저항종 식물들의 등장은 그 가설을 원점에서 재검토하도록 만들었다. 앞으로 열릴 심포지엄에서는 더스트 적응종에 대한 인공적 개입설을 두고 대토론이 벌어질 예정이었다. 물론 이런 상황을 불쾌하게 여기기보다는 흥미진진하게 받아들이는 연구자들이 더 많았다. 당장 자신의 논문을 부정하게 생긴 사람들에게는 기쁜 일이 아니었지만 말이다.

특히 아디스아바바 심포지엄에서 연락처를 교환한 에티오피아 연구자들은 자신들이 살고 있는 곳이 또 한번 세계적인 화제의 중심이 된 것이 즐거워 보였다. 일부 연구자들은 그동안 주목받지 못했던 과거의 연구 논문들 중 프림 빌리지나 모스바나, 인위적으로 개량된 더스트 저항종 식물들과 관련이 있을 만한 논문들을 발굴해내는 작업을 시작했다. 그들은 아영을 참조 발신으로 달고 자료를 주고받았고, 그렇게 아영의 메일함에는 수백 편의 논문들이 제보되었다. 유기화학에서 생물지리학에 이르기까지 분야가 워낙 다양해서 전부 이해할 수는 없었고 요약을 참고해 대략적인 내용을 파악하는 정도였지만, 그중에서 아영의 시선을 잡아끄는 것이 하나 있었다. 아디스아바바 심포지엄에서 만난 친절한 노령의 연구자가 '중요' '긴급' 라벨을 두 개나 달아서 보낸 자료였다.

아영은 메일의 요약, 그리고 결론을 읽고는 자리에서 일어났다. 당장 누군가와 이 논문에 대해 이야기를 나누고 싶었다.

"윤재 언니, 이것 좀 같이 검토해줄래요?"

제보된 논문은 21세기 후반에 작성된 것으로, 더스트 폭발부터 대응협의체의 출범, 종식 선언, 그리고 재건기를 기점으로 하여 각 구간의 더스트 농도를 사후적으로 추정해 역산한 그래프였다. 저자들이 도입한 계산법에 따르면, 더스트 종식까지의 농도 변화가 당대의 통념과 다르게 그려지고 있었다. 일반적으로 알려진 더스트 농도 곡선은 2055년 더스트 폴 직후 급증하다가 2062년까지 완만하게 증가하고, 그후 이 년간 급증과 일부 감소를 반복하며 전체적으로 증가하다 디스어셈블러 프로젝트 이후로 급감하는 형태를 그린다.

그러나 새로운 역추산 계산법은 더스트 농도가 2060년부터 더이상 증가하지 않고 억제되기 시작했으며, 약간 낮아져 완만한 능선을 그리다 2062년부터 본격적으로 감소하기 시작했음을 보여준다. 저자들은 이 완만한 능선에 이어지는 하강 영역을 '1차 감소'라고 이름 붙였고, 1차 감소를 거친 다음에야 비로소 더스트가 대응협의체의 인위적인 제거 프로젝트에 의해서 통제 가능한 범위로 들어왔다고 주장한다.

2064년부터 시작된 2차 감소의 원인은 사람들이 알고 있는 사실과 부합한다. 대응협의체의 과학자들이 동시다발적으로 시도한 거대 흡착 그물 및 다공성 포집 기둥 설치 등의 더스트 제거 작업과 증식형 분해제인 디스어셈블러 살포가 2차 감소의 직접적인 원인으로 작용한다. 그러나 지금까지의 주류 가설은 1차 감소의 원인을 설명하지 못한다.

"그러니까 저자들 말로는, 더스트는 디스어셈블러에 의해서 한 번에 줄어든 게 아니라는 거죠. 적어도 두 번의 급감이 있었고, 각각에 기여한 요소들이 다르다는 주장 같아요."

더스트 종식은 테크놀로지와 전 인류적 협력의 승리로 여겨져 왔다. 그러나 저자들은 그것으로 설명되지 않는 1차 감소의 원인을 찾는 것이 중요하다고 주장하고 있었다. 더스트 제거 과정에서 급격한 1차 감소가 있었다는 것, 그리고 그 원인에 대해서는 지금까지 논의된 바가 없다는 것. 논문은 당대로서는 파격적인 견해를 제시했지만 제대로 주목받지 못한 모양이었다. 1차 감소의 원인을 설명할 수 있는 대안이 전혀 언급되지 않았기 때문이다.

"혹시 모스바나가 1차 감소의 원인일까요?"

"모스바나가 더스트를 응집해서 제거한다는 근거는 있고, 모스바나의 영향이 얼마나 크게 작용했는지는 아직 모르지. 만약 당시에도 모스바나가 충분히 널리 퍼졌다고 가정한다면 시기상으로는 일치하는 것 같은데."

"하지만…… 이 논문대로면, 모스바나가 퍼지기 시작한 지 거의 일 년 만에 더스트 억제 효과가 어느 정도 나타났다는 거잖아요. 나오미의 이야기대로라면 모스바나가 에티오피아에서부터 인위적인 개입을 통해 퍼져 나가기 시작한 것은 맞겠지만, 그렇다고 해도 거의 전 지구를 단기간 내에 뒤덮었다고 보아야 말이 되는데…… 단일종 하나가 지구를 고작 몇 년 안에 뒤덮는 일이 현실적으로 가능할까요?"

"여러 조건이 겹친다면 불가능한 건 아니라고 봐. 당시 생태계에는 모스바나의 경쟁종이 거의 없었고, 죽은 생물들로부터 얻을 양분은 풍부했어. 종자를 퍼뜨릴 인위적인 요소들이 있었고 말이야. 모스바나는 기후 조건에 따라 환경변이가 큰 종이고, 게다가 얼마나 생명력이 강한 식물인지 이미 봤지."

아영은 해월의 고철 더미를 뒤덮었던 모스바나의 무시무시한 생장 능력을 떠올렸다. 확실히 번식과 생존에 특화된 인공적인 식물이니 보통의 식물들보다도 더 빠르게 퍼져 나갈 수 있었을 것이다.

"그래도, 나오미 자매 둘이서만 해낼 수 있는 일은 아니었을 텐데요. 나오미와 아마라는 에티오피아에 도착한 이후로는 그곳을 떠나지 않았고, 모스바나가 신비의 약초로 알려져서 다들 모스바나를 심어대기 시작한 것은 나오미의 말에 의하면 좀더 나중의 일이었고요."

윤재가 그 말에 고개를 끄덕였다.

"네 말이 맞아. 그러니까 외부의 개입 요소는 두 사람뿐만이 아니었을 거야."

아영과 윤재는 각 국가의 식물지리학자들의 도움을 받아 모스바나의 엽록체 DNA 분석을 통한 식물 분포도를 재구성했다. 기후에 따른 환경변이가 큰 탓에 아예 다른 종으로 잘못 분류된 모스바나들도 많았던 터라 쉬운 작업은 아니었지만, 각 지역의 연구자들이 기꺼이 도와준 덕분에 유전체를 직접 대조하는 것이 가능했다. 프림 빌리지에서 탄생한 모스바나가 유전체 A를 가진 원종이라고 할 때, 인위적인 이동으로 인한 소규모 변이 A', A" 등과 자연적으로 군락을 이루며 생겨난 대규모 변이 B를 비교 분석하는 작업이었다. 이 작업을 통해 온실 밖으로 나온 모스바나가 어떤 경로를 거쳐 확산되었는지 대략적인 이동 지도를 그려볼 수 있었다.

윤재가 최종 검토를 마친 초고를 보내주었을 때 아영은 논문의 요약본을 훑고, 서론과 결론을 단숨에 읽었다. 몇 달을 붙잡고 있었던 논문이었고, 나오미의 이야기를 들은 그 순간부터 예상하던 내용이었는데도 직접 눈으로 지도를 확인하는 것은 완전히 다른 경험이었다. 그것은 자연적으로는 발생할 수 없는 식물 분포에 대한 연구 결과인 동시에, 어떤 마을과 그곳에 살았던 사람들의 존재를 증명하는 결과이기도 했다.

아디스아바바 외곽의 카페 나탈리에서 나오미를 다시 만났을 때, 아영은 준비해 온 자료를 태블릿으로 열었다.

　나오미는 에티오피아 외의 다른 지역에서 어떤 일이 일어났는지 오랫동안 알지 못했다. 국제적인 소식이 다시 민간 영역에서도 활발하게 공유되기까지는 조금 더 시간이 걸렸다. 나오미는 거의 이십 년의 시간이 흐른 후에야, 모스바나가 한때 지구 전역을 전부 덮을 만큼 널리 퍼져 나갔다는 사실을 알았다. 그러나 그 이유는 너무 많은 부분들이 추정의 영역에만 남아 있었다.

　"모스바나의 유전체 연구를 통해 어디서 변이가 일어났는지를 볼 수 있어요. 식물이 어디에서 퍼지기 시작해서 어디로 이동했는지, 그리고 그 과정에서 얼마나 많은 시간이 걸렸는지, 그런 것들을 이 데이터를 통해 추론한 거예요. 인위적으로 단일 종을 퍼뜨리는 경우는 유전적 다양성이 낮지만, 식물이 자연적으로 퍼지는 과정에서는 유전적 다양성이 증가하게 되거든요. 그것으로 식물 분포에 기여한 인간 활동과 자연적 전파를 구분하는 거예요."

　아영은 데이터를 설명하며 지도에 점을 하나씩 찍었다.

　"이 데이터는 모스바나의 원종이 출현한 대륙을 가리켜요. 프림 빌리지의 위치인 말레이시아 케퐁 지역이죠. 그리고 멀지 않은 곳에서, 모스바나가 처음 대규모 군락지를 이뤘어요. 하지만 여기만이 아니에요. 사람들은 온실에서 출발해 세계 곳곳으로 떠났어요. 그리고 거의 시차를 두지 않고, 이 모스바나 원종은 여러 장소로 퍼져 나가요."

점들은 서로 다른 대륙에, 각각의 나라에 찍혔다.

그리고 그것으로부터 출발해서 세계 곳곳으로 향하는 선이 이어졌다.

"한 명이 아니었어요. 한 장소도 아니었죠. 온실에서 떠난 이들이 거의 같은 시대에 각자 도착한 곳에서 모스바나를 기르기 시작했어요. 여기가 나오미와 아마라, 당신들이 도착한 지점이죠. 그리고 여기는 중국 남부 지역이고요. 또 여기는 독일이고, 이렇게 점으로부터 퍼져 나간 선을 전부 그어보면⋯⋯ 거의 세계의 전 대륙에 최초의 모스바나들이 심어졌다는 것을 알 수 있어요. 그래서 모스바나들이 그렇게 단기간에 지구를 뒤덮을 수 있었던 것이죠."

아영은 자신이 이 논문의 데이터를 처음 보았을 때 느꼈던 어떤 놀라움과 슬픔, 그리고 설명할 수 없는 기쁨을 나오미도 만나게 되기를 바랐다. 아영은 나오미가 지도에서 시선을 떼지 못하는 것을 보았다. 그리고 나오미의 표정이 점차 변해가는 것을 지켜보았다.

나오미가 나지막이 말했다.

"우리만이 아니었군요. 모두가 잊지 않았어요."

"맞아요. 당신들이 약속을 지켰고, 세계를 구한 거예요."

"아닙니다. 우리는 그냥, 그곳을 떠나서도 프림 빌리지를 재현하려고 했을 뿐이에요. 결국은 그러지 못했지요. 그러지 못했는데……"

나오미는 말을 끝맺지 못하고 입을 다물었다. 지도 위의 점들이 여전히 깜빡이고 있었다. 아영은 설명을 멈추었다. 이제는 더 설명할 필요가 없었다.

말하지 않아도 나오미는 이미 알고 있을 것이다. 그 수많은 점들의 이름을.

*

두 달 전 보내신 메일을 이제야 읽었습니다. 모스바나와 더스트 저항종 식물들에 대한 이야기를 나누고 싶다고 하셨죠. 누군가 연구 데이터베이스를 통해서 제게 접촉할 수 있다는 생각을 못했던 터라, 확인이 늦었습니다.

추측하신 대로 업로드된 모스바나의 데이터는 제가 전 세계에서 수집한 것들이 맞습니다. 수집에는 꽤 오랜 시간이 걸렸습니다만.

당신은 재건의 역사를 식물들의 관점에서 재구성해보겠다고 했습니다. 아직도 그 작업이 수행되지 않았다는 점이 놀라울 정도입니다. 인류는 그간 얼마나 인간 중심적인 역사만을 써온 것일까요. 식물 인지 편향은 동물로서의 인간이 가진 오래된 습성입니다. 우리는 동물을 과대평가하고 식물을 과소평가합니다. 동물들의 개별성에 비해 식물들의 집단적 고유성을 폄하합니다. 식물들의 삶에 가득한 경쟁과 분투를 보지 않습니다. 문질러 지운 듯 흐릿한 식물 풍경을 바라볼 뿐입니다. 우리는 피라미드형 생물관에 종속되어 있습니다. 식물과 미생물, 곤충들은 피라미드를 떠받치는 바닥일 뿐이고, 비인간 동물들이 그 위에 있고, 인간은 피라미드의 꼭대기에 있다고 생각합니다. 완전히 반대로 알고 있는 셈이지요. 인간을 비롯한 동물들은 식물이 없으면 살아갈 수 없지만, 식물들은 동물이 없어도 얼마든지 종의 번영을 추구할 수 있으니까요. 인간은 언제나 지구라는 생태에 잠시 초대된 손님에 불과했습니다. 그마저도 언제든 쫓겨날 수 있는 위태로운 지위였지요.

목격자로서 한 가지 단서를 드리지요. 재건의 역사를 식물 중심으로 구성한다면, 모스바나는 더스트 시대의 천이遷移를 이끄는 개척자 식물이었습니다. 본래 생물이 없는 땅에 새롭게 진입하는 개척자들은 이끼류와 지의류, 한해살이풀들이지만, 모스바나는 드물게 다년생 목본 단일종으로서 개척자 식물이 되었지요. 하나의 식물종이 번영한다는 것이 그 종의 터전을 넓혀가는 일이라면, 모스바나는 한때 지구상의 생물로는 유례없는 번영을 누렸습니다. 인간들이 돔 안에 갇혀 죽어갈 때 모스바나는 인간이 가본 적 없는 지역까지 번성한 우점종이었지요. 그리고 그 영광의 시대가 끝났을 때, 모스바나는 기꺼이 그자리에서 물러났습니다. 인간이 우점종으로서 미처 생각조차 하지 못한 일이었습니다.

당신이 지적한 대로, 모스바나의 모순은 그 자신의 경쟁력을 만드는 더스트라는 환경 자체를 스스로 무너뜨리는 식물이었다는 데에 있습니다. 더스트라는 극한 환경이 완화되면서 다시 새로운 식물 생태계가 생겨났고 모스바나는 우점종에서 밀려났습니다. 그러나 한편으로는 그 모순이 모스바나에게 시간을 벌어주었다고도 할 수 있겠지요. 모스바나는 인간에게 적응해서 그 자신의 독성을 점점 낮추어왔고, 염증을 일으키는 가시의 크기를 작게 만들었고, 눈에 띄는 발광성 돌연변이를 상실했고, 더스트 이전부터 존재했던 잡초들처럼 스스로를 풍경 속으로 희미하게 감추었습니다.

그건 저 역시도 예상하지 못한 결과였습니다. 모스바나는 원래 그 자체로 더스트를 닮은 생물로, 끊임없이 증식하고 공격하고 침투하는 성질을 가졌습니다. 동시에 유전적 다양성이 없기에 단일 바이러스 하나에도 멸종에 이를 수 있는 취약한 생물이기도 했습니다. 저는 모스바나가 더스트와 같이 역사의 저편으로 사라질 것이라고 예상했습니다. 그러나 모스바나는 공존과 유전적 다양성을 습득하고 더스트 시대의 흔적을 자신

·에게서 지우는 것으로 살아남았지요.

그런데 더스트 시대의 식물들에 대해 연구자들이 그렇게까지 밝혀낸 것이 없다면, 당신이 연구한다는 새로운 생태학은 도대체 어떤 지식들로 구성되어 있는 것인가요? 제게 그 잘못된 가설들을 공유해줄 수 있습니까?

*

문명 재건 육십 주년을 기념하는 전시회는 국립중앙박물관에서 열렸다. 더스트 시대를 회고하며 인류 공동의 대응, 더스트 종식, 그리고 재건 이후에 이르기까지 수십 년의 멸망과 재건의 역사를 살피는 전시였다. 박물관 전체가 전시장으로 쓰일 만큼 큰 규모였다. 각각의 구역에서 더스트 시대의 참상과 그 시대의 생활을 살필 수 있는 여러 현대사적 유물들을 전시하고 있었다. 그런데 오랫동안 기획된 이 대형 전시회에 몇 달 전 급히 특별 전시회가 추가되어서, 개막 첫날부터 많은 사람들의 관심이 그쪽으로 쏠려 있었다.

특별 전시관 외벽을 다 덮는 거대한 현수막에 '구원자 식물, 모스바나'라는 타이틀이 적혀 있었다. 입구에 들어서자마자 아영은 장엄한 분위기를 띠는 현수막을 보고 혀를 찼다. 옆에서 투덜거리는 수빈도 아영과 같은 심정인 것 같았다.

"저거, 현수막 글씨 좀 봐요. 얼마나 힘을 줬는지. 사진도 팀장님이 찍은 거 아니에요? 진짜 우리 팀 영혼이 저기 다 갈려 들어갔는데…… 어디다가 크게 연구센터 이름 써줘야 하는 거 아닌가 몰라."

아영을 비롯한 식물팀 연구원들은 그동안 전시회 기획 담당자들에게 너무 많이 시달려서, 이제는 '전시회'라는 말만 들어도 등에 오스스 소름이 돋았다. 전시회 기획팀은 모스바나에 대한 특별 전시를 갑자기 준비하게 되었는데 자신들은 식물에 대해서는 아는 바가 거의 없다며, 더스트생태연구센터로 거의 매일 전화를 걸어 필요한 자료를 요청하고 설명을 부탁했다. 정작 전화를 거는 담당자는 원치 않은 일을 갑자기 떠맡게 된 팀 막내인 것 같아서 화를 낼 수도 없고, 본업에 도저히 집중할 수 없을 정도로 요청이 쏟아지고 있으니 기꺼운 마음으로 도울 수도 없어서 모두 괴로워했다. 막상 모스바나의 사진이 전시회의 메인인 것처럼 걸려 있는 것을 보니 괜히 감격스러운 마음도 들었다. 하지만 전시회 내용은 과학을 잘 고증하기보다는 낭만적으로 포장한 신비주의에 가깝다는 것을 떠올리자, 그 즉시 감동이 차갑게 식고 말았다. 담당자는 약간 민망해하며 '흥행을 위해서는 예술성이 가미되어야 하고, 너무 과학적이기만 해서는 곤란하다'라고 했지만, 그럴 거면 도대체 왜 그렇게 식물팀을 몇 달간 괴롭혔댄 건지 모를 일이었다.

오프닝 행사가 특별 전시관에서 진행되고 있었다. 원래는 사전 등록을 해야 했지만, 전시회 기획팀이 초청 티켓 한 상자를 연구센터에 보내주었으므로 줄을 설 필요는 없었다. 이왕 고생한 것도 있으니 다 같이 전시회를 보러 가자고 윤재가 식물팀 사람들에게 제안했을 때까지만 해도, 아영은 전시 내용을 이미 다 아는 전시회에 굳이 오지 않을 생각이었다. 이곳에 올 이유는 나중에야 생겼다.

아영은 전시관 로비에 들어서자마자 주위를 둘러보며 오늘 이곳에 온 진짜 이유를 찾았다. 실내가 인파로 가득차 있어서 사람을 찾기가 어려웠다. 관람객들 대부분은 로비에서 전시실로 들어서는 입구에 전시된 거대한 태피스트리 앞에서 기념사진을 찍었다. 모스바나에서 추출한 식물섬유로 제작한 태피스트리는 '지구의 선물'이라는 이름을 달고 있었다. 유명 디자이너가 이번 특별 전시를 기념하기 위해 제작한 것이었다. 아영이 보기에는 모스바나의 평범한 외관에 비해 과장되게 화려한데다, 이름도 너무 거창했다.

전시실은 어두운 실내에 핀 포인트 조명으로 동선을 표시했고, 벽면은 모스바나와 모스바나 원종의 발광성 부산물을 이용한 바이오아트 작품들로 꾸며졌다. 어둠 속에서 형형하게 빛나는 푸른 빛깔 때문에 전시장은 마치 외계 행성의 풍경을 재현해놓은 것처럼 보였다. 안쪽에는 모스바나의 생태와 분포 지역, 더스트를 응집하는 원리가 홀로그램으로 전시되어 있었다. 전부 식물팀에서 준 자료를 활용해 제작한 것이었다.

"그런데 저 벽 디스플레이, 저건 거의 사기 아닌가? 모스바나만 잔뜩 있는 해월도 저렇게 보이진 않을 텐데."

"뭘 사기까지. 원래 예술에는 과장이 있게 마련이라고요. 바이오아트니 하는 게 다 그런 거 아니겠어요."

"하긴, 논문 사진도 예쁘게 보이라고 색색깔로 염색하는데."

아영은 이미 검수하느라 여러 번 본 것들이었지만 수빈과 윤재는 처음 보는 것인지 꽤 흥미롭다는 표정으로 전시물을 구경하며 속닥거렸다. 아영은 시계를 보았다. 슬슬 다른 장소를 찾아봐야 할 때였다.

"둘러보고 계세요. 저는 따로 다녀올 곳이 있어서요."

"아영 씨, 요즘 정말 바쁘네. 여기서 또 놀랄 만한 발견을 해 오는 건 아니죠?"

박 팀장이 씩 웃으며 말했다. 윤재는 흘끔 아영을 돌아보더니 입 모양으로 '잘하고 와' 하고 말해주었다.

아영은 얼른 전시실을 빠져나왔다. 결국 그는 전시를 보러 오지 않은 걸까. 아영은 전시실 앞에 앉아 조금 더 기다려보기로 했다. 혹시나 기획 담당자들이 아영을 알아보는 불상사가 생기지 않기를 바라며, 일부러 태블릿을 꺼내 업무를 하는 척했지만 집중은 잘되지 않았다. 오늘 만나기로 한 그와 주고받은 메일들을 살펴보다가, 바로 일주일 전에 온 메일을 다시 확인했다.

그래도 덕분에 재미있는 이야기를 많이 들을 수 있었습니다. 특히 모스바나를 두고 그것이 자연의 선물인지 인간이 만들어 낸 도구인지에 대한 논쟁이 벌어졌다는 것이 흥미로웠습니다. 어떻게 생각하는지 제게도 물었으니 답해드리자면, 제 의견은 당신의 견해와 일치합니다. 모스바나가 자연인지 인공인지를 묻는 것은 무의미한 일이라고요. 모스바나는 자연인 동시에 인공적인 것이지요. 모스바나를 이루는 구성 요소들은 모두 자연에서 왔고, 그것은 인위적인 개입에 의해 모스바나라는 총체가 되었으며, 다시 자연의 일부로 진입했습니다. 인간이 모스바나를 이용했다고 주장하는 사람들이 있지만, 반대로 모스바나가 인간을 이용했다고 볼 수도 있을 겁니다. 둘은 분리할 수 없고, 분리할 필요조차 없는 것입니다. 분명한 건 모스바나는 인간에게 적응하는 전략으로 그 종의 번영을 추구했고, 인간은 모스바나를 절실히 필요로 했다는 사실입니다. 모스바나와 인간은 일종의 공진화를 이룬 셈입니다.

당신을 만나고 싶습니다. 긴 이야기는 나눌 필요가 없겠지요. 이미 서면을 통해 모두 했으니까요. 다만, 우리가 서로에게 필요한 것을 가지고 있고, 마지막으로 그것을 교환할 수 있으리라는 생각이 드는군요.

약속 시간으로부터 벌써 삼십 분이 지나 있었는데 나타날 기미가 없었다. 아무래도 여기가 아닌 다른 장소에 있는 것 같았다. 아영은 로비를 벗어나 특별 전시관의 거의 끝에 있는 복도 구석까지 둘러본 다음에야 비로소 그를 찾아냈다.

햇빛이 닿지 않아 냉기가 느껴지는 복도 의자에 레이첼이 앉아 있었다. 맑게 갠 날씨에 어울리지 않게 온몸을 길고 두툼한 옷으로 감싸고, 커다란 모자를 푹 눌러써 얼굴이 보이지 않았다. 아영은 그가 레이첼임을 단번에 알아보았다.

"어때요? 전시는 좀 보셨어요?"

레이첼이 아영에게로 고개를 돌렸다. 지수의 기록을 읽지 않았다면 그가 전신을 기계로 교체했다는 점을 전혀 느끼지 못했을 만큼 외형적으로는 눈에 띄는 것이 없었다. 레이첼은 건조한 목소리로 말했다.

"엉터리 같은 소리를 해댈 게 뻔한데 그걸 왜 보겠습니까."

"안에 들어가보시면 꽤 재밌는 게 있을 거예요. 앞에 걸린 태피스트리는 그래도 괜찮지 않던가요?"

"그건 모스바나에 대한 기만으로 보이더군요."

무심한 어조에 아영은 웃음이 나왔다. 확실히 레이첼이 좋아할 만한 전시물은 아니었다.

"여기로 초청한 건, 당신이 해낸 엄청난 일을 보여주고 싶어서였는데요. 사람들은 다들 구원자 식물에 감탄하고 있지만, 사실

372

저는 인류의 구원자를 꼭 만나고 싶었거든요. 당신을 만나 영광이에요, 레이첼."

레이첼은 무슨 생각을 하는 건지 말없이 아영을 물끄러미 보았다. 아영은 미소 지으며 말했다.

"자리를 옮길까요? 여긴 너무 시끄럽네요."

해월에서 시작된 실종된 로봇 괴담은 아영을 또다른 질문으로 이끌었다. 지수가 이미 세상을 떠났다면, 모스바나를 해월에 심은 건 누구일까? 지수는 해월에서 무엇을 그토록 찾으려고 했던 것일까? 오랫동안 고철 더미 속에 잠들어 있다가 발굴된 인간형의 기계. 그리고 하필이면 그곳에서 퍼져 나가기 시작한 모스바나 원종. 한국에서 수년 전부터 이따금 모스바나 이상 증식 사건이 간헐적으로 보고되었다는 사실도 단지 우연의 일치이기만 할까?

레이첼이 어딘가에, 어쩌면 해월 근처에 있을 거라는 짐작을 하면서도 정작 그를 어떻게 찾아야 할지는 여전히 난제였는데 뜻밖의 단서는 바깥에서 왔다. 모스바나에 대한 과거 문헌 조사를 하던 중에, 유전체 시퀀스 공유 웹사이트인 유니진 데이터베이스에 각 지역을 돌아다니며 모스바나의 지역별 유전체를 업로드해온 아이디가 눈에 띄었던 것이다. 식물학자들 중에는 자신이 특별히 관심 있는 종의 지역별 변이를 관찰하는 사람들이 많지만, 나오미의 프림 빌리지 이야기가 알려지기도 훨씬 전부터 그렇게까지 집요하게 전 세계를 돌아다니며 모스바나 데이터를 수집한 사람은 'Rc'라는 아이디를 가진 그 한 사람뿐이었다.

레이첼은 뜻밖에도 아영의 메일에 답을 보내왔다. 아영이 그에게 과거에 대해 묻는 대신 식물들의 역사에 대해 질문하는 방식으로 대화를 시작했기 때문인지도 몰랐다. 그는 자신이 모스바나를 편집한 식물학자임을 부정하지 않았고, 아영은 레이첼에게 그의 식물들에 대해 물었다. 모스바나를 어떻게 설계하고 편집했는지, 모스바나가 기존 식물들에게 더스트 저항성 DNA 벡터를 전염시키는 방법은 무엇인지, 그리고 원종에서 변이된 모스바나가 어떻게 처음부터 야생 잡초였던 것처럼 자연계로 편입되었는지. 또 현대의 더스트생태학에 관심을 보이는 레이첼에게 주된 이론과 가설들을 소개해주기도 했다. 레이첼은 반쯤은 흥미진진하게 여겼고, 또 반쯤은 엉터리 같은 이야기라며 비웃었다.

메일을 막 주고받기 시작했을 때, 그가 아영과의 대화에 흥미를 보이면서도 정작 만나는 것만은 원치 않는 것처럼 느껴졌기에, 아영은 정 그렇다면 그의 뜻을 존중하는 것이 좋겠다고 생각했다. 하지만 아영은 레이첼에게 꼭 원하는 정보가 있었고, 또 주어야 할 물건도 있었다. 망설임 끝에 레이첼을 만나 이야기하고 싶다고 제안하자 레이첼은 의외로 긍정적인 회신을 보내주었다.

"오늘 만나주셔서 감사해요. 저는 사실 당신이 이 모든 발견과 변화에 별다른 관심이 없다고 생각했어요. 왜냐하면 당신은 이미 오래전 더스트 시대부터 식물들을 개량해서 세계에 퍼뜨렸고, 그 사실은 변하지 않는데, 그동안 그걸 몰랐던 사람들이 뒤늦게 알아내서 호들갑을 떨고 있을 뿐이잖아요. 저는 당신을 마치 식물들을 장난감처럼 가지고 노는 기술자처럼 생각했나봐요. 하지만 당신이 모스바나의 지역별 데이터를 공유해둔 것을 보면서 조금 다른 생각도 들었어요. 레이첼이라는 학자는 정말로 순수한 호기심과 탐구 정신으로 식물들을 대한 것일지도 모른다고. 그리고 그 과정에서 더 많은 진리에 접근할 수 있다면…… 누가 동참하든 신경쓰지 않았을 거라고요. 레이첼, 당신에게 식물들은 대체 어떤 의미였던 건가요?"

레이첼은 그 특유의 표정을 알 수 없는 얼굴로 아영을 빤히 바라보았다. 아영은 순간 레이첼에게 관측당하는, 마치 분석의 대상이 된 것 같은 기분을 느꼈다. 잠시 뒤에 그가 입을 열었다.

"프림 빌리지가 해체된 이후, 그리고 지수가 떠난 이후로 나에게는 식물들밖에 남지 않았죠. 식물들이 나의 전부였어요. 그것들이 아주 멀리 퍼져 나가기를 바랐고, 지구를 뒤덮어버리기를 바랐죠. 인간이 보이지 않을 때까지요. 하지만 그렇게 되지는 않더군요."

레이첼은 지수의 기록에는 없는 그 이후의 이야기를 들려주었다. 온실의 식물들을 스스로 불태우고 떠난 이후 수십 년간 세계 어디를 어떻게 떠돌았는지에 대한 이야기였다. 레이첼은 폐허가 된 종자 보관소에 숨어들어 식물 종자들을 더스트 저항종으로 개량했고, 저항성 유전자를 뿌리 박테리아로 감염시켜 숲을 재생하려는 시도를 하기도 했다. 예전처럼 한 장소에 정착해 실험을 하는 일은 없었다. 그렇게 할 때면 프림 빌리지의 온실이 떠올라서, 레이첼은 그 괴로움을 잊기 위해 어느 곳에도 정착하지 못한 채로 떠돌아다녔다.

"더스트가 종식된 이후로는 그런 것들도 다 시시해졌죠. 내가 유일하게 마음을 쏟았던 식물들을 놓아줄 때라고 생각했습니다. 식물들은 이제 나 없이도 지구를 점령하며 어디로든 갈 테니까요. 그러니 이제는 정말로 내 전원을 종료하고, 고철 더미에 묻혀도 좋겠다고요. 그러다 마침내 죽기에 적당한 장소를 찾았을 때 문득 그런 생각이 들었어요. 이렇게 나의 삶을 끝내면, 그간의 수많은 혼란과 감정들은 다 어디로 가는 것일까. 지수에 대한 나의 감정은 유도된 것일까, 아니면 처음부터 존재했던 것일까. 유도된 것이라면 왜 수십 년이 지나도, 온실을 떠난 이후로 그렇게 오랜 시간이 흘렀는데도 이 마음은 지워지지 않는 것일까. 그렇게 생각하니 화가 나서 죽을 수가 없었어요."

"그래서 해월로 간 건가요?"

"지수를 다시 찾아야겠다고 생각한 건 그런 혼란을 겪고도 시간이 많이 흐른 후의 결심이었습니다."

그렇게 말하는 레이첼은 희미한 웃음을 띠고 있었다.

레이첼의 신체를 속속들이 알고 있던 정비사가 떠난 이후로 기계 신체를 유지하는 일은 점점 어려워졌다. 신체를 유지하기 위해 과거의 잊혀진 기술들을 찾아다니다 의식을 잃고, 누군가에 의해서 깨어나고, 도망치고, 다시 갈 곳을 잃는 일들이 레이첼에게 반복되었다.

"아주 오랫동안 그를 생각했어요. 지수가 정말로 나의 기계 뇌에 그런 짓을 했는지, 아니면 그냥 둘러댄 말이었는지, 만약 그게 진실이라고 해도, 그게 그렇게까지 잘못된 일이었는지. 대체 마음은 언제 어디서 시작되는지. 지수와의 대화를 떠올리고, 그것을 곱씹고, 다시 절망하기를 반복했어요. 그리고 이렇게 오랜 시간 그를 잊을 수 없다면…… 나의 감정은 그 자체로 진실한 것이 아닌지 생각했지요."

잠시 멈추었다가 레이첼이 다시 말을 이었다.

"그러다 사실은 내가 지수를 한 가지 속였다는 것이 떠오르더군요."

"그게 뭐였나요?"

"지수가 나를 온실에서 발견했을 때, 나는 죽어 있었죠. 지수는 내가 자살한 것이라고 계속 의심했지만, 나중에는 단지 내 의지로 수년간 잠들어 있으려던 것임을 받아들였어요. 하지만 사실 내가 선택했던 것은 정말로 죽음이 맞았어요. 일단 전원을 정지하면, 온실을 가득 채운 더스트들이 나를 회생 불가능한 상태로 만들어버릴 거라는 걸 알았으니까요. 지수가 나타난 건 예상에 없던 사고였죠."

"그런데…… 당신은 다시 죽음을 선택하지 않았잖아요. 식물들을 유지하기 위해서 지수 씨와 거래했고요."

레이첼이 고개를 끄덕였다.

"맞아요. 그건 핑계에 가까웠습니다. 지수가 나를 되살렸을 때, 난 그에게 호기심이 생겼던 거예요. 그게 진짜 이유였죠. 다시 죽어야겠다고 생각하다가도 지수가 어떤 사람인지 궁금해졌고 신경이 쓰였어요. 자신도 인류를 구할 생각 따위는 전혀 없으면서, 차라리 세상이 망해버렸으면 좋겠다고 생각하면서, 저에게는 구원자가 될 것을 요구하는 뻔뻔함이 흥미로웠죠. 그를 지켜보고 싶었어요. 생각해보면 저의 호기심도, 지수가 제게 가졌던 것과 근본적으로 비슷하다는 생각이 드는군요. 어쩌면 우리는 서로의 내면을 평생 궁금해하기만 하다 끝나버린 것인지도 모릅니다."

문득 아영은 레이첼의 눈빛이 어릴 적 정원에서 보았던 지수의 눈빛과 닮아 있다고 생각했다. 후회와 그리움이 섞인, 하지만 고통이라고만은 단언할 수 없는 어떤 복잡한 감정이 그 시선 속에 있었다. 생의 어떤 한순간이 평생을 견디게 하고, 살아가게 하고, 동시에 아프게 만드는 것인지도 몰랐다.

"레이첼, 제가 아는 건 한 가지뿐이에요. 지수 씨도 당신을 결코 잊지 않았다는 거예요. 제가 어렸을 때, 지수 씨는 식물이 잘 짜인 기계라는 사실을 자신에게 알려준 사람에 대해 제게 말해주곤 했어요. 정원에서 허공에 흩어지던 푸른빛을 지켜보던 지수 씨를 보면서, 저는 그렇게 한 사람의 평생을 사로잡는 기억이 있다는 걸 처음 알았죠. 그때 정말로 무슨 일이 있었던 것인지, 당신의 마음이 실제로 전부 유도된 것인지는 잘 모르겠어요. 그 무엇도 지수 씨의 잘못을 해명해줄 수는 없어요. 어쨌든 저는 그렇게 생각해요. 마음도 감정도 물질적인 것이고, 시간의 물줄기를 맞다보면 그 표면이 점차 깎여나가지만, 그래도 마지막에는 어떤 핵심이 남잖아요. 그렇게 남은 건 정말로 당신이 가졌던 마음이라고요. 시간조차 그 마음을 지우지 못한 거예요."

레이첼은 말없이 아영의 말을 듣고 있었다. 그 눈빛이 슬퍼 보인다고 아영은 생각했다.

"기록 끝에 부탁이 남겨져 있었어요. 나중에 레이첼을 만나게 되면, 사과를 전해달라고요. 진심을 한 번도 전하지 못했다는 생각에 평생을 사로잡혀 살았는데, 뒤늦게 그건 너무 이기적인 마음이었다는 걸 알겠다면서. 미안하다는 말을 꼭 전해달라고 했어요."

아영이 마저 입을 열었다.

"지수 씨가 마지막으로 머물렀던 곳을 알아요. 할 수만 있다면 온실을 다시 찾아가려고 했을 텐데, 그러지는 못했나봐요. 당신도 그곳에 가볼 수 있을 거예요. 어쩌면 당신에게 남긴 말도 다시……"

아영은 레이첼의 표정을 보고 말을 멈췄다.

"레이첼, 괜찮아요?"

레이첼은 이제 울 수 없는 존재였다. 하지만 그는 마치 울고 있는 것처럼 보였다. 헤아릴 수 없는 시간과 마음이 그의 일그러진 표정 위에 있었다. 아영은 레이첼을 위해 시선을 다른 곳으로 돌렸다.

*

'지구 끝의 온실'에 대한 기록은 나오미의 동의를 받아 책으로 묶고 다른 매체들로도 옮길 예정이었다. 아영은 어떤 이야기는 기록했고 어떤 이야기는 기록하지 않았다. 모든 이야기가 공개되고 남겨져야 하는 것은 아니라고 생각했다. 사이보그의 신체조차 결국 녹슨다. 모든 것은 낡고 비틀어진다. 그렇다면 언젠가는 사라지고 말 기록의 의미는 무엇일까. 아영은 혼란스러웠지만, 혼란스러운 대로 그것을 세상에 내놓기로 했다.

레이첼은 나오미를 저녁마다 지수의 오두막으로 찾아오던 영리한 여자아이로 기억했다. 레이첼은 프림 빌리지에서 지수 외에는 거의 교류가 없었으므로 두 사람이 잘 알거나 친근하게 지낸 사이는 아니었지만, 그럼에도 서로에게 소식을 들려주자 반가워하는 것 같았다. 나오미는 기쁜 표정으로 말했다.

"온실을 향해 인사를 건네면 레이첼이 손을 흔들어주었던 것이 떠올라요. 우리는 어쩐지 그가 우리와 다른 세계에 살고 있다고 생각했었지요. 사실은 그렇지 않았는데 말이에요. 이제야 우리는 서로의 존재를 증언하는군요."

레이첼이 자기 몸을 완전히 분해하기로 결정했음을 전해왔을 때 아영은 놀라지 않았다. 이제 레이첼이 기억하는 사람들, 그리고 레이첼을 기억하는 사람들은 대부분 먼지가 되었다. 레이첼에게는 죽음마저도 일종의 실험이었다. 레이첼의 죽음에 대한 두려움은 서서히 기계로 변화하는 과정에서 흐르는 물처럼 그의 몸을 떠나갔을 것이다. 레이첼은 이제 비로소 자신이 원하는 종류의 평온을 찾게 될 것이라고, 아영은 생각했다.

레이첼을 처음이자 마지막으로 만난 날, 아영은 그에게 지수의 기억 칩을 건네주었다. 레이첼은 지도의 좌표를 건넸다. 어디라고 말해주지는 않았는데도 아영은 그곳이 어디인지 이미 알 것 같았다. 레이첼에게 가보지 않아도 괜찮겠냐고 물으려다가, 아영은 그의 얼굴에 떠오른 흐릿한 표정을 보았다. 이미 그가 그곳에 몇 번이고 가보았으리라는 것을, 아영은 묻지 않아도 알 것 같았다.

아영은 레이첼이 떠나는 뒷모습을 한참이나 바라보다가, 계단을 내려오면서 곧장 말레이시아로 가는 비행기 티켓을 끊었다.

*

케퐁 지역의 울창한 열대우림 사이, 멸망 이전에는 거대한 산림연구소 단지였던 숲속, 그리고 한때는 도망친 사람들의 안식처였던 온실이자 마을 공동체였고, 지금은 그 흔적마저 모두 덮여버린 곳.

나오미의 이야기가 알려진 후에 말레이시아에서는 산림연구소 마을의 잔해를 발굴해냈다. 재건 복원 지역에 포함되어 있었지만 아직 본격적인 사업을 진행하기 직전이었던 터라 가능했다. 물론 그때의 흔적은 거의 남아 있지 않았으나, 건물을 이루었던 기둥이나 토대 같은 것들이 일부 발견되었다고 했다. 온실을 원형 그대로 복원하자는 이야기도 나온 모양이었지만 나오미와 아마라는 그것을 원하지 않는다는 의견을 전달했고, 논의 끝에 그 장소에는 작은 표지판만이 하나 놓였다고 들었다.

나오미는 같이 가자는 아영의 제안에 대답했다.

"그곳은 이미 제 기억 속의 그 장소와는 완전히 다른 곳이 되어 있겠죠. 그러면 다시는 마을을 꿈속에서도 떠올리지 못할까 봐 걱정이 되네요. 아영 씨가 먼저 가보고 이야기를 전해주세요. 그곳은 어땠는지, 프림 빌리지가 떠오르는 곳이었는지, 그런 것들을요."

산림연구소였던 구역 전체에 모스바나 군락지를 조성하기로 계획이 잡혀 있었다. 아직 일반 방문객들은 들어갈 수 없었다. 산 전체가 보존 구역으로 지정된 곳이었기에, 들어가기 위해서는 허가증을 한번 더 받아야 했다. 공항에 내려 네 시간 동안 호버카를 타고 달려서 입구에 도착했을 때, 무성한 수준을 넘어 거의 숲을 이룬 모스바나 군락지가 보였다.

"연구 목적이라고 하셨죠. 규칙은 아시지요? 가이드라인 벗어나지 마시고, 길잡이 로봇에서 떨어지면 경고음이 울려요. 두번째 경고에는 바로 벌금이 부과됩니다. 조심하시고요. 표본 채취는 금지입니다. 그걸 하시려면 추가 허가증을 받아 오셔야 하는데, 지금 가져오신 허가증에는 도장이 없네요."

"걱정 마세요. 식물들 털끝 하나 상하지 않게 다녀올게요."

아영은 직원에게 허가증을 건네받았다. 미심쩍은 듯 아영을 훑어본 직원이 서랍에서 길잡이 로봇을 꺼내더니 관리사무소 옆문을 열고 나왔다. 별다른 기능은 없고 방문객이 길을 벗어나지 않게 감시하는 기능만 있다고 했다. 하다못해 지도라도 보여주면 좋을 텐데, 역시나 방문객을 반기지 않는 기색이 역력했다.

아영은 직원에게 꾸벅 인사를 하고 산 입구로 들어섰다.

올라가는 길 근처에는 모스바나보다 고사리와 석위, 야자와 고무나무 같은 말레이시아 숲의 자생식물들이 더 많이 보였지만, 언덕이 급격히 가팔라지고 키 큰 나무들이 줄어들기 시작하는 지점부터는 나무들이 듬성듬성해졌다. 한때는 무성한 밀림이었던 곳인데, 재건 복원 사업을 하면서 나무들을 베어낸 모양이었다. 남아 있는 나무들도 모두 모스바나 덩굴로 감겨 원래의 모습을 찾아보기 힘들었다.

아영은 허리를 숙여 운동화 끈을 한번 더 동여맸다. 서서히 이 언덕의 전체 윤곽이 눈에 들어오기 시작했다.

이제 언덕은 거의 모스바나 덩굴들로만 덮여 있었다. 시야를 가리는 것이 없어 건물의 잔해 같은 것이 있었다면 진작에 보였을 텐데, 언덕은 오직 들풀들, 그리고 날아다니는 풀벌레 소리로만 가득했다. 돌연 바람이 불어왔다. 코가 간지러웠다. 재채기를 한 아영은, 잠시 자리에 멈춰 서서 눈앞에 끝없이 펼쳐진 모스바나들을 보았다. 나오미의 이야기를 수없이 복기하다보니 마을의 그림이 그려지는 듯했다. 아마도 저 아래에는 회관이, 이쪽에는 학교와 도서관이 위치했을 터였다.

또다시 정처없이 언덕을 오르며 걷다가 능선이 완만해지는 지역을 맞닥뜨렸다. 비로소 그곳에 아영의 목적지가 보였다. 이제는 형체를 전혀 알아볼 수 없는 건축물의 흔적. 그것도 모두 무성한 모스바나로 뒤덮여버렸다.

부서진 잔해와 작은 표지판 하나만이 이곳에 있었던 온실의 존재를 증언하고 있었다. 무심코 지나칠 수도 있는, 눈에 띄지 않는 흔적이었지만 아영에게는 그것이 의미하는 바가 너무나 명확했다.

그 모든 이야기가, 바로 여기에서 시작된 것이다.

천천히 노을이 내려앉고 있었다. 이곳에서는 모스바나의 푸른 빛을 볼 수 없다. 모스바나들은 시간이 지나며 본래의 빛을 잃어버렸다. 그러나 아영은 이곳에 색을 더해가는 어둠 앞에서 그 푸른빛을 상상했다. 한때 아영이 지수의 정원에서 보았던, 그 쓸쓸한 빛의 입자들이 마치 이곳에서도 흩날리고 있는 것 같았다.

무릎을 굽히자 덩굴들이 몸에 닿았다. 아영은 땅에 손을 뻗어 흙의 감촉을 느꼈다. 고개를 숙여 바닥에 귀를 댔다. 바스락거리는 소리를 듣고, 풀들의 냄새를 맡았다. 언덕 위로 내려앉는 옅은 어둠 속에서, 아주 오래된 감각들이 아영을 끌어당겼다.

이제 아영은 이곳에 있었을 누군가의 안식처를 그려볼 수 있었다.

해 지는 저녁, 하나둘 불을 밝히는 노란 창문과 우산처럼 드리운 식물들. 허공을 채우는 푸른빛의 먼지. 지구의 끝도 우주의 끝도 아닌, 단지 어느 숲속의 유리 온실. 그리고 그곳에서 밤이 깊도록 유리벽 사이를 오갔을 어떤 온기 어린 이야기들을.

작가의 말

처음 『지구 끝의 온실』을 구상하기 시작했을 때 나에게는 막연한 이야기의 씨앗만이 있었다. 아직 무엇이 될지 모르는 이 씨앗을 소설로 완성하기 위해서는 아주 느리지만 끈질기게 퍼져 나가는, 어디로든 갈 수 있는, 결국은 지구를 뒤덮어버릴 생물체가 필요했다. 박테리아, 바이러스, 곰팡이, 버섯, 심지어 곤충까지 진지하게 검토해봤지만 구상 과정에서 이런저런 이유로 모두 탈락하고 내가 도달한 답은 하나, 식물. 오직 식물만이 내 소설을 구원해줄 생물이라는 거였다.

　교외에 새로 오픈한 온실 카페에 앉아 아빠에게 질문을 늘어놓았다. 식물들이 어떻게 자라고 퍼져 나가는지, 식물의 생애는 어떤지, 초본과 목본의 차이는 뭔지, 일년생과 다년생은 또 무엇인지, 서식지에 따라 식물들이 어떻게 달라지는지, 한 식물종이 여러 기후 조건에 적응할 수 있는지…… 그때만 해도 식물에 대해 아무것도 아는 게 없었던 나는, 두서없는 질문들을 통해 하나의 질문에 대한 확답을 받고 싶었다. 그러니까, 이런 이상한 식물이 존재할 수 있을까. 원예학을 전공한 아빠가 나에게 해준 대답은 "식물은 뭐든 될 수 있다"라는 거였다. 지구 곳곳에 실존하는 기이한 식물들에 대한, 끝없이 이어지던 이야기는 덤이었다.

식물의 세계에 어설프게 발을 들이고 보니, 조금은 알 것 같다. 정말로 식물은 뭐든 될 수 있다는 것을. 지구는 가만히 들여다보면 정말 외계 행성 같다는 것도.

온실의 모순성을 좋아한다. 자연이자 인공인 온실. 구획되고 통제된 자연. 멀리 갈 수 없는 식물들이 머나먼 지구 반대편의 풍경을 재현하는 공간. 이 소설을 쓰며 우리가 이미 깊이 개입해버린, 되돌릴 수 없는, 그러나 우리가 앞으로 계속 살아가야 하는 이곳 지구를 생각했다. 도저히 사랑할 수 없는 세계를 마주하면서도 마침내 그것을 재건하기로 결심하는 사람들에 대해서도.

아마도 나는, 그 마음에 대한 이야기를 쓰고 싶었던 것 같다.

참고 문헌

니시무라 유코, 『그림과 사진으로 풀어보는 마녀의 약초상자』, 김상호 옮김, 사시다 유타카 감수, AK커뮤니케이션즈, 2017.

레나토 브루니, 『식물학자의 정원 산책』, 장혜경 옮김, 초사흘달, 2020.

리처드 버드, 『정원사를 위한 라틴어 수업』, 이선 옮김, 궁리, 2019.

마이클 폴란, 『욕망하는 식물』, 이경식 옮김, 황소자리, 2007.

스테파노 만쿠소, 『식물, 세계를 모험하다』, 임희연 옮김, 신혜우 감수, 더숲, 2020.

스테파노 만쿠소·알레산드라 비올라, 『매혹하는 식물의 뇌』, 양병찬 옮김, 행성B, 2016.

윤오순, 『커피와 인류의 요람, 에티오피아의 초대』, 눌민, 2016.

이남숙·엄상미·이유미 외, 『말레이시아 민속 식물학 Ethnobotanical plants of Malaysia』, 국립수목원, 2019.

이소영, 『식물 산책』, 글항아리, 2018.

이나가키 히데히로, 『식물학 수업』, 장은정 옮김, 키라북스, 2021.

이나가키 히데히로, 『싸우는 식물』, 김선숙 옮김, 더숲, 2018.

장우혜, 『잘란잘란 말레이시아』, 도서출판 야호, 2018.

* 소설을 쓰며 위의 책과 자료를 참고했습니다. 작중 식물 유전체 분석에 대한 중요한 아이디어를 제공해주신 생명과학자 김준 님께 감사드립니다.

김초엽 장편소설

지구 끝의 온실

ⓒ 김초엽

1판 1쇄 발행	2021년 8월 18일
1판 82쇄 발행	2024년 10월 22일

지은이	김초엽
펴낸이	지영주
편 집	황예인 이아름
표지 일러스트	최지수
디자인	*Desig* 신정난
마케팅	최기현
경영지원	정의정 신세련

펴낸곳	㈜자이언트북스
출판등록	2019년 5월 10일 제2019-000085호
주소	경기도 고양시 덕양구 덕은1로 5 2층
전화	070-7770-8838
팩스	02-516-5320
홈페이지	www.giantbooks.co.kr
전자우편	books@giantbooks.co.kr
인스타그램	https://www.instagram.com/giantbooks_official

ISBN	979-11-91824-00-1(03810)